JN143056

言葉という謎

英米文学・文化のアポリア

大阪教育図書

言葉という謎——英米文学・文化のアポリア

目次

III

言葉を裏切る言葉

IV　言葉にならない言葉

V　言葉をこえる言葉

VI　言葉の謎に魅入られて

まえがき

「言葉は謎に満ちている」などというのは、すでに言い古された新鮮味のないフレーズと響くかもしれません。けれども、昨今の思想史や言語論、文化論などを巻き込んだ「理論的」な批評の隆盛のなかで、たとえば文学テクストの「言葉」が単に蔑ろにされるというより、あたかも緻密で的確な分析法に従えば、言語表現の役割が確実に闡明されうるかのような論調に触れるにつけ、やはり首を傾げたくなってしまいます。

そもそも「文学」とは、どこかで言葉になることを拒む体験や、言葉に馴染もうとしない感覚を、何とかして「作品」と呼ばれる狭隘な枠組みのなかに引きずりこもうとする、ある種の無謀な営みに他ならなかったはずです。そこでは、言葉の壁に無定形な穴をうがってみたり、ゆがんだ言葉の底から隠れた意味を汲み上げてみたりすることで、言葉の潜在的な可能性を押し広げ、切り拓くための力ずくの試みが、日々繰り返されているに違いありません。その結果、しばしば異様な緊張や屈折をはらむに至った「言葉」の姿に、率直に驚き茫然とさせられた経験を、何度も心の中で反芻し絶えず忘れずにいることこそが、真に豊かな批評の礎になりうるのだろうと思います。

たとえば、後に『フィネガンズ・ウェイク』と呼ばれることになる『進行中の作品』を執筆中のジェイムズ・ジョイスのもとで、若き日のサミュエル・ベケットが一時期、口述筆記の手伝いをしていたことはよく知られていて、少なくともベケットがジョイスに一定の敬意をもっていたことは間違いありません。それにしても、複数の言語を織り合わせ混ぜ合わせて、豊饒な「言葉の坩堝」のような空間を創り上げたジョイスと、晩年に至るほどストイックに言葉を削り落とすことで、ほとんど沈黙に近い空間に身を浸したベケットの間には、一見何の共通性もないように思えますが、言葉の可能性を執拗に追い求める姿勢においては、やはりある種の「師弟関係」があったことも確かでしょう。しかし、そもそも生粋のアイルランド人のジョイスとアングロ・アイリッシュとしてのベケットは、アイルランド語（ゲール語）や英語、さらにはフランス語などの大陸系の言語に対しても、決定的に異質な意識をもたずにはいられなかったはずです。そうした根本的に異なる言語意識が彼らの文学にきわめて対照的な色合いと手応えを与えているのだとすると、あらためて「言葉の意味」の奥行きの深さに思いをいたさずにいられません。どこまでも言葉という存在は、われわれの理解をやすやすと乗り越える「謎」であることをやめないもののようです。

＊　＊　＊

本書は、もともと編者の一人である御輿が、神戸市外国語大学を定年退職するに当たり、「何か記念論文集のようなものを」という周囲の声に押されるようにして刊行に至ったものです。もとより貧弱な業績しか持たぬ私のような者が、論文集の贈呈を受けるなど烏滸の沙汰に違いないのですが、その一方で、少なからぬ研究者を世に送り出しながら、なかなか神戸外大の知名度が高まらない現状に対して、微力ながら少しでも楔を打ち込めないものかとの積年の思いが働いていたことも事実です。そんな事情もあって、執筆をお願いした方の大半は神戸外大に関わる方々――つまり同僚の先生方、大学院生、卒業生の皆さん――で、それ以外の個人的な知人、友人は、ごく少数の方に限らせていただきました。現在の大学関係者を取り巻く、ほとんど異常とも言える多忙な環境のなかにあって、力のこもった論稿を寄せて下さったことに深く感謝します。

巻頭論文は、学部生時代からの長いつき合いに甘えて高橋和久さんにお願いしたところ、ご覧のとおり何ともタイムリーで、少しばかり皮肉の効いた味わい深い論稿をいただくことができました。また巻末には、寄稿して下さった皆さんへのささやかな返礼のつもりで、最近の関西支部での口頭発表にもとづく拙論を掲載させていただきました。本書の編集にあたっては、全体の構成や章分け、細かい書式の統一に至るまで、共編者の新野緑さんと吉川朗子さんにさんざんお世話になりました。心からお礼を申します。こうして多数の人たちの熱い思いに支えられて形を成した本書が、一人でも多くの読者の皆さんに受け入れられることを念じつつ、筆を擱きます。

二〇一七年二月

御輿　哲也

I　言葉の謎をもとめて

引退へのいざない――ラーキンの「草を食んで」に寄せて

高橋　和久

人間誰しも、かどうか実はよく分からないが、何かしらやることがあると（思い込むと）多かれ少なかれ必死になるらしい。それが歳若い子どもだったりすれば、傍目には健気に映ったりもする。ところが大人の必死が度を超すと、或いは場所によっては、健気どころではなくなる。競技場の選手は必死に走る。それは麗しい。ところが街中の雑踏や混雑する駅の階段を必死で走る人は怖い、自分も必死で走っているのでないかぎり。何かを一途に信じる。それは美しい、おそらくは。しかしおのれの信念とばかり、それが声高に唱えられると、つねに美しい響きがそこに伴うかどうか。人間は欺かれる存在であることを前提としながら、それでも「できるだけ欺かれまい (the less deceived)」と決意した人間は「幸福の最上の取り分 (the lion's share / Of happiness)」がここにあると言われても容易に信じないだろう。そこに「加わる理由」("Reasons for Attendance")を認めず、「外に留まって (stay outside)」内側で進行している営みを「注視する理由」――attendance にはこの意味も込められているに違いない――は、外から見ることで中の営みの意味、もしくは自分がそこに「加わらない理由」を検証するところにある。たしかに距離は見ることを容易にするのかもしれない。必死に走る意味を検証するには、必死に走った舞台からひとまず降りることが必要であり、従事した仕事の意味を考えるには「仕事を休む／引退する (at grass)」に如かずということだろうか。ただし舞台を降りた外側にいる人間が少しでも欺かれまいと考えるとき、「例えば芸術 (Art, if you like)」の声に応えるために見ることに固執するのだという自己納得に、舞台上の営みに対する羨望なり、そこに加わることのできない自分に対する憐憫なりが忍び込んでいないかどうか、つまりはそこに「自己欺瞞はないか、嘘はないか (If no one has misjudged himself. Or lied)」(Larkin 80) と、おそらく小声で、自問してみせることになるのは必然である。

こうした幾分厄介な、かなり鬱陶しい自意識を抱えて人生のあるステージを終える人間は、引退した競走馬のいわゆる余生の姿を眺めたとき、思わずかれらに自己を投影しつつも、かれらを我が身に引きつけること、安易に自分と一体化することに慎重にならざるを得ないだろう。最終地点である死に向かう人間の時間の流れを繰り返しうたったフィリップ・ラーキン (Philip Larkin) の以下の詩は、そうした距離の維持と消失の両方を志向する定年を迎えた読者にうってつけの作品かもしれない。これを書いたときの詩人が定年とは程遠いまだ二十代の青年であるという事実は、以下の詩に露骨に見られる対比を先取りすることになるが、そんな年齢のころに新たな野心を抱いた若者にとっては「薄暗がり (gloom, shade) に感じる喜び」は「どぎつい光 (glare)」にかき消されてしまうのが通例であるとしても、ときに薄暗がりが恋しく思い出されもする (Trollope 104, 313) のだと考えれば、この際関係がない。また、長年付き合った恋人との関係を見直し、以後は「礼儀正しい友人」として付き合うことになってから程なくして、鬱々と新年を迎えたらしい詩人が、その一九五〇年一月三日に映画館で偶々、淡々と草を食んでいる引退した名馬の記録映画を見て、なぜか大きな感銘を受け、帰宅してこの詩を書き上げたらしいということ (Motion 187-88) も、この種の挿話にありがちな胡散臭さは別としても、その映画を見ていない読者にとっては、この詩で二頭の馬が描かれているのは、その恋人との関係の何らかの投影だろうかといった下司の勘繰りめいた憶測に貢献する程度の意味しか持つまい。何より、伝記的事実に拘ると、書簡集と伝記が出版されて以来、ラーキンが疑いようもない性差別、人種差別論者であり、低俗な悪趣味の持主であったというおそらく間違いではない理解が定着したことを考慮に入れねばならず、下劣で不快な人間性は果たして優れた詩を生み出せるのかどうかという面倒な問題に逢着してしまうからである。ここでは、そんな事実の暴露によって欺かれたのが詩人であるのか読者であるのか分からないまま、ラーキンも詩人として名を残さなければ書簡集を出されたり、伝記を書かれたりはしなかったはずだという当たり前のことを確認するに留めておこう。

At Grass	草を食んで（大意訳）
The eye can hardly pick them out	この目にはかれらをしかと見分けることは難しい
From the cold shade they shelter in,	ひんやりとした日陰へと輪郭消してとけこんでいる
Till wind distresses tail and mane;	そのうち風が尾とたてがみを無理やり揺らす
Then one crops grass, and moves about	一頭が草を食みつつ動き始める
——The other seeming to look on——	——もう一頭はそれをぼんやり見るだけのよう——
And stands anonymous again.	そしてまた個性を消して立ち停まる。
Yet fifteen years ago, perhaps	けれども昔さかのぼること十五年

Two dozen distances sufficed
To fable them : faint afternoons
Of Cups and Stakes and Handicaps,
Whereby their names were artificed
To inlay faded, classic Junes——

Silks at the start : against the sky
Numbers and parasols : outside,
Squadrons of empty cars, and heat,
And littered grass : then the long cry
Hanging unhushed till it subside
To stop-press columns on the street.

Do memories plague their ears like flies?
They shake their heads. Dusk brims the shadows.
Summer by summer all stole away,
The starting-gates, the crowds and cries——

二十四回大差で勝てばかれらを称えて伝説が
生まれたとして不思議ではない。霞立つ午後を彩り
繰り返された重賞レース
だからこそ消えることなきその名前
今では遠い六月の名高きレース永遠《とわ》に留める——

出走を飾るシルクのユニフォーム。空を背に
ゼッケンとパラソルの花鮮やかに。場外は
ひとけなき車の隊列、漂う熱気
紙屑の撒き散らかった草緑。いつまでも
長く尾を引くどよめきは外売りの最新版の新聞に
速報が出てようやく消える。

思い出は蠅さながらに纏わりつくかその耳に
二頭揃って首を振る。夕闇が満たすその影。
来る夏ごとにあらゆるものが消え去った
出走のゲートもファンもどよめきも——

All but the unmolesting meadows.
Almanacked, their names live; they

Have slipped their names, and stand at ease,
Or gallop for what must be joy,
And not a fieldglass sees them home,
Or curious stop-watch prophesies :
Only the groom, and the groom's boy,
With bridles in the evening come.

(Larkin 29-30)

消え残るのは何ひとつ悩み与えぬ牧草地だけ。
年鑑に馬名は残るが、かれらの方は

名前を脱して、のんびりとそこに佇む
ギャロップも喜んでやるだけのはず
双眼鏡がしつこく追ってくることもなく
詮索と予言が好きな時計も消えた
そこにいるのは馬丁と息子
夕暮れに馬勒を持ってやってくるだけ。

最初に、引退した競走馬が静かに佇む牧歌的ともいえる情景が提示される。そこには詩人が見たという記録映画の名残りが窺えるかもしれない。大きなレースで何度も優勝して伝説化された二頭の競走馬が、そうした熱狂の日々から身を引いて、田園の今を心ゆくまで享受している。第一連は「冷たい日陰 (the cold shade)」のなかへと「身を隠し (shelter in)」て「名もなき存在 (anonymous)」となった馬の姿を淡々と浮かび上がらせる。かれらは例えば「ここ」(“Here”) に窺われる詩人の希求の対象――現代の物質文明に支配された都会の喧騒の彼方の「囲いのない存在 (unfenced existence)」――への旅を成就したかに見える。だがそうした存在は「手の届かない (out of reach)」ところにあったはずである (Larkin 136-37)。それならば、かれらが現在の静謐を楽しんでいるという印象には、あくまで一見した限りという留保を付けざるを得なくなる。そこで聊か唐突ながら、煙をあげる山を背景に、ひたすら蕭蕭と降る雨に濡れそぼって草を食べている馬の現在を描いていると読める三好達治の「大阿蘇」を思い浮かべるのも悪くない。ともに寂寥にも近い静けさを湛えているという点では共通しながら、叙景の質というか対象の写生度に両者間では大きな違いが感じられるからである。そしてその差異を生み出すのは何よりも、この詩における時間性の導入であると考えられる。ここでのかれらの長閑と見える現在は、必死に走った過去との対比によって成立しているらしいのである。

第二連が早速、現在から過去への移行を促す。そこでは「二十四回」という明示的な数字や「走程距離 (distance)」——予選で失格の有無を判定する基準となるゴールまでの距離——といった専門用語やカップ戦を初めとする具体的なレース名によって情景に具体性が付与されつつも、過去はまだ「ぼんやり (faint)」として「色褪せた (faded)」遠い彼方にある。その過去が第三連に入ると、青空を背景にしたユニフォームやパラソルなどによって一気に色鮮やかに現前化される。第一連で描かれたモノクロームの現在と比べると、その差異は露骨すぎるほどである。同じ「草 (grass)」も色合いがまったく違って見えてくるのではないか。また基本的に押韻する弱強四歩格の詩行で構成されるこの作品において、この連の最初の三行が強弱格で始まっていることが目を惹く、もしくは耳に障る。しかもそのあとに弱強格が続くため、強弱弱強格 (choriambus) が成立していることになり、疾駆する馬の音が響いてくるかのようである。現在が薄暗がりのなかでいわば輪郭を消していて、過去がぎらつくような陽光に照らされて鮮やかな具体性を帯びるという逆説。それにしても過去の躍動する現前性はこの第三連で頂点に達してしまっている。それをいかに静謐な現在へと接続するかが第四連の引き受ける課題となるだろう。第四連の二行目は、七つ続く単音節語の後に shadows という二音節語が続いて、他の行より音節数の一つ多いことが強調されている感があり、また最終行は音節数が一つ少ないという他の連とは異なった変則的な韻律になっていて、担った課題の難しさを暗示しているようでもある。そしてその難しさはノスタルジアというものに内在すると言わねばならない。思い出によって過去が現在に侵入する、或いは現在が過去を呼び込むとき、必然的にノスタルジアの問題が絡んでくるからである。

　実際、多くの批評がノスタルジアと親和性のある哀歌調をこの詩に看て取っている。ある詩人はラーキンのお気に入りだったらしい『墓畔の哀歌』(*Elegy written in a Country Churchyard*) を下敷きに——ここで四歩格が用いられていることを無視して——この詩の副題には「パドックの哀歌 (Elegy in a Country Paddock)」がふさわしいと記しているほどである (Heaney 166)。ここで強引に図式化してみよう。しばしば引用されるところだが、ラーキン作品の「ひねくれた、そしてときに優しく養われた敗北感」を問題視し、その「狭さはイギリス人にいかにもお似合いのものだ」という早くからムーヴメント派詩人の地方性を批判していた詩人の発言 (Tomlinson 471, 478) や、ラーキンの代表作の一つである「教会へ行く」("Church Going") について「戦後の福祉国家に暮らすイギリス人の典型」が描かれており、読者にとって詩人までもが「霊感を受けた異質な生き物」などではなく、イギリス社会に暮らす「身近な隣人」であるという印象を与えるという評言——そこでは「本当にそうかもしれない」という嫌味が付言されている (Alvarez 24-25)——からはラーキンのイギリス性がはっきり窺われ、そこに哀歌調が醸成するノスタルジアの感覚を接ぎ木すると、戦後詩のなかでこの詩が格別高い人気を誇っている一因は、ここで描かれた馬が世界の強国としての地位を「失った」イングランドを象徴することによって、過去の「栄光」に対する「ノスタルジアに巧みに訴えかけることに成功した」した点にある (Morrison 82) と纏めることができそうなのである。この指摘はラーキンに多少とも共感的な視点からなされているが、立場を少しだけずらすだけで、極めて激しい批判ともなりうるだろう。そこでは華々しいレースの様子を描き出す第三連が格別の意味を持ってくる。

批判の急先鋒がトム・ポーリン (Tom Pauline)。彼はラーキンのある短詩 ("Long Lion Days")――この晩年の作はラーキンの自己の創作活動へのコメント (Motion 496) としても読めるのだが――に見られる「猛烈な熱 (a hammer of heat) というフレーズに「帝国絶頂期の戦争讃美の記憶」を見出しながら、「草を食んで」にも類似の「陽光と帝国とエドワード朝へのノスタルジア」があると指摘する。そして第三連を引用しながら、これは「戦場」を描いており、「艦隊や屑の散らかった草地や長く続く勝利の叫びが、時空を超えて新聞や歴史書に書き込まれるのだ」と述べる。この読解によれば必然的に、ここでの馬は「英雄的なもののエンブレム」となるが、しかしこの詩の現在、一九五〇年の一月においては「狙撃兵の目によって捉えられている」とされる。というのも冒頭連の cold shade や distresses には古典文学に見られる死者の土地を支配する影が読み取れるからである。さらに「英雄だった先祖」でありながら今や「匿名の忘れられた」存在と化した馬を見送る最後の「哀歌調の」一行が「奇妙な脅迫的感覚」を伝えると述べられるが、それはそこで用いられた「馬具 (bridles)」に「拘束具」の、さらには絞首刑のロープのイメージを見ているからだろう。興味深い読解ではあるが、馬が果たしてそれほどまでに英雄視されているとは必ずしも思われない。「屑の散らかった草地 (littered grass)」は競馬場の発する「熱 (heat)」に少なからず冷や水を浴びせはしないだろうか。熱狂が所詮は「新聞の最新版の記事 (stop-press columns)」に収束するというのも、華々しさの背後に潜む空しさを暗示してはいないだろうか。狙撃兵が使うかもしれない「望遠鏡(a fieldglass)」や「ストップウォッチ(stop-watch)」に追いかけ回されないことを第五連はむしろ寿いでいるのではないだろうか。何より気になるのは、こうした読解を土台にして、過去の英雄を死に追いやる「現代社会の民主制」や「英国の大衆社会」に対するラーキンの「エリート的嫌悪」を探り当て、「社会の調和の欠如を嘆く」彼にとって、その調和は「エドワード朝という過去のどこか」に存在したものであり、その「思い出が理想化されている」という議論の展開されていることである(Paulin 236-37)。

実際、第四連で過去の栄光の思い出はこの二頭の馬をどれほど苦しめているのだろうか。スピーカーのその問いかけに馬は首を振って応える、いや答えているように見える。しかしその身振りの意味するところは必ずしも明確ではない。答はイエスなのか、ノーなのか。首を振るのは当然否定の意思表示である。だから当然、過去の栄光を偲んではいない。しかしその仕草は同時に、纏わりつく思い出を振り払おうとしている、つまりは失われた栄光を嘆いている、とも読める。この否定と肯定のあわいというか、そうした微妙な多義性――「薄暗がりがかれらの影を満たす(Dusk brims the shadows)」とは奇妙な言い回しだが、どうやら夕闇に包まれることによってかれらの首を振る動作すら「見分けることが難しく」なっているだろう――の提示のなかにこの詩の魅力の一端があることは間違いない。しかしそこからスピーカーの距離の取り方に大きな曖昧さが立ち現れているのではないか。というのも、そうした多義性が生まれるにはスピーカーと馬との間の「相互理解」(Day 10-11)が前提となるはずで、ここでは、第二連から第三連にかけて遠くにあった過去が現前化したのにも似て、馬とスピーカーの距離が消えてしまっていると思われるからである。先に指摘した「大阿蘇」との大きな違いはここにある。ここでの引退した馬は淡々と草を食んでいるかもしれないが、それを眺めるスピーカーの姿勢は淡々を装いながら、少なくとも第四連では、淡々からは程遠いものになっていると言わねばならない。後半に見られる「草地(meadows)」もわざわざ「いじめない(unmolesting)」と形容されることによってなぜか擬人化されているのも、スピーカーの姿勢のあからさまな変化を反映するだろう。(ふつう草地はいじめたり攻撃したりしない。)実はこの連冒頭の二行はおそらく順序を逆転させていて、多くの場合蝿を追い払うためだろうが、首を振るという馬の本能的、習慣的な動作がまず先にあって、スピーカーがそれに見合う問いかけを用意したということではないだろうか。いわばここではスピーカーによる馬の内面化、人間化が起きているということである。あるラーキンの専門家はシェイマス・ヒーニーの先例を意識してか、この詩の副題として「距離へのオード(Ode to Distance)」がふさわしいと述べているが(Booth 140)、過去と現在の距離だけでなく、馬とスピーカーの距離も一定のものではないらしい。第三連で高まった過去の現前性が次第に引いていくように、ここで一瞬、馬に寄り添ったかのようなスピーカーは、しかし、以下、再びその距離を確保する、ように見える。

スピーカーは最初からその距離に自覚的である。冒頭の一行で二頭の馬は草地と一体化していて、人間の目には「見分けることが難しい」のだった。それは「馬の真の状況を把握するのに人間のパースペクティヴがいかに不十分かを示す」(Cooper 137)一例と言えるかもしれない。これは牧歌的な馬の現在を肯定するスピーカーにとってみれば当然のことだろう。かつて競馬馬として人間に勝手に名前を与えられ、競馬場で観客の目にさらされていた存在は、第一連で自然のなかに置かれた草地とは対照的な第三連の草地と同じく、人為によって汚されていたと見えるからである。そう考えると、第一連で少なくとも一頭が「見る(look on)」主体となっている姿には、競馬場で味わった見られるものとしての客体性を逆転させているというアイロニーが潜んでいるような気がしないでもない。しかしその様子を描くスピーカーは慎重に「と思える (seeming)」を付加することを忘れない。最終連二行目も「喜んですることに違いない (for what must be joy)」と留保を付けて、単純に「喜んで (for joy)」と断定するのを敢えて避けているようである。断定することによってその馬の振舞いを自らのパースペクティヴに取り込んで理解する（気になる）ことへのためらい。それができるだけ欺かれることなく、或いは自らを欺くことなく見るためのスピーカーの距離の取り方と言うべきだろう。この詩で一度も「かれら」に対して「馬 (horses)」という語が使われていないのも何やら示唆的ではなかろうか。かれらをひたすら競走馬として位置づけ、意味づけていた「出走ゲートも群集も歓声も」すべて「消え去った」今、残っているのは人為の極みとも言うべき「年鑑 (almanack)」に記載された「名前 (names)」だけである。ところがかれらは第五連に入ると、その名前すらも静かに「脱ぎ捨て (have slipped)」いる。だからこそ「匿名性」のなかに佇むことができるわけであり、この最終連一行目の「安らかに佇む (stand at ease)」は第一連最終行の「名前も知られず佇む (stands anonymous)」と呼応しているはずである。

しかしながら、最終的にこの馬たちは「過去と時の要求から解放されて、無垢と永遠の牧歌的世界のなかで自分たちそのものになる」(Petch 59-60) と言い切れるのかどうか。たしかにここで、人間の都合で与えられた名前を脱ぎ捨てることによって、本来の自己を獲得する、或いはそこに立ち戻るようにも見えるのだが、第四連から最終連にかけての句跨り (enjambment) はそうした明快な読解にある種の陰翳を与えているように思われる。すでに見たように、第四連最終行は行末欠節 (catalexis) があって、期待される強音節が欠けているだけに、句跨りの効果は一層強烈である。だからこそ「かれらの名前は生き残る。一方かれらは (their names live; they)」と続くとき、ほぼ必然的にそこに死が予感されるのではあるまいか。最終連でその予想は裏切られるわけだが、しかし、いったん漂った死の気配が消え去ることはない。それどころかトム・ポーリンも指摘していたように、冒頭連からすでに死の影がちらついていた気配がある。読み返してみれば「冷たい影 (cold shade)」のなかに「避難する (shelter in)」というのも聊か奇妙な話（時刻は陽の傾いた午後遅くか夕方だろう）で、最初から生のぬくもりからの移行が暗示されていたのかもしれない。それならば、句跨りを引き受けた最終連第一行の「のんびり佇む」の at ease にも、死のもたらす「安楽」への傾きが窺えると言うべきだろう。かつて望遠鏡に追われながら「ゴール (home)」へ疾走したかれらが今、自ら喜んでギャロップしたあとに進む先は、馬小屋という「我が家」であると同時に、死という「憩いの場」でもあるかもしれない。馬にとっても人間にとっても、生きるものすべてにとってのゴールである死は、しかしここでは、競馬場に注いだぎらつく陽光に象徴される忌避すべきものとしての生に対置され、逆説的にむしろ優しいぬくもりを湛えているようにも感じられる。

それで納得できれば話は簡単なのだが、人間の用意した文脈から離れて自由を楽しんでいると見えるかれらに最終行で馬丁と息子が「頭部につける馬具 (bridles)」を携えてくることが読者を不安にさせはしないだろうか。この一行は馬が人間の束縛から逃れて自然のなかで生きているというロマンティックな読み方を困難にするのである。「脱ぐ (slip)」の目的語には names よりも bridles の方がよほど自然だろう。それだけに、名前を脱ぎ捨てることはできても馬具を脱ぎ捨てることのできないかれらの運命が浮き彫りになってくる。結局彼らは人間の文脈から自由になれないということに他なるまい。しかしこのメッセージは実のところ、この詩の読解の、そしてそれを促すかれらを見るスピーカーの視線の、アレゴリーとしても機能しているように思われる。例の「ミスター・ブリーニー」(“Mr Bleaney”) のスピーカーが幻惑的な倒置構文を使って「そんなことは知らない」(Larkin 103) とうそぶき、うらぶれた下宿の前の住人との差異化を図ろうとしながら、いつしか同化せざるを得なかったのにも似て、ここでのスピーカーも安易に同化しないように「かれら」と距離を置くことに腐心しながら、第三連で一瞬、馬と一体化した後は、実はその距離を確保することができずに、「かれら」を「われら」に引き寄せてしまっているのではないか。そしてそれに応じて読者も「かれら」に我が身を多少とも仮託したまま最終連へと運ばれるのである。したがって、かれらが人間化されてもその死がまだ優しいものであることを確認するためには、結論を提示しながら、その結論に留保をつけるのはラーキンによく見られる仕掛けだという分析 (Tolley 53) を意識しながら、もう少しこの結末部に付き合わなければならない。

　実はこの「馬具 (bridles)」という語の使用に関して、正確には「夜繋頭絡 (halters)」を使うのが正しいという指摘がある。後者は「絞首索」をも意味するからトム・ポーリンが喜びそうな指摘ではあるが、そう記したラーキン伝の著者でもある詩人はラーキンがわざわざ bridles を選んだ理由を忖度してのことだろうか、groom with bridles という表現の深層に死の擬人化である「冷酷な刈り手＝死神 (Grim Reaper)」を読み込み、この変奏によって死が温和なものとして提示されていると考える (Motion 188)。たしかに「次の方どうぞ」(“Next, Please”) に描かれる、後に何も残さない「たった一隻の船 (Only one ship)」即ち「黒い帆を掲げた見慣れぬ船 (a black-/ Sailed Unfamiliar)」(Larkin 52) に表象される脅迫的な死の姿も、「ドカリーと息子」(“Dockery and Son”) の有名な収束部で表明される「重ねる年齢の終わりにすぎない (the only end of age)」(Larkin 153) 宿命としての死についてのどこか性急な諦念めいた結論も、「草を食んで」の結末が漂わせる気分とはどこか異なっているように思われる。どれにも only が導入されながら、この詩の最後の二行で多用される長母音と二重母音には他には見られない慰撫効果があるように感じられるのである。馬丁は馬に敵対するというよりは、いわば馬との距離の維持と一体化の間を揺れたスピーカーの代弁者となって、かれらのゴールである死を優しく引き受けているのではないだろうか。それだけではない。ドカリーの息子とは異なり、ここでの馬丁の息子は死からの生まれ変わりという未来を予兆しているかもしれない。現在には過去ばかりでなく未来も潜在しているという「時間の三重構造」(“Triple Time”)(Larkin 73) が見られると言うべきだろう。なぜなら「馬丁 (groom)」には「新郎 (bridegroom)」の、「馬具 (bridle)」には「婚礼 (bridal)」の、「来る (come)」には「結婚の成就／床入り (consummate)」の、残響を聞くことができる (Osborne 94) からである。それならば思い出されるのは、と言うよりおそらく思い出すべきは、マタイ伝の一挿話ということになる。遅れてやって来た新郎への備えを怠った愚かな乙女たちと備えを忘れなかった賢い乙女たちを対比し、婚姻の席に入った後者と違って、その門を閉ざされた前者の訴えに「目を覚ませ、汝等は人の子の来るその日、その時を知らず」と主が語るという寓話であるが、そこに「夜中に『見よ、新郎来たれり、行きて迎えよ』と呼ばわる声あり (And at midnight there was a cry made, Behold, the bridegroom cometh; go ye out to meet him)」(Matthew 25: 6) という一節があって、この部分はしばしばキリストの再臨に言及したものと解されているらしい。最終連で bridle を携えてやって来る groom がこの bridegroom に幾分なりとも重なるならば、この詩は最後に、死とともに、あくまで小声でではあるが、再生の可能性をも語っているように読める。もっとも、言葉の謎に魅入られたものが果たして、言葉を軽視しがちな社会の舞台で再び走りたいと思うかどうか、少なからず疑問ではあるけれども。

注

本稿は日本ハーディ協会第五十五回大会（二〇一二年十月十三日、武庫川女子大学）での講演「英文学を学ぶ／教えること――ハーディを経由した詩人を経由して」、及び高校用英語検定教科書 Unicorn: English Communication 2（文英堂、二〇一四年）二一四―三四の記述と一部重複するところがある。

引用文献

Alvarez, A. Ed. *The New Poetry*. Harmondsworth: Penguin, 1966.

Booth, James. *Philip Larkin: Life, Art and Love*. London: Bloomsbury, 2014.

Cooper, Stephen. *Philip Larkin: Subversive Writer*. Brighton: Sussex Academic Press, 2004.

Day, Roger. *Larkin*. Milton Keynes: Open UP, 1987.

Heaney, Seamus. *Preoccupations*. London: Faber and Faber, 1980.

Larkin, Philip. *Collected Poems*. Ed. Anthony Thwaite. London: Faber and Faber, 1988.

Morrison, Blake. *The Movement: English Poetry of the 1950s*. London: Methuen, 1980.

Motion, Andrew. *Philip Larkin: A Writer's Life*. London: Faber and Faber, 1993.

Osborne, John. *Racial Larkin: Seven Types of Technical Mastery*. London: Palgrave Macmillan, 2014.

Paulin, Tom. *Minotaur: Poetry and the Nation State*. Cambridge, Massachusetts: Harvard UP, 1992.

Petch, Simon. *The Art of Philip Larkin*. Sydney: Sydney UP, 1981.

Tolley, A. T. *My Proper Ground*. Edinburgh: Edinburgh UP, 1991.

Tomlinson, Charles. "Poetry Today." *The Pelican Guide to English Literature, Vol. 7: The Modern Age*. Ed. Boris Ford. Harmondswoth: Penguin, 1973.

Trollope, Anthony. *Phineas Finn*. Ed. John Sutherland. Harmondsworth: Penguin, 1972.

II

言葉を生み出す言葉

ヴァリオーラムの楽しみ

西出　良郎

一　スティーヴンズのヴァリオーラム

シェイクスピアの死後、国王一座の元同僚ジョン・ヘミングズとヘンリー・コンデルが準備した『ウィリアム・シェイクスピア氏の喜劇、歴史劇、悲劇集』、いわゆる第一フォリオが出版されたのは一六二三年。この本は、『ペリクリーズ』などの未収録作品を追加しながら、一六八五年の第四フォリオまで版を重ねた。現代のテクスト編集学者ゲイリー・テイラーによると、ヘミングズやコンデルは、第一フォリオに収録するシェイクスピアの上演台本を選択したものの、原稿の整理には国王一座の台本管理係が関わったと推測される (Wells and Taylor 36)。原稿が印刷所に渡ったあとも、それを活字に移した複数の植字工には熟練度や綴癖の違いがみとめられ、第一フォリオのテクストは均質ではない。そもそも植字工たちが活字に移した台本は、初演前の祝典局長による検閲を受けた後、劇場や宮廷で何度も上演されるうちに、上演条件に応じて劇作家や俳優や台本管理係によって変更が加えられたものだったに違いない。表紙に記された出版者は、書籍商エドワード・ブラントと、ウィリアムとアイザック・ジャガード父子。このうち父ウィリアムは、二十四年前、シェイクスピア人気にあやかり、シェイクスピアの詩五編に他人の詩十五編を併せて、シェイクスピア著『情熱的な巡礼者』（一五九九）として無断出版したあこぎな過去がある。こうした詐欺まがいの海賊版は論外としても、当時の出版者にとっての関心事はまず本の売り上げであり、第一フォリオの出版者が後代の編集者ほどの熱意や学識をもって本文校訂に当たったとは考えにくい。ルーカス・アーンによれば、「あるテクストの版は、なによりもまず出版者のものであり、彼が選択し、費用を払い、彼の命により製造され、すべてのコピーは売りに出されるまで彼が所有した」(142)。しかし、そのテクスト編集に責任を持ったのが誰だったかを決定することは難しい。

本文校訂に個人として責任をもつ編集者が現れるのは十八世紀初頭。一七〇九年に詩人・劇作家のニコラス・ロウが第四フォリオのテクストをもとに、古い綴りや句読点、行配列の誤りを校訂し、登場人物一覧表とイラストを加えた作品集を出版した。一七二五年には、クォート版を底本とするアレグザンダー・ポープ版が、一七三三年には、クォート版とフォリオ版との校合を進めたルイス・シオボルド版が出版された。その後も一七四四年のトマス・ハンマー版、一七四七年のウィリアム・ウォーバートン版が矢継ぎ早に出版されたが、シオボルド以降の版には、本文校訂に関する注釈の他に、語句解釈に関する注解も含まれるようになった。一七六五年に出版されたサミュエル・ジョンソン版には、『英語辞典』(一七五五) 編纂で蓄えた英語に関する学識をもとに、十八世紀後半の読者には理解しづらい語句に多くの注解が付けられた。ジョンソンの編集した本文そのものは、テイラーのような現代のテクスト編集学者からは、「彼以前のテクストからの注目すべき進歩は見られない。有名な序文がこの版の最良の部分だろう」(Wells and Taylor 55) と、あまり高い評価をうけていないようだが、シェイクスピアの本文解釈の歴史からみれば、ジョンソン版が最初の本格的注釈本であった。ケンブリッジ版、オックスフォード版、アーデン版など学術的とされる現代の版で、気の利いたジョンソンの注解を引用しないものはない。そのジョンソン版を改訂したジョンソン―スティーヴンズ版 (一七七三) に対しても、テイラーの評価は低く、「この版の新しさは、台詞の一行を二人の人物で分けるとき、韻律構造が目で見てわかりやすいように二行に分けて印刷したことくらいだ」とい

う (Wells and Taylor 55)。しかし、後世の本文解釈のあり方にもっとも影響を与えたのは、ジョンソン―スティーヴンズ版だった。マーカス・ウォルシュによると、ジョージ・スティーヴンズは、一七七三年版に、みずから数百の注解を書いただけでなく、ジョンソンによる新注解八十に加え、牧師トマス・パーシー、ケンブリッジ大学エマニュエル学寮のリチャード・ファーマーら十二名の編集協力者による注解を加えている。一七七八年の改訂版にはさらに多くの人々が注釈を寄稿しているが、こうした寄稿者の職業は、内科医、古典学者、出版印刷業者、法律家、詩人などであった (Walsh 72)。すでに一七六六年の時点でジョンソン版の改訂版を出すことを計画していたスティーヴンズは、四ページのブロードサイド版広告 ("To the Public") を出して一般の人々に編集協力を呼びかけている。

本文批評や注釈を含む版を、一個人の精励勤勉によって完成させようとすれば、多くの細かな瑕疵が見いだされることになるものだ。（中略）シェイクスピアの読者は、一人一人、他の読者の持っていない知識を持っていて、その職業や読書歴から、どれほど勤勉な注解者の調査からも漏れていたかもしれない事実に光を当てることができる。（中略）かつては本文の一節に辛辣味を与えていた地方特有の冗談や個人への当てこすりをすべて発見したり、当時の日常会話でありふれていたかもしれないが現代では全く忘れ去られた言い回しを正しいものと断定したりする仕事を一人の編集者に期待することはできないだろう。（中略）シェイクスピア劇の完全な編集は、好古家、歴史家、文法家、詩人の助力を同時に必要とするものだ。(250-51)

シェイクスピアの死後百五十年が経過し、台詞の指し示した事象が失われつつあることをスティーヴンズは意識していた。この広告で彼がめざしたのは、様々な分野の知識や経験を持つ人々の協力を得て、情報網をできるだけ広げることによって、シェイクスピアが台詞に込めた、十八世紀には失われようとしていた意味を救い出すことであった。そのためには、シェイクスピア編集の仕事は、共同作業とならざるを得ないと考えていたのである。

ジョンソン―スティーヴンズ版のもう一つの特徴は、そのヴァリオーラム的な性格に見いだされる。スティーヴンズは、本文の一つの箇所に対して、シオボルド、ウォーバートン、ジョンソンなど先行編集者の注解を名前入りでそのまま印刷し、〔スティーヴンズ〕と記した自身の注解と同列に並べている。さらに広告で呼びかけた編集協力者たちの注解も収録した結果、ほんの二、三行の本文の下に、細かい活字で組まれた脚注が黒々と並ぶ頁が少なくない。そこには、明らかに的外れだとスティーヴンズが考えた注解も収録されている。それは、過去の編集者や同時代のシェイクスピア愛好家たちの見解を包括的に収録しておけば、将来の世代のシェイクスピア研究のために役立つかもしれないと考えたからである。一七九三年版の第五巻に含まれる「読者に」という文で、スティーヴンズは本文のスペースを圧迫する長々しい注解を付けたことへの弁明を次のようにのべている。

簡潔さを目指す試みはしばしば不完全な説明の原因となる。常に誤解される箇所や、冗談や面白さがわからなくなって久しい箇所については、必要と思われる以上の例証を挙げた。（中略）相容れない見解のそれぞれの例証を収録する場合には、どの見解が正しいか決めようと試みることはしない。こうした中立的な収集は、将来の批評家のための資料と見なされるべきだ。今後、彼らがうまく使ってくれるであろう。(5: 326)

複数の相容れない見解を並列して示すスティーヴンズの方式は、一七九〇年に出版されたエドマンド・マローン版に引き継がれ、十九世紀初めにはアイザック・リードによってヴァリオーラムが編まれる。

本稿では、シェイクスピアが四回用いた“shard”という語を巡って、ジョンソン、スティーヴンズ、彼の編集協力者たちに始まり、今世紀まで引き継がれた論争を追うことによって、自身の見解と異なる見解が、たとえどれほど的外れなように思えても、そのままタイムカプセルのように脚注に収録し、後世に伝えようとしたスティーヴンズの功績について考えたい。

二　スティーヴンズとトレット

第一フォリオには“shard”が四回現れる。このうち、『ハムレット』のオフィーリア葬送の場面の司祭が口にする「慈悲深い祈りではなく、かけら(shards)、砥石、小石が亡骸のうえに投げられるべきなのです」(5.1.212-13)[1]では、“shards”が陶器のかけらを意味することは明白である。厄介なのは『マクベス』、『アントニーとクレオパトラ』、『シンベリン』に一度ずつ使われる“shard”の意味で、この語が出てくるいずれの箇所も学者たちを苦しめる難所として知られてきた。手短に言うと、“shard”が、家畜の「糞《ふん》」を意味するのか、甲虫類の「鞘翅《さやはね》」を意味するのか、論争が続いてきたのである。二〇〇五年にティモシー・ビリングズが発表した「“shard-borne beetle”の難問を押しつぶす」という論文は、これまでの論争に採り上げられてこなかった例証を積み重ねることによって、この問題をほぼ解決したように思われる。ビリングズはどの場面でも「糞」の意味で使われていると結論づけているが、その議論は後ほど見ることにして、まずは一七七三年、一七七八年および一七九三年と三度改訂されたジョンソン—スティーヴンズ版の注解に目を向け、この論争の始まりを確認する。

妻と共謀してダンカンを暗殺したマクベスは、バンクォーの子孫が王になるという魔女の予言を阻止すべく、妻には知らせぬままバンクォー父子に暗殺者を送る。宴会の始まる日暮れ時までに恐ろしい行為が行われるはずだとほのめかすマクベスの台詞のなかに問題の“shard”が出る。

　　　　Ere the bat hath flown
His cloistered flight, ere to black Hecate's summons
The shard-borne beetle with his drowsy hums
Hath rung night's yawning peal, there shall be done
A deed of dreadful note.　　　　(3.2.41-44)

（コウモリが回廊内を飛ぶ前に、暗黒の魔女ヘカテの呼び出しに応じて、甲虫がものうい羽音で、夜のあくびを誘う鐘の音を響かせる前に、きっと行われるだろう、恐ろしい行為が。）

右には訳出しなかったが、甲虫を形容する“shard-borne”は確かに曖昧だ。一七七三年のスティーヴンズ版の脚注は、ウォーバートンの「木の裂け目に孵った甲虫」とする注解を、『アントニーとクレオパトラ』の一節“They [Antony and Caesar] are his[Lepidus's] *shards*, and he their *beetle*” (3.2.20) とともに示すだけの簡素なもので、スティーヴンズ自身の解釈は示されていない。当初はウォーバートンの解釈に異論なかったものと思われる (4: 467)。

しかし、一七七八年版では彼自身の注解が三十八行にわたって展開される。七三年版に収録したウォーバートンの注解を再録した上で、スティーヴンズは、"shard-borne beetle" とは「鱗のような鞘翅によって空中を運ばれる甲虫のことだ」という解釈を示し、"shard" が昆虫の堅い羽根を指すことの例証としてガウアーの『恋する男の告解』(一三九〇年頃)から "Whose [a dragon's] *scherdes* shynen as the sonne" を引く。ガウアーが「太陽のように輝く鱗」の意味で "scherdes" を使っているのと同じく、シェイクスピアも "shard" を甲虫の羽根の意味で使っていると説明し、「内側の薄い羽根の被いとして、鱗のような堅さを持つ二枚の羽根をもっているのは、甲虫類の特徴だ」という。スティーヴンズは自説を補強すべく、ベン・ジョンソン『悲しむ羊飼』(一六三七)中の "The *scaly* beetles with their *habergeons,* / That make a humming murmur as they fly" に続いて、『シンベリン』中の "we find / The *sharded* beetle in a safer hold / Than is the full-winged eagle" (3.3.19-21) を挙げ、「ここでは、昆虫と鳥の羽や飛翔の対照が意図されている。甲虫は堅い羽根でやっと地面の上を飛ぶことしかできないが、どのような高みにも舞い上がれる羽をもつ鷲よりも、より安全な境遇にあることが多い」と解説する。スティーヴンズの注解の後半は、ウォーバートンの解釈の論駁に費やされる。

ウォーバートン博士の『アントニーとクレオパトラ』からの引証は、彼自身の解釈と矛盾するようだ。当該箇所でのエノバーバスの意味するところは明らかにこうだ。レピダスはローマ三執政官のなかの甲虫で、鈍く盲目的な人物だ。もし力のある同僚執政官オクテイヴィアスとアントニーが彼の "shards" すなわち羽根となって地面から少し持ち上げてやらないと、レピダスは地面を這いつくばるしかないのだ。

オクテイヴィアスとアントニーは、古い木の二つの裂け目で、その中でレピダスが卵から孵ったと言われても、どんなイメージが浮かび上がるというのだろう。(*Plays* [1778] 4: 533)

ただ、スティーヴンズの議論には筋の通らないところがある。ベン・ジョンソンの「飛びながら音を立てる／甲冑をまとった鱗をもつ甲虫」には、"shard"という語は出ていないし、『シンベリン』の一節では、鷲と甲虫のどちらが安全な立場にあるかについての対比が意図されているのは確かだが、高い空を飛ぶ鷲よりも、地面の上を飛ぶ甲虫がなぜ安全なのか説明できないからだ。『アントニーとクレオパトラ』の一節に関する解説も、"shard"すなわち羽根という自説に依存する循環論法に陥っていると言わざるを得ない。

スティーヴンズが一七七八年版で追加したもう一つの注解はジョージ・トレットによるものである。トレットは、ロンドンから三百マイル離れたスタフォードシア、ベトレーに住む紳士で、一人でシェイクスピアを研究していたが、一七六六年にスティーヴンズが出したジョンソン版の改訂版のための協力依頼広告を見て、スティーヴンズに手紙を書いた。アーサー・シャーボは、十八世紀のシェイクスピア研究に大きな貢献をしながら、同時代からも、後世からもきちんとした評価を受けてこなかった研究家としてトレットを紹介している。一七二五年生まれのトレットはスティーヴンズより十一歳年上で、スティーヴンズと同じく、イートン校、ケンブリッジ大学キングズ学寮で学んだが、その後ロンドンのリンカンズ・インに進み一七五一年に法廷弁護士の資格を得る。しかしまもなくベトレー・ホールに隠遁し、独身の田舎紳士としての生涯を送った。トレットが手紙を書いた時もスティーヴンズは彼の存在を知らなかったらしい。ジョンソン、スティーヴンズ、ファーマー、マローン、リードらは、シェイクスピア編集者のサークルを形成し、みずから「クラブ」と呼んでいたが (Walsh 72)、トレットは彼らからすると、サークル外部の無名編集協力者に過ぎなかった。トレットがスティーヴンズに送った知識は、しばしば情報源を明かされないまま無断借用され、トレットは不満を抱いていたという (Sherbo 51)。それでも、トレットの名前入り注解は、一七七三年版では十五、一七七八年版では四百以上に及び、編集協力者による貢献としては、群を抜いている。その注解は、ケンブリッジやロンドン時代にトレットが収集した本から得た知識だけでなく、ベトレー・ホールに隠遁したあと得た、耕作、植物、狩猟、博物学、地方史に関する知識や経験を踏まえたものだった (Sherbo 50)。

　さて、トレットは「“shard-born beetle”というのは糞の中に生まれた甲虫のことだ」とし、このあまりにも卑近な解釈には古典の援用が必要だと感じてか、「アリストテレスもプリニウスも糞の中に生まれる甲虫についてふれている。博物学者だけでなく詩人たちも同じ報告をしている」と加える (Steevens, *Plays* [1778] 4: 533)。彼は、マイケル・ドレイトン『イデア』（一六一九）から “I scorn all earthly *dung-bred* scarabies”、およびベン・ジョンソン『十人十色』（一五九八）から “But men of thy condition feed on sloth, / As doth the *beetle* on the *dung* she breeds in” を引くが、実のところこの二つは shard が糞を指すという仮定の上になりたつ傍証にすぎず、さほど説得力があるとは言いがたい。しかし、トレットが次に挙げる証拠は、地主として農場経営に関わる地方在住研究家ならではのものであろう。

> “shard” が糞を意味することはスタフォードシア北部ではよく知られている。そこでは “cow-dung” を指す言葉として一般的に “cowshard” が使われる。(4: 533)

さらにトレットは、ジョージ・ペティー『ペティーの喜びの小さな宮殿』(一五七六)から"The humble-bee taketh no scorn to lodge in a cow's foul *shard*"と、フランシス・ベイコン『自然誌』(一六〇五)から"Turf and peat, and *cowsheards*, are cheap fuels, and last long"を引いている。この二例では、"shard"が"dung"の意味で使われているのは明白だ。スティーヴンズが引証した『シンベリン』の"sharded beetle"についても、トレットは「糞に宿る甲虫」とし、シェイクスピアが意図したのは、スティーヴンズが言うように鷲と甲虫の飛翔の高低ではなく、甲虫の「つつましい土にまみれた家」と、「杉の高枝に鷲が営なむ高貴な巣」に見られる住処の貴賤の対比だとする(4: 534)。

こうしてスティーヴンズとトレットの注解を比較してみると、トレットに分があるように思われる。シェイクスピアからの引証をのぞけば、スティーヴンズが"shard"を含む用例として挙げるのは、ガウワーの一例のみで、しかもガウワーの"scherdes"が竜の「鱗」だとしても、鱗と鞘翅は似て非なるものではないかという疑問を残すのに対して、トレットは、スタフォードシアの方言"cowshard"に加えて、ペティーとベイコンから「糞」としかとれない"shard"の用例を挙げているからだ。しかし、トレットの主張はシェイクスピア研究家の中ではほとんど顧みられることはなく、十九世紀の注解者の大半はスティーヴンズの説を支持した。例外は、一八七〇年代から作業を始めた*OED*の編纂者で、彼らは"shard, n4"の項を設け、「鞘翅目の昆虫のさやばね」という定義を与えているものの、語源の欄に「シェイクスピアのshard-bornへの誤った解釈に由来する」とし、その初出例としてジョンソンの『英語辞典』(一七五五)から"Perhaps shard in Shakespeare may signify the sheaths of the wings of insects"を挙げている。では、なぜトレットの「糞」説は、長く等閑に付されたのだろうか。

スティーヴンズは一七九〇年に出版されたマローン版シェイクスピア全集に対抗し、一七九三年にジョンソン―

スティーヴンズ版の増補版を出版する。件の箇所 (7: 466-68) をみると、七八年版の三人の注解が再録された後に、ジョーゼフ・リットソン、エドマンド・マローン、トマス・ホルト・ホワイトの新たな注解が収録されている。リットソンは、マクベスが "shard" を『ハムレット』の司祭と同じく「陶器のかけら」の意味で使っているとし、トレットを激しく攻撃する。「トレット氏は、墓の中に牛糞が投げ入れらるべきだとでも言うのであろうか」と。この非難は『ハムレット』と『マクベス』の "shard" が、同じ語だという前提に立つ不当な言いがかりと言わねばならないが、リットソンは、「スティーヴンズ氏は正しい可能性があるが、ウォーバートン博士とトレット氏は確実に間違っている」と締めくくる。マローンの注解は、マクベスが言っているのは「コフキコガネ」のことで、「スティーヴンズ氏の解釈が正しいと思う」とする。ホルト・ホワイトの注解には、スティーヴンズ説とトレット説の間で迷っている様子がうかがわれる。「スティーヴンズ氏の解釈が明らかにこの文脈では最もふさわしい。しかし、次に挙げる二つの用例はトレット氏の解釈を支持しているようだ」とし、エドワード・ダンス『スペイン国に関する短い報告』(一五九〇) から "How that nation rising like the *beetle* from the *cowshern* hurtleth against al things" を、ジョン・ドライデン『牝鹿と豹』(一六八七) から "Such souls as *shards produce*, such beetle things, / As only buzz to heaven with evening wings" を引用する。ホルト・ホワイトが、甲虫と、牛糞としての "shard" のつながりを示す有力な例を示しながら、なぜスティーヴンズの解釈が最もふさわしいとするのか判然としない。ホルト・ホワイトは編集協力者として百以上の注解をスティーヴンズ版に寄稿しているが、シャーボは、王立協会員であった二人は個人的にも親しかったかもしれないと言う (Sherbo 89)。

　ともあれ、スティーヴンズが「読者に」で述べる「相容れない見解のそれぞれの例証を収録する場合には、どの見解が正しいか決めようと試みることはしない」という姿勢は九三年版でも守られている。スティーヴンズは、彼の集めた情報を可能な限りそのままの形で後世に伝えようとしているのである。しかし、六人の注解を通読すれば、七八年版で並置されていたスティーヴンズとトレットの解釈に対して、新たに加わった三人の注解が判定を下している図になっているのも確かだ。「スティーヴンズ氏の解釈が正しい」（リットソンの場合は、「正しい可能性がある」）とした見解が、十九世紀から二十世紀前半にかけて「羽根」説が「糞」説を圧倒した要因の一つとなったと思われる。その背景に、ジョンソン、スティーヴンズ、マローンといったシェイクスピア研究の大御所たちへの信頼があったことは言うまでもない。

三　「糞」の役割

『マクベス』注解史で「糞」説が息を吹き返すのは、一九五一年のケニス・ミュアからで、一九九〇年のオックスフォード版、一九九八年のケンブリッジ版は二説を並べるにとどまるが、二〇一五年の第三アーデン版は「糞」説をとっている。ビリングズは、ジェフリー・ホイットニーの『エンブレム選集』（一五八六）から、「悪人の破滅」と題された図像と詩句を引いている。甲虫が香しいバラを嫌い、不潔な匂いを好み、糞を住居兼食糧とし、夜を喜びとするように、悪人は、不潔、堕落、下劣を喜び、健全な助言を憎む、といった趣旨の教訓詩である（Billings 442）。ビリングズが言うようにシェイクスピアがホイットニーの本を知っていたとすれば、彼が甲虫の形容辞に“shard-born”を選んだ理由も推測できる。甲虫がヘカテの呼び出しに応える悪の下僕なら、魔女たちが大釜で煮込む、腐った臓物、毒ガエル、イモリの目、魔女のミイラ、娼婦が溝に産み落とした赤子の指といった具材（4.1.4-38）

と同じく、不潔さや不気味さに加えて道徳的堕落を連想させなければならない。そのためにはニュートラルな「羽根」よりも「糞」がふさわしい。みずからの良心の助言を退けダンカンやバンクォーを暗殺し、予言の保証をえるために魔女の洞穴を訪ねるマクベスは、ヘカテの呼び出しに応じる甲虫と同じように、ヘカテの下僕となっているのである。

『アントニーとクレオパトラ』では、ローマの三頭政治の一角を担うとはいえ、実力でアントニーやオクテイヴィアスに劣るレピダスが「甲虫」に喩えられ、他の二巨頭がその“shards”に喩えられる。アントニーとオクテイヴィアス双方におもねるような賛辞を送るレピダスを評して、エノバーバスは、“They are his shards, and he their beetle.”(3. 2. 20) と言う。一九五八年のアーデン版編者M・R・リドレーは、一七七八版スティーヴンズの「アントニーとシーザーは、レピダスという重くずんぐりした昆虫を地面から持ち上げる羽根である」(8: 203) という注解をそのまま引いている。二強が一弱の飛翔を支えてやっているというイメージである。一九七七年のペンギン版編者エムリス・ジョーンズは、「彼らは糞の塊で、その間をレピダスは右往左往する」と注解し、「糞」説をとる。一九九〇年のケンブリッジ版編者デイヴィッド・ベヴィントンは「たぶんレピダスを養う糞のことだろうが、意味は不確かだ」とし、一九九五年の第三アーデン版のジョン・ワイルダーズは「甲虫は香しい花々を通り越して糞にとまる」という諺を引いて、ここでも「糞」を意味すると言う。糞から養分をもらって生きるさもしい虫に喩えられたレピダスも気の毒だが、アントニーやオクテイヴィアスが「糞」に喩えられるのは、はたして、それでよいものかという疑問も湧くが、私は「糞」でよいと思う。物事がよく見えて、口の悪いエノバーバスならこれくらいのことは平気で言う。この文脈に「羽根」がそぐわないのは、アントニーにもオクテイヴィアスにも、レピダスの飛翔を支えてやる義理も意図もないからである。事実、この後すぐにレピダスは滅ぼされる。あと一つ指摘したいのは、「糞」はこの劇にとって意外に大事な言葉であることだ。劇冒頭のアントニーはクレオパトラを抱擁しながら高らかに宣言する。

Kingdoms are clay. Our dungy earth alike
Feeds beast as man. The nobleness of life
Is to do thus. (1. 1. 34-37)
(王国など所詮土くれ。糞にまみれた大地は人間同様、獣をも養う。人生の高貴さとはこうすることだ)

アントニーは、現世的権力を超越した天上的な愛を謳う。だが、三幕二場で彼は何をするだろうか。三執政官としての権力保持のために政敵オクテイヴィアスの姉と結婚するのである。それは冒頭の愛の宣言とは裏腹の「土くれ」への執着に他ならない。冒頭のアントニーは、政治権力が支配する現世を「糞まみれの大地」とさげすんでいたが、この場面では政略結婚を申し出たオクテイヴィアスともども「糞」にたとえられているのだ、と私はとりたい。政治世界で生きのこるには、レピダスのように甲虫となって糞から養分を引き出すのが必要であるばかりでなく、時には糞となり甲虫にほどこしてやることも必要だ。少なくとも現実主義者エノバーバスはそのように考えるのではないだろうか。

『シンベリン』の“The sharded beetle” (3.3.20) については、一九五五年のJ・M・ノズワージー編アーデン版が「羽根をもった甲虫」とするのに続き、一九九八年のロジャー・ウォレン編オックスフォード版も「鱗のような鞘翅をもった」と解している。ウォレンはかなり強硬で、「*OED* はこの解釈が誤解にもとづくとしているが、もし誤解があったとすればシェイクスピアが誤解していたのだ」と述べ、シェイクスピアはあくまでも「羽根」を意図していたとする。一方、二〇〇五年のケンブリッジ版マーティン・バトラーはこの劇の編集者として初めて「糞」説を支持し、「糞に包まれた、したがって最も地位の低い」という注解を付けている。バトラーとビリングズはともに、エラスムス『格言集』に収められたイソップの「鷲とフンコロガシ」の寓話に言及する (Billings 439-41)。鷲に追われたウサギから助けを求められたフンコロガシの嘆願を無視して、鷲がウサギを食べてしまったため、その復讐のためにフンコロガシが鷲の巣に昇って卵を地面に落とす話である。シンベリン王のために武勲を立てたのに認められず、佞臣の讒言により失脚した腹いせに、赤子だった二人の王子を連れ去り岩屋で暮らすベラリアスが、イソップの寓話を思い浮かべていた可能性は充分にある。そのためにも "The sharded beetle" は「糞を住処とする甲虫」でなければならないだろう。

二十世紀の後半から今世紀にかけて、この論争は、ほぼ決着がついたように思われる。ほとんど支持を得られなかったトレットの解釈は、二十一世紀には俄然支持されるようになった。逆説的だが、これはスティーヴンズの先見の明を証明している。本文解釈に裨益しそうにない注解も含めて、知られているあらゆる情報を収録しようとする彼の編集方法が、後代に恩恵をもたらしたのである。

注

(1) シェイクスピアからの引用および行数指定は、*The Norton Shakespeare* による。

引用文献

Billings, Timothy. "Squashing the 'Shard-borne Beetle' Crux: A Hard Case with a Few Pat Readings." *The Shakespeare Quarterly* 56. 4 (Winter, 2005): 434-47.

Erne, Lukas. *Shakespeare and the Book Trade*. Cambridge: Cambridge UP, 2015.

Greenblatt, Stephen. ed. *The Norton Shakespeare*. New York: Norton, 1997.

Sherbo, Arthur. *Shakespeare's Midwives: Some Neglected Shakespeareans*. Newark: U of Delaware P, 1992.

Steevens, George. "To the Public." *William Shakespeare: The Critical Heritage*. Ed. Brian Vickers. Vol. 5. London: Routledge, 1995.

——, ed. *The Plays of William Shakespeare*. 10 vols. London, 1773.

——, ed. *The Plays of William Shakespeare*. 10 vols. London, 1778.

——, ed. *The Plays of William Shakespeare*. 15 vols. London, 1793.

Walsh, Marcus. "George Steevens and the 1778 Variorum: A Hermeneutics and a Social Economy of Annotation." *Shakespeare and the Eighteenth Century*. Ed. Peter Sabor and Paul Yachnin. Aldershot: Ashgate, 2008. 71-83.

Wells, Stanley and Gary Taylor. *Shakespeare: Textual Companion*. Oxford: Clarendon, 1987.

受難をどう描くか・描かないか——ダンの宗教詩をめぐって

西川　健誠

宗教改革期の一大争点は聖餐（ミサ）である。教会史家クロスの要約に従えば、「宗教改革的神学者間では聖餐を犠牲とする見方を否定、ないし犠牲としてもリアルなものではないとする傾向が生じたのに対し、カトリック側のトリエント公会議は聖餐をキリストの十字架上の犠牲の再現とする立場を確認した」(Cross 568)。この対立は、受難の再現の是非をめぐる聖書自体に見られる緊張を反映している。「イエス・キリストの体の一たび献げられしに由りて、（中略）赦しある上は、もはや罪のために献物をなす要なし」と、受難の一回性・再現の不要ないし不能性を説く文言がある一方(Heb.10.10, 18)、「これは汝等のための我が体（中略）この酒杯は我が血によれる新しき契約（中略）我が記念として之をおこなへ」と、聖餐による受難の反復を促す文言(1 Corinth. 11.23-24)もあるからだ。贖罪における人間側の営為を否定した宗教改革者側が前者の文言に寄り添ったなら、贖罪者による命令としての後者の文言にカトリック側は寄り添ったのだった。

この対立は単に神学的問題と見えるかもしれない。だが論争の中核がキリストの十字架上の犠牲を再現(re-presentation)する事の是非にあった点を思えば、聖餐をめぐる論争は優れて表象(re-presentation)に関わるものであったゆえ、文学の世界にも無縁ではなくなる。祭儀により受難を表象出来るか否かが問題になるなら、並行的に、詩により受難を表象出来るか否かも問題になるからだ。もとより無限の神の事蹟を有限の人間の言葉で語るというジレンマを宗教詩人は抱えているが、救済にとり最も重要な出来事の表象について教派間で分裂のある時代にあり、このジレンマは一段と深刻なものとなった筈である。(1)

受難という出来事は詩に表象し得るか否か、表象するならどう表象するのか。この問題への関わりの例として、本論文ではジョン・ダン (John Donne, 1572-1631) の場合を取り上げたい。かれはカトリックの家系に生まれながら最終的にプロテスタントの英国国教会の牧師となった。そのように実人生においても教派間の分裂を生きた分、詩中における問題への関わりは同時代の他の宗教詩人にも増して複雑であっただろう。以下ではダンの宗教詩の幾つかを取り上げ、キリストの刑死を描くことにどんな態度で向かっていたかを、考察する。

一　場面の立ち上げ（「十字架刑」及び「わが顔に唾せよユダヤ人」）

十六、十七世紀のヨーロッパに広まった信心行として、イグナチオ・ロヨラ（一四九一―一五五六）の『霊操』に基いた黙想がある。綿密な方法に則り、聖書中の事蹟に思いを馳せることから出発し信仰生活上の決断に至ることを特徴にした信心行だが、受難の再現＝表象という角度から見た際のこの行の注目すべき点は、「黙想しようと思う出来事の現場に身を置い」て、その現場を「ありありと想像の眼で見る」ことを勧めている点だ（ロヨラ 100）。この「現場に身を置く (composition of place)」という方法は、想像力ないし記憶の力を用いて、聖書中の出来事を心眼の前に立ち上げ今再現すること、と言い換えられる。(2)

マーツやガードナーが指摘する通り、カトリックの家系に生まれるのみならず親族にイエズス会士もいたダンが、『霊操』に基づく黙想術に親しんでいたことは、十分考えられる (Martz 38, Gardner lv)。この黙想術の影響が見られるかれの受難の詩として、まず『冠』（*La Corona*）から、「十字架刑（Crucifying）」を取り上げたい。キリストの磔刑を叙述することから始まるこのソネットは、途中からその出来事の劇的な再現に移行している。

人の力を超えた奇跡により
そのお方はある者達に信仰心を、ある者達に嫉妬を生んだ。
というのも、柔和な魂の感嘆の対象を、野心ある魂は憎むゆえ。
感嘆した者も憎んだ者も数多くそのお方に走りよったが、
ああ、殆どは最悪の連中である。連中はこの穢れなき方に――
運命もこのお方が創られたものであるにも関わらず、運命を
指図しようとし、かつその力をもち、現に指図するのである。
ご自身が生命そのものである無限のお方の生命を人の一生分、
いや、一寸に縮めようとする。見よ、告発をうけた場で、
そのお方がご自身の十字架を痛みつつ背に載せる。がほどなく、
十字架に載せられたそのお方は、さらに重きを担い死す定め。
十字架に挙げられた御身よ、どうか私を御許に近づけ給え、
死にあたり惜しみなく分け与えられる方よ、
御血の一滴により、私の魂の渇きを癒し給え。

動詞の時制に着目したい。九行目の途中、受難に至るいきさつの説明といえる部分まで “begat”(2), “ran”(4) など過去形を用いている箇所もある。だが人々のキリストに対する悪意を語る部分では “hate”(3), “do…prescribe”(6-8) など現在形が用いられ、九行目後半以降キリストの受難そのものを語った箇所では “he *bears* his own cross”(9), “it(=his cross) *bears* him(11), “thou art lifted up”(12) のように一貫して現在形が用いられている。糾弾されたキリストが十字架を背負わされること、十字架に挙げられた結果、十字架に背負われる格好になったこと——これらの事蹟全てが現在形で記されることにより、キリストの磔刑という過去の出来事が現在の出来事として再現＝表象されているのだ。これは、受難の光景を自らに指し示すごとく「見よ（Lo）」(9) と間投詞を差し挟み、一一―一四行目ではそこまでは三人称で指していたキリストに二人称 (thou, thee, thy) で呼びかけ、さらに「御血の一滴により私の魂の渇きを癒し給え (Moist, with one drop of thy blood, my dry soul)」(14) という一人称単数を含んだ祈願を行っていることとも符号しよう。詩人は、「今ここ (Now)」(12) の出来事として受難を心眼に再現する中、受難による贖罪を直にわが身におきるべき出来事として捉えている。

次に『聖なるソネット』(*Holy Sonnets*) 中の一篇、「わが顔に唾せよ、ユダヤ人達、そしてわが脇腹を刺せ」(“Spit in my face ye Jews, and pierce my side”) を取り上げる。結びで受肉・受難の神秘を讃えるべく、まず受難の現場の想像から始め、次いで受難の意義を思うという構成は、『霊操』に基づく黙想の構成と呼応する。ここではその三部構成中の前二部をなすオクテットに注目したい。

わが顔に唾せよ、そなた方ユダヤ人達、そしてわが脇腹を突き刺せ、

私を殴打し、嘲り、鞭打ち、十字架に架けよ、
というのも私は罪に罪を重ねたというのに、悪を行いようのない
あの方のみが、亡くなられたのだから。
だが私の死でもっては、私の罪の清算は
出来ない。なぜならそれらはユダヤ人の不信心を超えるものゆえ。
かれらはいまだ栄光なき状態の主を一度のみ殺したのだが、私は、
いまや栄光を得ている主を、日毎に十字架に架けているのだから。　(1-8)

キリストの磔刑の場面を心眼に思い起こし、その場面に自らを置くよう説く。これ自体記憶ないし想像力による再現と呼べよう。だが上のソネットにはこれに加え、さらに二重の受難の再現が認められる。第一のものは、罪を犯したのはキリストではなく自分である以上、神の子の味わった暴力――「唾される (Spit)」(1)、「脇腹を刺される (pierce [my] side)」(1)、「殴打される (Buffet)」(2)、「鞭打たれる (scourge)」(2)、そして「十字架に架けられる (crucify)」(2) こと――は自分の身にこそ降りかかるべきだ、と願っている点だ。これは詩人による、自らの身体上への受難の反復の願望表明である。キリストの受難の肉体的模倣をもって、自らの罪の償いとしたい、と言うわけである。

この願望は一度その意義を否定されるかに見える。レワルスキーの指摘する通り、「私の死でもっては私の罪の清算は出来ない (by my death cannot be satisfied / My sins)」(5-6) という言葉は、宗教改革的な功の否定・「恩恵のみ」

の態度表明と読めるからだ（Lewalski 270）。だが逆説的にも、この自らの功の否定はすぐ続く行で受難の再現の必要性の承認につながる。これが、黙想による受難に加えての受難の再現の第二のものである。詩人によればユダヤ人のキリスト殺しが「一度のみ（once）」（7）の出来事であったのに対し、自らの犯す罪は「日毎に（daily）」（8）キリストの磔刑の必要を生じさせている、と言う。こういう文言は一義的には自己糾弾を意図して発した文言だろう。だが主語を「私」から「私達」に変えれば、この一文は、日々繰り返される人類の罪の贖罪のために恒常的にミサの形で十字架上の犠牲を再現する、というカトリック的論理と響きあう。人間側の無力という宗教改革者の論理ではキリストの犠牲の唯一回性の根拠となる概念が、ここでは犠牲の反復の必要を支持する論拠に反転し得る、とも言えようか。こういう仕方で詩人は、ヘブル書的に「一回限りの受難」のみによる贖罪を語りつつ、同時に「日々あの方を十字架に架け」（かつそう記す）ことで、コリント前書的に受難＝贖罪を再現しているのである。

上に見た二つのソネットではいずれも、ロヨラ的な黙想術に従い、心眼による場面の立ち上げを行っている。これ自体が受難の表象＝再現と言えよう。だが「わが顔に唾せよ」では一段進み、自らの身体に受難が反復されることが祈願され、逆説的な形ではあるが受難の日常的な反復の必要が認められる。そこに詩人の、一ひねり加わった受難の表象＝再現への願望が現れている。

二　心中の十字架像の効力（「今宵が世界の最後の夜であるとしても」）

前節で触れたロヨラの黙想法は、いわば想像力によりキリストの事蹟の「像」を描くことを勧めたものだ。彫刻や絵画、祭儀等、肉眼に訴えるより直接的・物質的な「像」に比べれば、この心眼に映される「像」は間接的・精神的ではある。だが、原初の事蹟を映す＝写す試みである限り、心眼に映し＝写した像も表象論的不安から自由ではない。黙想されたキリストの受難の姿はリアルにキリストの受難を復元しているのか。リアルであるなら、事実としての受難が実現したとされる救済の効力をこの「像」も等しく持つのか。パン・ブドウ酒が「実質」的にキリストの体・血なのかそれとも信徒の信仰がそのように判断するのかという聖餐論上の問題と同種の問題が、心中のキリスト像にもつきまとう。

「今宵が世界の最後の夜であるとしても」（"What if this present were the world's last night?"）は、終末の裁きを黙想したソネットだ。だが同時に、心中の「十字架に架けられたキリストの像（the picture of Christ crucified）」(3)の効力をめぐる自問自答でもある。この「像」は、歴史上の出来事としての受難と同じ効力を持つか。持つならその効力は像の内から生じるのか否か。

今宵が世界の最後の夜であるとしても、何だというのか。
わが魂よ、お前の宿るわが心の中を覗いて、
十字架に架けられたキリストの像を見るがよい、そして教えよ、
キリストの御顔がお前を恐怖させ得るか否かを。
キリストの目の涙は驚くべき光を消し、
険しい顔も、突き刺された額から落ちる血で溢れる。
敵の激しい悪意の引き換えに赦しを祈ったその舌が、

お前に地獄落ちの裁きを下し得ようか。
あり得ぬ、あり得ぬ。私は女を偶像崇拝していた頃、
神聖ならざる、愛する女達全てに向かい「美は慈悲の徴、醜さは
もっぱら無慈悲さの徴」と言ったのと同じように
わが魂よ、お前にはこう言おう。
悪しき魂には醜い姿が与えられるが、
この美しい姿はその方の心が慈悲あることを保証する、と。

ヤングも指摘する通り、オクテットはスペインのバロック画家による磔刑像を髣髴とさせる(Young 24)(3)。「心中に(in my heart)」(2)という留保はあるが、キリストの「像(picture)」(2)を目に浮かべ得るものとし、実際に十字架上のキリストの身体的ディテイル――「目の涙(tears in his eyes)」(5)、「血(blood)」(6)、「突き刺された額(pierced head)」(6)――に言及がある点で、詩人は受難の表象＝再現可能性を前提としている。のみならず、「御顔がお前を恐怖させ得るか否か(whether that countenance can thee affright)」(4)、「その舌が／お前に地獄落ちの裁きを下し得ようか([C]an that tongue adjudge thee unto hell [?]」(7)とあるように、心眼に映された磔刑のキリストが、黙想する側の心理を左右する、否、救済を保証するという文言もある。これらを文字通りに解せば、詩人は像のキリストに歴史上のキリストと同じ救済論上の力を認めていることになる。これは受難の再現としてのミサに効力を認めるカトリック的聖餐理解を、黙想されたキリストについてあてはめたもの、と言ってもよい。

しかしセステットは、オクテットで展開された議論を転覆しかねない文言を含む。「女性を偶像のように崇めていた頃、全ての相手に向かい『美は慈悲の微、醜さはもっぱら無慈悲の微』という言葉で口説こうとしていたが、その言葉は救い主にもあてはまる。美しい姿で見える以上、救い主は必ずや私に憐れみを抱いている」というのがこの箇所の詩人の理屈だ。これはプラトン的な外面と内面の照応、ないし美と善の照応に根拠を置いた論理ではある。だがこの論理は元々、外見は美しいが内心は冷淡かもしれぬ女性を自分に靡かせるべく、詩人が用いたものだろう。とすれば詩人が前提の如くに語る外面と内面（ないし記号と記号内容）の呼応は、必ずしも成立していなかったことになり、心中のキリストの姿とそのキリストの思いの相関にも適用出来なくなる。そもそも女性との関係にキリストとの関係を喩えること自体、危うい。自ら「偶像 (idol[atry])」(9) と呼んでいる相手との関係をキリストとの関係の喩えにすることは、聖なる筈のキリストとの関係を「神聖ならざる (profane)」(10) 次元に下げかねぬ以上、詩人が心中のキリスト像をめぐり展開する救済論にも疑問符がつきかねないからだ。

もう一つ詩人の言葉の中に、「像」の効力を認めたかに見える議論を覆すものがある。「悪しき魂には醜い姿が与えられる (To wicked spirits are horrid shapes assigned)」(13) という一文だ。前後の結びつきを踏まえれば、詩人を含めた信仰者を主体、信仰者が心眼で見る対象を客体とし、この客体を「魂 (spirits)」と呼んだ上でその外見と内面の照応を語った一文、つまり「主体の目に恐ろしく映る客体は客体の内心の邪悪さを物語る」という意味の一文と読むべきだろう。だがこの一文は、「魂」を主体と解せば、「邪まな精神を持った主体には客体の姿形が恐ろしげに見える」の意にも読める。内心に疚しい所があれば磔刑のキリストは厳しい裁き主に見え、疚しい所がなければ優しい救い主に見える筈、とも読めるのである。これは像が見る者の心理を決め得るという立場を覆した、見る者の心理が像の見え方を決めるという、主意主義の主張だ。とすればこれは、ケアリが呼ぶ所の「心理状態による義認 (justification by state of mind)」そのものと言える (Carey 57)。「信仰による義認 (justification by faith)」は宗教改革者達のスローガンだったが、その際「信仰」が意味したのは、外的儀式やオブジェ、善行とは切り離された、神のみが与える内的・心理的確信であった。この内的・心理的確信が救済を決定するなら、それ以外の物、特に目に映る「像」は、十字架像を含め不要になる。否、不要であるのみならず有害とされ、現実の歴史において排除・破壊されていった。

言葉によりバロック的磔像を描き、かつこの像の中の表象されたキリストに救いの効力を認めている一方、像の見え方は見る側の心理にかかるという心理主義を示唆する文言をこのソネットは含んでいる。このような曖昧さの中に、受難を詩という言葉による像にすることを巡っての詩人の逡巡が垣間見える。

三　受難の逆言法的再現（「一六一三年聖金曜日——馬で西に駆ける」）

教会の祭儀は全て何らかの形で聖書中の事蹟の記念であるが、復活祭直前の金曜日＝聖金曜日 (Good Friday) の祭儀は受難の記念として特別の意義を持つ。中世以来の伝統に従う教会では、堂内東方に置かれた祭壇に会衆が身を向け、受難に関わる福音書の記事が交読され、磔像が据えられた十字架を顕示・礼拝しキリストの刑死を記念する。劇的に構成された祭儀を通じ、信徒に受難の場に居合わせ (present) させ、十字架刑を目撃させるのが、聖金曜日なのである。

「一六一三年聖金曜日——馬で西に駆ける」(“Good Friday 1613: Riding Westward”) は、そういう意義を持つ聖金曜日であるにもかかわらず所要で移動中の詩人が、[4] 十字架上のキリストに目を向けること、背を向けること、について黙想した詩である。この詩は祭儀に欠席していることへの、弁解めいた言葉から始まる。曰く、プトレマイオスによれば、天球は本来、天使を第一動因（first mover）としている間は正行するが、度々それ以外のものを動因として逆行する、それと同じ様に、人間も信仰心のかわりに世俗の仕事や楽しみを動因とすると正道から外れるもので、現に自分は、祭儀を通じてキリストの磔刑を見つめるべき聖金曜日に、それに背を向けるように西行している、と（1-10）。だがこの弁解の言葉は一五行目で開き直りとも思える言葉に変わる。受難の光景を目にしていないのは、むしろ好ましいことだ、生ける神の御顔を目にすることが人に死をもたらす（Exodus 33.22）なら、神の死の出来事である受難はさらに畏れ多い出来事であるから、と詩人は記す。

あえて私は殆ど喜ぶべきことと考える。目に入れずに済んでいることを。
私には重々しすぎるあの光景を。
神は生命そのものなのに、その顔を見る者は死ぬ、とある以上、
神の死を目にするものは大変な死を味わうことになるから　（15-18）

「私には重々しすぎるあの光景（That spectacle of too much weight for me）」（16）という言葉を額面通り受け取れば、詩人はキリストの刑死を目に映し像にするには畏れ多い出来事、と考えていることになる。これは、受難を人間の贖罪のための唯一回の犠牲と見るヘブル書的＝宗教改革者的立場と響き合おう。人間の思惑を大きく超えた事蹟で

ある以上、感覚では捉えきれない、そして唯一回の事績である以上、その事蹟の「像」は——それが視覚的なものであれ言葉によるものであれ——は事蹟の比類なさ＝唯一性を蔑ろにする、というわけである。

しかし注目したいのは、そのように考えている詩人がすぐ後の行で、事実上、受難の像を言葉によって描いていることだ。「目に映し得ようか（いや映し得まい）」と自ら呼ぶ光景を逆言法 (paralipsis) 的に、読者の目の前に生々しく突きつける。(5)

開いて両極を定め、同時に全天球の音楽を調音されたのに、
釘であのように何箇所も釘刺されている、あの手を目に映し得ようか。
あの、私達にも、私達から見て対蹠点にいる者たちからも、
頭上この上なく高きにある方が、私達の足下にまで
辱められるのを、またかれ自身の魂はともかく、
私達全ての魂の宿る、塵のゆえに汚れたあの血を、
自らを覆う衣として神たるあの方が着られた末に、
ボロボロに裂かれたあの肉を、目に映し得ようか。(21-28)

成程詩人は「〜を目に映し得ようか（否、映し得まい）(Could I behold…?")」という修辞疑問文を重ねている。だがその詩人は「〜」の部分、つまり「目に映す (behold)」(21,23) という動詞の目的語の部分に、十字架上のキリ

ストの肉体的なディテイル──「あのように何箇所も釘刺されている、あの手 (those hands. . . pierced with those holes)」(21-22)、「塵のゆえに汚れたあの血 (that blood . . . /Made dirt out of dust)」(25-27)、「ボロボロに裂かれた……あの肉 (that flesh . . . ragged and torn)」(27-28) を記し込むことで、受難の光景を読者に可視化している。しかも「手」「血」「肉」に「あの (that, those)」という指示形容詞が付されているので、読者は詩人から磔刑のキリストの身体を凝視するよう促されている感覚を味わおう。とすれば詩人は結局、ここ迄で見てきた全ての詩におけるのと同様、肉眼ではなく「心眼＝記憶というスクリーンに (unto my memory)」(34) ではあるにせよ、時間的にも空間的にも彼方で起きた救済史上唯一回の出来事を、今ここ (present) の出来事として甦らせ、言葉で再現＝表象 (re-present) しているである。この点を考えると、上の詩行について「受難の肉体的な細部を描くことで、マーツの詳述したカトリック的黙想の伝統に留保つきとはいえ参入している」と見るショーエンフェルトの評 (Schoenfeldt 570)、「ダンは無条件にはキリストから遠ざかり去ることは出来ず、心中で日々の受難の再演 (reenactment) を行っている」というチェインバーズの評 (Chambers 51) は、いずれも適切だ。ミサが受難の反復であるならば、この箇所における語り手は詩という形での受難の反復、詩によるミサを執行しているのである。

受難を言葉で反復させている点に語り手のカトリック的傾向が見られるとすれば、詩の末尾で示される暴力的矯正への願望にも、同種の傾向が認められる。自らの罪の罰として懲戒の暴力を受ければ受けた暴力の点においてキリストに倣うこととなり、キリストの視線を受けるにふさわしい者になる、と詩人は述べる。「背を向ける」ことをキリストからの離反ではなく更正の手段とすることで、「顔向けする」契機にすると言うコンシートが、いかにもダン的だ。

どうか私を、御怒りを受けて当然の者と考え、罰されよ。
私の錆びと醜さを焼き落とし、
御恵みによりあなたの似姿を回復し給え。あなたが私を
見分けられるよう。そうすれば私はあなたに振り向きましょう。(39-42)

確かにオリヴァーが指摘する通り、これらの詩行、特に「私の錆びと醜さを焼き落し給え (Burn off my rusts and my deformity)」(40) という行は、自らの罪深さに圧倒された詩人が、カルヴァン主義的「抗えぬ恩寵 (irresistible grace)」を、神からの懲戒の中に求めた祈願と読めなくもない (Oliver 109)。だが他方、この祈願の中には、第二節で扱った「わが顔に唾せよ、ユダヤ人達」("Spit in my face, O Jews") に認められたのと同種のマゾヒスム、中世の鞭打苦行者を思わす肉体性を認められる。宗教改革的「恩恵のみ」の立場から見るならば、このような行——苦行——によって贖罪主の愛に応じようとする姿勢には、自力救済的姿勢が見え隠れしよう。そして何より、受難は表象＝再現し得るか否かという本論の問題意識に照らすならば、尊すぎて目に映し得ないと自ら形容した受難の光景を言葉により写す詩人は、今度は自ら苦痛を経験することで、キリストが受難に際し経験したのと同種の苦痛を自身に移し専有することを祈願しているように見える。詩で受難を表象＝再現する姿勢は、自らの肉体を舞台に受難を再現＝表象しようとする姿勢に行き着いているのである。

肉眼に磔刑を映すことは忌避しながら、心眼に映る磔刑を読者に可視化する詩人は、聖金曜日、一人言葉で受難の祭儀を執り行う祭司と言えるかもしれない。加えてこの祭司は自らの上に肉体的な矯正の加えられるよう望むこ

とで、贖罪主が味わった暴力をリアルに追体験しようと願っている。「一六一三年聖金曜日」においてはこのような形で、受難の唯一性＝再現・表象不可能性と、同じ出来事を再現せずにはおれない信仰者の願望との双方が、祭司的な詩人の振る舞いを通じ表現されている。

一回限りにして救済のために十全という宗教改革的受難理解を突詰めれば、受難の再現＝表象はその一回性を否定するものとして排除される。実際教会の礼拝において、聖餐は十字架上の犠牲の反復としての意義を否定され、行われる回数も減少し、聖餐を行わない宗派も現れた。これは救済からの人間的要素の排除という宗教改革の原理を徹底化し、偶像崇拝のリスクを最大限に排除する結果となった。だが他方、聖餐という目に見える記号の効力に疑問が付され、さらにその記号自体が排除されることは、記号の向こう側にあったキリストの磔刑死という記号内容を思うための中間項を、それを乞い求める信徒から奪うことも意味した。

ダンは、聖なるものの表象をめぐる対立・緊張の時代を生きた人間である。最終的に宗教改革側の教会に加わる人間として、かれは人間的なるものの無力の強調と一体の受難の反復拒否の原理、及び「像」の効力に対する疑念を理解していた。だが他方、カトリック的養育を通じて得た、感覚・想像力を通じ受難を再現・追体験するという霊性の魅力に、惹かれ続けたのではないか。受難の一回性＝反復不能性を語る言葉自体が、言葉による受難の反復になっており、さらには自らの肉体への受難の反復願望につながるというかれの受難の詩の構造は、「一回限りの受難」という宗教改革的教義の理解が、リアルに受難を把握したいという感性により融解させられた結果、生まれたもののように思える。

注

ダンの詩からの英文引用は Gardner に従う。綴りはモダナイズした。訳文は西川。聖書の引用は『旧新約聖書文語訳』（日本聖書協会、二〇一〇年）に従う。

(1) 十七世紀英詩における受難の表象（とその衰退）に関わる論考として、古くは Ross, 新しくは Schoenfeldt がある。

(2) ロヨラ『霊操』の構造については、Martz 25-39, Gardner l-lv に詳しい。

(3) ヤングは具体的に連想される絵画として、ベラスケスの「十字架上のキリスト」("Christ on the Cross")、及び「キリスト教徒の魂が凝視した鞭打ち後のキリスト」("Christ after the Flagellation contemplated by the Christian Soul") を挙げている (Young 25, 26)。

(4) この日ダンはウォリックシャー在住の友人ヘンリー・グッドイヤー (Henry Goodyear) の元から、ウェールズにあるエドワード・ハーバート (Edward Herbert) の居城、モンゴメリー城に移動中であったという (Gardner 98)。

(5) ダンのこの逆言法的な受難の表象との決別としての、ミルトンの聖金曜日の詩「受難」("The Passion") については、西川 69-79 参照。

引用文献

Chambers, A. B. "Good Friday, 1613. Riding Westward: The Poem and the Tradition." *English Literary History* 28:1 (1961): 31-53.

Cross, F. L. *The Oxford Dictionary of the Christian Church*. 3rd ed. Oxford: Oxford UP, 1997.

Gardner, Helen. *The Divine Poems of John Donne.* 2nd ed. Oxford: Oxford UP, 1978.

Lewalski, Barbara Kiefer. *Protestant Poetics and the Seventeenth Century Religious Lyrics.* Princeton: Princeton UP, 1979.

Marts, Louis. *The Poetry of Meditation.* New Haven: Yale UP, 1954.

Oliver, P. M. *Donne's Religious Writing: A Discourse of Feigned Devotion.* London: Longman, 1997.

Ross, Malcom. *Poetry and Dogma: the Transfiguration of Eucharistic Symbolisms in Seventeenth Century Poetry.* New Brunswick: Rutgers UP, 1954.

Schoenfeldt, Michael. "'That Spectacle of Too Much Weight': The Poetics of Sacrifice in Donne, Herbert and Milton." *Journal of Mediaeval and Early Modern Studies* 31:3 (2001): 561-84.

Young, R. V. *Doctrine and Devotion in Seventeenth-Century Poetry: Studies in Donne, Herbert, Crashaw and Vaughan.* Cambridge: D. S. Brewer, 2000.

西川健誠　「語り得ぬものの前での沈黙――ミルトン「受難」（"The Passion"）について――」『神戸外大論叢』第六六号、第二巻、六九－七九、二〇一六年。

ロヨラ、イグナチオ『霊操』門脇佳吉訳、岩波文庫、一九九五年。

せめぎ合う言葉——『バーナビー・ラッジ』における謎の創出

新野　緑

『バーナビー・ラッジ』（一八四一年二月－十月。以下『バーナビー』と略記）は、一七八〇年に勃発したゴードン暴動を描く歴史小説の体裁を取りつつ、チャーティズムをはじめとする作品執筆当時の社会問題を語る社会小説でもある。(1) ディケンズは一八四一年版の序文で、「あらゆる歴史は我々に教訓を与える」（Preface 3）と語って、過去と現在の密接な結びつきを示すとともに、物語の結末で、「法の権威の象徴」（682）である絞首刑が処刑者や見物人の精神に及ぼす害悪や、処罰の不当性を強調（698）、公開処刑や刑法をめぐる作品執筆時の時事的な問題をも浮かび上がらせる。つまりこの物語において、過去の出来事は単なる歴史的事象の記述や再現に留まらず、作品執筆時の社会状況と通底し、それを反映する隠喩なのだ。過去と現在を二重写しにしながら、その繋がりを明示しないことで、作家は当時の社会問題を隠蔽しつつ提示する一種の抑圧的手法を用いている。

そうした隠蔽、あるいは抑圧の手法は、プロットのいま一つの重要な軸となる殺人事件で、いっそう顕著となる。物語が始まる一七七五年から二十二年前の三月十九日、ウォレン屋敷の当主ルーベン・ヘアデイルが殺害され、執事のバーナビー・ラッジと庭師が行方不明となる。数ケ月後に池の底からラッジと思しき男の遺体が見つかり、犯人は庭師と断定された。小説の刊行が始まって間もない一八四一年五月一日の書評で、真犯人のラッジが庭師をも殺害して主殺しの罪を着せたトリックを、エドガー・アラン・ポーが解き明かしたのは有名だが（“Barnaby

Rudge" 174-78)、このトリックを維持するために、冒頭のメイポール亭における謎の男の出現に始まり、その男による追い剥ぎ事件、彼のラッジ未亡人宅訪問、以後の夫人の不可解な態度と突然の失踪など、読者の好奇を誘う謎が次々と仕掛けられる。しかもこの謎の男がラッジであることが読者に判明しても、その五年後の同じ三月十九日に、教会書記のソロモン・デイジーが死者の「幽霊」に遭遇したと聞いて、現在のウォレン屋敷の当主でルーベンの弟ヘアデイルが、人が変わったようにラッジ宅で連日見張りをし始めるなど、不可思議な出来事が続く。(2)

ゴードン暴動が国家を揺るがす「歴史」、つまり公的領域の物語なら、ラッジをめぐるミステリーは、彼の妻と殺人事件のショックで知的障害を持って生まれた息子バーナビーの運命を左右する、私的領域の物語である。『バーナビー』では、物語の中ほどで唐突に五年の歳月の経過が示され、前半部のウィレット家とチェスター家の父子の確執や殺人事件をめぐる家庭の物語とは異なる、それまでほとんど言及されなかった反カトリック運動という社会的、歴史的テーマが導入される。その結果この作品は歴史小説や社会小説、ミステリー小説といった多様なジャンルが不完全な形で混淆し、中軸をなす二つのプロットが脈絡を欠いた散漫な失敗作、と批判されることになった。(3) しかし、互いに分裂し、対立するかと見えるこれらの領域やプロットは、二つながら、本来それらが提示すべき意味を抑圧あるいは隠蔽し、そのことによって不可解な謎を生み出すことになる。物語を貫く謎の創出は何を意味するのか。

一　人物描写の謎

『バーナビー』を特徴づける「謎の創出」は、語りの形態そのものにも作用する。たとえば、人物描写。物語の冒頭、謎の男として登場するラッジは、「二、三尋ねたい。よそ者なら誰がしてもおかしくない質問だ。俺が知らないこの近辺でひときわ目を引く屋敷の住人についてな」（傍点引用者　50）と語り、この地域に不案内な正体不明の男であると、ことさら強調される。もちろんそれは、主殺しのトリックを守るための工夫だろう。[4] しかしここで、「ひと目見れば必ず人目を引く」彼の特徴が、「今は治って醜い傷跡になっているが、当初は頬骨が剥き出しになったはずの深い傷」（48-49）とあったのに、以後一度も言及されないのは極めて不自然だ。登場人物を導入する際、その身体的特徴を示す手法はディケンズによく見られる。『リトル・ドリット』で「口ひげがずり上がり、鼻がずりおちる」（44）動作が、あらゆる記述に先立ってたちまちリゴーの登場を告げるように、登場人物の際立った身体的特徴は、名前に代わって個人を特定する印となることが多い。ところが、『バーナビー』では、謎の男の頬の傷は、彼を識別する記号ではなく、期待された描写の一貫性を登場人物に与えないことで読者を撹乱し、その輪郭を不明瞭にしている。

　ラッジが金の無心に妻の家に押し入り、謎の男の正体がついに読者に明かされた直後の描写は、こうした人物造型の特徴をより鮮明に示す。[5] 章の冒頭に、「未亡人の家を出たその男」（195）と描かれることで、かろうじてラッジであることが保証されるものの、この章を通じて、彼は代名詞のほかは「惨めな男」「観察者」（196-97）などと呼ばれるばかりで、以前にも増してその匿名性が強調される。謎の男がラッジだと明かされれば、犯人の隠匿という推理小説的トリックは、もはや不要となる。にもかかわらず、その匿名性をことさら強調するのは、ラッジの人物造型に重ねられる矛盾や謎が、真犯人の隠蔽とは別の意義を持つ可能性を示唆しよう。直前の章では、自己のアイデンティティも生きる目的も見失って夜のロンドンを孤独にさまよい歩く正体不明の男が詳細に描かれていた。[6] 後にラッジと明かされるその男が、「眠っている周囲の世界と何一つ（中略）共有せず、（中略）人の踏み込まない砂漠にいる以上に孤独で打ち捨てられたと感じること。これこそ、群衆の中の孤独だけが呼び覚ます（中略）苦しみだ」(196) と描かれるように、ラッジにまつわる矛盾や謎は、犯人隠蔽のトリックにとどまらず、都市の人間に特有の無名性を表現する手段にほかならない。つまり、人間そのものが本質的に謎の存在なのだ。

『バーナビー』において、主殺しのミステリーとは関わりのない多くの登場人物が、ラッジと同じ形で物語に導入されることからも、そのことは明らかだ。物語冒頭に登場してラッジに襲われるエドワード・チェスターも、メイポール亭の常連でありながら、「もう一人の客」「二十八歳の若者」「伊達男」(46) などと呼ばれ、その正体はやっと四章に入ってから明かされる。ラッジの使いとして夫人を訪ねる盲人のスタッグ (420-23) や、父親との確執で故郷を出奔し、暴動の最中に帰国してヴァーデンやヘアデイルの危機を救うエドワードとメイポール亭の息子ジョーなど、(7) ミステリーの効果を高めるプロットの要請では説明がつかないくらい、数多くの登場人物が場面の変わる度にそのアイデンティティを伏せた形で物語に導入される。その結果多くの場面で登場人物の輪郭が不透明なままに物語が展開し、小説全体が謎に包まれた混沌の世界と見えてくる。しかもそうした人間のあり方は、ゴードン暴動の暴徒が身に負う無名性に通じるから、単なる偶然や作家の不注意ではなく、二つのプロットをつなぐ重要な要素として意図されていることになる。

二　擬人化の効用

登場人物の匿名性とならんで、『バーナビー』を特徴づけるのは、擬人法を多用する語り口である。たとえば、「眠たげな小さなガラス窓」を持つメイポール亭は、「うたた寝をする」(44) 老人に喩えられ、ロンドンからウォレン屋敷に向かう通りの周辺では、瑞々しい初夏の情景が希望に満ちた若者の隠喩で描かれる (281)。この無機物の擬人化が極度に強調されるのが暴動の場面だ。放火されたニューゲート監獄が、「火が扉と戯れ、それを弄び、頑な表面にしがみつくかと思えば、浮気心も激しくするりと身をかわして空高く舞い上がり、たちまち戻って来て燃える腕で扉を抱きしめ、唆して破滅に導く」、あるいは「壁や塔、屋根や組み合わせ煙突が酔っぱらい、揺らめく輝きの中でよろめくかと見える」（傍点引用者　581）とされ、燃え上がる炎の動きが、性的な抱擁や泥酔状態に喩えられる。

生命を持たない外界の事物に生きた人間同様の意志や感情を与える擬人化は、事物にそれ自体を越えた二重の意味を持たせる効果がある。しかも注意すべきは、ディケンズに一般的なこの事物の捉え方、あるいは表現方法が、『バーナビー』においては、知的障害を持つバーナビーに特有のいびつなものとされることだ。たとえば、彼は風になびく洗濯物を「あいつらは互いの耳にひそひそ囁き、それから踊ったり飛び跳ねたり、ふざけた振りをしてみせる」（傍点引用者　133）と語る。陰謀を企む人間の姿をそこに見て、チェスターにただの洗濯物だと言われても、「あんたみたいに賢いより馬鹿でいる方がずっといい。あんたには見えないんだ。あそこにいる影みたいな連中、眠ったまま生きているような奴らが。でこぼこの窓ガラスの中の目も、風がひどい時にさっと通り過ぎる幽霊も見えず、空中の声も聞こえず、空をもったいぶって歩く男達も見えない！」（133）と言い張るのだ。

一見、子どもじみた根拠のない空想と見えるかもしれない。しかしチェスターが善人を気取りつつ様々な奸計を企てる策士であることを思えば、バーナビーの言葉は、そのままチェスターへの痛烈な皮肉となる。洗濯物を人間に見立て、窓ガラスや風や空に人間の姿を見出すバーナビーのアニミズム的な視点、すなわち、「見慣れた物に生命を与える」彼の「不思議議な想像力」（250）が、外界の事物に人間的な動きや感情を見る語り手の、ひいてはディケンズの擬人化の手法に通じることは明らかだろう。(8) 作家は、自分の分身のような登場人物を導入し、彼の言葉に語り手に通じる予言的な力を与えながら、彼を持続的な記憶や確かな意思を持たない「愚か者」とすることで、(9) 語り手が本来持つ特権的な地位を揺さぶり、語りの基盤を揺るがすのである。

じっさい、『バーナビー』には、語りの権威を覆すようなエピソードが頻繁に導入される。たとえば、ゴードン暴動の発端は、「どれほど奇怪で馬鹿げたものでも、謎めいた雰囲気で包み込めば、民衆が抗うことのできない密かな魅力と誘因力を得る」(347) とされ、巷に流れる「曖昧な噂」や「ひそひそ話」、「絶えず口にされる訳の分からぬ恐怖や不安」(348-49) が、人間の心に及ぼす得体の知れない影響力、煽動的な力を示す。一見、虚構の言葉を支持するようだが、誰が発したとも分からぬ怪しげな言葉とは対照的な、「明確な意図」を持つ「偏りのない演説」や「議会への嘆願」(347)、つまり出所の明らかな言葉の意義を否定する点で、言葉を統御すべき著者や語り手の権威の危うさが前景化される。語り手は、人々を暴動に駆り立てたプロテスタント連盟を、「好奇心を呼び覚まし、少しずつ喜ばせながら、つねに宙づりの状態にしておくのが、軽率な人々を悪しきものにしっかりつなぎ止める手だてだ」(347) と非難するが、その特質は、プロットや人物造型を通して多様な謎を生み出す『バーナビー』の小説作法と同じだ。作家はここで、自身の作品の核となる創作の原理を明かすと同時に、読者を惑わす悪しきものとして自らそれを否定してみせる。そこに、作品世界を統御する語り手、あるいは言葉を操る作家としての自己の権威に対するディケンズの不安が読み取れる。

三　せめぎ合う言葉

作家の不安感や権威の揺らぎは、作品に頻出する言葉への違和感や、言葉がはらむ問題性からも明らかだ。たとえば、主要な登場人物間の葛藤は、そのいずれもが言葉の対立という形をとる。ウィレット父子の確執は、「黙れという命令」(53)で、息子の「話す自由も意志も権利も」(68)奪い取る父ジョンの、言葉による抑圧が主たる原因だし、ヴァーデン夫婦間の摩擦は、召使いのミッグズが夫人の気紛れを煽り立て、女性の権威を声高に主張することで引き起こされる。こうした「言葉」の問題性をよりドラマティックに表すのが、ヘアデイルとチェスターの確執である。息子エドワードとヘアデイルの姪エマの仲を裂こうと画策するチェスターに、ヘアデイルが「ここに来たのは、きれいごとや中身のない言葉を交わすためじゃない。君は世慣れた口の上手い男だから、その手の勝負では到底かなわない」(144)と言うのは、言葉に対する両者の姿勢の違いをはっきりと示す。処世における礼儀作法の重要性を説いたチェスターフィールド卿をモデルとするチェスターは、まやかしの言葉で人々を翻弄する偽善者の典型で[10]、その彼と激しく対立するヘアデイルにチェスターが投げつける「正直で誠実などという御託は、吐き気がする」(729)という言葉が示すように、ヘアデイルは言葉とその指し示す意味が一致した真正な言葉の持ち主である。両者の根深い憎悪は、何よりも二人が用いる言葉の対立にある。

奇妙なことに、この物語で圧倒的な優位に立つのは、偽善者のチェスターなのだ。彼は「柔らかい説得的な口調」(235)でメイポール亭の下男ヒューを手なずけ、ジョンやヴァーデン夫人、さらにヴァーデンの徒弟タパーティットを巧みな弁舌で操る。母親がチェスターに丸め込まれるのを見たヴァーデンの娘ドリーが、慇懃無礼な彼の話し振りに「ミッグズに似た何か」(275)を見出すように、チェスターのあからさまな暴力性を欠くかと見える滑らかな言葉も、ジョンやミッグズたち以上に専制的な力を持つ。

このチェスターが、エドワードとエマの恋愛事件のみならず、ウィレット父子やヴァーデン夫妻の家族間の葛藤、さらにはバーナビー親子の運命など、物語前半のすべてのプロット展開を操るのは注目に値する。物語の最後のへアデイルの言葉、「兄の死で得をしたのは僕ひとりだなどと仄めかし、おぞましい非難や根も葉もない内緒話を繰り出したのが君だという証拠を握った」(728) から、チェスターは、ラッジが犯した殺人事件の顛末にも深く関わっていたことが分かる。しかも、彼は「仄めかしや眼差しや巧みな言葉で」(727)、ゴードン卿の秘書ガッシュフォードを唆し、暴徒を利用してウォレン屋敷を焼き討ちさせたばかりか、エマを陵辱させようとさえする。ゴードン卿を操って暴動を引き起こすガッシュフォードが、チェスターの影響下にあるとすれば、暴動の真の首謀者はチェスターとも言える。つまり、チェスターは、家庭の物語に加えて、ウォレン屋敷での殺人事件とゴードン暴動という二つの中心的なプロットをも支配していたことになる。「言葉」を巧みに操りながら、物語のあらゆる筋書きを密かに練り上げる彼は、小説家の位置にあると言ってよい。ところが作家である自己の分身とも言うべきこの人物を、ディケンズはまやかしの言葉を操る邪悪な敵役と一貫して描いている。それはなぜか。

前述のように、サスペンスの手法を巧みに利用して人々を暴動に駆り立てるプロテスタント連盟のあり方が、『バーナビー』という小説の作法そのものの象徴であるなら、動乱の噂を「全く馬鹿げた作り話」と言いながら、その虚構の物語を「貪るように受け入れる」(492) 人々の姿は、『バーナビー』を読む読者の反応に重ねられよう。注目すべきは、彼らの「信じ難いこと求め、恐ろしいものを愛する気持ち」(492) が、人々をプロテスタント連盟に誘い込み、暴動へと誘った「好奇心」に通じることだ。『バーナビー』の序文で、「あの恥ずべき暴動は、それが起った時代とそれに加担した者すべてに消し難い恥辱をもたらしたが、我々には素晴らしい教訓となる」(Preface 3) と述べるディケンズは、取り扱う事象の邪悪さにも関わらず、その物語が読者の倫理観を高めることを意図していたに違いない。

ところが彼は、自身の作品が過剰とも言える謎の創出や真に迫った動乱の記述によって、人々を暴動に駆り立てたと同じおぞましい情念を、[11]読者の精神に生み出す危険性に密かに気づいてもいたのだ。この作家の不安感、あるいは密かな罪悪感こそが、作家の分身ともいうべきチェスターを、徹底して否定的に描いた理由ではないか。

四　新たな言葉を求めて

言葉が本来的にはらむ問題性を暴き、語り手や著者の権威を揺るがす記述が数多く盛り込まれた『バーナビー』は、ディケンズが作家としての自己や、作品そのもののあり方を問い直した自意識的な物語だ。実験的とも見える叙述の多様性が、そのことをより明確に示している。先に見た擬人法の多用や、謎に満ちた人物描写に加えて、たとえばバーナビーが逮捕される場面では、「また一発――さらにもう一発！　打ち倒された。手も足もでない。胸に銃の台尻の（中略）凄まじい一撃――息も絶え絶え――捕まった」（525）と、その瞬間の彼の様子が、あたかも映画のコマ送りのような手法で内側から描かれ、暴動が鎮圧される場面では、「二百人以上が街頭で射殺された。二百五十人以上が重傷を負って病院に収容され、そのうち七十人か八十人が間もなく死んだ。百人がすでに拘留され、さらに多くの者が刻々と逮捕された」（653）と統計資料さながらの極端に客観的な描写が続く。変幻自在な文体はディケンズ小説の特徴だが、『バーナビー』ほど叙述の振れ幅が大きく、文体が多様性に富む作品はほかに見当たらない。しかも、チェスターはもとより、ジョンやヴァーデン夫人、ミッグズやガッシュフォードなどの歪んだ言葉の持ち主も、[12]登場する度に台詞が長々と引用され、彼らの言葉の特性が具象化される。ディケンズは語りの文体や登場人物の台詞を通して、言葉の多様なあり方を自らのペンで具現し、その効力や可能性を試しているようでさえある。

もちろん、チェスターをはじめとする歪んだ言葉の使い手は、一貫して否定的に描かれるから、作家はそのいずれの言葉をも是認していないことになる。しかし、対極にあるヘアデイルも、チェスターの奸計に苦しめられた挙げ句に、「配慮も熟慮も慈悲の心も忍耐も」(726) 吹き飛ばされて、ついにチェスターを殺害、逃亡先の異国の地で、悔恨の情に苛まれながら孤独な死を迎えるから、言葉と意味が一致した透明で真正な言葉もまた決して肯定されてはいない。むしろその無力さが強調されているとさえ言える。

その語る言葉が唯一支持されているのは、バーナビーだろう。「見慣れた物に生命を与える」彼の想像力が、作家自身のそれに通じることはすでに論じたが、死んだはずのラッジが夫人のもとに姿を見せる最初の場面で、バーナビーが「影」について語る台詞は、単なる擬人化にとどまらない彼の言葉の重要な側面を示している。「影って奴は愉快な仲間で、僕は馬鹿だけど、いつも僕の側にいるんだ」と、自分の影を人間に見立てたバーナビーは、続いて、二階にいるエドワードに言及しながら、「待って——あの男の影はどこ?」、さらに「あの男は女と影を取り替えたんだ。(中略) その女の影はいつも彼の側にいて、彼の影は彼女と一緒にいる」(94) と言う。一見相思相愛のエドワードとエマの関係を語るように見えるが、「あの男」と強調された人物の正体は不透明で、今しがたラッジ夫人のもとに現れて、たちまち姿を消した謎の男、すなわちラッジとも考えられる。とすれば、その言葉は殺人犯の夫につきまとわれ、夫の影に脅えながら生きてきた夫人の有り様をも暗示しよう。じっさいその直後に、「男の姿のようなもの」が忍び寄る夢を見たというバーナビーの言葉を聞いたヴァーデンは、「この幻と今しがた起った事実との結びつき」(95) を感じ、バーナビーの言う「男の影」が謎の男ラッジである可能性を示唆する。知的障害を持つとされるバーナビーの言葉は、論理的な脈絡を持たず、現実と幻想が綯い交ぜになっているために、意味するところが明確に定まらない。しかし、それゆえにこそ、彼の言葉は単なる寓意や擬人化にとどまらず、奥深い真実を仄めかす予言的、象徴的な力を持つことになる。

しかも、バーナビーには、「その気になれば読み書き算術もできる」(89) 烏のグリップが付き従い、「語られたすべての言葉を理解したかのような非凡な様子を示す」(99)。バーナビーとは対照的な深い知力を持つグリップは、「バンザーイ！ポリー、薬缶を火にかけろ、お茶を飲もう。(中略) 元気をだせ。弱音を吐くな (Never say die!)。ワン、ワン、ワン、ワン。俺は悪魔だぞ！」(194) という言葉を、語句を次々と組み替えながら、事あるごとに繰り返す。一見脈絡のない無意味な言葉と見えるが、たとえば、「ポリー、薬缶を火にかけろ」というグリップの台詞が、かつてラッジが妻のメアリーに言った言葉の模倣であることに思い至れば、ラッジが夫人の家に押し入る場面で発せられるこれらの言葉は、押し入れに身を潜める謎の男がじつは死んだはずのラッジで、殺害した庭師を自分に見せかけて主殺しの罪を着せたという変装のトリックを読者に暗示する効果がある。しかも、バーナビーがプロテスタント連盟に引き入れられると、彼らのスローガンである「カトリック反対！」という言葉もレパートリーに加わるから、グリップの台詞は、殺人事件とゴードン暴動の隠れたつながりや暴動のおぞましさをも意味するわけだ。

バーナビーやグリップの言葉は、本来的に様々な意味の空白を抱えているが、それにも関わらず、いやそれゆえに、物事の真実を示唆する予言的な力を持つ。彼らの言葉がはらむそうした意味の膨らみは、人間的な意味を生命のない事物に付与しようとする擬人化や寓意に通じるように見えて、じつはそれとは対照的な意味のベクトル、つまり具体的な事物が我知らず抽象的な意味合いを帯びる、象徴的な機能を持つ。読者は、バーナビーやグリップの謎めいた言葉の象徴的な働きを通して、言葉そのものが持つ魔術的な力を実感し、語り手に導かれるように、今後の物語の展開を知るのである。そこに、ディケンズが辿り着いた新たな言葉の可能性が垣間見られるのではないか。

とはいえ、この物語において、彼らの言葉が語り手と同じ確かな権威を与えられることはない。たとえば、後にバーナビーの死刑判決に決定的な影響を与える横暴な地主を、世間の評判や役職、所有物や趣味など、様々な角度から描き出そうとした挙げ句に、語り手は唐突にも、「バーナビーは白痴だし、グリップは獣の本性を持つ動物に過ぎないので、この紳士が何者かを言い表すのは難しい」(435) と語る。この記述は、語り手の代役としてその権威が譲り渡されるかと見えたバーナビーやグリップが、物語世界で決して正統な力を持ち得ないことを強調する。つまり、ディケンズは彼らの語る言葉の中に、自身の小説の新たな叙述の可能性を見出すとともに、そうした言葉の持つ不確かさも同時に示したのだ。

『バーナビー』は、ディケンズが従来のピカレスク的な旅物語の形式を捨て、歴史小説という新たなジャンルに挑戦した最初の作品である。しかし、一八三九年一月に執筆に着手したにも関わらず、出版社との諍いもあってペンが停滞し[13]、最初の二章に大幅に加筆して、一八四一年二月に週刊雑誌『マスター・ハンフリーの時計』での連載が始まった。しかし、その後も珍しく執筆の困難を訴え続け (*Letters* 2: 196, 197, 198, 251)、一八四一年四月五日付けのジョン・フォースター宛の書簡では、「やり過ぎと思われる所は遠慮なく削ってくれたまえ。やり過ぎかそうでないかの判断は、僕には出来ない」(*Letters* 2: 253) と、自身の文体に対する不安さえ訴えている。つまり、『バーナビー』は、作家ディケンズが、新たな小説の様式やそれに相応しい表現法を模索する、創作上の過渡期にあたる作品と言える。作品に頻出する意味の抑圧や謎、言葉への問題提起や、語り手の権威の揺らぎは、その見直しの過程でディケンズが意識した不安や葛藤を浮かび上がらせる。

作家や語り手を象徴する人物を複数登場させ、様々な言葉の形態を試しながら、いずれにもコミットできないディケンズは、自身が理想とする物語の形式や、それを描くべき真正な言葉を見出すには至らなかった。物語の最後に、チェスターが死に、ミッグズがヴァーデン家から追放され、ジョンが卒中の発作で「口がきけなく」（736）なって、物語世界を沈黙が覆うのは、そのことを象徴する。しかし、暴動のショックからバーナビーが回復し、一年の間「深い沈黙」を守ったグリップが、再び喋り出して「絶えず庶民の言葉を話し、その腕を磨いていった」（738）ことを思えば、作家が模索していたあるべき言葉の手掛かりを、彼らの用いる「庶民の言葉（vulgar tongue）」、決して気取った言葉遣いではないが、字面の意味にとどまらない象徴的な意味を含ませる文体の中に見出したことは明らかだろう。それは、自身の紡ぎ出す言葉を「やり過ぎ（too strong）」と言われ、文体の卑俗さに微妙な不安を感じていたディケンズの、作家としての自己確立に至る宣言とも取れる。

『バーナビー』に先立つ『骨董屋』が、牧歌的な田園と大都市ロンドンとの関係の中で作家が織り上げて来た自己をめぐる神話の解体と再構築、さらにそれに対応する新たな語りの視点の確立を語る物語であれば（新野 28–55）、『骨董屋』に続く『バーナビー』において、ディケンズは、都市の人間が心に抱く孤独感や匿名性、群衆の心理などに深く踏み込むことに成功した。『バーナビー』は、従来の旅物語に代わる新たなジャンルの小説に挑戦するとともに、自己の作品の特質と、創作の基盤をなす言葉のあり方を検証し、その是非を問う。ディケンズがより緻密な物語構成とそれに対応する独自の言葉を確立し、ロンドンを中心とする当時の社会の現実をえぐり出す後期小説の扉を開けるために、それは、不可欠なエクリチュールだった。

注

① チャーティズムへの言及に関しては、Butt and Tillotson 82, House 180 などを参照。もっとも、Spence 19-23 はそうした見方に異議を唱えている。

② Poe も作品のミステリー性を論じている ("From a Review" 292-97)。

③ たとえば Forster 1: 144 参照。Marcus 169-212 は作品の統一性を主張する。

④ もっとも、よそ者のはずの謎の男が「その地方を知り尽くした乗り手でも、貧弱な馬では試す気にならない無鉄砲な勢いで」馬を駆り、急な曲がり角でも「確かな手綱さばきで道の真ん中を走り続ける」（傍点引用者　61）と、彼の正体は暗示されてもいる。

⑤ この場面でラッジは名指されないが、その謎の男に「あなたが、あの子を刺すですって」(188) と夫人が応え、父親の罪の証の痣に触れながら、「この辺にこれがいるんじゃないかい」(189) とバーナビーが尋ねるなど、謎の男の正体は読者には明らかだ。

⑥ この場面は、群衆の中の孤独を描いた Poe の短編「群衆の人」（一八四〇年）を思わせる。

⑦ 帰国後ジョーは正体不明の「片腕の男」(530) として登場するが、正体が明かされるのは、ワイン商宅でのヘアデイル救出の場面である（610）。

⑧ Buckley もバーナビーの「未開文化のアニミズムのような」見方が、ディケンズの「擬人的なヴィジョン」(32) に通じると言う。

⑨ バーナビーは、「弱い知力のせいで、すぐに過去の出来事を忘れ」(432)、「物語の言葉は磨いた鏡に吐きかけた息のよ

うに記憶から消え去る」(487) と、記憶の欠如が強調される。

⑽ チェスターはチェスターフィールドの『書簡』の愛読者とされる。ヴィクトリア朝における『書簡』の評価は、Gilmour 16-21 を参照。

⑾ McMaster はこの作品を「無意識の噴出についての小説」(15) と呼ぶ。

⑿ 「議論の力」(52) を誇るジョンは、「人魚の体の構造からすれば、人魚の女でない部分は魚に違いない」(53) という堂々めぐりの論理を振り回す愚か者だし、「音楽」の隠喩で語られるミッグズとヴァーデン夫人の主張 (230) は中身のないパーフォーマンスに過ぎず、「長口上の紳士」(333) ガッシュフォードは、空虚な言葉の使い手である。

⒀ *Letters* 1: 617n 参照。執筆に至る事情は Chittick 152-77, Patten 279-328 が詳しい。

引用文献

Buckley, Jerome H. " 'Quoth the Raven': The Role of Grip in *Barnaby Rudge*." *Dickens Studies Annual* 21. New York: AMS, 1992. 27-35.

Butt, John and Kathleen Tillotson. *Dickens at Work*. 1957. Oxon: Routledge, 2009.

Chittick, Kathryn. *Dickens and the 1830s*. Cambridge: Cambridge UP, 1990.

Dickens, Charles. Preface. 1841. *Barnaby Rudge*. London: Penguin, 2003. 3-4.

——. *Barnaby Rudge*. 1841. Harmondsworth: Penguin, 1973.

——. *Little Dorrit*. 1857. Harmondsworth: Penguin, 1967.

——. *The Letters of Charles Dickens*. Ed. Madeline House, Graham Story and Kathleen Tillotson. 12 vols. Oxford: Clarendon, 1965-2002.

Forster, John. *The Life of Charles Dickens*. 2 vols. London: J.M. Dent and Sons, 1966.

Gilmour, Robin. *The Idea of the Gentleman in the Victorian Novel*. London: George Allen and Unwin, 1981.

House, Humphry. *The Dickens World*. 1941. 2nd ed. Oxford: Oxford UP, 1942.

McMaster, Juliet. "'Better to be Silly': From Vision to Reality in *Barnaby Rudge*." *Dickens Studies Annual* 13. New York: AMS, 1984. 1-17.

Marcus, Steven. *Dickens from Pickwick to Dombey*. 1965. New York: Norton, 1985.

Patten, Robert L. *Charles Dickens and "Boz": The Birth of the Industrial-Age Author*. Cambridge: Cambridge UP, 2012.

Poe, Edgar Allan. "Barnaby Rudge: The Original Review." *The Dickesnsian*. 9 (1913): 174-78. Rept. of Rev. *Philadelphia Saturday Evening Post* (1 May, 1841).

——. "From a Review of *Master Humphrey's Clock*." *Charles Dickens: Critical Assessments*. Ed. Michael Hollington. Vol. 1. Mountfield: Helm Information, 1995. 292-97. Rept. of Rev. *Graham's Magazine*. 19 (Feb. 1842): 124-29.

Spence, G.W. Introduction. *Barnaby Rudge*. Harmondsworth: Penguin, 1973. 11-36.

新野緑「都市型作家の誕生——『骨董屋』に見るディケンズの自己形成——」『英国小説研究』第二五冊　英宝社、二〇一五年　二八—五五。

「雨上がりの川のように」――エドワード・トマスと言葉遊び

吉川　朗子

エドワード・トマスの詩は、そのシンプルさ故に人を惑わすと言われる。題材の多くは身近な鳥や花、田舎道を散歩して見つけたもの、出会った人のことなどであるし、一見平易な言葉で書かれていて辞書も要らないほどだが、翻訳しようとするとたちどころに躓いてしまう。辞書が役に立たないからだ。トマスの言葉は辞書的定義をすりぬけていく。言葉遊び、音遊び、切り詰めた構文、趣旨と媒体が微妙にずれる比喩体系、指示性の弱い指示語、全部言わずに口を噤む態度、明確に言語化されない想い――「辞書に頼る大人は（中略）言葉を殺してしまっている」と言うトマスは、詩の言葉を学術的な言葉と区別した。

言葉はいかなる事物に対しても正確に合致することを認めない。つまり、学術用語のような死んだ言葉でないかぎり。万物を心から愛おしみ、どんなさりげない言葉でも、殺すことなく自由に遊ばすことのできる人の手に渡った言葉は、不思議な命を持つことになる。そうできるのが詩人である。言葉の魔法は、それが事物の間で自由に生きられるときに発揮される。（中略）子供たちが作り上げるフレーズはしばしば詩になっているが、行動の最中、考え半ばのときにこそ、詩は生まれる。辞書に頼る大人は、昆虫学者が蝶を殺してしまうのと同じく、言葉を殺してしまっている。(*Feminine Influence* 85-86)

学術的な言葉と違い、詩の言葉は事物と正確な対応関係を持たない、詩の言葉は何かを表すという指示性あるいは表象性から解放され、事物と同等の存在感・自律性を持つと言うのだ。言葉を「自由に遊ばす」だとか「言葉が事物の間で自由に生きられる」とはどういうことか。言葉遊び、名前（特に地名）、鳥・風・水・木などの発する音の捉え方、比喩や指示語の使い方などに注目しながら、トマスの理想とする詩の言葉について探ってみたい。

一　逃げる言葉

一九一三年三月、書評家・随筆家としてすでに名を成していたトマスは、ロンドンからイギリス南西部にあるコントック丘陵まで自転車旅行を行う。コウルリッジをはじめ様々な詩人たちに霊感を与えた風景を取材するためであったが、トマス自身にとっても詩的霊感を見出す重要な旅となった。そのときの様子を、文学的瞑想を織り交ぜて記した紀行文が『春を求めて』（一九一四）であるが、これを読んだロバート・フロストが、ここに書かれたことをそのまま詩にするよう勧めた、というのは有名な逸話だ。「もう一人の自分」は、この紀行文『春を求めて』から生まれた作品のひとつである。ドッペルゲンガー的なもう一人の自分を探す話だが、散々探し回ってようやく見つけた相手から迷惑だと言われて、何も言い返せずにすごすご引き下がり、以後はその相手の後を気づかれないようそっとついていく、という内容だ。この物語を、詩人が自らを表現する適切な言葉を求めて旅する話と捉えるならば、この詩には示唆的な場面が出てくる。日も暮れ、探し疲れてふと立ち止まった丘の上で、啓示的瞬間が訪れる。

空と大地の間に諍いがあったとしても

力強い意志がそれを収めてしまっていた。
（中略）
星がひとつ、灯りがひとつ、平和がひとつ、
永久借地権のもとにとどまる。

すべては大地のもの、または空のもので
天地を隔てるものは何も残っていなかった。
（中略）
厳かで静かな喜びに満たされ
僕は穏やかにたたずんでいた、
大地に古くから棲む住人として。

(65-66, 69-72, 78-80)[1]

ここには空と大地、星と灯り、他者と自己が一致して調和する穏やかなひとときが描かれている。これがもし言葉と意味がぴたりと一致した状態をも表すとしたら、それは奇跡的に訪れた幸福な状況と言えよう。しかしこうした至福の時は長くは続かない。語り手は再びもう一人の自分を探し始める。結局言葉は永遠に他者であり続け、詩人はその後を付かず離れずついていくしかないのだろう。

言葉を定義しようと追い求めても、それはするりと逃げていってしまう。「納屋と丘」という作品が描くのは、

町外れの大きな納屋と上部が平らかな丘について、夕方になるとそのシルエットをよく見間違えるという他愛のない話であるが、納屋と見定めたとたん丘になり、丘と断定したとたん納屋と分かるシルエットというのは、意味を定めようとするとさっと身をかわす言葉の性質を寓意しているようにも取れる。「輝き」という作品では、「美とは何か、幸福とは何を意味しえたのか」(22-23) と問うが、結局「以前はもっと幸福だった」(25) と言うことでしか〈幸せ〉を定義できない。一方、同じく美の意味を問うその名も「美」という作品では、一見〈美〉や〈幸せ〉を定義し得たようにも見える。

この心、僕のかけらは、こんな時でさえ楽しげに
窓を抜けて漂い、木の方へ流れていき、
霞のかかった　幽かに明るい　静かな谷間へ降りていくのだ。
戻ってきて失ったものを求めて嘆き悲しむ
タゲリと違い、脇へ逸れることなく
自分の家と愛する者のもとへ降りていく鳩のように。
そこに僕は安らぎを見つけ、僕のなかに生き残ったものは
黄昏のなかを飛んでいく。美はそこにある。(11-18)　(傍線引用者)

しかし、結びの二行に出てくる二つの「そこ」とはどこを指すのだろうか。「自分の家と愛する者のもと」なのか、

あるいは「静かな谷間」を指しているのか。そもそも、これら二つの「そこ」は同じ場所を指すのだろうか。「僕」は二分され、一方は家族の元に留まるがもう一方は黄昏のなか美を求めて飛んでいく――従って二番目の「そこ」とは「黄昏のなか」なのだろうか。指示語の曖昧さに加えて、「僕のかけら」が「自分の家と愛する者のもとへ降りていく鳩」のように「窓を抜けて漂い（中略）静かな谷間へ降りていく」という直喩も分かりにくい。媒体《ヴィークル》が〈家の中に帰ってくるイメージ〉を提示するのに対し、それに対応するはずの趣意《テナー》は、〈家の外へ出て行き静かな谷間を求める様子〉を提示しているからだ。媒体と趣意のずれが、一見安定的で肯定的な結びに、不安定な影をもたらしている。「そこ」という指示語にせよ、この直喩にせよ、トマスの詩は一筋縄にはいかない。

二　着古しては生まれ変わる言葉

その名もずばり「言葉」というタイトルの詩において、トマスは言葉に対し、たまには私を楽器として選んでほしい、と願う。この詩が伝えるのは、言葉は何かを表現するための道具ではなく、むしろ主体的に動く言葉が詩人という媒介を見つけた時に詩が生まれる、ということだ。「風が／壁の隙間や／排水管を通して／喜びや苦しみを／奏でるように」(5-9) という比喩表現は、ロマン派詩人の好んだ風鳴琴《エオリアン・ハープ》の比喩を想わせるが、言葉自体が表現者であり、自ら形を整えて詩になっていくという捉え方には、言葉の自律性・創造性という考えが徹底されている。「あなた〔言葉〕が／愛を証明してくれた大地と同じく／あなたも愛おしい」(39-41) とあるように、我々は言葉なしでは言葉や大地に対する愛さえも表現できないのだ。この作品では、融通無碍な言葉の変幻自在ぶりが、「軽やか」で「頑丈」、「妖しく」も「美しく」、「黄金」や「古着」のように貴重で、「未知」だが「懐かしい」というように、相矛盾するイメージの並列で描かれているが、極めつけは“worn new” (35) という表現だ。「古着」のイメージを受けての言葉遊びだろうが、すこし戸惑わせる表現だ。「使い古された言葉」「擦り切れた言葉」という比喩表現はよく耳にするが、着古されて新しいとはどういう意味か。その謎は次に続く「雨上りの／川のように若々しい」(37-38) という鮮やかな比喩によって解き明かされる。川は古く、しかも雨が降るたびに一新される。同様に言葉も、何度も着古しては生まれ変わる力を持つと言うのだろう。

　こうした撞着語法的な表現はトマスの言葉遊びの特徴のひとつだ。「輝き」という作品では「不満に満足すべきだろうか (must I be content with discontent)」(19) という表現が出てくる。「二人で歩いたとき」では「四旬節に二人で歩いたときには／幸福は僕たちとは／無縁のもの」(1-3) と言った後に続けて「でも僕たちは喜んで／僕らの幸せを隠した」(5-6) と言う。ここでは happy / happiness という言葉が三度繰り返されており、トマスがその音の繰り返しのなかに意味のずれを楽しんでいることが分かる。上掲の「言葉」と対を成す作品「その言葉」では、二行のなかに child という音が四度も繰り返され「子のない女の子ども／さらにその子の子どもたちのように (as is a childless woman's child / And its child's children)」(4-5) という謎めいた表現が登場する。[2] これは、忘却とはどういうことかを表現するための比喩であるが、かつて存在したものを失っていくことを、未来において存在するかもしれないものたちの現在における不在、という形で表現している。過去と未来はともかく、現在において不在であること、それが忘却というのだろう。

　先に言及した「言葉」という作品では、言葉は「死者や胎児のように異質 (Strange as the races / Of dead and unborn)」(23-24) とされていた。死者と胎児が、過去あるいは将来の〈存在〉を前提とするその〈不在〉を表すとすれば、この表現は、言葉が本来対応するはずの実体を伴わない状態、あるいは言葉が実体を忘却した状態を表していることになろうか。「子のない女の子ども、その子の子どもたち」という表現が、実体のないままに影だけが木霊のように響き渡る虚ろさを伝えているとすれば、それは、意味／実体との繋がりを持たない言葉の響きに似ているとも言える。「水車を回す水」という作品では、水車のなくなった古い水車小屋で、水音だけがかつて「忙しげに轟いていた水車の響き」(8) を真似るさまが描かれるが、水車を回すという実質的な仕事がないのに音だけがその仕事の様子を伝えるという虚しさは、「子のない女の子ども、その子の子どもたち」という虚ろな響きとも通じる。忘却とはそういうものだ、とこの作品は告げている。

実体がなくなるという忘却の虚しさを告げる一方で、この詩は実体の乏しいもの――“lesser things” (10) でも覚えているものがある、あるいは「実体のない (thingless)」(12) 言葉でも覚えているものがある、と妙なことを言う。「忘れられない名前がひとつ、／空っぽの　実体のない名前だけれど／それは消えることはない」(11-13) と描写されるその言葉は、バラやニワトコの花の匂いを楽しんでいるときに、ふいに「純粋な鶫の言葉」(22) で告げられる。これは thingless、すなわち物質との結びつきは希薄であるが、詩人にとって大事な何かを伝える、あるいは思い出させる音の連なりである。しかし鶫の言葉であるが故に、読者にはそれが何であるか理解できない。鶫の言葉から詩人は何を受け取ったのか。なぜ彼はそれをもっと明確に言わないのか、あるいは言えないのか。「美」の結び二行に出てくる「そこ」のように、この詩の結びも読者を戸惑わせる。矛盾した言い方になるが、この作品は明瞭に言語化できない言葉があることを伝えようとしている。

三　言葉と実体

実体とうまく結びつかない言葉、そして記憶と忘却というテーマは「オールドマン」という作品にも共通する。この詩は又、何か意味はあるはずなのに、それは隠されていて明確に表現できない、という言葉の性質をも扱っている。「オールドマン」というタイトルは老人のイメージを想起させるが、ここからトマスの言葉遊びが始まっている。極力逐語的に訳すならば「老人《オールドマン》、あるいは少年の恋《ラッヅラヴ》、――名前には何も意味はない／少年の恋《ラッヅラヴ》あるいは老人《オールドマン》を知らない者にとっては」(1-2) となる同語反復的な冒頭部は、早速読者を面食らわせる。老人の話か、はたまた少年の初恋の話か――そんな読者の戸惑いを面白がりつつ、次行ではこれらが「白みを帯びた羽毛のような薬草」(3) の名前であることを明かすが、それでもなお、なぜこの植物が「翁草《オールドマン》」「初恋草《ラッヅラヴ》」という相矛盾する二つの名を持つのかは不明である。名はこの植物の実際の姿を反映しておらず、従って「名前に意味はない (in the name there’s nothing)」(1)、あるいは名前は実体／実態 (thing) を示さない。

よく知る者にとってさえ、その名は
実際の姿を半ば飾り立て、半ば惑わせる。
少なくとも　馴染み深い名にもかかわらず
それは実態と結びついていない。でも僕はこの名が好きだ。　(5-8)

相矛盾する名を持つハーブに対して、語り手は「どうも好きになれないのだが／確かに愛しい」(9-10) という矛盾する想いを伝える。そしてその独特な匂いについても、「好きになれない」(29) と言いつつ、他の「何の意味 (meaning) も持たない／芳しい香り」(30-31) よりは好きだ、と言う。ここで話は、実態を表さない名前の話から、意味を持ったり持たなかったりする匂いの話にすり替わる。ではこのハーブの苦い匂いに意味があるのかと言えば、名前と同じくあやふやである。ハーブの匂いは子供時代の記憶を呼び覚まそうとするが、結局うまくいかない。「思い出すべきなのに思い出せないもの」(35) をじっと待つようなもどかしさだけが残るのだ。この作品では名前も匂いも、元来それと関わっていたはずの植物の実態／記憶の中身との結びつきが希薄になっている。トマスの詩を読んで感じる戸惑い——言葉を通して明確な意味に到達し得ないもどかしさは、ここでは匂いを手繰っても記憶の中身に辿り着けないという体験として描かれている。しかし、実態を示さない言葉、意味を分かりやすく伝えない言葉を、トマスはむしろ理想としているようである。

四　理想の言葉

「見知らぬ鳥」では、語り手は誰もその姿を見たことのない鳥について語ろうとする。姿の見えぬ鳥の声を愛でるというのは、ロマン主義的感性を示すようにも見えるが、この鳥は姿が見えないだけでなく、その声も語り手以外の人には聞くことができない。それを聞いたことのある語り手ですらもう一度聞くことはできず、博物学者の意見を求めようにもうまく説明することができない。かなり実体の怪しい存在である。こうした、実体はないが確かに存在し、明確に説明できないが、悲しくも喜ばしくもある旋律で自分を励ましてくれる鳥というのが、まさにトマスの理想とする詩の言葉を表す。「見たことのない土地だった」という作品では、それは「あらゆることを仄めかし、何も語らない／微風」(14-15) あるいは「木々や鳥たちが使うような／暴かれることのない言葉」(21-22) と描写される。「暴かれることのない」とは、内側に何らかの意味が隠されていることを示唆する。木々や鳥の言葉を理想とする詩は決してナンセンスなのではなく、意味を持つ。しかし様々な事象を解き明かそうとする科学の言葉と異なり、詩の言葉はすべてを明かさないこと、「隠されたものは隠されたままに」しておくことが肝要なのだ。ワーズワスが「ひとり麦刈る乙女」において、異国の言葉で歌われた乙女の歌の内容をあえて問わなかったように。

トマスは、こうした鳥の言葉を自らの詩のなかでも十全に活用する。上述のように、「その言葉」では一番大切なはずのことを鶫に語らせることで、詩の意味が限定されることを避けている。「掘ること」という詩でも「匂いを嗅ぐだけで、／黒々とした大地を砕くだけで、十分だ」(13-14) と語った後、一体何にとって十分なのかは言わないまま、駒鳥の歌う「秋の喜びを伝える悲しい歌」(16) で作品を結ぶことで、余韻を持たせている。戦争詩「ふくろう」では、この鳥の「限りなく憂鬱な鳴き声」(8) が語り手の耳にはっきりと伝えたことを、「僕が逃れ、他の人には逃れられなかったこと」(12) と記すが、それが具体的に何なのかは明確には伝えない。鶫や駒鳥の歌に比べれば推測はつけやすいが、それでも、あるいはだからこそ、明確に言語化されないことで訴える力が強まっていると言えるだろう。

理想の言葉を語るのは鳥だけではない。炭焼き人の家族の暮らしを描いた「ブリキの笛」という詩では、古い子守唄の旋律を奏でるブリキの笛が「私の言葉をはるかに超えたことを語る」(20) と言っている。「故郷」という詩は、ひとつの故郷、ひとつの記憶を詩人と鳥が共有していることを伝えたのち、こう結ばれる。

農夫がひとり、暗がりに沈む白い小屋の前を

歩いていった。その歩みは遅く、
半ばくたびれ、半ばのんびりして見える。
静けさのなか　小屋から聞こえてきた
のこぎりを引く音が、沈黙の語ることすべてを
朗々とまとめあげた。（19-24）

のこぎりを引くリズミカルな音、沈黙の語ること――ここから我々は何を読み取ればいいのだろう。余韻というよりは困惑を与える終わり方かもしれない。ブリキの笛、木々や鳥、風、農機具――トマスの詩は、普通語らない物たちの声に耳を傾けるよう促す。こういった声は、誰にでも届くというものではないだろう。

隠されたものは隠されたままにし
僕のように、そうした囁きの命ずることに
応えられる者だけに語ろう。（「見たことのない土地だった」23-25）

「見たことのない土地だった」ではそう嘯くが、分かる人にだけ分かればいいという、ともすれば傲慢に聞こえるこの態度は、むしろ、詩の言葉を理解する者が少ないことへの嘆きの裏返しかもしれない。「ハコヤナギ」という作品では、言葉を扱う詩人の仕事を、風に葉を揺らすハコヤナギになぞらえ、その虚しさを訴える。

　あらゆる天候、人々、時代に向かって　ハコヤナギは
　葉を揺らし続けねばならない。誰かの耳に届いても
　聞いてもらえるとは限らない。僕の詩と同じように。（18-20）

詩人の言葉も、風や木々の言葉も、万人の心に響くわけではない。しかし言葉が他者に届こうが届くまいが、詩人もハコヤナギも「絶え間なく　無闇に嘆き続けるしかない」。これらの言葉は、それを聴こうと耳と心を傾ける者にしか意味を伝えないのだ。

五　名前の喚起力

鳥の声や風の音、木々のざわめきなどを理想の言葉としたトマスは、意味よりも音の連なりが大事で、自律性が高く翻訳がほぼ不可能、という性質をもつ〈名前〉に、詩の言葉としての可能性を感じていた。先に扱った「オールドマン」も名前に関する詩だが、トマスはとりわけ地名に惹かれていた[3]。家族への想いを綴る詩群をはじめ、様々な作品で数多くの地名が扱われているが、とりわけ有名なのは「アドルストロップ」であろう。オールドマンやラッヅラグヴがそれを知らない人にとって殆ど意味を持たない、あるいは別のものを想起させてしまうのと同じく、アドルストロップという地名もそれを知らない人にとっては殆ど意味を持たない。翻訳することもできないから、たとえば遠くイギリスから隔たった日本人読者にとっては、この文字列がそもそも名前なのか、名前だとすれば地名なのか人名なのか、あるいは植物や鳥の名前なのかも分からない。しかしこれをタイトルにしたトマスの詩を通して、

アドルストロップという名は新しい意味を帯びることになる。

「オールドマン」と異なり、アドルストロップという名は語り手にきちんと思い出をもたらす。六月のある昼下がり、乗っていた急行列車が思いがけず停車した田舎の駅周辺の風景を鮮やかによみがえらせる。しかし作品に描かれたそれは、イギリスの田舎へ行けばどこにでもありそうな風景であり、取り立ててその場所らしさを伝えるものではない。トマスにとって重要なのは名前そのものであってそれが指す場所ではない。そしてこの地名は、それが本来持っていたはずの意味――アドルストロップという場所に暮らす人、そこを知る人たちにとって意味していた内実――を失ってしまっている。こうして指示性という役割から解放されたアドルストロップという名は、作品のなかで自在に動き出す。

　　僕が見たのは
アドルストロップ――その駅名と

柳、ヤナギラン、牧草地、
シモツケソウ、乾いた干し草の山、ただそれだけ。 (7-10)

この箇所で興味深いのは、アドルストロップという名が風景のなかの様々な事物と同列に扱われているという点である。トマスは実際に駅名の書かれた看板を見たのだろうが、まるでその名前が風景を構成する一事物であるかのように、扱われている。そしてその名はクロウタドリの歌声を喚起し、オックスフォードシャー、グロスターシャーという、より広範な場所を指す地名へ繋がっていく。アドルストロップという名は、本来の意味――ある特定の場所との繋がり――を希薄にされたかわりに、トマスの詩を通して、英国性という普遍性を獲得していくと言ってよいだろう。多くの読者がこの詩に典型的なイギリスの田園風景を感じとるのは、そのためであろう。

名前が固有の意味を失い英国性という普遍性を獲得するという現象は、「ロブ」という作品でも生じている。ロブとは民間伝承でホブ、パック、ブラウニー、ロビン・グッドフェローなどと様々に呼ばれてきた類型的な存在を示す名前であり、個別の個性との結びつきが弱い。この作品内でも、彼はボトルズフォード、ジャック・ボタン、アダム・ウォーカー、ロブ、トム、ハーン、ホブなどと次々に名を変えていく。とりわけ終盤にかけて、炉辺のロブ、ジャック・ケイド、ジャック・スミス、ジャック・ムーン、何でも屋のジャック、ジャック少年、ジャック爺さん、ジャック某、カキネノジャック、イシガキロビン、ロビン・フッド、ラギッド・ロビン、レイジー・ボブ……と名前が連打される様は圧巻である。これらの名前には、歴史上の人物名もあれば民話や伝説に登場する名もあり、植物の名前もまじっている。これだけ多様な名前で呼ばれるこの人物は誰なのか、これだけ多くの名を挙げてみても、我々はそれが指し示す特定の個人に行きつくことはできない。その意味で、ここでも言葉と実体との対応関係が希薄である。しかし「この木戸、この花々、この沼地」(55)と同様イギリスに属していて(「この」という指示語に我々は再び戸惑わされるが)、鳩やコクマルガラスと同じくらい長くこの国に暮らしてきたロブは、イギリスの歴史、伝説、民話、迷信、地誌、風景、植生などと結びついた意味の網目を織り上げていく。この作品には他にも様々な地名が登場する。ウィルトシャーといった州レベルからカンタベリーやリーズなどの大きな町、ジャグラーズ・レインという小道の名前まで含み、大小織り交ぜた山や川、丘の名を含む。なかにはワーテルローやアザンクールといった国外の地名や、ゴサムのように架空の地名もあるが、それらはイギリスの歴史や文化、社会を語る際に切り離せない地名であろう。由来は半ば忘れられてしまったもののよく耳にする花や鳥の名、慣用句や諺なども混じりこんでいる。つまりこの詩は、イギリス人にとって馴染み深い様々な名前や慣用句を唱えるように並べていくことで、幾層にも重なる時間と空間、現実とフィクションが創り上げる英国性という総体を浮かび上がらせている。注意したいのは、そうしたことは論理的に明示的に説明されるのではなく、多くの名が散りばめられることによって、モザイク画のように浮かび上がっているということだろう。

六　道と言葉

ロブのようにイギリスの田舎の道や植物、動物や人間を愛した人物として、もう一人、ボブ・ヘイワードという男がトマスの詩に登場する。「彼は女好きだった」という作品で、シャベルのような髭をしたボブはお気に入りの散歩道に楡の木を植えるが、この小道に名前を付けることはない。「ロブ」においては花や丘に名前を付けたことがロブの功績として認められているが、この詩では「愛するものに名を付けることを　人は時に忘れるものだ」(12)とあるように、名づけの行為あるいは名前はあまり重視されていないように見える。しかし皮肉なことに、ボブが死んで何年もたち、道も荒れ果てて誰も通らなくなった後に、「ボブの小道」という名前だけが残る。言葉と事物の間の優位性が逆転するのだ。ボブが生きていて道が使われていた間は必要のなかった名前が、本体（ボブと道）がなくなった後に亡霊のように浮上して生き残り続けるということは、言葉のパラドキシカルな性質を示してはいないだろうか。つまり、言葉は対応する事物の不在によっていっそう存在感を増すということをこの詩は示唆している。「水車を回す水」における、水車がなくなった後に水車を回す様を伝える水音にせよ、「オールドマン」における、記憶に到達しないハーブの匂いにせよ、対応すべき実体を失った時にこそ、それらの音や匂いは雄弁に語るのだ。

反対に、対応する言葉の不在によって事物の表現力が増すということも起き得る。「のっぽのイラクサ」という作品では、道端や手入れのされていない庭の隅に生え、棘毛をもつ、どちらかといえば嫌われ者のイラクサに焦点が当てられている。トマスはこれについて「つやめくどんな花にも負けないくらい／イラクサの粉をはたいた感じが好きだ」(6-7)と言う。なぜなら「唯一これが消えるとき／にわか雨の爽やかさが証明される」(7-8)からだ。消えることによって雨の爽やかさを証明するという価値のあり方は、言葉の表現力の引き算的性質を表しているようだ。そもそも、ブリキの笛、のこぎり、農作業の風景など、トマスの詩に出てくる〈人の言葉〉以外のものが語るという設定が、言葉は不在によって雄弁さを増すという逆説を示しているとも言える。彼の詩においては、鳥、水、風、木、楽器、農機具といったものたちは、表象される事物であると同時に、自らが語る存在でもある。（なかには風景、小径、イラクサ、雨、沈黙など音を発さないものも、雄弁に語るとされている。）表象されるもの＝表象するもの、という性質を持つこうしたものこそが、トマスの考える、自律的で存在感のある理想の言葉なのだろう。

最後に、トマスの理想とする言葉のなかで最も雄弁と思われる〈道〉を扱った作品に語らせて、結びとしたい。その名も「道」というタイトルのこの作品は、直接的に言葉を主題とするわけではないが、〈雨上がり〉のイメージを介して、先に見た「言葉」という作品と響きあい、道は言葉のメタファとして立ち上がってくる。

道は続く。
僕たちが忘れても。
流れては消えていく星のように
僕たちが忘れ去られても。

この大地に人間が
造ったもののなかで、こんなにも
すぐに消え、こんなにも
長く残るものは、他にない。

雨に濡れた丘の道が
陽の光の下　蛇行する川のように
きらめくのは、
人が再びそこを歩くからなのだ。　(5-16)

道は歩く人がいなければ消えてしまうが、一方で「僕たち」が忘れても道は残る。道の両義的な性質が描かれている。言葉も同じであろう。使う人がいなければ消えてしまう。しかし、「言葉」という詩に「何度も何度も／着古しては生まれ変わる」言葉は「雨上りの／この川のように若々しい」とあるように、言葉はしぶとく生き残り、使い古されては生まれ変わっていく。人が歩き続ける限り雨上がりの道は川のように輝く。人が読み続ける限りトマスの言葉も、雨上がりの川のように生まれ変わり、古着のように愛着を増していく。

注

本稿はJSPS科研費（課題番号25370298）の助成を受けた研究成果の一部である。

(1) トマスの詩の日本語訳には、拙著『エドワード・トマス訳詩集』を用いるが、論述を進めるにあたり原文の単語や構文を生かす必要がある場合には、変更を加えている。

(2) childless womanとは「子を産んだことのない女」という意味であろうが、「子を亡くした女」とも読めるかもしれない。死んだ子供の子供や孫を思い描いているとすれば、この表現にはいっそう虚ろさが漂うことになろう。

(3) 例えば『イックニールドの道』では田舎の地名をリストアップして唱えることの魅力を語っている（22）。

引用文献

Longley, Edna, ed. *Edward Thomas. The Annotated Collected Poems*. Tarset: Bloodaxe, 2008.

Thomas, Edward. *Feminine Influence on the Poets*. London: Martin Secker, 1910.

——. *The Icknield Way*. London: Constable, 1913.

吉川朗子訳『エドワード・トマス訳詩集』春風社、二〇一五年。

書簡の言葉が語る物語
——『フラッシュ——或る伝記』に描かれたエリザベス・ブラウニングの肖像

森田　由利子

ヴァージニア・ウルフは、「伝記」という副題を付した作品を三つ書き遺している。その一つ、一九三三年に出版された『フラッシュ——或る伝記』は、ウルフが実験的な手法を極めたとされる小説『波』の執筆後に創作された作品である。一九三三年二月、オットリン・モレルへ宛てた手紙の中でウルフは次のように書いている。「『フラッシュ』は冗談のつもりだった。『波』を書いた後でとても疲れていて、庭に寝転がってブラウニング夫妻の書簡集を読んだ。そうしたら彼らの犬の姿が可笑しくて伝記を書きたくなった」(*Letters* 4:161-62)。この言葉にあるように、『フラッシュ』は、コッカースパニエル犬、フラッシュの「伝記」という体裁を取っている。しかし、むろん描き出されているのは、その飼い主である十九世紀の詩人エリザベス・バレット・ブラウニングの肖像である。また、「冗談」としながらも、結果的にこの作品はウルフを苦しめる「真面目すぎる」試みともなったのである。[1]

『フラッシュ』は、出版時の成功にもかかわらず、批評家から軽視され続けたが、八十年代半ば頃からさまざまな論考が出始めている。この小論では、『フラッシュ』の執筆意図に関する先行の議論やウルフの「ライフ・ライティング (Life-Writing)」の特質に触れ、その上で、肖像画や書簡集の言葉からエリザベス・ブラウニングの人生が如何に紡ぎ出されているのかを考察したい。

一　『フラッシュ』の執筆意図

ウルフが何故『フラッシュ』を書いたのか、その執筆意図について重ねて議論がなされてきた。まず、直接的な執筆の背景として、当時ルドルフ・ベジアの芝居『ウィンポール街のバレット家』が人気を博していたこと、ウルフ夫妻が一九三〇年十月、早速チケットを入手して観劇したことを挙げなければならないが、彼女はその翌年、「かなり失望した」という感想を手紙の中で述べている (4:351)。「ブラウニング・ブームの中で抱いていた違和感がウルフを『フラッシュ』執筆へと導いた」と指摘されている（岩田 4）。

また、昨今、ヴァージニア・ウルフと動物の結びつきが着目される傾向がある。[2] 実際、「ウルフと動物」という観点から考えてみると、彼女が「犬の伝記」を創作するに至った遠因を幾つか挙げることができる。例えば、ウルフの母ジュリア・スティーブンは、子どもたちのために動物の出てくる短い物語を書いた。そしてその動物たちの多くは話をしたというのである (Steele xv-xvi)。さらに、ウルフの甥、クェンティン・ベルは、ウルフが「自分の犬が何を感じているのかを知りたがった」と述懐している (175)。確かに、彼女の最晩年の短編「雑種犬ジプシー」の中で、飼い主が雪の日に姿を消してしまった雑種犬ジプシーを思い出し、「ジプシーの世界はどんなものだったんだろう？ 犬は私たち人間が見るものを見ているのだろうか、それとも何か違うものを見ているんだろうか？」(*Shorter Fiction* 277) と話すところがある。また、ベルは「ウルフは常に犬を飼っていて犬を愛したが、真の意味において犬好きではなかった」とも指摘する (175)。「ウルフの犬は彼女自身の精神を具現化したものであって、持ち主のペットではなかった」(176) というのである。すなわち、フラッシュの「生涯」を創作することは、エリザベス・バレット・ブラウニングの〈精神の軌跡〉を描くことであったと言えるのである。

そして、そもそも、ウルフにこの作品の創作を動機付けた最大の要因は、ナショナル・ポートレート・ギャラリーが所蔵しているブラウニング夫人の肖像画であったのではなかろうか。ウルフは『フラッシュ』の初版出版時、十枚の図版を用いたが、そのうちの一枚がこの肖像画であった。一見して、同じく初版の口絵に使われたコッカースパニエル犬（ウルフ夫妻のピンカ）の写真に似ているという印象を受ける。ウルフはナショナル・ポートレート・ギャラリーに著作権料を支払ってまで、この絵を含む四枚の肖像画を図版として使用したのである (Humm 13)。ナショナル・ポートレート・ギャラリーの館長であったデイビッド・パイパーは、著書『イギリス人の顔』の中で、ヴィクトリア時代の女性の顔について次のように書いている――「四十年代、髪はきっちりと中央で分けられ、永遠にエリザベス・バレット・ブラウニングを連想させることとなる

Elizabeth Barrett Browning by Field Talfourd chalk,1859
© National Portrait Gallery, London

長いスパニエル犬のような巻き毛が両頬に垂らされていた」(236)。

エリザベス・ブラウニングの両頬に垂れた「長いスパニエル犬のような巻き毛 (long spaniel ringlets)」は、文字通りスパニエル犬、フラッシュを思わせる。このエリザベスとフラッシュの外見の酷似は、物語のテクストにおいても、重要な場面――両者の出会い、そして、フラッシュの死――において強調されている。以下は、エリザベス・バレット嬢とフラッシュが初めて出会った時の描写である。

「まあ、フラッシュ!」と、バレット嬢が言った。初めて、彼女はフラッシュの顔をじっと見つめた。初めて、フラッシュはソファの上に横になっている女性を見つめた。

どちらも驚いた。バレット嬢の顔の両側には、重そうな巻き毛が垂れている。大きないきいきした眼が輝いている。大きな口もとがほころんでいる。フラッシュの顔の両側には、重そうな耳が垂れている。彼の眼も、大きく、いきいきしているし、口は大きい。彼らの間には、似通ったところがある。お互いをじっと見つめ合っていると、どちらもこう感じた。「おや、わたしがいる」――それから、めいめいが感じた、「でも、なんてちがっているのだろう!」彼女の顔は、戸外の空気や日光や自由から切りはなされた病人の、青白いやつれた顔だ。彼の顔は、幼い動物の元気はつらつとした、健康と精力に溢れた顔である。二つに割られてはいるが、同じ鋳型で作られているので、お互いが相手の中に眠っているものを完全なものに仕上げているといえようか?(3)

エリザベス・バレット嬢の顔の描写は、彼女の肖像画を言葉で模写したかのようである。

エリザベス・ブラウニングと彼女の犬フラッシュの近似性を、むろんウルフ自身が良く認識していたことは、出版後すぐに出された彼女の手紙の一文によっても確認できる。(4) そして、エリザベス・バレット・ブラウニング本人もそのことを少なからず意識していたであろうことが、彼女の手紙とそれへの解説から読み取れる。エリザベスは、「フラッシュのとても見事な、特徴を捉えた似顔絵を、ユーモアを込めて、自分に似せてペンで描いた」というのである (Mayer 153-54)。この手紙と解説からの数行は、『フラッシュ』の中にも幾分言葉を変えて組み込まれている。エリザベスの肖像画がウルフの中に豊かなイメージを喚起し、物語の核、あるいは枠組みとなったと考えられるのである。

二　ヴァージニア・ウルフの「ライフ・ライティング」

一九三一年、マンクス・ハウスの庭でコッカースパニエル犬、ピンカを見つめるウルフの写真が残っている (Adams 229)。『フラッシュ』の執筆当時、ピンカの目を見つめながら、ヴァージニア・ウルフは九十年の時を超え、自らの姿がエリザベス・ブラウニングに重なる感覚を覚えていたかもしれない。小説、あるいは疑似伝記と称される『フラッシュ』は、ウルフが自らの人生をも投影しつつ、ある犬の生涯を描き、それによってその女主人の肖像を捉えようとした「伝記」である。いやむしろ、狭義の「伝記」というよりも、包括的で緩やかに規定する「ライフ・ライティング」であると見なすべきであろう。

では、ヴァージニア・ウルフは、「ライフ・ライティング」について、どのような考えを抱いていたのだろうか。エッセイ「新しい伝記」において、「人物の性格を表すために、事実は操作されなければならない」と彼女は主張している（"New Biography" 150）。ウルフにとっては、伝記的、あるいは歴史的事実の「正確な記述」といったものは、さして重要ではなかった。従って、従来指摘されてきたように、『フラッシュ』の描写には、伝記的事実と明らかに異なる箇所が数多くある。

幾つかの例を挙げるならば、まず、フラッシュの贈り主、メアリ・ラッセル・ミットフォードのもとにはフラッシュが二匹いたのである。ミットフォード嬢へのエリザベスの礼状からそのことがわかる（Miller 68-69）。エリザベスと共に生涯を過ごしたのは、ミットフォード家にいたフラッシュとは別の「二匹目の子犬、フラッシュ」だったのである。そして、その手紙には一八四〇年十二月と記されている。つまり、『フラッシュ』のテクストにおける「彼はたぶん一八四二年の初め頃に生まれたらしい」（4）という記述は誤りである。また、作品中の印象的な場面の一つ、ミットフォード嬢が初めてフラッシュをロンドンのウィンポール街にあるバレット家へと連れていく描写もウルフの創作である。フラッシュは一八四一年一月、ロンドンではなく海辺の町トーキーにいたエリザベスの元へ送られ、同年九月にエリザベスと共にロンドンに居を移したのである。さらに、フラッシュは、実際は三回誘拐されたのだが、物語では一回しか描かれていない。しかし、これについては、ウルフ自身がわざわざ原注をつけ、「統一の問題から、三度の誘拐を一度に縮める必要があると思われた」（85）と断っている。

日付の記載も正確ではない。ブラウニング夫妻が初めて出会った重要な日が間違っているのである。作品では一八四五年五月二十一日となっているが、エリザベス・ブラウニングの手紙には五月二十日と記されている。さらに、出版経緯を読むと、イギリス版の初版の一刷りには、更なる五カ所の日付の誤りがあったという（Steele xxv）。エリザベスがロバート・ブラウニングに宛てた手紙とその初版一刷りのテクストを照らし合わせてみると、フラッシュが誘拐された日（九月一日）が何故か二人の結婚した日（九月十二日）になってしまっている。そしてその後フラッシュがエリザベスの元へ無事帰ってくるまで刻々と記された日付、三カ所が一日ずつずれている。さらにもう一カ所、極秘に結婚したエリザベスがフラッシュと共に屋敷を抜け出した日が、やはり一日ずれて書かれている。このため、イギリス国内で初めて出版された『フラッシュ』は、初版の二刷りだったのである。

このように、事実と異なる描写や不正確な記述が多々あるということに関しては、ウルフが「フラッシュの『伝記』を書くという点ではいたって不熱心であった」（岩田 7）、あるいは、「正確な〈伝記〉を書くことに熱心ではなかったというよりは、『劇的』効果を狙ったためと考えられる」（近藤 7）などと論じられている。確かに、小説家の駆使する「配置や示唆、劇的効果の技巧」（"New Biography" 155）をウルフが企図したと考えられる。しかし、そういったことよりも、これこそがウルフの「ライフ・ライティング」の本質であったと強調したい。すでに触れたように、彼女にとって、「人生」を描くためには、事実は時に操作されるべきであり、日付の正確性はさほど重要なことではなかったのである。よって、脚色された描写や間違いが見られるのは『フラッシュ』に限ったことではない。例えば、ウルフの晩年に綴られた回想録「過去のスケッチ」においても、「芸術的にはより都合がよい」（64）と、自分の過去の思い出を操作するのである。また、この回想録の中で、ウルフは母ジュリアを描き出そうとしているが、母の生まれた年を間違って記載している。にもかかわらず、この未完の自伝はウルフと母ジュリアについて多くを語り、読み手を惹きつける力を有しているのである。

また、ウルフが『オーランドー』や『フラッシュ』の創作を通して、ユーモアに欠け、多くの肖像写真を証拠として添えながら、何らその人物の真実を伝えることのないヴィクトリア朝の伝記を揶揄しようとしたのは周知のことである。ウルフにとっては、歴史の網の目からこぼれ落ちた家庭生活の細部や無名の女性の生涯を記録することも重要であった。いずれもヴィクトリア時代の伝記の中には探し得ないものだったからである。ウルフが付した『フラッシュ』の原注の中に、侍女ウィルソンについての数ページに渡るかなり長い伝記的記述があるのもそれ故であろう。こう考えてくると、犬の一生を描くという試み自体が、歴史に記録されることのない存在を記すという、ウルフのライフ・ライティング観に適うものであったのかもしれない。

三　エリザベス・バレット・ブラウニングの肖像

ウルフが「伝記」という副題を付けた作品のうち、『フラッシュ』だけが、彼女が会うこともなかった人物——十九世紀の女流詩人を題材にしている。未亡人や友人といった「厳しい監督者」(Woolf, "Art" 120) から制限を受けることもなく、自由に想像力を働かせ、創作することができたはずである。ましてや「犬の伝記」という、虚構に大いに頼らざるを得ない形を取っているのである。物語は主人公フラッシュの祖先、家系の話から始まり、フラッシュの肖像写真の口絵、出生地と称するコテージのリトグラフの図版まで、真しやかに添えられている。しかしながら、作品の図版として用いられた二枚のブラウニング夫人の肖像画は本物なのである。さらに、作品のテクストのかなりの部分がエリザベス・バレット・ブラウニングの書いた、あるいは彼女が受け取った手紙から生み出されている。つまり、少なくともエリザベスに関わる記述については、予想以上に事実に基づいているのである。ただ、どういうわけか、ウルフが依拠した事実資料のほとんどが手紙であった。当時ブラウニング夫人の伝記も出版されていたにもかかわらず、ウルフの「読書記録」の『フラッシュ』の項を見ても、エリザベス・ブラウニングの伝記は挙げられていない。書簡集ばかりが記載されているのである (Silver 158-61)。『フラッシュ』創作の発端がブラウニング夫妻の書簡集であったからであろうか。では、実際に手紙がどのように用いられ、エリザベス・バレット・ブラウニングの「ライフ・ライティング」が如何に描かれているのかを検証してみたい。

まず、ウルフは一つの手紙をそのまま引用することはない。手紙の中から必要な文章だけを選んで切り取り、書かれた時期を無視して、作者の意図に沿うようテクストの中に散りばめるのである。例えば、一八四三年十月五日のリチャード・ヘンギスト・ホーンに宛てた長文の手紙からは、四カ所が抜き出され引用されている。そのうち三カ所はフラッシュについての言及であるが、以下の、エリザベス自身の心の苦しみを吐露する一節も同じ手紙からのものである。

「それから、わたくしは健康をそこねました……それからトーキーに無理に追いやられて……それが生涯の悪夢のもとになりました。ここで申し上げられないほど大切なものを、奪ってしまったのです。このことは、よそではおっしゃらないでくださいませ。ホーン様、絶対におっしゃらないでください。」(Woolf, *Flush* 21-22)

『フラッシュ』の中で、エリザベスは何時間も座ってこの長い手紙を、時に涙を浮かべながら書いていると描かれる。最愛の弟エドワードを亡くし、絶望の淵から未だ立ち直れない彼女の姿を、手紙からの直接引用によって浮かび上がらせている。このように、『フラッシュ』では、選び出した文章を引用符を用いてそのまま組み込む場合と、手紙からの引用でありながら、少し言葉や構文を変え、編集して、それとわからないようにテクストの中に埋め込んでいる場合とがあるのである。さらに、引用符を用いながらも、若干の変更を加えている場合もある。やはり言葉の正確な記録が意図されているわけではないことが再確認できるのである。

そして何より、手紙の中で用いられている特定の言葉から作品が組み立てられていることも注目に値する。一八四五年三月二十日にエリザベスが書いたロバート・ブラウニング宛の手紙の一節は、ウルフのエッセイ「オーロラ・リー」にも引用されているものである。「わたくしは強い感情を求めて、あるいは悲しみとともに、心の内のみで生きていました。病気になってひきこもる前から、やはり閉じ込められていたのです」(傍線引用者 Kintner 1: 41)。この手紙から「感情（emotion）」がエリザベスの人生にとって極めて重要であったことがわかる。そのため、フラッシュは「人間の感情がわかり過ぎるほどわかった」(6)、あるいは「人間の感情にすこぶる敏感であった」(26) と強調されているのである。単に言葉を解さぬ犬を物語の視点として機能させるための苦肉の設定ということだけではない。作品内で、エリザベスやフラッシュの「感情」についてしばしば言及されるのは、エリザベスの手紙のこの言葉ゆえなのである。

また、フラッシュが嫉妬のために敵なるロバート・ブラウニングに再度噛みついた事件について、書簡集では次のように詳細に語られている。

わたくしは決して彼［フラッシュ］に声をかけませんでした。なのでフラッシュはアラベルの所へ行きました……アラベルは「いたずらっ子のフラッシュ、あっちへ行っておしまい」と言うだけでした。（中略）そこで、彼はわたくしの足もとの床に寝そべって、上眼づかいにわたくしをじっと見つめていました——でもわたくしは八時頃まで許してやりませんでした。あなたに頂いたケーキを与えませんでした。今やわたくしは彼には魂なんかないと思うようになっています。あなたに対してあのように振る舞うなんて！（中略）いたずらなフラッシュ！――ウィルソンがフラッシュを打ったと告白した時わたくしが彼女を叱ったとお思いになって？わたくしは叱りませんでした。（傍線引用者 Kintner 2: 892）

『フラッシュ』においても、手紙に書かれた事実そのまま、細部に渡るまで、実に忠実にこのエピソードが再現されている。しかし、手紙の中の「彼には魂なんかないと思うようになっています」という一文に呼応して、あるいは批判するかのように、物語では以下の描写がすぐ後に続くのである。

彼がそこの絨毯の上に、流刑されたように横たわっていると、あの嵐のような感情の渦に巻き込まれた。その渦の中では、魂は岩に打ちつけられて砕け散るか、あるいはひと房の海草か何かの足がかりを見つけ、ゆっくりとひどく骨折って這いあがり、乾いた陸地に再び立って、ついには、荒廃した宇宙の上に姿をあらわし、今までとは別の計画にしたがって新しく創造された世界を見渡すようになる。滅亡か、再生か？―どちらにすべきか、それが問題だ (37)。

「嵐のような感情の渦に巻き込まれた」フラッシュの「魂 (soul)」が、この事件によって如何に苛まれたか、そしてその苦悩が如何に高邁な次元におけるものであったのかが、些かユーモアを込めて描かれている。

さらには、手紙の中で触れられた些細な言葉――生活の中の事物――が作品の中で思いのほか活かされている例もある。例えば、物語の早い段階からフラッシュの「紫色の水入れ (purple jar)」(18) が言及される。この「紫色の水入れ」は、誘拐されて捕らわれた彼の苦境――喉の渇き――を表す描写において重要な役割を果たすことになるが、その所以も書簡集から読み取れるのである。一八四六年九月六日のロバート・ブラウニングへ宛てたエリザベスの手紙には、長い間誘拐されていたフラッシュがようやく彼女の元に戻った時の様子が記されている。フラッシュは彼女にはほとんど目もくれず、「水の満たされた紫色の水入れ (purple cup of full of water)」へと駆け寄ったと書かれているのである (Kintner 2: 1050)。もちろん、このくだりは『フラッシュ』にも描かれているが、幾行にも及ぶ長い手紙の中に埋もれた小さな言葉が輝きを放ち、そこから物語の場面が立ち上っていったと思われる。まるで啓示的瞬間のように、日常の何気ない言葉が架空の情景を出現させる力を持ち得たと言えるかもしれない。

エリザベスの肖像を描くにあたって手紙を引用する利点は、何より、事実を確実に組み込めるということであろう。また、手紙からの直接引用は、生の声を聴いているかのような感覚を読者に与え、その人物の姿を自ずと浮かび上がらせる。「……ひとがわたくしのしたいようにやってくれないなら、明日の朝わたくしが行って、フラッシュを連れ戻して来ます」(Woolf, *Flush* 47) という、原文とほぼ違わぬ書簡集からの一文は、身代金を支払うことを許してくれない父親や、悪事を働く人間の言いなりになることを認めない恋人に逆らってでも戦おうとするエリザベスの確固たる意志を表す。彼女の言葉には、この後すぐロバート・ブラウニングと極秘結婚をして駆け落ちへと至る強さが宿っているのである。

ウルフの他の著作と同様に、『フラッシュ』においても〈言葉への不信〉が色濃く表されている。「言葉は、何かひとつでも言いあらわせるのだろうか。言葉は、言葉の力では言いあらわせない象徴を破壊してしまうのではないだろうか」(22)というエリザベスの苦悩は、まさしくウルフ自身のものでもある。しかし、その一方で、ウルフは、人を理解し、描くための手段として、既成の伝記よりも手紙の「言葉」、その真なる力を信頼したのだと思われる。言葉で創作する自らの限界や無力感を痛切に感じつつも、エリザベス・ブラウニングの手紙、そして彼女の遺した詩からの引用が「言葉による自画像(verbal *self*-portrait)」となることを期待したのである(Gillespie xxv)。

『フラッシュ』とほぼ同時期に創作されたウルフの小説において、自分は周りの自然や他者に溶け込んでいる存在だと登場人物たちが口にすることがある。フラッシュとエリザベスの「自己」も時に溶けあい、彼らは互いに補完し合う存在として描かれている。図版の肖像画を眺めていると、エリザベスとフラッシュが重なって、あるいは、混じり合って一つの存在となっているような感覚に陥るのである。既述のように、創作の核となる着想には、肖像画が大いに寄与していると考えられる。肖像画は、言葉を駆使せずとも人生を描けるとウルフが羨んだ姉妹芸術である。しかし、作品の多くの部分を埋めていったのは書簡集の言葉なのである。『フラッシュ——或る伝記』は、エリザベス・バレット・ブラウニングの言葉が自ら語る物語であると言えよう。

注

本稿は、「『フラッシュ——或る伝記』に描かれたエリザベス・ブラウニング」『言語と文化』第一七号（二〇一四年）、四一—五七を基に加筆修正したものである。

(1) ウルフは『フラッシュ』を"too slight & too serious"であると日記に書いている(134)。

(2) Flint xii-xv など参照。その他、ウルフと動物を関連付けるさまざまな論考に加え、一九九八年には、ウルフ夫妻が飼っていたマーモセット、ミッツの「伝記」が米国で出版されている。

(3) Woolf, *Flush* 13。なお、日本語訳は、出淵敬子訳を使用させて頂いた。

(4) 「彼らは本当によく似ている——ブラウニング夫人とフラッシュは」(Woolf, *Letters* 5: 234)。ヴィタ・サックヴィル・ウェストもフラッシュについて、「耳が女主人の巻き毛にそっくりだ」と言及している（7, "The Cocker Spaniel" の項）。

引用文献

Adams, Maureen. *Shaggy Muses: The Dogs Who Inspired Virginia Woolf, Emily Dickinson, Elizabeth Barrett Browning, Edith Wharton, and Emily Brontë*. Chicago: U of Chicago P, 2007.

Bell, Quentin. *Virginia Woolf: A Biography*. London: Pimlico, 1996.

Gillespie, Diane Filby. Introduction. *Roger Fry: A Biography*. Oxford: Blackwell, 1995.

Flint, Kate. Introduction. *Flush: A Biography*. Ed. Kate Flint. Oxford: Oxford UP, 1998.

Humm, Maggie, ed. "Flush, or 'Who Was the Woman in the Photograph?'" *Virginia Woolf Miscellany* 74 (Fall/Winter, 2008): 13-14.

Kintner, Elvan, ed. *The Letters of Robert Browning and Elizabeth Barrett Barrett 1845-1846*. 2 Vols. Cambridge, Massachusetts: Belknap Press of Harvard UP, 1969.

Mayer, S. R. Townshend, ed. *Letters of Elizabeth Barrett Browning Addressed to Richard Hengist Horne, with Comments on*

Contemporaries. Vol.1. London: Richard Bentley & Son, 1877.

Miller, Betty, ed. *Elizabeth Barrett to Miss Mitford: The Unpublished Letters of Elizabeth Barrett Barrett to Mary Russell Mitford*. London: John Murray, 1954.

Piper, David. *The English Face*. 1978. Ed. Malcolm Rogers. London: National Portrait Gallery, 1992.

Sackville-West, Vita. *Faces: Profiles of Dogs*. New York: Doubleday& Company, 1962.

Silver, Brenda R. *Virginia Woolf's Reading Notebooks*. Princeton: Princeton UP, 1983.

Steele, Elizabeh. Introduction. *Flush: A Biography*. Ed. Elizabeth Steele. Oxford: Blackwell, 1999.

Woolf, Virginia. "The Art of Biography." 1939. *The Death of the Moth and Other Essays*. London: Hogarth Press, 1947.

——. *The Complete Shorter Fiction of Virginia Woolf*. Ed. Susan Dick. 2nd ed. San Diego: Harcourt Brace, 1989.

——. *The Diary of Virginia Woolf*. Vol.4. Ed. Anne Olivier Bell and Andrew McNeillie. 1982. London: Penguin, 1983.

——. *Flush: A Biography*. Ed. Elizabeth Steele. Oxford: Blackwell, 1999.〔『フラッシュ——或る伝記』出淵敬子訳、みすず書房、一九九三年。〕

——. *The Letters of Virginia Woolf*. 6 vols. Ed. Nigel Nicolson and Joanne Trautmann. London: Hogarth, 1975-1980.

——. "The New Biography." 1927. *Granite and Rainbow*. London: Hogarth, 1960.

——. "A Sketch of the Past." *Moments of Being*. Ed. Jeanne Schulkind. 2nd ed. London: Hogarth, 1985.

岩田託子「『フラッシュ　ある犬の伝記』——執筆の動機について——」『ヴァージニア・ウルフ研究』第一〇号（一九九三年）、一—一二。

近藤章子「ウルフの小説に見られる反劇場性——『フラッシュ』と『ウィンポール街のバレット家』」『ヴァージニア・ウルフ研究』第二七号（二〇一〇年）、一—一五。

『幕間』にみる共同体のしたたかな作法

中土井　智

一　言葉を継承するために

ヴァージニア・ウルフの作品には何かを作ることにこだわる人物が数多く登場する。例えば作家を目指すテレンス・ヒューイット（『船出』）、パーティを演出するクラリッサ・ダロウェイ（『ダロウェイ夫人』）、画家のリリー・ブリスコウや団らんの場を生みだす達人ラムゼイ夫人（『灯台へ』）、詩人のオーランドー（『オーランドー』）、同じく詩人のネヴィルと小説家バーナード（『波』）、そして脚本家ラ・ツロウブ（『幕間』）などが思い当たる。

彼ら彼女らが取り組む主題は文学、絵画、人間関係と多岐にわたる。つまりウルフの作品にはファインアートから家庭の団らんという私的空間まで、「つくる」ことへの志向がさまざまな変奏をみせつつ繰り返し表現されている。ギリシャ語で「つくる」という意味を表す **poiein** が **poem** の語源であることを考えれば、ことばはまさに創る営みそのものである。

BBC により放送されたエッセイ「職人の技巧」（**"Craftsmanship," 1937**）で語り手は、過去に書き記されてきた言葉が時代を経るなかで組みかえ解釈され直され続ける性質を、日常生活で使われることを想定した工芸品になぞらえ、それらがいかにして現代に生き続けられるか、という言葉の可能性を問うている。

それらが生き延び、美を生みだし、真実を語るために、私たちはどうすれば古い言葉を新しい秩序の中に組み入れることができるか。それが問題である（中略）。言葉こそ非難されなければならない。それらはあらゆるものの中でも、もっとも奔放で、束縛されず、無責任で、手におえない。もちろん、それらを捕まえて、分類し、アルファベット順に辞書の中に置くことはできる。しかし言葉は辞書の中に生きるのではない。それらは心の中に生きるのだ。(95-96)

ここには、一見堅固と思われるauthenticな言葉が今に生きる人間の心に触れたときに生じる変化に、言葉の次世代への継承の期待を読みとることができる。この、言葉の継承の問題をフィクションの場で実演してみせたとも言える『幕間』はこのエッセイ執筆の約一年後に書き始められた。イギリスの歴史を概観するパジェントの脚本と、それを村人たちが準備し演じる様子は、舞台の裏表のように交互に描かれる。

　このエッセイと作品の類似点はその中で議論されるテーマだけにとどまらない。短文で勢いよく区切るような「職人の技巧」の息遣いに呼応するかのように、『幕間』の言葉遣いも一文が非常に短く、直截である。例えばスウィズィン夫人と料理番のサンズ夫人がパジェントの休憩時間にお客へ振舞うためのサンドイッチを作る場面は、「サンズ夫人はパンを、スウィズィン夫人はハムを取って来た。一方がパンを、他方がハムを切った。心を和らげるものであった、結び付きを固めるものであった、こうしていっしょにする手仕事は。コックの手がトン、トン、トンと切った (Mrs. Sands fetched bread; Mrs. Swithin fetched ham. One cut the bread; the other the ham. It was soothing, it was consolidating, this handwork together. The cook's hands cut, cut, cut)」(19) といった調子で続く。二人の手作業のリズムに合わせるような書き方である。村の人たちがパジェント準備のため納屋を飾り付けている箇所も同様で、「ジェスィが花飾りを押さえた。彼が金槌でとめた。メンドリが一羽迷いこんで来た。一列の牛が戸の前を通った、それから羊番の犬、それから牛飼いのボンドが。ボンドは立ち止った (Jessie held the garland; he hammered. A hen strayed in; a file of cows passed the door; then a sheep dog; then the cowman, Bond, who stopped)」(16) と描かれる。素人大工仕事の無骨さよろしく、ここでは言葉自体もごつごつとした感触がある。このような『幕間』の言葉遣いと、例えば『灯台へ』でのラムゼイ夫人の内省箇所とを比較してみると、他の作品とは異なる『幕間』の文体の特徴がはっきりと感じられる。

以下の論考では、エッセイ「職人の技巧」で提示された言葉の継承の問題について、引き継ぐ主体である共同体に焦点をあてる。パジェントの脚本という書き記された言葉に対する共同体の人々の感性と姿勢に着目し、両者の関係から継承に必要な課題を導き出すことを目的とする。

二　堅固さの限界

それではまず『幕間』に登場する一見したところ堅固に見える言葉、パジェントの脚本に記された言葉について考えてみたい。この劇では、役者が喋るセリフによってストーリーが構成される。それぞれの時代の文学史上の特徴に即しつつ、ブリテン島が生まれた時点から本作品執筆時の一九三九年六月までを網羅したパジェント冒頭は次のように始まる。

紳士庶民の皆々様に、口上、口上……

それではいよいよ劇であった。それとも前口上であろうか？

こちらへ来よ、我らの祭りに（と彼女は続けた）
これぞパジェント、見らるるごとくに
我らの島の歴史より引きしもの。
イギリスなり我は。
(*Gentles and simples, I address you all . . .*

So it was the play then. Or was it the prologue?

Come hither for our festival (she continued)
This is a pageant, all may see
Drawn from our island history.
England am I . . ..) (42)[1]

"Gentles" という改まった呼びかけから始まり、「こちらへ来よ (Come hither)」という古風な言いまわしに続けて "all may see" と畏まって語りかけるセリフは、いかにも立派な言葉遣いである。出だしは恭しく始まるパジェントだが、しかし続きをみてみると、劇中の言葉は、役者、観客双方にあまり上手く浸透していないようである。

「彼女はイギリスですよ」と彼らはささやいた。「始まりましたよ」「前口上よ」と彼らはつけ加えた、プログラムに目を落として。

「イギリスなり我は」と彼女は再びかん高い声を張り上げた。そして止めた。彼女はせりふを忘れてしまったのであった。(42)

劇が始まってまだ前口上の時点で、役者はせりふを忘れてしまっている。さらに、上に引用したような台詞忘れに加えて、「言葉は先細りになって消え去った」(43) と示されるような発話の弱々しさや、「彼女はわめいた。彼等はわめいた。一斉に彼らはわめいて、あまりにも大声なので彼らが言っていることを聞き分けるのは難しかったが、次のようなことらしかった」(49) というコーラスの一体感の欠如など、素人芝居だからと割り切れないほどに役者の素人ゆえの未熟さばかりが目につき、その結果、言葉の伝わりにくさが強調されている。また、観客も上演時間に遅れてきたり、途中で世間話を始めたりと、態度の悪さが目につく。さらに突然の雨によって劇は一時中断してしまう。提示された作中劇も、劇のストーリーを読者によりよく理解させるより、筋書きが首尾一貫せず途切れてしまう状況自体を示そうとしているかのようである。劇がすみやかに進行しないのを見た観客は、きっと「筋は重要ではない」(49) と作者は思っていたのだろうと考えるが、ラ・ツロウブ本人は決して内心穏やかでなく、客が遅れて来れば、「こういう邪魔のいやなこと！」(44)、とうめき、休憩時間がやってくると、「のろわれよ！いまいましい！罰当たりめ！」(51) と思わず不満を漏らさずにはいられない。劇のストーリーの首尾よい進行が意識されればされるほど、催しの中心ではなく、本来隠されるべきそれに付随する周囲の現象、演者の不手際や不器用さ、観客たちのおしゃべりといった劇の進行を妨げる要素が、催しの中心ではないにも関わらず際立ってくる。

おぼつかない演技と注意散漫な観客の表舞台とは対照的に、パジェントの舞台裏は地味だが安定感がある。パジェント開催場所である劇場は、晴れれば野外、つまり、テラスと日陰をそれぞれ舞台と楽屋に見立てた場所である。雨天時の劇場は納屋である。ささやかな飾り付けが唯一パジェント開催という特別な日であることを表すのみで、立地環境をほぼそのまま利用している。日常性を活かした活動は、流行り廃りに左右されないこの行事の来歴の古さを思わせる。

また、田舎の小さな共同体による主催のためか、費用を安く上げなければならないという言葉があちこちで聞かれる。予算が限られているために考えだされた工夫だろう、役者が纏う衣裳はといえば、「ボール紙の王冠、銀紙製の剣、六ペンスの（安物の）ふきんのターバン」(34) といった手作りの工作作品である。そして演壇には石鹸箱を代用するなど、普段の生活で利用する物を活用している。経済的な制約は見立てるという想像力を発揮させ、「ふきんを頭に巻きつけると戸外では本絹よりもずっと立派に」(35) 見えるというように、思わぬ効用をも生み出す。辺境の地域性が保存してきた自然、そしてそこでの小さな共同体の素人芝居の性格が必然的に帯びる経済的な制約。これら両者が相まって、日常の環境を非日常の舞台へと見事に変貌させている。

そのなかでも、舞台裏で会場の準備をする人たちは何とも淡々と、かつ着実に作業に取り組んでいる。

「ひ弱ばあさま大張り切り」とデイヴィッドが言った。彼女は二十回出たり入ったりするであろう、そして最後に大きな水差しに入れたレモネードと皿一杯のサンドイッチを彼らに持ってきてくれるであろう。ジェスィが花飾りを押さえた。彼が金槌でとめた。メンドリが一羽迷いこんで来た。一列の牛が戸の前を通った、それから羊番の犬、それから牛飼いのボンドが。ボンドは立ち止まった。(16)

「ひ弱ばあさま」とは名ばかりの、デイヴィッドが眺めるスウィズィン夫人、通称ルーシーの所作には、迷いない確信と静かな高揚がある。納屋を飾るデイヴィッドとジェスィの動作は短文で力強く書き表され、阿吽の呼吸を思わす手際のよさが表現されている。その横で、メンドリや牛たちはいつも通り過ごしており、特に不都合はなさそうである。役者の演技は頼りなく、まとまりなく迷走する一方で、この劇の進行を支え、皆が集う居場所を創り出す村人たちの裏方では、しっかりとしたチームワークが築かれているようだ。芝居のセリフが表、舞台準備の様子が裏だとすると、これらの描写を概観するところ、どうやら裏方である後者の方が信頼するに足りるように思われてくる。

マーク・ハッセイによると、『灯台へ』執筆以後ウルフの関心は、個人の内面から社会へと徐々に移行しているという (Hussey 244-47)。また作家は『幕間』の草稿を書き上げた直後、作家が *Anon* と題した次作の構想を日記に記している (*Diary* 345)。さらに、のちにブレンダ・シルバーによって編集され、出版された "Anon" という未完のエッセイの各所で、活版印刷が誕生する前から土地で受け継がれてきた風習や口承伝統への言及があることを考え合わせると、『幕間』はパジェントの仰々しいセリフを失敗させ、対照的に舞台裏の人々の間に行き交う確実なコミュニケーションや日常生活とつながりを保った晴れ舞台演出の工夫を描き出す事で、パジェントが開催される田舎の土地と、そこに住む人たちの共同体というふたつが培ってきた小さな歴史、慣習に光をあてる試みのようにも思われてくる。では作家は、素人芝居で不完全だけれども、この土地で続いてきたパジェントの慣習に対して、オマージュを捧げているのだろうか。しかし事態はそう単純ではなさそうである。

三　作られた慣習

パジェントそれ自体にはエリザベス朝にまで遡る長い歴史があるのだが、戦間期において開催されたパジェントには特別な意味が付加されているという。吉野亜矢子の詳細な調査によれば、二〇世紀初頭におけるパジェントの伝統は、戦争を背景に国家戦略として「エスタブリッシュされた慣習」であった(44-45)。「パジェント」という言葉自体、一九〇五年には『タイムズ』紙上の見出しに一度も登場していないにも関わらず、一九〇八年には八一回、一九〇九年には一二五回と頻度が跳ね上がったという。一九〇七年にはパジェント病(pageantitis)という語がつくられるほどにこの文化的現象は人気を博し、当初は一般市民による活動であったのが、膨れ上がる人気に押されてか、ウルフが『幕間』を構想、執筆していた「一九三〇年代の時点で名の通った文化人がパジェントに手を貸すことは珍しくなかった」ようである(44-45)。二〇世紀以降に見られるパジェント開催の「急速な成長」の理由として吉野は「愛国心」(51)を挙げているが、たしかに、二つの世界大戦を契機にナショナルアイデンティティの高揚と国民の連帯が叫ばれていたであろうことは想像するに難くない。

この一見素朴なパジェントの背景に国家という物語を維持、向上させようとする巨大な意思の存在を認めるとき、パジェントに関わる人たちがそれを準備、実行する態度は、純粋な慣習継承とは異なる趣を持ちはじめる。納屋にパジェントのための看板を打ち付けてきたというスウィズィン夫人の報告と、それに続いて示される安定した言葉のやりとりは、このような前提をもって聞くと、意思をもたない義務の遂行のように思われてくる。

「私は納屋に看板を打ちつけて来ましたよ」と彼女が言った、彼の肩を軽くたたいて。

この言葉は鐘のチャイムの第一音のようなものであった。第一音が響くと、あなたには第二音が聞こえる。第二音が響くと、あなたには第三音が聞こえる。それでアイサはスウィズィン夫人が「私は納屋に看板を打ちつけて来ましたよ」と言うのを聞いた時、彼女が次にこう言うであろうと知っていた、

「パジェントのために。」

そして彼はこう言うであろう。

「今日？これは驚いた！忘れてしまっていた！」

「もし晴れたら」とスウィズィン夫人が続けた、「彼らはテラスの上で演じるでしょう……」

「そしてもし雨なら」とバーソロミューが続けた、「納屋の中で。」

「そしてどちらでしょうね？」とスウィズィン夫人が続けた。「雨かしら晴かしら？」

それから、連続七回目として、彼らは二人とも窓の外を見た。

毎夏、これで七夏の間、アイサは同じ言葉を聞いて来た、金槌と釘について、パジェントと天気について。(13)

言葉が無機質な鐘の響きに喩えられている。鐘といえば『ダロウェイ夫人』で繰り返し響き渡るビックベンの時報が連想される。「鉛の輪」という冷たく、重い束縛を暗示する表現で描かれ、淡々と時刻を刻む鐘の音は、その音が鳴り響く場所、国会議事堂の存在とともに彼女に右派保守党議員の妻としての社会的立場を意識させ、第一次世界大戦主導の一端に加担している責任を暗示する。戦争という社会的背景を考慮に入れるとき、『ダロウェイ夫人』では加害者側の罪の意識が問われているのに対し、『幕間』でのスウィズィン夫人の、「私は納屋に看板を打ちつけてきましたよ」という自らの行動を自負するような言葉と、それに続いて交わされる常套的な言葉の反復は、時勢に対して鈍感で、ただ単純に歴史の流れに対して従順である人々に対する作家の皮肉と解釈できる。一見市井の人々の素朴な共同作業を賛美しているようでありながら、そこには、戦争を背景に国家という巨大な制度が仕掛ける扇動に無批判に加担する国民に対する冷ややかな作家の視線があると言えよう。しかし、果たして彼らは一方的に批判され、皮肉られていると考えてよいのだろうか。

四　等身大のことば

ナショナリティという大きな物語に沿って『幕間』に込められた意味を読み解こうとするとき、そこに見いだされる意味は必然的に日常の範疇を超えていく。吉野含め多くの批評家が指摘するように、エリザベス朝の一場面でエリザベス一世の役を村のタバコ商店主、イライザ・クラークに演じさせることで、「タバコプランテーションの基盤となった植民地、アメリカの獲得」を象徴的に顕し、後にグローバライゼーションという現象の先駆けとなる大英帝国の帝国主義を示している（吉野43）と読むことは説得力がある。しかしまた同時に、実演者である彼女が足場にしているのは石鹸箱であり、演じるその先に見えるのは、普段の仕事場でもある。どんなに立派に飾り立て、普段と違う姿で現れても、馴染みの居酒屋主人バッジの声は、観客たちにはすぐ分かるのだ。観客たちは、役者たちの演技の良し悪しではなく、むしろよそ行きの顔から垣間見えるいつも通りの隣人の存在に一喜一憂するのである。

扮装している役者の正体を見破って生まれる笑い、納屋の飾り付けをするときの手際よいチームワーク、お茶の時間、これらはすべて彼らの生活圏内で交わされるコミュニケーションである。筋書きを台無しにする、ある意味で不細工な役者たちの日常の姿を意図的に露呈して見せる語り手の手法からは、そのようなんでもない普段の生活への信頼を垣間見ることができる。

こうした日常への信頼は『自分だけの部屋』（一九二九）にも見られよう。夕暮れ間近の街路を一方は中年、もう一方は八十歳近くの、おそらく親子と思われる二人の女性が歩く姿を眺めながら、語り手は高齢のご婦人の人生に、ありふれていて書き留められないけれども、次の世代へと引き継がれる確固なバトンリレーを読もうとする。

でも、誰かが彼女の生涯はどうだったかと訊ねたら、この御婦人はバラクラーヴァの戦いを祝して、通りという通りにあかあかと灯がともされていたのを覚えていることや、エドワード七世の御誕生を祝して何台もの大砲がハイド・パークで轟き鳴るのを耳にしたことを語るでしょう。そして、時日や季節をはっきりさせようと思って、一八六八年の四月五日とか一八七五年の十一月二日には、どうしていらっしゃいましたかと訊けば、ぼんやりとした表情を浮かべて、何も覚えていないと言うでしょう。というのは、晩餐はすべて料理し尽くしましたし、お皿も茶碗も洗い終わりましたし、子供たちは学校に行って、世の中に出て行ってしまいましたから。何も残っていません。すべては消え失せてしまいました。伝記も歴史も、それについては一言だって語っていません。そこで小説は、そういうつもりではないのに、必然的に嘘をつくことになるのです。

すべてのこういった全く人に知られていない生涯こそ、これから書きとめられねばならないのです、と私はメアリー・カーマイケルに、まるで彼女がこの場に居合わせているかのように話しかけました。(65)

言葉に対するセンスには欠けるが、自由な精神をそなえた駆け出しの作家、メアリー・カーマイケルへ、記録に残すよう語り手が催促するこの老婆のありふれた日常こそ、表舞台の陰でイギリスの歴史を支えてきたもうひとつの歴史だろう。歴史や伝記には決して記録されることのない毎日のルーティーンの積み重ねによって形作られた、この平々凡々とした老婆の人生は、無名性の象徴である。老婆が忘れてしまって言葉にできない彼女の人生は、『幕間』で描かれる村人たちの普段の営みに通じているのではないだろうか。

看板を打ちつけ、天候について話しあう、この一連の営みは昔から続いてきた恒例行事である。「カナリヤのように、かぎ爪にまめができたようなでこぼこ靴をはき、黒靴下を足首の上にたるませ」(16)、「約三百年間の慣習的態度の痕跡を拭い去れないほどとどめてしまっている」(16)とからかわれ、「ひ弱ばあさま大張り切り」(16)と慕われるスウィズィン夫人の看板打ちに代表されるこの土地でのパジェント開催理由は、巨額の興行収入を得るとか、社会に対して急進的な主張を訴え観る人の意見を先導しようといった、何か目に見える利益や成果を得るためではなく、なによりも、それが巷の人々によって受け継がれてきた文化だからという事である。

「これらが大地から引き出したもの、思い出、こびりついた観念を、いかに我は背負っていることか」(83)と嘆き、ここではなく何処かへと密かに願うアイサでさえ、不可思議な息子への愛情、そしてその子の父親である夫との絆から離れる事はできない。これもまたひとつの慣習としての制度がもたらす力である。パジェントの舞台であり、アイサに窮屈な想いをさせるこの地はしかしまた、祖父、祖母、父に続き、彼女の息子、ジョージが遊び、育つ、美しい場所である。

蓮池の先で地面は再び低くなっていて、地面のそのくぼみに、灌木と茨が群れをなしていた。そこはいつも日陰であった。夏には太陽が斑点を作り、冬には暗くて湿っていた。夏にはいつも蝶がいた。ヒョウモン蝶は矢のように通り抜け、アカタテハ蝶は堪能して舞い、モンシロ蝶は灌木の周りをじみにヒラヒラと飛び、モスリンを着た乳しぼりの女のように、そこで一生を送ることに満足していた。蝶捕りは、代々どの世代にとっても、そこで始まった、バーソロミューとルーシーにとっても、ジャイルズにとっても。ジョージにとってもそれはほんの一昨日に始まったばかりであった、一昨日、小さな緑色の網に、彼はモンシロ蝶を一匹取った。(31)

普通の人々の集団としての活動は面倒で遅く、不細工で鈍い。しかし、市井の人々が引き継いできた共同体の伝統は、急激な社会の変化に容易に順応しない、できないからこそしぶとい強さを見せる。愛、慈しみ、憎しみ、そして僻み、と豊かに感情の渦を底流させつつ、揺るぎなくパジェントを開催する共同体の営みを描き出す筆致は、そこに生きる地域の歴史を自身のエートスとしてたくましく生きてきた人たちが、経験に裏打ちされた実感を伴った言葉だけを未来へ引き継ぐ正直な生きざまを描き出す。

　成功とは言い難いこのパジェント開催をめぐって巻き起こる当事者たちの人間関係は、本作の後半に向かうほど、劇のストーリーが「現代」に近づくほど熱を増し、混乱を極める。激しい言い争いになることを暗示するアイサとジャイルズの対話の開始「それから幕が上がった。彼らは語った。(Then the curtain rose. They spoke.)」(117) で物語は終わり、読者はどんな答えも、分かりやすい道筋も与えられず、問題の渦中にほうり出される。全体として提示されるのは文学史と土着文化の、よそ者と村人の、そして女と男の衝突である。後に残るのは漠然と突破口を求めるエネルギーの揺籃である。山本妙は『幕間』の最後について、「パジェントとフレームストーリーが一体となって、我々が抱えるあらゆる問題が描き出され、いわば文明の突端に来たとき、その先に進むには、古い殻を捨てて変化を迎えなければならないというメッセージを、最終場面は伝えている」(271) と解釈する。確かに、異文化を衝突させ意図的に問題を放置する態度からは、何等かの変化の要請を読みとることができるだろう。一歩間違うと暴力の発現になりかねない状況で、いかにして文化を生きのびさせるか、そのヒントになるのが「対話」ではないだろうか。分かり合えないことを覚悟の上で、まずは向き合うこと。このきっかけの場を作り出した点が本作の斬新な点であると思われる。本作『幕間』は、時代の一幕から次の一幕への移行期に立ち会う者に、ことばが育つ土壊としての共同体をどのように築いていけばいいのかという問いを投げかけている。

注

本稿は、日本ヴァージニア・ウルフ協会第一一三回例会における口頭発表「『幕間』にみる共同体の作法」(二〇一六年三月五日、同志社大学)を補正、加筆したものである。

(1)『幕間』からの引用の和訳には外山弥生訳を、『自分だけの部屋』からの引用の和訳には川本静子訳を使用させていただいた。ただし一部変更を加えているところもある。

引用文献

Hussey, Mark. "'I' Rejected; 'We' Substituted: Self and Society in Between the Acts." *Virginia Woolf Critical Assessments. Vol. IV. Ed. Harold Bloom.* Mountfield: Helm Information, 1994. 242-53.

Woolf, Virginia. *A Room of One's Own.* Ed. David Bradshaw and Stuart N. Clarke.Oxford: Blackwell, 2014.〔『自分だけの部屋』川本静子訳、みすず書房、一九八八年。〕

——. *A Writer's Diary.* Ed. Leonard Woolf. Florida: Harcourt Brace, 1982.

——. *Between the Acts.* Ed. Susan Dick and Mary S. Millar. Oxford: Blackwell Publishers, 2002.〔『幕間』外山弥生訳、みすず書房、一九七七年。〕

——. "Craftsmanship." The Essays of Virginia Woolf Volume VI: 1933-1941 andAdditional Essays 1906-1924. Ed. Stuart N.

Clarke. London: Hogarth Press, 2011. 91-102.
山本妙「自己省察としてのパジェント――『幕間』再読――」『言語文化』同志社大学言語文化学会、二〇〇七年、二五一―七八。
吉野亜矢子「グローバライゼーション・ウルフ・そしてパジェント――『幕間』の前提としてあるもの――」『ヴァージニア・ウルフ研究第二〇号』日本ヴァージニア・ウルフ協会、二〇〇三年、四二―五五。

III

言葉を裏切る言葉

「野蛮なる新世界」――『テンペスト』における帝国の言語、言語の帝国

エグリントン　みか

一　『テンペスト』のテクスト、コンテクスト

ジェイムズ一世治世下、ホワイトホール宮殿にて一六一一年頃に初めて上演された、仮面劇の趣向を取り入れたシェイクスピア最後の単独戯曲と目される『テンペスト』には、一四九二年のコロンブスの新大陸発見から、処女王エリザベス一世率いるイングランドが辛くもスペインの無敵艦隊を破った一五八八年のアルマダ海戦、一六〇〇年の東インド会社設立、一六〇七年のヴァージニア会社による北米初の恒久的植民地ジェームズタウンの設立、一六〇九年に起きたジョージ・サマーズ卿らのバミューダ諸島での難破に至るまでの一世紀余りに及ぶ、チューダー朝とスチューアート朝の外交政策の歴史とイデオロギーが刻み込まれている（今井 124-59, Kermode xi-xciii, Lindley 1-45, ヴォーン 33-91）。

『テンペスト』の初演当時、無血にて念願のイングランドを獲得したスコットランドとの兼任王ジェイムズは、「王は世界中の植民地に自らを植え、拡大する」（岩崎 119, King James and Sommerville1 82）という王権神授説を信奉し、ヴァージニアとアイルランドの植民地化と軍備増強を推し進めた。仮面劇を愛好した妻アン王妃の浪費を補填するためにも、王の課税権を度々主張し、イングランド議会と対立していた。よって魔術を使って宿敵に復讐と恩赦を与えた後に故国に帰還する「繁栄」を含意する名を持つプロスペローの姿に、聖書を英訳し、『悪魔論』な

ど数多の書物を執筆した学者肌の君主に対するシェイクスピアの敬意と共に、退陣間際の無礼講としての進言も見出せる (Lindley 30-33)。さらにこの戯曲には、新天地アメリカの書記言語を持たない「野蛮なる原住民」に言語教育を施しながら奴隷として狩り、商品として売買し、酷使しながら開拓し続けた結果、ヨーロッパの強国へと成り上がり、終にはかつての「太陽の沈まない国」であったスペインに代わって世界制覇を成し遂げることになった大英帝国（カーモード 238-46）と、その遺産として現在に引き継がれる英語帝国主義、さらにはアメリカ文化帝国主義の萌芽も見受けられる。

本稿では、『テンペスト』における他者を支配する帝国の言語と、言語によって世界劇場を構築している言語の帝国を、十七世紀初頭の歴史的、地政学的言説と、ピーター・グリナウェイ監督の映画『プロスペローの本』（一九九六）、安田雅弘率いる劇団山の手事情社の舞台（二〇一五）という、「人生は舞台、人は役者」とするメタシアターと、言語についての言語であるメタ言語を意識した二十世紀後半の二つの翻案作品と絡めて考察する。

二　終りに始めあり――魔術師／劇作家／植民者の誕生と死滅、欲望と恐怖

『テンペスト』は、「魔術は打ち捨てた (Now my charms are all o'erthrown)」プロスペローが、観客の拍手と神の慈悲とこの身の自由を乞うエピローグ (Let your indulgence set me free [5.1.319, 338]) で幕となる。(1) この独白を、最後の単独戯曲を書き上げて筆を折り、ストラットフォードへと帰郷する演劇人の引退宣言と重ねるロマン派的解釈は、一九七〇年代まではごく一般的であった（ジラール 644-65）。だがポストコロニアル理論によって、プロスペロー、シェイクスピア、ジェイムズ一世の類似性が明るみに出され、世界劇場を支配する絶対権力者は玉座か

ら引きずり落とされた。精神、霊性、音楽、想像力と結びつく形而上的存在である「空気の」妖精エアリアルと、獣性、肉体を体現する形而下的存在であり、「食人種 (Cannibal) のアナグラムを持つ「野蛮で奇形の奴隷 (a save and deformed slave)」キャリバンの言語的、身体的権利を簒奪し (Eagleton 93-96)、女性のセクシャリティを利用する人種差別者、性差別者、植民地主義者として批判されるようになったのである（ヒューム 17-58, 119-90)。

一方、新世界発見に触発されたシェイクスピアが、劇作家と植民者が言語によって世界観や法秩序というイデオロギーを構築し、他者を統治するという同様の権力を持つことを発見し、言語によって「表現しがたきものに侵略を試み」た結果、「想像力が飛翔する新世界」を舞台上に創出したと読むこともできよう（グリーンブラット 39-40, Hawkes 47-54)。しかしながら、いやだからこそ、幕開けの嵐から劇中劇を演出してきたプロスペローが、復讐を果たした後に魔術的言語で支配していた奴隷を解放し、本を自ら放棄して「末路は絶望のみ (My ending is despair)」(5.1.333) と、「想像力の飛翔」から絶望へ急降下するレトリックは、現代に生きる読者や観客にはいかに響くのだろうか？

シェイクスピアを「われらの同時代人」と見るヤン・コットは、魔術者・科学者の死、植民者の死、「作者の死」を想起させるエピローグに、「人間の思想の勝利に対する熱狂的な感嘆の言葉から、万物の絶滅についての破局的ヴィジョンへ」(316) 急降下するルネサンスの思想家や芸術家に共通する心理を読み込んでいる。特に、音楽、美術、建築、数学、解剖生理学、動植物学、天文気象学、地理学、光学、力学と驚異的な業績を残し、ミラノにも逗留したルネサンスの万能人レオナルド・ダ・ヴィンチの言説に散見される「知識への欲求、知識に対する恐怖、知識の不可避さ、知識に対する恐怖の不可避さ」(315) こそ、プロスペロー／シェイクスピアの独白を解く鍵としている。

自然支配に乗り出した人類が抱いた知識と権力への欲望と裏腹の恐怖は、大航海時代を経て、帝国主義の黎明期にも見られ、第二次世界大戦と冷戦期に高まった核の恐怖へと現代にまで連綿と引き継がれているとコットは論じている(287-333)。

同様の心理は、ジェイムズ一世が目指した「グレート・ブリテン」構想と共に推進されたアメリカでの植民地政策を巡る言説にも刻印されている。事実、一五八五年から数度の植民地建設が試みられたロアノーク島は、開拓者が死亡するか行方不明となったために放棄され、「失われた植民地」として記録・記憶されている。同時代の植民地への野望と恐怖に引き裂かれた歴史を反映させた『テンペスト』は、来たるべき大英帝国の誕生と終焉を同時に予兆させる。コロニアリズムとポスト・コロニアリズムの両義性と矛盾に揺れながら、「夢で織り成された人間(We are such stuff / As dreams are made on)」(4.1.156)が、悪夢の中で見る劇中劇とでも呼ぶべき複雑怪奇な入れ子構造を持つ無幻劇を現出させている。

三　移動と領土と生殖――地中海の孤島／バミューダ島／ブリテン島

虚実入り乱れる入れ子構造は、時間・歴史観ばかりではなく、空間・地政学にも見られる。コロンブスも参照したとされる古代ギリシャのプトレマイオスによるトレミー世界地図や、シェイクスピアとほぼ同じ時代を生きたメルカトルによる一五六九年の図法、翌年オルテリウスが発表した「世界の舞台」("Theatrum Orbis Terrarum")といった、不確定なシニフィエを、言語、記号、鯨や人魚といった図像で表現する計測と想像力で織り成された「詩的地図」(Gillies 69)の上に『テンペスト』は浮遊している。地中海の名もなき孤島は、時にカリブ海のバミューダ島に、時に北海と北大西洋の間のブリテン島にアレゴリカルに接続し、重複しながら、場面ごとに移動し、変貌していく。

『テンペスト』は、ナポリ王アロンゾー一行が乗った船が、白人キリスト教徒の王女クラリベルを黒人のイスラム教徒とされるチュニス王に「生け贄」（朱雀 196）として捧げた結婚式の帰り道に、海賊と難破の名所バミューダ・トライアングルさながらの嵐に見舞われる場面から始まる。十六世紀初頭からスペインの属領となったナポリ王国の史実から脱線しつつ、アエネーイスに捨てられた古代カルタゴの伝説の女王ディドの「独り身」を引き合いに出す会話は、この異人種・異教徒間結婚が、北アフリカにおけるナポリの利権拡大のために家長が娘に強制した政略結婚であり、不幸な顛末を想起させる。加えて、彼の地に赴いたばかりの一行が、結婚式の後はナポリからチュニスの約三百キロの距離を、エアリアルが難破船を停泊させたとする「荒れ狂うバミューダ」諸島までの約六千三百キロよりも遥かに遠い「一生旅しても行き着かない」地の果て、西洋文明の光の届かぬ暗黒大陸として捉えていることが伺える（フィードラー 261-67）。

領土と利権の拡大を狙う男の移動と、それに随行する女の生殖能力がライトモチーフとして繰り返されるこの芝居において、ユーラシア、アフリカ、南北アメリカの位置は常に流動的かつ複層的な様相を帯びるが、四大陸間の物理的、心理的距離を測るのは男性登場人物であることは固定している。領土同様、女性登場人物の言説とセクシュアリティは、男性登場人物によって規定され、管理されている。唯一の生身の女性登場人物であるミランダと妖精が扮する女神たちを除いては、ミランダの死んだ母親も、父親から「追放され」、「死んだも同様」のクラリベルも、キャリバンの死んだ母親シコラックスも紙面に登場することも、舞台で発話することもなく、他の登場人物によって言及されるだけである。

だが固有名詞を持ち、海と陸を大移動し、異人種間・異教徒間の性交渉を持つクラリベルとシコラックスの二人は、「貞節の鏡」と賞賛されるプロスペローの不在かつ不動の妻とは対極的に、家父長制への脅威となる饒舌で、淫乱で、反抗的な女として男性登場人物に否定的に語られることによって、不在ゆえの強烈な存在感をいや増すことになる。例えば二幕一場において、息子を失って初めて娘とチュニス王との政略結婚を悔いるアロンゾーを、後の場面でその命を奪おうとする弟セバスチャンが批判し、「あなたの美しい娘も結婚への嫌悪と親への服従で引き裂かれた」と述懐するように、自己決定権がない王女に王侯貴族は同情している。（ファーディナンドの無事が判明し、ミランダとの結婚が明るみになるや、クラリベルは忘却されてしまうが。）反面、上流階級の骨肉の争いが常にあるミラノとナポリの下層階級に属するトリンキュローの歌う女性差別的な戯れ歌は、王女クラリベルは皇太子ファーディナンドという次なる国家身体を脅かす口汚いアバズレであり、ゆえに「ヨーロッパに嫁がせず、アフリカに捨てられた」という裏話を臭わせる。

船長も水夫長も掃除夫も俺も
大砲係もそいつの助手も
マル、メグ、マリアン、マージェリーには惚れたが
ケイトに惚れた奴はいなかった
なぜってケイトは辛口で
水夫を見れば「クタバレ！」

ケイトはタールもピッチも臭いが嫌い
だけどあそこが痒いなら、水夫も掻いてやる
野郎ども、海へ、あんな女はクタバレ！　(5.2.45-54)

家父長制の存続に有益なMの頭文字を持つ娘やミラノのミランダは生かして利用し、脅威となるKの頭文字を持つじゃじゃ馬ケイトやカルタゴのクラリベルは放逐ないし殺害せよという含みが、この唄には潜んでいるのだ（本橋『本当はこわいシェイクスピア』36-38)。

家父長制は女性の生殖能力に頼らずには存続できないが、初期近代においては生まれてくる子供が自分の種であるかどうか確認する術がなかったため、血の連続を保証できるように、女の自己決定権と性を管理する必要があった。その方法として貞節、寡黙、従順な女を処女、貞女、女神として賞賛し、規範から逸脱する女を淫乱、饒舌、不服従と批判し、娼婦、魔女、じゃじゃ馬、ガミガミ女という烙印を押した。後者の代表が、「食人種」呼ばわりされるスキタイ人の祖先と息子キャリバンを持ち、「数々の悪事と人間が聞くも恐ろしい邪法ゆえに」アルジェを追放された後、船乗りたちに島に置き去りにされながら魔術を使って島を治め、パタゴニアの神とされるセティボスを信奉したとされる、ギリシャ語の豚と大鴉の合成語とされるシコラックスである（Orgel, *The Tempest* 19, 115)。

シコラックス同様に国を追われ、流浪の民として島に流れ着いたプロスペローは、先人がしたように魔術で島を簒奪し、エアリアルを奴隷にして生き永らえる。だが彼は己が模倣者であることを隠蔽し、己の魔術と島の統治を

正当化するために、死んで久しいシコラックスに「魔女」、「娼婦」、「鬼婆」という記号を付与し、性奉仕を拒否した罰として、松の木に閉じ込められていたエアリアルを救った経緯を繰り返す。淫乱な魔女が悪魔とも交わり、結婚を経ずに私生児を生んだことをプロスペローは糾弾し、キャリバンを「奴隷」、「土塊」、「毒の塊」、「獣」、「化け物」などと貶め、人間の言葉を話せなかった「非人間」、「大嘘つき」と彼の言説を否定することによって、島の継承権を反故にするのだ。

プロスペローとキャリバンの関係が常に険悪だった訳ではない。先住民は島で生きていくための情報を新参者に与え、両者は擬似家族として一つ屋根の下に暮らすという協力関係が当初はあったのだ。だが、高度な文明を誇る西洋からの侵略者がその侵入を「慈悲」として隠蔽しつつ「養育」と言語教育を「野蛮人」に施した結果、彼が「インペリアル・レイプ」という帝国の存続に不可欠とされる強姦 (Orgel, "Prospero's Wife" 1-13) と「人を呪う術 (I know how to curse)」(1.2.363) を習得し、「お前に邪魔されなければ／島をキャリバンだらけにしてやったのに (Thou didst prevent me—I had peopled else / This isle with Calibans)」(1.2.350-51) と性犯罪と略奪を正当化する帝国のレトリックを披露するのは皮肉である。悪びれもしない強姦未遂者の悪態は、性欲の吐露だけではなく、土地同様に女性器に種を植え込み、子孫を繁栄させることによって領土を支配し、維持するという帝国主義戦略の暴露でもある。処女の性的魅力を囮にファーディナンドを引きつけ、生殖能力と子孫を通してミラノ奪還だけでなく、宗主国ナポリをも獲得せんとするプロスペローの企てに先行するキャリバンの強姦と領土奪回は失敗に終わったものの、帝国に抗う「革命詩人」の言語活用能力の高さが証明された。同時に、終幕でプロスペローが「その黒い奴は、私のものだ (This thing of darkness I / Acknowledge mine)」(5.1.275-76) と認めるように、主人と奴隷が共有する闇と罪、それ故に渇望する神の「恩寵(grace)」(5.1.295)を示す契機ともなった(グリーンブラット25-55, 西川94-97)。

略奪を正当化する帝国のレトリックは、最終幕でチェスをしながら「全世界を貰っても/ズルなどしない」と誓うファーディナンドに対し「幾十の王国を奪えるなら/立派な手と呼びましょう」と返す、本に没頭して国を失った父を反面教師に「王女よりも優れた」帝王学を受け、父の復讐の性的武器として操られるミランダからも聞かれる。「脅威」を意味するミランダは、「勇猛なる旅」を意味するファーディナンドと一目で恋に落ち、数々の試練を経て婚約を許され、それを祝う仮面劇に至る全場面において父に演出されてきた。しかしアロンゾー一行に会って思わず発する感嘆符「何と美しい人間! 勇猛なる新世界(How beauteous mankind is! O Brave new world)」は、父の一言「お前には新世界だな(Tis new to thee)」(5.1.183, 184)で封じられ、この後に娘が発話する機会は一度もない。ヨーロッパ大陸という文明と伝統を誇る、いわば旧世界から新世界に現れた「美しい」白人たちに「驚愕」しつつも彼らと言葉を交わすことのない娘には、十二年前に父を追放し、先ほどナポリ王を暗殺しようとしながら、父の赦しには沈黙したままの腹黒の悪人であるセバスティアンとアントニーを一行の中に潜むことも、この後一行が帰る先が、新世界以上に陰謀術策が渦巻く野蛮なる旧世界であることも、まだ教授されていないようだ。

強国イングランドと敵国スコットランドの同君連合のアレゴリーでもあるナポリ皇太子とミラノ公女の婚約を成就させ、ミラノを属国からナポリとの同君連合へと引き上げながらも、『テンペスト』の大団円には祝祭性が欠けている。ナポリでの婚礼が済み次第、世継ぎの誕生を待つことなくミラノに戻り「墓の支度をする」と語るプロスペローの台詞は、地中海の島/バミューダ島/ブリテン島の地政学を乱反射し、現実世界と世界劇場の両者で起こる同君連合、植民地と宗主国の「繁栄」を寿ぐことよりも、言語・権力・領土という植民地の三種の神器の放棄、俗世からの解放、「罪の許し」、死へと捧げられる。「勇猛なる新世界」と野蛮なる旧世界が逆しまの言語帝国主義の「呪詛 (curse)」から身体を「自由にする」には、「神の恩寵 (grace)」を得た死以外には出口がないと言わんばかりに。

四　帝国の言語、言語の帝国

グリーナウェイ監督の映画『プロスペローの本』は、他者支配の武器たる帝国の言語と、言語によって構築された言語の帝国を、インターテクスチュアルかつメタシアトリカルに暴きだす。「男の過去と復讐の物語」の導入として、滴り落ちる水滴の映像と「水の書」の説明が織り込まれ、ジョン・ギールグッド扮する老人が時に机上で、時に水中で発話しながら文字を書いている。「水夫長！(Boatswain!)」という『テンペスト』幕開けの台詞の手書き文字、ページの海に揉まれる小船、幼児が放つ小便、鏡や額縁の中の男たち、老人の歩みと共に紙が舞い上がるゴシック建築の回廊、裸の男女の群舞、嬌声、歌声、マイケル・ナイマン作曲の幻惑的な音楽など夥しい記号が並置、重複、連続する目眩く映像と情報の嵐に酔いながら、観客は老人が「書斎を領土」としたプロスペローであり、この宮廷が「建築と音楽の書」、「運動の書」、「死者の書」、「愛の書」といった「国より大事な」二十四の書物から学んだ魔術から想像／創造された言語の帝国であることに気づく。

己の復讐劇に登場させる人物の台詞を朗唱しながら執筆し、劇作、演出、主演のすべてを熟すルネサンスの万能人は、スザンナという名の死んだ妻の胎内や、異国に嫁いだクラリベルの婚礼といったシェイクスピア戯曲では不在の人物、不可視の場面も可視化する。だが『プロスペローの本』に登場する人物たちは、「幻影」に過ぎない妖精たち同様、腹話術の人形のごとく自ら声を発することなく、腹話術師の意のままに操られている。登場人物たちが自分たちの声と主体性、「五感」、「正気」を取り戻すのは、火、水、土、気の四大要素を表す「幼児(chick)」(5.1.316)を含む四人のエアリアルに諭されたプロスペローが、自分の書物を焼き、暗殺しようとする（この映画の振付も担当するバレエ界の異端児マイケル・クラークが全裸で怪演する）キャリバン、トリンキュロー、ステファノーの三人組と宿敵を赦し、二十四の書物を次々に閉じて、言語と表象を統治する帝王たる自分と、その助手であるエアリアルの解放を約束する場面からである（森 192）。

この映画の終盤には、プロスペローとエアリアルによって「書物を測量船の鉛も届かない海底深くに沈め」られた数多の書物のうち、一六二三年に出版された「三十五編の戯曲の本」という、前書きに続く十九ページが余白の『シェイクスピア戯曲全集第一フォリオ』と、書き上げられたばかりの三十六番目の戯曲『テンペスト』を、水中を泳ぐキャリバンが引き上げる場面が挿入されている。あたかも書記言語を持たない奴隷が、主人が書いた本を戯曲集の白紙に書き込み、全集を後世に伝えることによって、「呪詛」として習得した帝国の言語と文化遺産を「恩寵」として引き継ぐかのように。続くエピローグで晴れて「自由の身」となった老人の顔が、やがては大気に溶け込む妖精の姿にインポーズされる。観客の拍手に送られて回廊を走り抜けながら、妖精は青年から幼児へと変貌し、その変化を捉える映像も色褪せていく。あたかもプロスペロー／エアリアルが構築してきた言語帝国が解体され、記号が原子へと分解され、行く行くは消えて無くなるかのように。

一方、劇団山の手事情社率いる安田は、「くだくだしいセリフや予定調和的な結末を剥ぎ取って、テクストが内

【写真 1】
「丸太」を運ぶファーディナンド（川村岳）とブッキッシュな中年 SM 女王風 ミランダ（倉品淳子）
撮影：平松俊之

包する『嵐』を見たい」と公演プログラムに記し、幕開けから言語と身体を分離させる。バーバーの「弦楽のためのアダージョ」が科学技術の自律と自壊を同時に想起させる電子音や機械音が入り混じる不協和音に切り替わると、無数の本が散らばり、半裸の男が縛り付けられたベッドが置かれた奴隷船の船倉か海底を思わせる群青色の舞台に、杖を振りかざすプロスペローとトサカ頭のエアリアルが現れる。二人の指揮の下、白塗りに黒ドレスの妖精が船乗りに扮した妖精の黒服を引き裂き、体を弄りながら、自傷行為、武術、動物、ロボットを模倣したリズム、プレイ、アクト、ムーブを合成した劇団独自の身体表現「ルパム」が繰り広げられる。「水夫長！」に始まる一連の台詞は発話されずに字幕として舞台に投影され、妖精たちが本を開いて「嵐」というページを見せながら舞台を横切る。本の中の記号と図柄は、ファーディナンドが抜く「剣」、試練のために担ぐ「丸太」、【写真1】トリンキュローたちが酔い潰れる「酒」、奪い合う「ガウン」、宴に並ぶ「食べ物」を示す場面にも使われ、ブレヒトが使ったプラカードの異化効果をもって舞台の虚構性と、帝国を構築する言語記号の恣意性と暴力性を観客に意識させる。

言語以前の叫びや動きで登場人物を批評し、指揮する「無言のコロス」（本橋「醒めない悪夢」）たる妖精のルパムが終わると、眼鏡をかけ、本を手にした中年女性然としたミランダが息も絶え絶え、スカートの中に頭を突っ込んだ父に嵐を鎮めるように頼んでいる。父と奴隷以外に男を見たことがない娘は、プロスペローの妻か娼婦のように振る舞い、男勝りの性欲と怪力と暴力を行使して他者を支配する。キャリバンの裸体を撫でながら悪態をつく彼女は、言葉のみならず性の手解きをした過去を臭わせ、ファーディナンドに一目惚れした途端、スカートの中へ誘い込む。「おそばにいて、奴隷になろうと思ったのです」と跪くナポリ王子を蹴り、殴り、馬乗りで尻を叩いて、文字通り男を奴隷化するＳＭ女王風ミランダの「なんてばかなのでしょう、嬉しいのに泣くなんて」という台詞は、その行動のみならず、従来の純粋無垢な処女のイメージを裏切り、観客の苦笑を誘う。(2)

続く仮面劇は、娘との近親相姦に耽る家長の「純潔を破れば新床が悪夢となる」と脅す台詞がカットされながら、欲望と恐怖に引き裂かれた悪夢のルパムと化す。妖精軍団が男たちの喉を掻き切り、女たちを強姦する残虐な見世物をファーディナンドが「楽園」と呼ぶや、金属音や工場音に「弦楽のためのアダージョ」が重ねられ、プロスペローらの放逐とミラノ王女ジョヴァンナの暗殺が演じられる。自ら用意した劇中劇に慄くプロスペローは、キャリバンに襲われて首を絞められた後、ミランダのスカートに潜り込み、慰められている所をエアリアルの文字の「剣」で刺し殺され、棺桶に投げ込まれる。この悪夢から覚めたプロスペローが語るのが、他者支配の病理と老化の不安から唐突に余興を終わらせる四幕一場の「はかない一生の仕上げをするのは眠りなのだ」であり、この後に『ハム

【写真 2】
キャリバン（岩渕吉能）とそのダブルであるベットに括り付けられた半裸の奴隷
撮影：平松俊之

レット』の三幕一場の「死ぬ、眠る、永の眠りにつき、おそらくはまた夢を見る」が挿入されることによって、「書記言語の力に憑かれ」、「表象暴力の当事者として疲れた」（本橋「醒めない悪夢」）帝国主義者の悪夢には終わりがないことが示唆される。

一方、冒頭から舞台隅のベッドに縛り付けられ、拷問を加えられて苦悶の声を上げる男に気づき「あいつは俺だ。あれが俺の正体だったんだ」と号泣するキャリバンに加えられた台詞は、帝国の権力者だけではなく、奴隷もこの無限悪夢に囚われていることを暴く。【写真 2】グリーナウェイの映画同様、この舞台でも「この島は色々な音でいっぱい」と謳うキャリバンの詩的言語は悉くカットされ、「目覚めたら、もう一度夢を見せてくれと泣く」程の吉夢を見る機会も「恩寵」を求める場面もないまま、「一味を呪縛している術を解き、自由にしてやれ」という主人の命令に従ったエアリアルに惨殺されてしまう。そのエアリアルも「大

【写真３】
最終幕で「かわいいエアリアル（浦弘毅）」を再び木に閉じ込めるプロスペロー（山本芳朗）
撮影：平松俊之

気のなかに自由に飛び去るがいい」という主人との約束を反故にされ、再び木に封じ込まれ、絶叫しながら悪夢を見続けることになる。【写真３】

山口百恵の歌謡曲「いい日旅立ち」が流れながらも、プロスペローが帰郷の航海へ出ることはない。「この身を自由に」と言い放った途端、立ったまま事切れ、硬直してしまうからである。妖精が脈を確認し、指揮者よろしく終結音を奏でて暗転となるカタルシスなきダーク・コメディにおいては、グリーナウェイの映画の最終場面とは異なり、死という肉体からの離脱も、現世からの解放も、帝国の言語／言語の帝国を脱する出口にはなり得ない。支配者も被支配者も、人は皆、幕が落ちても永遠に演じ続けなくてはならない世界劇場の役者か、目覚めることなき悪夢の中で、責め苦に苛まされる煉獄の囚人なのかもしれない。

注

本研究は科研費・基盤研究 C（15K02307）の助成を受けたものである。また、劇団山の手事情社から、上演台本、舞台映像・写真の提供を頂いたことを記して感謝申し上げたい。

(1)『テンペスト』からの引用は Orgel に依拠し、幕、場、行をアラビア数字で示す。

(2) 原作に内在する人間の闇と罪、新・旧世界の野蛮性を、ポスト九・一一、三・一一の文脈から読み直したこの舞台において、ナポリ王アロンゾーが女王ジョヴァンナにすり替えられ、女大公プロスペラを主役としたジュリー・テイモア監督の二〇一〇年の映画同様、女性の権力と暴力が前景化されていたことは、偶然でない。

引用文献

Eagleton, Terry. *William Shakespeare*. Oxford: Basil Blackwell, 1986.

Gillies, John. *Shakespeare and the Geography of Difference*. Cambridge: Cambridge UP, 1994.

Hawkes, Terrence. "Shakespeare's Talking Animals." *Shakespeare Survey* 24 (1971): 47-54.

Kermode, Frank, ed. *The Tempest*. London: Methuen, 1954.

King James VI and I. *Political Writing*. Ed. Johann P. Sommervill. Cambridge: Cambridge UP, 1994.

Lindley, David, ed. *The Tempest*. Cambridge: Cambridge UP, 2002.

Orgel, Stephen. "Prospero's Wife." *Representations* 8 (Autumn 1984): 1-13.

——, ed. *The Tempest*. Oxford: Oxford UP, 1987.

今井宏編『イギリス史2』山川出版、一九九九年。
カーモード、フランク『シェイクスピアと大英帝国の幕開け』吉澤康子・河合祥一郎、ランダムハウス講談社、二〇〇八年。
[Frank Kermode. *The Edge of Shakespeare*. New York: Modern Library, 2004.]
グリーンブラット、スティーヴン『悪口を言う――近代初期の文化論集』磯山甚一訳、法政大学出版、一九九三年。[Stephen Greenblatt. *Learning to Curse: Essays in Early Modern Culture*. London: Routledge, 1990.]
コット、ヤン『シェイクスピアはわれらの同時代人』蜂谷昭雄・喜志哲雄訳、白水社、一九九二年。[Jan Kott. *Shakespeare Our Contemporary*. New York: Norton, 1964.]
ジラール、ルネ『羨望の炎――シェイクスピアと欲望の劇場』小林章夫・田口孝夫訳、法政大学出版局、一九九九年。
朱雀成子『愛と性の政治学――シェイクスピアをジェンダーで読む』九州大学出版会、二〇〇六年。
西川健誠「支配の諸相、支配の限界――シェイクスピアの『あらし』を読む」『〈移動〉の風景　英米文学・文化のエスキス』御輿哲也編、世界思想社、二〇〇六年、七八―一〇一。
ヒューム、ピーター『征服の修辞学――ヨーロッパとカリブ海先住民　一四九二―一七九七年』岩尾龍太郎・正木恒夫・本橋哲也訳、法政大学出版局、一九九五年。[Peter Hume. *Colonial Encounters: Europe and the Native Caribbean, 1492-1797*. London: Routledge, 1992.]
フィードラー、レスリー『シェイクスピアにおける異人』川地美子訳、みすず書房、二〇〇二年、[Leslie Fiedler. *The Stranger in Shakespeare*. London: Croom Helm, 1973.]
正木恒夫『植民地幻想：イギリス文学と非ヨーロッパ』みすず書房、一九九五年。

本橋哲也『本当はこわいシェイクスピア——〈性〉と〈植民地〉の渦中へ』講談社選書メチエ、二〇〇四年。

——.「醒めない悪夢、書記言語という反復、あるいはバミューダ・トライアングル——劇団山の手事情社『テンペスト』劇評」『シアター・アーツ』<http://theatrearts.aict-iatc.jp/201501/2510/>［二〇一六年三月一日アクセス］

森祐希子『映画で読むシェイクスピア』紀伊国屋書店、一九九六年。

ヴォーン、アルデン・T.、ヴァージニア・メーソン・ヴォーン『キャリバンの文化史』本橋哲也訳、青土社、一九九九年。[Alden T. Vaughan and Virginia Mason Vaughan. *Shakespeare's Caliban: A Cultural History*. Cambridge: Cambridge UP, 1993.]

言葉で涙を描くということ——トマス・ブラックロックと十八世紀的シンパシー

長堂　まどか

十八世紀スコットランドの詩人トマス・ブラックロックの作品は、視覚障害者である彼がどのように視覚的レトリックを用いているかという観点から読まれてきた[(1)]。本論文はそれに加え、彼の自伝的な詩が投げかける当時の社会の健常主義批判に着目する。その際、鍵を握るのが詩の中に描かれた「センチメンタルな涙」である。

本稿では、涙が象徴するものを読み解くことで、十八世紀において視覚障害者であるということのイデオロギー的意味と、そのシンパシーという概念との関わりを確認し、かつそれが、感情というそもそも目に見えないものを言葉で表現する行為とどのように結びついているかを考えたい。本稿が比較的小規模なブラックロック研究のみならず、ディサビリティ・スタディーズ及び欧米の伝記文学研究に、幾ばくなりとも貢献することができれば幸いである。

一　ブラックロックの生涯

はじめにブラックロックの小伝を紹介しておこう。ブラックロックは一七二一年、スコットランドはダンフリーズの煉瓦積み工のひとり息子として生を受けた。生後六ヶ月で天然痘により生涯視覚を失うという悲劇に見舞われるが、文学に早くから関心を示し十二歳で口述による詩作を始める。しかし、ブラックロックが十九歳のときに父親が急逝し、唯一の働き手を失った一家は経済的に困窮する。

幸い博愛的な外科医が彼に援助の手を差し伸べ、ブラックロックはエディンバラ大学で学ぶことになる。四カ国語を習得するなど順調に修学した彼は、大学に残り修辞学を教えることを希望するものの、親交のあったデヴィッド・ヒュームにその困難さを説かれ断念、聖職者となることを選ぶ。説教師としての認定試験に首尾よく合格したブラックロックはスコットランド南部のカークカッドブライトに赴任するが、盲目の牧師に対する教区民達の激しい反対にあう。二年にわたる裁判の末、ブラックロックは小額の年金と引き換えに辞任することを承服し、再びエディンバラの地を踏む。妻とともにそこで住み込みの私塾を開いた彼は、終生をその地で送った。

トバイアス・スモレットが『ハンフリー・クリンカー』の中で書いているように、当時のエディンバラは「天才の苗床」(216)、時代の熱気と興奮に満ちた街であった。妥協した形で移り住んだとはいえ、盲詩人がそこで蟄居の日々を送ったわけではないことは明らかである。文人や芸術家、そしてアダム・スミスなどスコットランド啓蒙思想の先導者達と交流し、精力的に執筆や作曲活動を続けた彼の生涯は、知的に充足したものであったといえるだろう。

二　十八世紀における「見ること」とセンチメンタリティ

ブラックロックの詩作品が提示する問題を考察するにあたり、ここからは盲目性を取り巻く当時の文化・社会的言説を分析する。中でも、テクストと特に関連があるのが「センチメント」の概念である。多くの研究者によって指摘されるとおり、センチメンタリティは様々な文脈の中で盛んに論じられ、十八世紀英国における社会理論的パラダイムを構築した観念である。二十世紀以降の文学批評には一般的に「センチメンタルなもの」を詩的欠陥――

「お涙ちょうだい」(Perrine 217) の安っぽい常套手段——として否定する傾向にあるが、十八世紀のセンチメンタリティは美徳と無私の表徴、したがって道徳的、経済的、社会的に理想的な人間関係の基盤となるものとして理解されていたのである。(2)

それでは、それがいったいどのように視覚障害者であることと係わりがあるのか。十八世紀英国社会において、センチメンタルな感情の対象となったのがいわゆる社会的弱者である。時代や地域を問わず文学作品は貧者や病人、社会規範から道徳的に逸脱した女性、そして先天盲を含む障害者の不遇を悲劇的に描くことで読者のシンパシーを掻き立ててきたが、十八世紀のシンパシーはそこにさらなる要素が加わる。

度重なる隆盛と衰退を経てきた英国の劇場文化は、一七八八年の劇場法の改正とともに新たな発展期を迎えたといえる (Baker 347)。特に、感傷的な喜劇が盛んに公演されるようになり、より多くの中流階級の人々を劇場に引き寄せた。そのような文化的背景を反映し、他者の「悲劇」を目にした者は単に心を動かされるだけでなく、そこに自ずと湧き起こるシンパシーを文字通り目に見える形で表現することが求められたのである (Fludernik 2, Jervis 63)。それゆえ、感情の最も自発的でドラマチックな発現であるとみなされた「涙」が、文学そして実社会において、単なる悲しみの象徴としてだけではなく、悲劇の観客達の感受性を強調し賞賛するための小道具としてしばしば用いられたのも驚くにはあたらないだろう。すなわちシンパシーとは、感情にパフォーマンスが伴ったものであり、ジョン・ジャーヴィスが指摘するように、社会模範の認識可能な指針かつ証拠として、シンパシーとその「実演」は分ちがたく絡み合っていたのである (20)。その結果、演じられたセンチメンタルな社会的身振りを視覚的に認識しえるかどうかが、視覚障害者と、彼らと同じように他者のシンパシーの対象となった他のグループの人々とを、決定的に分け隔てることとなった。

さらに、十八世紀啓蒙思想が模索した社会的存在としての人間像は、人間の理性的認識能力は視覚を通してのみ享受しうる、というアウグスティヌス以降の認識論に大きく拠っていた。たとえばアダム・スミスは『道徳感情論』の中で、社会というシステムにおいて、人間の利己心と同胞感情とが、他者の喜びや苦痛を「見ること」といかに密接に結びついているかを説いているが、そのスミスに先立って人間関係の構築における視覚の機能を論じたのが、フランスの哲学者ドゥニ・ディドロである。

> 盲人は、我々の心に同情や悲しみの念を呼び起こす感情の外面的表出——声に出された訴えは唯一の例外だが——によって影響を受けるということがない。彼らは同胞に対して無情なのではないだろうか。目の見えない者にとって、放尿している男と、声をあげずに血を流しながら死にゆく男との間に何の違いがあるというのか？ (150)

ここでディドロは、盲人の理解がどれほど断片的で、推測と誤解に満ちたものであるかを仄めかすだけでなく、彼らの「同胞に対する無情」を示唆することで、その人道的価値をも疑問視している。視覚障害者はシンパシーの与え手になれないばかりか、受け手としても不適格であると判断され、人と人との関係、そして究極的には共同体のすべてから切り離されたのである。

このような感情表現をめぐる文化的背景、そして当時の社会が視覚に示した光学及び現象学的関心を考慮すると、盲人に対する一般的理解がどのようになされたのかが説明できる。(3) 十八世紀は近代的チャリティ制度の成立を見た時代でもある。しかしその一方、センチメンタリティが不文律の規範として人々の日常的感性とふるまいの両方に強い影響を与えた当時の社会において、シンパシーの感情はしばしば実質的な利害を視覚障害者に与えるものとなった。人々の寄せる同情は、視覚障害者を哀れみの対象として弱体化し、ブラックロックの小伝の随所に見られるように、彼らの有するあらゆる可能性を否定したという点において、彼らを二重三重にディス・エイブル、つまり「無力化」したのである。

三　悲劇の「対象」への涙

当時のスコットランドの宗教改革、政治と経済、そして文学と言語の問題などブラックロックが詩作を通して世に訴えたことは多岐にわたる。しかし、その最大の関心がやはり上述のような盲人の社会的位置付けにあったことは、そのテーマの取り上げ方と頻度に示されている。彼の主張は、次のようにまとめることができる。まず第一に、視覚の欠如は想像力によって補い得るということ。そして第二に、当時のセンチメンタリティの概念との関連性の中で生み出された盲人の道徳性の欠如についての議論は、そもそもが人々のパフォーマティヴィティに拠った偽善的な危ういものであるということだ。以下、ブラックロックの言葉の中にそれらを見ていきたい。

幼くして視覚を失い、映像的記憶をほとんど持たないとされたブラックロックが、それにもかかわらず詩の中で巧みに風景を描写していることは、ジョセフ・スペンスが彼の詩集に寄せた「序文」の中で詳細に論じている（xxxiii-liv）。それはひとえにブラックロックが自分より先の、あるいは同じ時代の文学作品から視覚的レトリックを習得し、それを想像力によって自身の心的風景に取り入れた努力の結果だといえよう。しかし、「見ること」に関する彼の作品が単なる他者のレトリックの器用な模倣と再生産でないことは、たとえば次のような一節に明らかである。

目覚めよ、我がミューズ、たおやかなシチリアの娘よ
（中略）
私は輝く天使である彼女を見た
私は見、愛し、そして目にしたものによって破壊された
嘆息し、赤面し、私は見た――驚異の念で釘付けとなって
そして魂のすべては目の中に恍惚としてとどまった (63, 71-74)

引用の「田園詩――ユーアンシーに捧ぐ」はブラックロックが初恋の相手への思いを綴った詩だが、彼の思慕の念がいかに「見る」という行為と不可分であるかを示している。恋い慕う対象を「見る」ことによって、自身が「破壊され」、「魂のすべて」が「目の中」にとどまる。このような激しい独白において、目は単なる肉体的な感覚器官ではなく、見る者の審美的能力の豊かさを伝える指標となって現れる。ここで描写されているのは相手の女性の容貌そのものではなく、彼がそれを「どのように」見ているかだ。つまり、造形の「美」を享受するために必要なのは肉体的な視覚ではなく、むしろ美を見出す能力だ、というのである。もちろん、この「心の目」に関する議論自体は当時においてもとりたてて新しいものではない。が、たとえばヒュームがアダム・スミスに伝えたように、そ

れが視覚障害者によって明示されたとき、人々は強い感銘を覚えたのである (Mossner 21)。

むろん、彼を取り巻く世界にあるのは美しいもの、快いものだけではない。病や貧困、そして死といった人々の苦痛に加え、ブラックロックの心的視覚は、人々が彼に寄せる偽りの同情心、つまりシンパシーに潜む欺瞞をも見てしまう。

パトロンの経済的援助に大きく依存せざるをえなかった当時の出版状況の下、ブラックロックが綴った最も率直な思いの多くは彼自身の手で処分されたという (Chambers 223)。しかし、現在入手可能な作品の中にも彼の主張を見ることはできる。たとえば「独白」という詩において、彼を孤立させ無力にする同胞達の見せかけの同情を、彼は鋭く糾弾する。

無知で軽蔑に満ちた手はしばしば
野卑な享楽に任せて私を指差す
愚かしい笑みを浮かべながら。人を見下すその目は
しばしば、上首尾の人生の騒音とぎらぎらする光の中で
私の不遇が見えないふりをする
勝ち誇り、そして無慈悲な満足感で大いに意気を上げて
優位にある自身の運命を祝う
なんと無慈悲な勝利感だろう！ (81-89)

ここでは盲目の詩人に対する人々のふるまいが実は優越感や好奇心に満ちたものであり、かつ見ることのできない盲人はそれを知る由もないと考える、目の見える者特有の驕慢さが浮き彫りにされている。さらにブラックロックは、「私の不遇が見えないふりをする」人々の見せる「涙」の真実性を疑問に付すことで、彼らが無意識の内に抱えている健常主義を弾劾する。

その無能の憐憫の涙は
他者の痛みのうえに流されるが
私の心を素早く打ちのめすだけ
親切心を無為に沸き起こすだけ (92-95)

憐憫の涙が「無能」であるという表現には、それが一過的な生理現象、表面的な身振りにすぎないことが示されており、したがってその涙の対象となった者をかえって「打ちのめす」。パフォーマンスという語にはそもそも「見せかけ」という意味があるが (*OED* "performance" n.4)、身振りをもって感情を表現することが期待された時代において、「涙」は社会的な関係性や価値観を示す記号、あるいは人々と対話し、彼らを理解するための一種の言語として、明文化されぬコードと化した。「コミュニティという概念は分け離すということと常に結びついている」(Jervis 74) と言われるとおり、社会によって定められたその共通言語を認識することのできない盲人は、いわばコミュニティ成立の一条件である「他者」の役割を担わされたのである。

四　シンパシーと「社会的な涙」

このように、ブラックロックは彼が日常的に耐え忍ぶ疎外感や怒り、そして哀しみを詩の中に表した。しかし、彼にとって詩作という行為がシンパシーの表象としての涙の偽善性を暴露し、それを批判するためだけのものでなかったことは、彼自身が涙の光景を再三詩の中で描いていることからも明らかである。

おそらく彼は、十八世紀社会に特徴的な演劇性と本当の意味でのシンパシーとが交差する点に自らを置き、自身の立場を俯瞰していたのだろう。そして彼はまた、他者の痛みを想像し、感じ、共有しないのなら、自分はまさにシンパシーが――さらに厳密に言うならば、シンパシーの身振りが――投影される「対象」であるにすぎないということを、十分に理解していたに違いない。したがって彼は、言葉によって、彼にとっての涙がどのような意味を持つかを表現することで、一般にシンパシーの対象と看做されている者が、いかにシンパシーを与える側、つまり主体となることができるかを示そうとしたのである。

一例として、幼子を失った母親の悲しみを描いた「R夫人のために――輝かしい幼子の死によせて」をみてみたい。

その優しい痛みに触れられ
ミューズは悲嘆に満ちた詩をささやく
ミューズは涙に涙で応えるだろう
そしてため息とため息とを混ぜ合わせる（1-6）

ブラックロックのシンパシーは、現世における個人の哀しみに、ミューズの「涙」が「応え」、それを慰撫すると表現されている。が、そもそもシンパシーの対象である子を失った母親が第五スタンザまで登場せず、代わりに哀しみの光景の観客であるミューズに焦点が置かれていることからもわかるように、語り手の視点は子どもの死というある特定の現世的な出来事よりも、より高次かつ一般的な人類愛的な位置に置かれているといえる。したがって、語り手はさらに続ける。

それが人間の宿命というものである
最も美しい姿、最も明晰な思考を持っていようと
逃れられる者はいない
天による絶対の定め、
「人は生まれたときから死に向かって生きる」は
空の下の者すべてに及ぶのだから (31-36)

聖オーガスティンの論考「我々の人生とは死に向かう競争に他ならない」(13, 10) に対するオマージュであるこの一節で、語り手は、聞き入れられなかった「母の祈り」(37) に人間という存在に共通する無力さを見ている。しかし、「それが人間の宿命というものである」という諦観にも似た詩人の言葉は、すべての希望が潰えたと結論付けようとしているわけではない。彼のシンパシーは、母親の悲哀を時間と場所を越えた普遍的な条理として昇華し、究極

的に「永遠の日」(84) へたどり着くという救済を与えるのである。

「R夫人のために」の他にも、我が子に先立たれるという悲劇をブラックロックは再三題材としているが、ここでは特に息子を失った父、M夫人の弔い、そして外科医J・Hの長患いの末の死という三つの嘆きの場面を描いた「議論」を取り上げたい。「議論」がこのように複数の題材を取り上げているのは、やはりひとつの「議論」を再び提起するため――「R夫人のために」と同様、特定の場面や人物を主題にするのではなく、その焦点は「人類」(127)、「人間」(175)、そして「この地球と様々な年月」(42) 等の表現に示される広い死生観にある。

とはいえ、個々の死と嘆きが軽んじられているわけではない。「どんな涙がこのような計り知れない悲しみに匹敵するというのか?」(170) と語り手が問うように、人々は悲劇によって圧倒され、打ち伏すのみである。しかし、語り手は訴える。「我々の魂はこれらの最近起こった悲しみを共有する」、たとえ「悲哀がその歩みを駆り立て、涙がその目をぬらすとしても」(132-34) と。

「涙もろさ」がブラックロックの時代において美徳として認識されていたことはすでに述べたが、ここで盲詩人はすすり泣くこと、特に他人の痛みに触れて涙を流すことを賞賛も、また無為であるという理由から唾棄もしていない。先に見た「R夫人のために」に示されるように、彼もまた他者のために涙を流すからである。

ブラックロックがどのように涙を捉えていたかは、アダム・スミスによる「シンパシーの対象と主体」という概念を強く想起させる、上の詩の中の「社会的な涙」(13) という表現にもっとも端的に表されているといえるだろう。「社会的な心に宿る神聖なシンパシー」(161)、「社会的な悲しみ」(168) など、他の作品の中でも同様の表現が繰り返されているように、ブラックロックが一貫して訴えているのは、人間は他者とのつながりの中で生きるものであり、それゆえ「人の痛み、人の喜び、そして人の精神はひとつである」(220) ということである。そのような認識のもと、ブラックロックは、我々の根底には常に「他者に対する無関心さ」(Hume 152 n. 22) があるとするヒュームやバークのシンパシー論とは一線を引き、(4) いわばスミスの「公平な観察者」(47-48) を以て自ら任じ、他者の「ために」、ではなく他者と「ともに」涙を流すのである。

涙は視界を曇らせるのではない。デヴィッド・マイケル・レヴィンは、「泣くことによって私は見ることを始める (中略) 痛みとともに見ることを。泣くことにより、そこで初めて、ヴィジョンは存在し始めるのだ」(172) と、伝統的な西洋文化における視覚至上主義を批判したが、「シンパシーの対象」であるブラックロックが流した涙を通して、我々もまた視界の届かない片隅まで押しやられた者の痛みを知るのである。エイブリズムという概念など無論存在していなかった当時、ブラックロックは「書く」という行為を通して、そして憐れみの「対象」が流すシンパシーの涙をもって、「見ることができないものは感じることもできない」という根強い文化的神話に疑問を呈した。その点において彼の作品は十八世紀のディサビリティの実相を記録した歴史資料としてのみならず、シンパシーのあり方についての考察、そして視覚障害者が社会においてどのような位置を占め、かつ貢献できるかを説く声明として、極めて意味深い作品となっているのである。

注

(1) デヴィッド・シャトルトンはスコットランド啓蒙運動と方言詩へのブラックロックの貢献を論じ (“Nae Hottentots”

30-41)、天然痘が文芸作品にどのように描かれてきたかという幅広い観点からブラックロックの詩を分析している(*Smallpox* 150-56, 167-68)。先行研究として他に Miller 369-76, Packham 423-38 等が挙げられる。

(2) 十八世紀の「シンパシー」については、たとえば Todd 121, Fiering 195, Greiner 418 を参照。

(3) 十八世紀の視覚を巡る議論とそれまでの経過については Degenaar 17-20 に詳しい。

(4) ヒュームおよびバークの社会的シンパシーに関しては Lamb 7, Maxwell 59-65, Whelan 1-23 を参照。

引用文献

Augustine. 1467. *City of God*. Trans. Marcus Dods and Thomas Merton. New York: Modern Library, 1950.

Baker, Jean N. "The Proclamation Society, William Mainwaring and the Theatrical Representations Act of 1788." *Historical Research* 76.193 (2003): 347–363.

Blacklock, Thomas. *Poems by Mr. Thomas Blacklock: To Which is Prefix'd, An Account of the Life, Character, and Writings, of the Author, By the Reverend Mr. Spence, Late Professor of Poetry, at Oxford*. 2nd ed. London: R. and J. Dodsley, in Pallmall, 1756.

Chambers, Robert. *Lives of Illustrious and Distinguished Scotsman: Forming a Complete Scottish Biographical Dictionary*. Vol. 1. Glasgow: Blackie and Son, 1839.

Degenaar, Marjolein. *Molyneux's Problem: Three Centuries of Discussion on the Perception of Forms*. Trans. Collins Michael J. Dordrecht: Kluwer Academic, 1996.

Diderot, Denis. 1749. "Letter on the Blind, for the Use of Those Who Can See." Trans. Margaret Jourdain. *Thoughts on the Interpretation of Nature and Other Philosophical Works*. Ed. D. J. Adams. Manchester: Clinamen, 1999. 149-50.

Fiering, Norman S. "Irresistible Compassion: An Aspect of Eighteenth-Century Sympathy and Humanitarianism." *Journal of the History of Ideas*. 37. 2 (Apr. - Jun. 1976): 195-218.

Fludernik, Monika. "Spectacle, Theatre, and Sympathy in Caleb Williams." *Eighteenth-Century Fiction* 14.1 (2001): 1–30.

Greiner, Rae. "1909: The Introduction of the Word 'Empathy' into English." *BRANCH: Britain, Representation, and Nineteenth-Century History* (2012).

Jervis, John. *Sympathetic Sentiments: Modernity and the Spectacle of Feeling*. London: Bloomsbury Academic, 2015.

Lamb, Jonathan. *The Evolution of Sympathy in the Long Eighteenth Century*. London: Routledge, 2009.

Levin, David Michael. *The Opening of Vision: Nihilism and the Postmodern Situation*. New York: Routledge, 1988.

Maxwell, Lida. *Public Trials: Burke, Zola, Arendt, and the Politics of Lost Causes*. Oxford: Oxford UP, 2015.

Miller, Frank. "Dr. Blacklock's Manuscripts." *The Scottish Historical Review* 10.40 (1913): 369-76.

Mossner, E. C. *The Forgotten Hume*, New York, 1943.

Packham, Catherine. "Disability and Sympathetic Sociability in Enlightenment Scotland: The Case of Thomas Blacklock." *British Journal for Eighteenth-Century Studies* 30.3 (2007): 423-38.

Perrine, Laurence. *Sound and Sense: An Introduction to Poetry*. New York: Harcourt, Brace and World, 1963.

Shuttleton, David E. "'Nae Hottentots': Thomas Blacklock, Robert Burns, and the Scottish Vernacular Revival." *Eighteenth-*

Century Life 37.1 (2013): 21-50.

——. *Smallpox and the Literary Imagination: 1660-1820*. Cambridge: Cambridge UP, 2007.

Smith, Adam. 1759. *The Theory of Moral Sentiments*. Ed. Knud Haakonssen. Cambridge: Cambridge UP, 2009.

Smollett, Tobias. 1771. *The Expedition of Humphry Clinker*. New York: Norton, 1983.

Spence, Joseph. "An Account of the Life, Character, and Poems of the Author." *Poems by Mr. Thomas Blacklock*. London: 1756. i-liv.

Todd, Janet .*The Sign of Angellica: Women, Writing and Fiction, 1660-1800*. New York: Columbia UP, 1989.

Whelan, Frederick G. *Political Thought of Hume and His Contemporaries: Enlightenment Project* Vol. 1. New York: Routledge, 2015.

アイサの姿見――『幕間』の鏡、フレーム、時空間

奥村　沙矢香

鏡は、ウルフ作品の主要モチーフのひとつである。遺作『幕間』の鏡と言えば、何と言っても、作品終盤に現れる鏡であろう。劇作家ミス・ラ・トロウブ演出の野外劇が終わりにさしかかったころ、役者たちが観客席に向けて掲げる、あの鏡である。『幕間』に関する大方の論考が多かれ少なかれ作中の野外劇に触れているという事実に鑑みるに、劇中の出来事の中でも読者にとって（作中人物にとっては言うまでもなく）とりわけ印象深い鏡に注目が集まるのも、あながち不思議ではない(1)。

一　「映さない」鏡

ところで同作品には、他にもいくつかの鏡が登場する。中でも注目に値するのは、作品の初めのほうで、オリヴァー家の女主人アイサが向かう姿見である。実際、「鏡に向かう女性」の姿は、ウルフの愛読者にとっては馴染み深いものである。『ダロウェイ夫人』のクラリッサは自らの鏡像を通して、公的な自我と私的な自我との隔たりを再認識し、『歳月』のエレナーは鏡に映った目から延び広がる幾筋もの皺に、肉体に刻まれた歳月の痕跡を認める。しかしながら興味深いことには、アイサの姿見の場面はお馴染みの一シーンでありながらも、明らかにそれまでの類似の場面とは異なる性質を備えてもいる。というのも、それまでは鏡に映るもの――主として女性の身体的特徴

——を女性自らの観察も交えながら詳細に描出してきたのに対し、このシーンは映っているものがアイサ自身の顔であるということを明らかにしつつも、その顔の特徴なり表情なりをほとんど描いていないのである。(2) では、アイサの姿見の場面は、代わりに何を描いているのであろうか。

彼女は銀製のブラシを持ち上げ、三面鏡の前に立った。すると、表情はやや暗いが端正な顔の、異なる三面が見えた。また、鏡の外側の、高台、芝生、こずえの細長い断片も。

鏡の内側には、目の中には、前の晩、例のやつれて押し黙った、ロマンチックな大地主に対して感じたものが見えた。「恋をしている」様子が目の中にはあった。しかし外側には、洗面台の上、鏡台の上、銀製の箱と歯ブラシの間には、もう一つの愛があった。夫、株式仲買人に対する愛が。「子供たちの父親」と彼女は言い添えた、小説に出てくる便利な常套句に飛びついて。内の愛は目の中に、外の愛は鏡台の上にあった。でもこの感じ、今のこれは何なのだろう。鏡の上、戸外に、乳母車と二人の子守と、そして遅れてジョージ坊やが芝生をよぎってくるのが見えた時、身内に湧き上がったこの感じは？

彼女は浮き彫り模様のついたブラシで窓をコツコツ叩いた。遠くにいる彼らには聞こえなかった。(中略)

彼女は鏡の中の自分の目に戻った。私はきっと、「恋をしている」のだ。だって、昨晩あの人の体があの部屋に存在したことがこれほど影響し得るのだから。あの人がティーカップを手渡しながら、テニスラケットを渡しながら言った言葉が、私の内のある一点にこんなにぴたりとくっついて、そしてこのように私とあの人との間に電線のように架かり得るのだから。うずいて、もつれて、震えて——と、彼女は鏡の奥に探した、その昔クロイドンで明け方に見たことのある飛行機のプロペラの途方もない速さ、その振動にぴったりの一語を。（傍線引用者　12-14）

下線部の語句は、アイサの視線の動きを示している。これら一連の語句から明らかなことは、アイサの視線が鏡の内と外を行ったり来たりしている、ということである。この、内へ外へと動く目線から自ずと浮かび上がるもの――それはじつに、姿見の「枠」ではなかろうか。

鏡に縁どられたアイサの姿――それはまるで一幅の絵画のようである。実際、後の場面にはオリヴァー家の屋敷（ポインツ・ホール）に飾られている絵画がいくつも登場し、絵画がこの作品の重要なモチーフのひとつであることが暗示されている。中でも、食堂の壁に掛けられた貴婦人の絵は、どこかアイサに通ずるように思われる。絵の貴婦人はオリヴァー家とは血の繋がりのない人物である。すぐ隣に男性の肖像画が掛かっているのだが、「男性のほうは祖先」で、「貴婦人のほうは単なる絵」である（33）と記されていることから、それは明らかである。アイサもおそらくは、オリヴァー家とは姻戚関係にあるにすぎない。しかしながら当然、両者とも、オリヴァー家と無関係というわけではない。貴婦人の絵は「［アイサの舅の］バーソラミューが気に入って」（33）購入した絵であり、一方のアイサもその昔、縁あって一家の一員として迎えられたのであるから。二人はまた、その眼差しによっても結びついている。アイサは、その密かな詩才によって、今・ここという時空間に属しながら、彼方を自由に旅する精神の持ち主である。その眼差しは常に、他の誰にも感知し得ない彼方へと向けられているかのようである。絵の貴婦人にしても、自分を「見つめる」者と目を合わす気配がまるでない（45）。ちなみに姿見の場面で、アイサは鏡に向かうと同時に、その奥にある窓とも向き合っている。貴婦人の絵もまた、「窓に面するように掛かっている」(33)。ともかく、両者の類似性から、アイサの姿見の場面が絵画を思わせるように描かれているのではないか、と推測してみたくなる。

ところで、アイサの姿見の枠はまた、独特の性質を帯びてもいる。今一度、先の引用を振り返ってみよう。アイサの内へ外への視線の動きは一見、鏡の内と外を峻別する役割を担っているように見える。しかしまた同じ動きが、その反復性によって逆に、鏡の内と外の世界の相関性を示唆しているようにも見えるのである。このことは、次のことによっても確かめられる。

まず、アイサは大地主（ルーパート・ヘインズ）への恋情を、夫に対する愛情との関係において意識している。前者を「内の愛」と呼び、姿見に映った自分の目の中に認め、後者を「外の愛」と呼び、鏡台の上に認めるといった描写は、一見、二つの愛情の差異と区別を明確にするかのようである。が、そもそも、姿見あっての鏡台であり、鏡台に支えられてこそ役目を満足に果たし得る姿見である。すなわちここには、アイサの抱く二つの愛情が複雑な共存関係にあることが暗示されていると言える。また、姿見の外側、窓外に、アイサは偶然通りかかった息子たちの姿を目撃するのだが、その時、身内に得体のしれない感情――おそらくは母性本能――が呼びさまされるように感じる。その感情はアイサに、窓外の息子たちの注意を引こうとする行動をとらせるのだが、直後に、同じ感情はまた、ヘインズに対する恋心の探究へとアイサを駆り立ててもいる。しかも、その「不義の」愛情は以前にも増して高揚するのである。内なる愛と外向きの愛――鏡の内と外――の相関性が、ここにも指摘されそうである。

このように、アイサの姿見の枠は、鏡の内側と外側の境を形成しつつも、その役割は両者を完全に隔てることにあるというよりはむしろ、両者の繋がりを示唆することにあると言えよう。

この枠は、例えば十九世紀後半にイギリスで考案されたとされる、絵画用の新しいスタイルの額縁を思わせる。ヴィクトリア・ロズナーは、室内（装飾）とモダニズムの関係性について論じた刺激的な書物の中で、世紀末に創案された額縁の性質とその美的効果について説明している。ロズナーによれば、ルネッサンス期以降、ヴィクトリア朝の時代に至るまで、絵画の額縁は概して紋切型のデザインであった。しかし十九世紀半ば、一部の芸術家の間で額縁の外見と機能を見直す動きが生じ、その結果、額縁を個々の絵の内容に合わせて作る（カスタマイズする）という試みが生まれたのだという。中でもラディカルであったのが、画家のホイッスラーとデザイナーのゴドウィン（E. W. Godwin）であった。彼らは、「額縁は周囲の環境の一部であり、ひいては絵画それ自体も周りの一部である」(Rosner 34) という考えから、額縁を周囲と似通った素材・デザインにすることで、「絵の美的領域と日常生活の領域の境〔フレームの内と外の境〕が目立たなくなるように」工夫した (45)。伝統的な額縁が「絵と日常生活の間の橋渡し、もしくは仕切りとして機能していた」(34) のとは対照的である。彼らはそうして、絵と周囲の環境が融合され、ひいては室内に調和が生み出されることを目指したのであった。この試みによって、絵画の額縁はいわば「透過性のある境界 (a porous boundary)」(34) となった、とロズナーは指摘する。

アイサの姿見の、内側と外側を繋ぐフレームは、じつに、絵画のジャンルにおける同時代的な試みにも通ずる、極めてモダニズム的な美学を反映したものと言えそうである。

二　枠の変奏

じつのところ、「透過性のある境界」やフレームは、作品中に散在している。『幕間』に散りばめられた「枠」は、ことウルフのモダニズムの試みにとって、どのような意義を帯び得るであろうか。

例えば、姿見の直後の場面。アイサは屋敷の書斎に行き、そこにあった新聞を拾い読みする。そしてとあるレイプ事件の記事から、事件現場の様子をありありと思い描く。アイサには、目の前にある「扉の鏡板の上」(18-19)――すなわち扉の上枠――がホワイトホールのアーチのように見え、「アーチを通して兵舎の部屋が、その中のベッドが、そしてその上で少女が悲鳴をあげながら男の顔をあちこちと叩いているのが」見えるように思う(19)。が、夢想のさなか、その扉が開き、「スウィズィン夫人が金槌を持って入ってく」るのである(19)。まるでアイサの無意識の願望――救いを希求する気持ち――が、現実の偶然によって叶えられたかのようなこの場面では、扉の上枠を通して、時空の定まらない空想の世界と今・ここの現実の世界が二重写しになっていることがわかる。

登場人物らの集う室内空間も、透過性を感じさせる場合が多い。作品の冒頭では、「窓が庭に向かって開いている広間」(3)で、バーソラミューと客のヘインズ夫妻が歓談している。話題は村の汚水溜めのことに始まり、ヘインズ夫人の子供時代の経験へ、それからまた汚水溜め用地の歴史へと移っていく。その合間には、窓外の生き物の立てる物音――「牛が咳をした」り、「鳥が一羽、クックッと鳴いた」りする音(3)――が聞こえる。じつのところ、これら窓外の物音は、話の内容を今現在の身近な問題(汚水溜め)から昔語りへ、そして古代ローマ時代の話へと巧みに誘導しているように見える。まるで、開いた窓を通して戸外の世界が屋内の領域に浸透し、屋内の人の心に刺激を与えているかのようである。二つの領域の混交は、コミカルに描かれてもいる。広間に座ったヘインズ夫人の顔がリアルなガチョウの顔にたとえられ、その結果、夫人の顔の描写を通して戸外の田園風景が垣間見られる(ように感じられる)、といった具合に。

屋内と屋外の境は、作品の結びにおいて一層曖昧になる。結びの場面では、オリヴァー家の者たちが冒頭と同じ広間に集っている。窓は冒頭と同様に開かれており、初めのうちは窓外の庭の様子が眺められたのが、夕闇の訪れとともに、景色も見えなくなる。やがて、「窓は全面、色のない空となった。家は保護する力を失ってしまった」(197)。ここでは、作品の舞台——象徴的な意味合いにおいては、ナラティブの枠組み——であるところのポインツ・ホールの窓枠、更には屋敷を形作る壁そのものまでもが溶解してしまうかのようである。曖昧になるのは屋内と外の景色の別だけではない。内と外の境目の消失は、今・ここという物語世界の現在と、どことも知れぬ遥か昔の時空間とを溶け合わせもする。「それはまさに、道という道が、家という家が作られる以前の夜であった。洞穴に住む者たちがどこか小高い場所の岩間から、あたりを窺っていた夜であった」(197)。ちなみに、窓が開いているかどうか定かではない室内の場面でも、室内空間自体が貝殻や花瓶といった、いわば開口部のある入れ物にたとえられている (33) という点はじつに興味深い。

浸透性のある枠の仕組みは、作品の構成そのものにも見受けられる。『幕間』は個別のシーンを描くいくつものセクションによって成り立っているが、セクションの別はスペースによってのみ示されている。その結果、セクションはそれぞれ独立しているように見えるものの、スペースというものの性質の曖昧さ——それ自体の実体のあやふやさによって、「その前後の不連続性を物語りつつも、連続性を想像させもする」といった矛盾に満ちた性質(Babcock 97)——ゆえに、完全に自立しているとは言い切れない。(先に述べた「窓の開いた広間」の、空間としての自立性の揺らぎに通ずるようである。) セクションの区別の曖昧さは、いくつもの語（句）が複数のセクションに繰り返されることによって一層、その印象が強まる。例えば、「ハス池 (the lily pool)」というフレーズ。まず、作品の初めのほうのセクションに、ポインツ・ホールの敷地内にあるハス池の様子が描かれる。描写は水面・水中の様子から、池にまつわる事件——昔、貴婦人が入水自殺を遂げたこと——にまで及ぶ。その二十ページほど後では、同じフレーズが、今度は比喩的に用いられる。ラ・トロウブの、世間の慣習に縛られることを拒み、物事の本質だけを見定めて大胆に振る舞う姿が、「細かい網の目の中へ、ハス池の中へ飛び込む大きな石のようにザブンと飛び込む」(59) と表現されるのである。最後に「ハス池」が現れるのは、作品の終わり近くにおいてである。そこではスウィズィン夫人がハス池を見詰め、物思いに耽っている。夫人は池の水面の上を勢いよく流れる空気と水中の動きを想像し、自分はその「二つの流れの間に立っている」ようだと感じる (184)。前者はおそらく、めまぐるしく変容する生の表層、後者はその裏で密やかに営まれる精神生活の表象であろう。静かな信仰生活に憧れながらも日常の外的事象に「しきりに誘われる」(184) 心地のする夫人は、まさしくあわい（間）に生きる人物である。このように、ハス池は互いにほぼ交わることのない三人の女性の描出に関わっており、しかもいずれの場合も各々の存在の核心に触れていることがわかる。個別のセクションに繰り返される「ハス池」というフレーズは、こうして、当該セクション同士の微妙な関連性を暗示するかのようである。ハス池はまた、それ自体で、生と死、現実と夢、生の表裏のあわいとして、セクション間のスペースにも似た半透明の枠を形作っている。

また、「鏡 (mirror)」という語が連続した二つのセクションに繰り返される箇所がある。姿見の場面に続く書斎のセクションは、このような挿話で始まる。その昔、屋敷を訪れたある婦人が世辞のつもりで「この家では台所の次に書斎がいつも気持ちのよいお部屋ですね〔、というのも〕本は魂の鏡ですから」、と言ったという (15)。この発言は、この家の書斎には住人の優れた精神を窺わせるような蔵書がたくさんある、とでもいった意味合いにすぎない。しかしながら、前の場面で、ひとり姿見に向かうアイサの心の秘密が語られた後では、この「本は魂の鏡」という言葉は、鏡と知られざる内面の結びつきをなぞるような言葉に見えてくる。と同時に、本と共に、物質世界と精神世界を繋ぐもの（窓／扉／枠）としての鏡の性質が焙り出しにされるようにも思われる。このように、複数のセクションに現れる語（句）は、それぞれのセクションの内で独立した意味を持ちながらも、共鳴し合う関係性にある。その結果、セクションが互いに浸透し合うテクストとして存在しているように思われる。別の見方をすれば、セクションとセクションの間に、スペースが、いわば透過性のある枠のように介在している、ということになろう。

例の食堂に飾られた二枚の絵――おそらくは、れっきとした枠（額縁）に入れられているであろうと思しき絵――のフレームさえ、一種の透過性を帯びているように思われる。もっとも、これらの絵（貴婦人の絵と祖先の肖像画）の額縁について、実際に何がしかの記述があるわけではない。しかしながら、その確かな存在を読み手に感じさせるくだりがある。例えば、祖先の肖像画については、このようなエピソードが記されている。肖像画を描いてもらう時、祖先は飼い犬の「有名な猟犬コリン」(33)も絵の中に収めてほしいと言ったのだが、あいにくコリンを入れる余地はなく、絵から省かれてしまった。絵に含まれていない、いわば絵の外にはみ出た犬の存在への言及は、絵と犬とを隔てる額縁の存在を意識させずにはおかない。と同時に、絵の外にいるはずの犬の存在は、肖像画を、額縁の限界を越えた空間的広がりを有するものとして我々に認識させもする。このように、犬のエピソードを通して、肖像画の額縁は確かに存在しつつも、どこか柔軟性を帯びたもののように見えてくるのである。

併せて注目すべきことがある。それは、祖先の肖像画が作中の今現在の人の心に訴えかけ、描かれている対象について語らせる力を有している、ということである。実際、例の犬の話は、バーソラミューとその妹スウィズィン夫人の口から客人に向けて語られる。他にもこの肖像画をめぐる様々な逸話があるということは、「その祖先は話題を生む人 (a talk producer) であった」(33) という記述にも明らかである。過去の肖像画が今現在の鑑賞者の心に訴えかけるとき、それ自体もまた、語られることによって、絶えず作り変えられているということができるであろう。まるで、過去と現在が時空の隔たりを超えて相関し合い、両者の対話が成立し得ているかのように。時空を超えた存在の対話——それは、貴婦人の絵をめぐっても展開している。その絵は「見る者の目を上へ下へ、曲線から直線へ、青葉の間の空き地と、銀・こげ茶・バラ色の陰を通って沈黙へと導く」(33)。絵の喚起する沈黙は、深閑とした食堂に漂う悠久の時の流れへと接続し、果てはあらゆる時空の別を融解させるかのようである。

そう言えば、野外劇で舞台から観客席に向けて掲げられるかの鏡も、観客の立場を見る側から見られる側（役者）へと転換することで、「野外劇の言葉と観客の言葉・思考の境を浸透性のあるものにする」役割を果たすのであった (Hussey xlvi)。この場合は、鏡を介して、劇という枠組み（舞台と観客を隔てる境界）が溶融し、更には劇の表象する歴史上の過去と観客の代表する現在が浸透し合っている、と見ることができよう。

『幕間』に遍在するこれら種々のフレーム——個々の事物や事柄から作品の構成に至るまで、様々に見受けられる枠——と、それらに共通する性質（透過性・浸透性）に関して重要なことがある。それは、枠が事物・事柄・人間同士の共時的な繋がりを生み出すのみならず、しばしば時空を超えたそれらの関連性や関係性をも示唆し得る、ということである。

そもそも、アイサの姿見のシーンには既に、異なる時空の関係性が暗示されている。アイサのブラシには「凝った浮き彫り細工」(12) が施されている。結婚祝いに贈られ、旅先では「ホテルの女中たちに感銘を与えるのに役立った」(12) そのブラシは、大げさな装飾と、見る者——ことに階級の異なる者——に所有者への畏敬の念を抱かせるその性質によって、一世代前のヴィクトリア朝の品々を思わせる。窓外を幼い息子たちが通りかかったとき、アイサはそのブラシを窓ガラスに打ちつけて注意を引こうとするのだが、子供たちは気づかずに通り過ぎていく。過去の遺物であるブラシの立てる音が未来の担い手の注意をひきつけないという記述は、どこか、未来に溶け入る過去の記憶の宿命を思わせる。続いてアイサは、鏡の中の自分の眼差しに、ヘインズへの恋情を確認する。この時、自分の鏡像を透かして過去の瞬間——相手に好意を抱くきっかけとなった瞬間——を思い起こし、それによって現在の場面に過去の場面を重ね合わせている。更には、過去の瞬間から現在に至るまで消えずに心に残っているヘインズの言葉を、揺れる電線や飛行機のプロペラの振動に見立てている。すなわち、電線・飛行機という、いわば未来への志向を表象する事物に、過去から現在に至る自らの心境を物語らせているのである。ここには、過去・現在・未来という三つの時の交錯が見出される。

このことに関連して、アイサの姿見が単なる「鏡 (the mirror)」ではなく、「三面鏡 (the three-folded mirror)」であると明記されているということ、そして、作品を通じて三という数字が様々な形でアイサに纏わりついているということ[3]、更には、その最後がアイサの「今年、昨年、来年」(196) という言葉——まるで現在、過去、未来を指し示すかのような言葉——で終わっているということは、じつに示唆的であるように思われる。

三　ウルフと時間

フレームの透過性と、異なる時空間の混交。このことを更に探究するために、ここで時間というものについてのウルフの考えを説明しておこう。

ウルフの生きた十九世紀末から二十世紀前半にかけての時代は、度々指摘されるように、時空間の認識が著しく変化を遂げた時代であった（Kern 10-35, 131-80）。新たに発達したテクノロジーは、無線電信、電話、蓄音機といった、数多くのメディアや発明品を生み出した。声や音を記録し、蓄え、伝えるという、それら新しい品々の機能は、人の心の内に、機器を通して異なる時空間が溶け合い、現実世界に現出するかのような幻想を生み出した。その結果、それまで単一で均質なものと理解されてきた時空間は複雑で多種多様なものとして再認識されるに至った。

こうした、いわゆる第二次産業革命の時期がモダニズムの全盛期と一致しているということは、よく知られた事実である。当時、欧米諸国の作家は、巷に普及しつつあった発明品を作品内に積極的に登場させることで、テクノロジーの発達が生み出した新たな知覚的体験を描出しようと努めた。例えば、フォード・マドクス・フォードの中篇小説『電話』（*A Call*）は、主人公のダドリー・レスターがある時、元恋人の家にいるところに電話がかかってきて、うっかり電話に出てしまうところから始まる。後に彼はそのことを後悔する。なぜなら、電話の相手がひょっとすると自分の不義を見抜いたかもしれないと想像したからである。この不安は、電話という機器が生じさせる視覚・聴覚情報のアンバランスに起因するものである。レスターには電話の相手は見えないが、その声があまりにも近くに感じられるがゆえに、相手がまるで迫り来る謎の災いのように思えてしまう。こうして彼は恐怖に苛まれ、負の妄想に陥っていく。このように、モダニスト作品の特徴のひとつは、近さと遠さの感覚が交錯する体験を描いていることにあると言えよう。

この特徴は、ウルフ作品にも当てはまる。電話、自動車、バスといった当時のテクノロジーの所産を、ウルフも度々描いているからである。従って一見、ウルフは他のモダニストらと同様、テクノロジーの発達によって知覚体験が複雑化を遂げたという事実を強調しているかに見える。しかしながら重要なことは、ウルフの作品世界は完全にモダンではないということである。実際、ウルフは同時代のマテリアル・モチーフだけでなく、どちらかと言えば前世代的な品々（馬車、パーティー用の手袋、肖像画等）も数多く描いている。そして興味深いことには、これらのいわば伝統的なモチーフ群も現代的なモチーフ同様、時空間認識の探究に関与している。すなわち、「古い」モチーフもまた、錯綜する遠近の感覚を演出する装置として用いられているのである (Okumura 25-26)。従って、ウルフは他のモダニストらと足並みをそろえてはいるものの、彼らの小説上の実験に修正を施してもいると言える。

この修正の理由は様々に考えられるが、最も単純な理由は、ウルフが一連の技術革新に対して複雑な感情を抱いていたことにあると言えるであろう(4)。ただし、ウルフが伝統的なモチーフ群を、単にノスタルジックな感情からではなく、あくまでも一モダニストとしての試みの一助として用いたという事実に目を向けるならば、事情はやや複雑かもしれない。

ウルフは現実の物理的現象に素直に感応する心を持っていたが、同時に、そうした現象の深淵に目を凝らしてもいた。レイチェル・ボウルビーは、ウルフ作品に描かれるモノ (things) は、「連続性と変化という問題に対する複雑な身振り」になり得る、と述べている (Bowlby 108)。この点を、ボウルビーは『歳月』の中の一章、「現代」(“Present Day”) を取り上げて説明している。この章には電話での通話のシーンが出てくるのだが、この電話は新時代の幕開けを表象するのみならず、「以前から存在しながらも見過ごされてきた感覚の分離性と不確かさの問題を明るみに出してもいる」とボウルビーは分析する (108)。つまり、電話という現代の発明品が、それまで度外視されてきた人の本質に関わる問題、いわば存在論的な問題を明らかにしている、というのである。ウルフ作品においては、伝統的なモチーフ群や行為も同様の問題を指し示すべく機能しているように見える。例えば、エーリヒ・アウエルバッハは有名な論考「茶色い靴下」("The Brown Stocking")の中で、『灯台へ』における数少ないアクションの一つ、ラムジー夫人が靴下を編むという行為を取り上げて、次のように指摘する。ここでは行為自体を描くことに主眼が置かれているのではない。そうではなくてむしろ、その行為を通して内的な真実——ここでは特に夫人の心の内奥——を焙り出しにすることが目指されているのである、と(540)。

ボウルビーとアウエルバッハの議論から、ウルフのマテリアル・モチーフの特質が浮かび上がってくる。ウルフ作品にあっては、様々な事物は単にそれらの存在する物理的世界を描くためだけにあるのではない。それらの時間的・空間的に縛られた性質をバックに、普遍的なコンセプトを浮かび上がらせるために存在しているのである。換言すれば、過去と現在の物理的現象を突き合わせ、それらの思いがけぬ（ある意味で皮肉な）類似性を導き出すことによって、ウルフは異なる世代の時空を超えた関連性を強調しようとしているのである。この姿勢は、モダニズムの特徴を、ともすれば過去と現代の知的・文化的な衝突として捉えたがる一般の認識を覆すものであろう。

『幕間』のフレームも、まさにそうしたマテリアル・モチーフの一例ではなかろうか。『幕間』のフレームは、作品内の特定の時空間に位置している。物理的な枠ではないセクション間のスペースさえ、隣接するセクションの一部として、所定の時空間に属しているように見える。しかしその一方で、それらはまた、独特の透過性を帯びることで、時空を超えた事物・事柄・人の繋がりを示唆し得てもいる。これらのフレームは、あるいは、時間と変化いう問題に対するウルフの特異な見解を提示しているのではなかろうか。

ところで、フレームのひとつが、アイサの「姿見」の枠であるということには、どのような意義があると言えるだろうか。アイサは作中人物のひとりに過ぎない。が、時として、作中人物としての役割を逸脱するかに見えることもまた事実である。例えば作品半ば、他の人々との集いのさなかに、アイサは思う。「本は開かれていて、何の結論にも達していない。そして彼は観客の中に座っている」(55)。この発言は『幕間』についてのある評言、「作者は役者、本は劇場〔、読者は観客〕」を思わせる (Babcock 90)。この時アイサはまるで、作品全体を眺め渡す視座を得て、この時点での作品についての印象と読者／観客の状況を語っているかのようである。

姿見に向かい、その内側と外側を目で往復することで、フレーム越しに展開する時空間の混交を見るともなしに見る（かのような）アイサ。その姿は、同時代の社会的・文化的な変革を常に敏感に肌で感じながら、自我を作品という「鏡」に投影し続け、そうすることで自我というものを反芻し続けたウルフ自身の姿に重なるようである。アイサの姿見のシーンは、『幕間』のメタフィクション的な性質を見事に凝縮した一場面とも言えそうである。

注

(1) 例えば Zwerdling や Beer は、野外劇を作品の重要なテーマが展開する場と見做し、鏡の場面をその大詰めと捉えている。

(2) Busse もアイサの姿見に注目しているが、他の類似の場面における鏡と同様、あくまでも主体性の形成（と崩壊）に関わるモチーフと解しており、その特殊性については論じていない。

(3) 例えば、「三つ編み」のアイサ (4)、「三脚椅子に座る」アイサ (5)、バーソラミューとスウィズィン夫人の声に続いて、

「三つ目の声」を響かせるアイサ (34) など。

(4) 同時代の科学技術革新に対してウルフが抱いていたアンビバレントな感情については、例えば Whitworth の議論を参照のこと。

引用文献

Auerbach, Erich. *Mimesis: The Representation of Reality in Western Literature*. 1946. Trans. Willard R. Trask. Princeton: Princeton UP, 1968.

Babcock, Barbara A. "Mud, Mirrors, and Making Up: Liminality and Reflexivity in *Between the Acts*." *Victor Turner and the Construction of Cultural Criticism*. Ed. Kathleen M. Ashley. Bloomington: Indiana UP, 1990. 86-116.

Beer, Gillian. *Virginia Woolf: The Common Ground*. Ann Arbor: U of Michigan P, 1996.

Bowlby, Rachel. "Things." *Virginia Woolf: Feminist Destinations and Further Essays on Virginia Woolf*. Edinburgh: Edinburgh UP, 1997. 100-109.

Busse, Kristina. "Reflecting the Subject in History: The Return of the Real in *Between the Acts*." *Woolf Studies Annual* 7 (2001): 75-101.

Hussey, Mark. Introduction. *Between the Acts*. Ed. Mark Hussey. Cambridge: Cambridge UP, 2011. xxxix-lxxiii.

Kern, Stephen. *The Culture of Time and Space: 1880-1918*. Cambridge, MA: Harvard UP, 2003.

Okumura, Sayaka. "Re-Reading Virginia Woolf's *Night and Day*: Modern Inventions, Traditional Objects, and

Communication." *Albion* 53 (2007): 1-28.

Rosner, Victoria. *Modernism and the Architecture of Private Life*. New York: Columbia UP, 2005.

Whitworth, Michael. "Woolf's Web: Telecommunications and Community." *Virginia Woolf & Communities: Selected Papers from the Eighth Annual Conference on Virginia Woolf*. Ed. Jeanette McVicker and Laura Davis. New York: Pace UP, 1999. 161-67.

Woolf, Virginia. *Between the Acts*. Ed.Frank Kermode. Oxford: Oxford UP, 2008.

Zwerdling, Alex. *Virginia Woolf and the Real World*. Berkeley: U of California P, 1986.

『蠅の王』における自然描写

榎　千恵

ウイリアム・ゴールディングが一九五四年に出版した『蠅の王』は、英語圏のみならず、ヨーロッパ諸国の中等教育課程の必読書として、今なお読み継がれている名作である。近未来の核戦争からの疎開中、無人島に不時着した英国の少年たちが、次第に文明社会のルールから逸脱し、果ては仲間の殺害にまで至る過程を描いたこの小説が〈人間の悪、暗黒〉という倫理的問題を考えさせるのに格好の素材であるというのが、おそらく第一の理由であろう。

確かに、『蠅の王』の主題は分かりやすく、議論の題材にも適している。しかし、如何に主題がシンプルであっても、この物語は、決して読みやすくはない。この一見分かりやすい主題は、様々なレトリックや詩的表現を使用することで、むしろ複雑に脚色され、読者に提示されている。[1] 本稿では、その特徴が最もよく表れている自然描写に着目し、少年たちと自然の関係、言い換えれば、少年たちの変化に伴って移り変わる自然を、作者がどのように描いたのか考察してみたい。

一　到着と探検そして不和の兆し

一般的に、小説において第一章はとりわけ重要な位置を占めているが、『蠅の王』においても読者は、第一章で主要な登場人物、小説の舞台、背景などの情報を与えられる。この小説の登場人物は、容姿と優れた運動能力に恵まれ、隊長に選ばれるラーフ、最も聡明でありながらぜんそくで、弱視、おまけに肥満体のため、からかいの対象になるピギー、傲慢で自尊心が強く、常に争いの種をまくジャック、親切で感受性に富み、時に聖人的な直観を発揮するサイモンを中心とした数十人の少年たちであり、大人が登場するのは最終章の最後の数ページにおいてのみである。自分たちが不時着した場所が、島なのか陸地なのかを見極めるため、探検に出かけたラーフ、ジャック、サイモンは、山頂の途中で大岩を発見し、協力して、その大岩を下の森へ突き落とそうとする。その時「大岩は、ためらい (loitered)、片足で立ち (poised on one toe)、元へ戻る決心をあきらめ (decided not to return)、大気を貫いて動き、激突し、ひっくり返り、唸り声をあげて、落下していき (leapt droning through the air)」、「下の方の森は、怒れる怪物に蹂躙されているかのように (as with the passage of an enraged monster)」揺れ動く[2]。

この物語は、全知の語り手によって語られるが、大部分、視点は少年たちに限定されている。例えば、彼らにとっての「山」も、大人の視点から見れば「丘」に過ぎず、正確にこの島には何人の少年がいるのか、彼らが島に不時着してから、一体どのくらい時間が経ったのかといった子供の理解の範疇を超える事柄についての情報は、一切、読者には与えられない。この場面も視点は三人の少年にあり、彼らには落下する岩がまるで怪物のように見えたということであろう。

無生物である自然に、通常、生物に使用される動詞を使用し、巨岩を怒れる怪物に喩えるこの箇所は、擬人法、擬人的隠喩などと呼ばれる文学では珍しくない用法ではあるが[3]、『蠅の王』ではこれ以降、このような、自然の擬人化が多用される。それによって、読者は自然も感情を持つ登場人物であるという印象を抱くようになる。

島で一番高い山の窪地には、「青い花が咲き乱れ、咲きこぼれた花は、森の緑の天蓋の上へ惜しげもなく多彩な美をふりまき、一帯は蝶々の群れでいっぱいである」(25)という、さながら、この島が、楽園であるかのような描写からも明らかなように、彼らを取り巻く自然はあくまでも美しく優しい。ここが無人島であることを確信した三人は、この島が自分たちの物であるという思いを共有し、心も浮き立つ思いでいっぱいになる。

第二章の終盤では、ピギーの提案で、少年たちは、救助を呼ぶために烽火を上げることになる。しかし彼らは、火のコントロールを誤り、森の一画を燃やし尽くしてしまう。少年たちが気づくと「炎は野生の動物であるかのように(as though they were a kind of wild life)、ジャガーが地面に腹をつけて這うのと同じように這い(as a jaguar creeps on its belly)、やがて獲物へ向かって飛びかかって行く」(44)。この場面でも語り手は直喩を巧みに使用することで、荒れ狂う炎を野生の動物に例え、まるで火が意思を持つ生き物であるかのように表現しているが、視点はあくまでも、少年たちにあることに注意しておきたい。ここには、助けを呼ぶための火が、逆に災いとなり、その上、火をつけるために使われたのが、救助の烽火を提案したピギーの眼鏡であるという二重のアイロニーが描かれていることも併せて指摘しておく。少年たちの意図せざる過ちによって、傷つけられた自然が、初めてその怒りを顕にしたと言えるだろう。

但し少年たちがこの島に不時着した時点で、すでに島の自然への冒瀆は始まっていたことを忘れてはならない。ラーフたち三人が探検に出かけたとき、彼らは「急な坂や絶壁のかなたに、はっきりと裂け目」があることや「ずたずたに引きちぎられた木の幹が無数に横たわっている」(26-27)のを目にし、それが自分たちの飛行機の墜落によるものであることにすでに気づいていたのである。

救助のための烽火が大火事になってしまったアイロニーに続いて、第四章ではさらに皮肉な出来事が発生する。

島に生息する豚を狩ることに、異常なほど執着するジャックは、烽火の番をする双子のサムとエリックを無理やり仲間に引き入れ、ついに一頭の豚を狩ることに成功する。ジャックたちが狩りに夢中になっているとき、浜辺で小屋を作っていたラーフたちは、沖を通る船に気づくが、合図の烽火が消えてしまっていたため、船は通り過ぎてしまう。ラーフとジャックの対立が次第に表面化するきっかけともなる重要な出来事である。

二　暗闇の獣

自分たちが次第に、文明世界のルールから遠ざかりつつあることを危惧するラーフは集会を招集し、救助のための烽火を上げ続けること、嵐に備えて小屋を建設すること、衛生を怠らない事などについて演説するが、少年たちからは満足のいく反応は返ってこない。やがて話し合いは、島に獣がいるのではないかという危惧に発展し、ラーフの提案は忘れ去られてしまう。

途方にくれたラーフ、ピギー、サイモンは大人の世界からの指示を待ち望むが、彼らが眠りについた頃、誰にも気づかれることなく、上空から死んだパラシュート兵が島に落下する。(4) 山頂に吹く風にあおられてこのパラシュート兵は、生ける獣のように、体を前に倒したり起き上がったりする。そのため、彼は以後、少年たちにとって山頂を占拠する獣とみなされ、やがて彼らを追い詰める存在となる。この時点で、獣の存在に疑問を抱いていたのは、後にその正体を突き止めることになるサイモンただ一人であり、最も理知的で他の少年たちを「子供の集まり」と馬鹿にするピギーですら、山頂の獣を誰よりも怖れていたのである。このパラシュート兵＝獣により、恐怖を煽られた少年たちは、次第に追い詰められ、自らの外に標的を求めて敵対するようになっていく。

獣が実際に存在するのか否かを確かめるため、年長の少年たちは、島の反対側を通り山に向かうが、反対側の風景は彼らが不時着したサンゴ礁の広がる穏やかな海域とは全く異なっている。その風景はラーフの視点を通して描写される。

波は島全体の長さくらいに広がって (travelled)、島なんか眼中にないかのごとく、何か他の仕事に取り掛かっているかのごとく打ち寄せていた (with an air of disregarding it and being set on other business)。（中略）それからちょっと休んだかと思うと唸り声をあげて (with a roar) 勢いを盛り返し、露出した岩礁の頭を強引にのりこえ、小さな崖を登り、岩と岩の裂け目に腕でも伸ばすような格好で (sending at last an arm of surf)、やがて彼の立っている場所から、一、二ヤードのところまで水しぶきをあげてからみついてきた (in fingers of spray)。(120-21)

大岩落としの場面と同じように、通常、生物に使われる動詞が、無生物である波に対して用いられている。また波が押し寄せるさまを、「伸ばされた腕」に、水しぶきを「指」に喩えることで、荒波は意志を持つ生き物、さらに言えば非情な人間のように、表現されている。この場面がラーフの視点であることは、引用箇所の数行前に「ラーフは振り返って海を眺めた」(120) とあることからもあきらかである。

自分たちの暮らす静かな礁湖とは全く異なる荒波を見たラーフは、救助を期待することが如何に困難かという絶望感に襲われる。その絶望感に追い打ちをかけるかのように、ジャックを中心とした大部分の年長の少年たちは、ラーフの指示を無視し、狩猟に熱中する。自然もまた少年間の不和に呼応するかのように、嵐の前触れの様相を呈し始める。飛行機の不時着以来、人間によって傷つけられ、蹂躙されてきた自然が、初めて、人間の手により、意図的なダメージを与えられるのは、ジャックたちによる豚狩りにおいてである。野生の豚にとっては、楽園そのものだった無人島に、突然人間が、しかも最も残虐な形で出現する。彼らは、全く警戒心を抱くことなく、午後の眠りをむさぼる一群の豚を襲撃し、仔豚に乳を与えている母豚を虐殺する。そして、その頭を獣への贈り物と称して、槍の先に突き刺し、森に放置する。

偶然この光景を目撃したサイモンの眼の前で、豚の頭は、「自分にたかる無数の蠅を無視し、静かに笑みを浮かべている」(158)。語り手はこれを「蠅の王」と呼ぶが、これこそまさに人間の持つ悪、暗黒の象徴に他ならないだろう。(5) そしてこの光景を目撃し、「蠅の王」と対話を交わしたのが、寡黙ではあるが繊細で感受性が最も豊かなサイモンであるというのも、いわば必然の成り行きといえるかもしれない。

三　死、追跡、救助

二人の少年の死、一人は偶発的に、一人は意図的に、ラーフを追い詰め殺害せんとする他の少年たち、突如、姿を現す英国海軍の少佐、救助へというドラマティックな出来事が、立て続けに起こる九章から十二章は、来るべき展開を予兆するかのような、自然描写から始まる。厚い雲が上空を覆い、大気は今にも爆発しそうであり、夕方にもならないのに太陽は隠れ、「蠅の王」とハエの群れを除いて、一切が生気を失ったかに見える。

この異様な状況の中、癲癇の発作により気を失っていたサイモンが目覚める。「蠅の王」との対話で、サイモンは、坂本公延の言葉を借りれば、「自分の暗闇の部分、つまり獣の部分を認識する」(21)。獣は人間の内にあること、そして自分自身も例外ではない事を知ったサイモンは、今の混沌たる状況を打開するには、外なる獣の正体を突き止めねばならないと考える。そして恐怖と体力の限界に抗いながら、彼はついに獣の正体が死んだパラシュート兵であることを突き止める。早くこの事実を皆に伝えたいと、気力を振り絞るサイモンではあるが、這うようにして浜辺にたどり着こうとしている間に、人間界の事態は、さらに悪化していたことを、知るすべはなかったのである。

一方、浜辺に取り残されたラーフとピギーは、饗宴を繰り広げている他の少年たちの元にやってくる。表向きはピギーが言うように、こじれた仲を修復し、うまく事態を処理するためであったが、実際は二人だけで取り残された不安、嵐が近づきつつあるという予感、肉を食べたいという欲求などが入り混じった複雑な心境だったのであろう。顔中に、豚の血や煤を塗りたくり、今ではすっかり野蛮人の酋長のように見えるジャックをはじめ他の少年たちに、ラーフは、救助の烽火や自分がまだ隊長であることを主張するが、肉という今現在の欲求を満たす物の前では、物事の道理など何の力も持たないことを痛感する。

やがて、さらなる対立や争いを招くことになる、ラーフとジャックの言い争いの最中、「稲妻がひらめき、割れるような雷鳴が起こり、(中略)閃光はますます強くなり、殴りつけるような雷鳴は耐え難いほどになる」(166-67)。ジャックは、嵐によって自分の権威が崩れるのを恐れるかのように、突然他の少年たちを率いて、「獣を殺せ、喉を切れ、血を流せ」と叫びながら狂ったように踊り始める。エネルギーを発散させることで、他の少年たちを従わせようとするジャックは、常に自制を求めるラーフとは対照的である。ジャックに従う少年たちが、嵐の中の踊りでいかに一体化していったかは、語り手の使う語彙によって巧みに表現されている。「不気味な空模様の中で、ピギーとラーフはこの気違いじみたしかし半ば安定している団体（society）の中に参加したいと思った。恐怖心を閉じ込め、その逸脱を抑えている人垣（fence）の背にふれて二人はほっとした気持ちになった」（167-68）。「ある一匹の生き物（a single organism）がそこに息づき、足を踏み鳴らしていた」（168）。ひとつの「団体」あるいは「人垣」を構成して、踊り狂う少年たちが、「一匹の生き物」と見做されるほど、精神的にも、肉体的にもいかに強固に結びついていったかが目に浮かぶようである。

荒れ狂う自然もまた「青白い稲妻は、暗い空を引き裂くかのような轟音をたてた。それはまるで巨大な鞭でぶちのめされたようであった」（168）と表現されているように、狂気の踊りと叫び声により集団的暴徒と化した少年たちに呼応して、人間の手では制御できない状態に進展していく。

まるでその異様な光景が、目の前で繰り広げられているかのような臨場感あふれる少年たちと自然の描写が続くが、まさに、その最中、獣の正体を告げるため、森から這うように出てきたサイモンを少年たちは惨殺してしまう。少年たちの視点から見たサイモンに対しては、「あるもの（a thing）」、「それ（it）」、「獣（the beast）」という呼び名が使用されていることから、彼らは、最初は、サイモンを実際に獣と勘違いしていたのであろう。先に例を挙げたように、『蝿の王』には何度かアイロニカルな出来事が起こり、そのたびに、少年たちは不和から野生にそして狂気へと駆り立てられていく。「少年の群れは、獣の体に、体当たりでつっかかり、絶叫し、殴り、噛みつき、引き裂いた。誰も一言も言葉を発せず、ただ歯と爪で引き裂くだけであった」（169）と表現されていることからも、彼らが攻撃の最中に、それがサイモンであることに気づいたとしても、もはや自分自身を制御できない状態、まさに狂気に陥っていたことが分かる。そして、この場面を読む読者は、獣＝サイモンを攻撃する少年たちこそ、一匹の巨大な獣であることを、認識させられ、以後の物語の展開に怖れを抱きすらするかもしれない。

あまりにも純粋、無垢であったサイモンの無残な死に心を痛める読者に救いを与えるかのように、嵐の後の浜辺は静寂で美しく、夜光虫の群れに囲まれたサイモンの死骸は、「夜空に微動だにせずかかっている星座の下で、自らもまた銀色に輝く姿となって、ゆっくりと外海へと流れさっていく」(170)。

嵐の後の海の美しさと潮の満ち引きをコントロールする宇宙の力が、サイモンを、静穏で威厳すら感じさせるものへと変身させ、人類の力を超越した世界へと運んでいく。この物語の中で最も美しく尊厳な場面である。

自然界の嵐が収まると共に、落ち着きを取り戻したように見える人間界では、ラーフ、ピギー、双子のサムとエリック以外の少年たちは、島の東の端に砦を築き、ジャックの手下となって、集結している。

人間にとって、火は、様々な用途で欠かせないものであるが、ラーフたちにとっては、火は救助を呼ぶ烽火を上げるための物であり、獣から身を守る手段でもある。ジャックたちには、狩の獲物を料理するために、火は絶対必要なものである。そして、先に述べたように、この島で、火をおこす唯一の道具は、ピギーの眼鏡である。そのため、ジャックはピギーの眼鏡を強奪するが、弱視のピギーが眼鏡を失うことは、視力を奪われることであり、今や文明世界の名残を象徴する唯一の物を失うことをも意味する。ピギーの「眼」を、そして文明を取り戻すためラーフたち四人は、他の少年たちのいる砦に向かう。

ジャックたちの砦は、狭い隘路で本島とつながっており、四十フィート下には荒海が待ち構えている。ラーフたち四人は、今その隘路にいて、上方にある砦にいる少年たちと、狩りから戻ってきたジャックら数人に挟まれており、ほとんど何も見えないピギーは、隘路にある岩にしがみついている。

結局、サムとエリックは、他の少年たちに捉えられ、ジャックとラーフが槍で戦い始めるが、ピギーはあくまで彼らの理性に訴えようとする。物語の最初から、理性と平和、友好の象徴であったほら貝を、[6]掲げてピギーは、今や野蛮人と化した少年たちに、規則を守って、救助を待つことの重要さを訴える。しかし、理性と道理を訴えるピギーへの返答は、砦の上から突き落とされた巨岩となって返される。岩はピギーの体にぶつかり、ほら貝は「無数の破片となって」消滅する。ピギーは「言葉はもちろん、唸り声すら立てる間もなく、（中略）四十フィート下へ墜落して、四角い赤い岩の上に仰向けに落ちた。彼の頭が割れ、中身が飛び出し、真っ赤になった。彼の腕や脚は、殺された直後の豚のように少しひきつった。それから海は再びゆっくりため息をつき、海面は白く、赤く泡立ってその岩を洗った。海面が再び低く退いたときには、もうピギーの死体は消えていた」(200-01) と、描かれているように、自分の死を悟る間もなく、殺害され、死体すら消滅してしまう。

ピギーの死の描写は、サイモンの死後の、静寂で美しい自然描写とは、対照的で、あっけなく、残虐さが際立っている。ゴールディングは、何故、サイモンとピギーの死に対し、これほど異なった描き方をしたのだろうか。ゴールディングは、ジェイムズ・キーティングとのインタビューの中で、「小説の中に、キリスト的人物を持ち込みたかった」と述べている (Keating 212)。『蠅の王』との対話で、自らの内にも悪が存在することを認識したサイモンは一人で山に登り、獣の正体を突き止める道を選択する。危険を前にしても、ひるむことなく、自分を犠牲にしても、仲間の為に、真実を追求し、それを伝えようとしたサイモンは、まさにキリスト的な人物と言えるであろう。

それに対し、常に、理性と規範に固執し、あくまでも文明世界のルールに従うことを、主張するピギーは、頭でしか物事を考えられない無力な知識人の典型であり、無人島での生活に、最も適さない人物であることは、物語の最初から明らかである。それこそ、彼が救助を呼ぶことに、最も固執した理由だったのではないだろうか。またサイモンの死に対し、罪悪感を口にするラーフに、「あれは事故だったんだ、忘れるんだ」(172-73)と説得するピギーは、知識人の自己正当化という狡さも併せ持っている。

　これだけが、二人の死の描写、正確には、殺害後の二人に対する自然の反応の違いだとは、決めつけられないが、理由の一つには違いないだろう。

　一人になったラーフを、ジャックたちは執拗に追跡し、森の茂みに隠れたラーフを煙でいぶりだそうとする。ラーフは、森そのものが自分に対して怒っているかのようだと感じる。第十二章の追跡と逃亡の場面は、自由間接話法や擬人法を巧みに利用しつつ、ほとんどが、ラーフの視点から描写されている。

　ずっと後方に引き離すようにして逃げてきたと思っていた轟々たる火勢の響きが、意外に近かった。火というものは、疾駆する馬より速く駆けるなんてできないはずじゃないのか?彼は、今自分が横たわっている所からおよそ五十ヤード離れた地点を見た。(中略)なおもじっと見ていると、点々と射している日光が彼に向って瞬きをした。(中略)しかし、日光の瞬きはしだいに頻繁になり、どんよりしたものになり、消えて行ってしまった。もうもうたる煙が、今太陽の光線を遮って島を覆っていることを、彼は知った。(傍線引用者　219-20)

「彼は思っていた」「彼は見た」「彼は知った」とあることから、この箇所がラーフの視点から見た火事の光景であることは、明らかである。したがって、自由間接話法で書かれた「火というものが疾駆する馬より速く駆けるなんてできないはずじゃないのか」と思ったのもラーフである。また、隠喩を使って自然を擬人化した「日光が彼に瞬きをした (blinked at him)」ように感じたのも、ラーフである。

語り手は、このように最後の数ページ (222-25) を除いて、ラーフの視点を通して語ることで、追跡され逃亡する者の恐怖と不安、島を焼き尽くす火事の凄まじさ、明日のことなど考えもしない凶暴で野蛮人と化した他の少年たちの追跡と襲撃を、読者をもその中に巻き込むかのように、見事に表現する。

先に指摘したように、この物語には何度かアイロニックな出来事が起こり、その出来事は、必ず次なる悲劇に結び付いてきた。(7) しかし、ここにおいて、ラーフを燻りだそうとして起こされた大火事は、結果的に英国の巡洋艦を呼び寄せる救助の烽火となる。仲間による惨殺の一歩手前で救われたラーフは、「朽木のように干からび、荒廃に帰そうとしている」(224) 島を前にして、「無垢の喪失、人間の心の暗黒」(225) そしてピギーの死を思い嗚咽する。ラーフがサイモン同様、人間が生来持っている悪、そして、自らの内にも悪が存在することに気付いたとき、島の自然は人間の手によって破壊されつくしていたのである。

ラーフは嗚咽しつつ「かつてこの浜辺をおおっていた、あの神秘的な魅惑 (glamour) を思い浮かべる」(224) のだが、最後にこの〈神秘的な魅惑〉という言葉に注目してみたい。"glamour" は幻惑的、神秘的な魅力を表す単語で、『蠅の王』では第一章で二回、第二章で一回、第三章で一回使われているが、以後、今回の引用箇所まで使われることはない。第一章で、島の探検に出かけたラーフ、ジャック、サイモンの上に、大気は燦然と輝き、彼らは〈神秘的な魅惑〉を感じて、幸福感に満たされる。第二章で、山に救助の烽火を上げようとした少年たちは、一斉に枯れ木を集め始める。偶々ラーフとジャックが、一緒に大枝を山頂に引っ張り上げることになるが、その時山には「そよ風が吹き、叫び声が聞こえ、太陽の光が斜めにさしており、そこには、あの神秘的な魅惑が、不思議な、眼には見えないが、友情と、冒険と、満足が漂っていた」と表現されている(39)。

第三章では、小屋づくりに精を出すラーフとサイモンに、ジャックが話しかける場面で、この語が登場する。獣あるいは蛇のようなものを怖がる小さい子たちを、頭がおかしいんだと笑いあう彼らは、最初の探検の時に感じた〈神秘的な魅惑〉を思い出す。しかし、この後二人は互いの関心が別のところにある、つまりジャックは狩りに、ラーフは救助にあることに気づき、徐々に違和感が深まっていくことになる。そして、繰り返すが、最終場面に至るまで、この語が、物語で使われることは一度もない。

ではこの〈神秘的な魅惑〉を生み出した源は何であろうか。この語を単に「ラーフとジャックの間にあった友情の輝き」(吉田　27) と捉える見方もあるが、むしろ、ここでは、美しく優しい自然との調和によって、少年たちの間に芽生えた友情、一体感と考えたい。壮大な大自然が、少年たちの感情に作用し、幸福感を与えたと言ってもよいであろう。その自然が、人為的に傷つけられ、破壊されるに伴い、次第に彼らにとって、脅威となり、対立する存在へと変化していくのは、今まで論じてきたとおりである。

先に述べたように、この小説の主題が、〈人間が本来持っている暗黒、悪〉であるのは、自明の理である。しかし、ゴールディングは、言葉を持たない自然を、擬人法を巧みに用いて、あたかも意志を持つ生物のように、描写することにより、人間と自然は、共存することが可能なのか、あるいは、人間の関与の仕方次第で、自然は、我々の手に負えないものになりうるのかという大きな命題をも、読者に提示したのではないかと思えるのである。

注

(1) フランク・カーモードにも同様の記述がある。“Golding's novels are simple . . . . On these simple bones the fresh of narrative can take extremely complex forms” (“William Golding” 378).

(2) Golding 25. 日本語訳は、平井正穂訳（集英社、1994）を参考にし、一部変更した。

(3) リーチとショートは、人間の特性を無生物である自然に当てはめる表現は、文学においては、よく見られるものであり、読者は、生物としての人間と無生物としての自然を区別しようとしなくなるかもしれないと述べている (198-99)。

(4) ゴールディングによれば、このパラシュート兵が表象するのは “the dead body on the mountain I thought of as being history, as the past” であり、“He's dead, but he won't lie down” ということである (Kermode, “The Meaning” 221)。

(5) 「蠅の王」が、ギリシャ語訳ベールゼバブを指し、悪魔のかしらを指すことは多くの批評で取り上げられているが、坂本仁は、少年たちは単なる豚の首を「無自覚に」捧げたが、それによって、「蠅の王を表象してしまった」これは「人間の獣性の証に他ならない」と述べている (48-49)。

(6) 『蠅の王』では、ほら貝以外にも、ピギーの眼鏡、ジャックのナイフ、火、獣などいくつかの物が、シンボルとして、使われている。

(7) シーモア・チャットマンは、状況的アイロニー (situational irony) がどのように、小説のプロットの展開に作用するかを、アルベール・カミュの例を挙げて、分析し、時に読者の予想を裏切る展開をもたらすために使われると述べている (187-88)。

引用文献

Chatman, Seymour. *Reading Narrative Fiction*. New York: Macmillan, 1993.

Chellappan, K. "Vision and Structure in *Lord of the Flies*: A Semiotic Approach." *William Golding's Lord of the Flies*. Ed. Harold Bloom. New York: Infobase Publishing, 2008. 3-10.

Golding, William. *Lord of the Flies*. 1954. London: Faber and Faber, 1988. 〔『蝿の王』平井正穂訳、集英社、一九九四年。〕

Keating, James. "Interview with William Golding." *Lord of the Flies Casebook Edition*. Ed. James R. Baker and Arthur P. Ziegler, Jr. New York: Perigee Book, 1988. 212.

Kermode, Frank. "William Golding." *On Contemporary Literature*. Ed. Richard Kostelanetz. New York: Discus Books, 1969. 378-81.

——. "The Meaning of It All." *Lord of the Flies Casebook Edition*. Ed. James R. Baker and Arthur P. Ziegler, Jr. New York: Perigee Book, 1988. 217-22.

Leech, Geoffrey, and Michael H. Short. *Style in Fiction*. London: Longman, 1981.

坂本公延『現代の黙示録——ウイリアム・ゴールディング』研究社、一九八三年。

坂本　仁『ゴールディング作品研究』鳳書房、二〇〇三年。

吉田徹夫、宮原一成編『ウイリアム・ゴールディングの視線——その作品世界』開文社出版、一九九八年。

生まれることのない言葉を抱えて——シルヴィア・プラスにおける肉体的創造

井上　詩歩子

一　「創造的精神」と「創造的肉体」

シルヴィア・プラスは、多くの詩のなかで、妊娠や出産といった女性に特有の経験と詩作との関わり合いを模索している。一九五七年七月、ヴァージニア・ウルフの『波』に感銘を受けたプラスは、日記に「私は彼女より優れた作家になろう。それまで子どもを産んではだめ」(286) と記し、その数行あとで、次のように述べている。

> 私は私の奥深くに潜む自己について語ることが出来るようになるまで詩を書き続け、それから子どもを産んで、更に奥深くを語れるようになろう。まず創造的精神としての日々を全うする、創造的肉体はそのあとだ。なぜなら後者は前者なしには私にとって何の意味も持たないのだし、また後者が豊かに張った根っこの上で前者は成長するだろうから。(286)

このようにプラスは詩人としての自己を「創造的精神 (creative mind)」とし、母親としての自己を「創造的肉体 (creative body)」として、両者の一致を体現することを目指している。ここでは精神と肉体における二つのクリエイティヴな行為が互いに作用し合いながら相乗効果をもたらすことが期待されている。しかし、この日記からも窺えるように元来妥協を許さない性格であったこともあり、なかなか自分の詩作に満足がいかない。日記から約三年後に出産を迎えることになるが、詩人プラスは肉体的創造の成就に際して多少とも焦りを感じていたようである。彼女は一九六〇年四月に長女フリーダを出産し、それから一度流産を経験した後、一九六二年一月に第二子ニコラスを産んでいるが、一度目の出産の約三ヵ月後に書かれた「死産児」という詩からは、二種類の創造的行為の相互作用への信念がもたらす独特の緊張感が読み取れる。出産と詩作はどちらも内なるものに“body”を与える行為である。この詩では母親と詩人とがはっきりと重ねられていて、それら二つの次元において創造者を全うしたいという信念が反映されているが、生まれてきたのは生命の無い、失敗した詩である——「これらの詩は生きていません——それは悲しい診断」(1)。ここでは相乗効果を期待させる二種類の創造的行為の重なりが裏目に出て、その失敗が強調されている。精神的な創造に未だ自信が持てない詩人は、現実には出産に成功したにもかかわらず、詩の中では肉体的創造の成就を描けずにいる。死産を告げられた母親の「狂乱」(14)ぶりは、思うように詩が書けず、理想と反する現実を迎えることになった詩人自身の、激しい焦りや苛立ちとほぼ重なると見てよいだろう。

O I cannot understand what happened to them!
They are proper in shape and number and every part.
They sit so nicely in the pickling fluid!
They smile and smile and smile and smile at me.
And still the lungs won’t fill and the heart won’t start. (6-10)

（ああ　私には何が起こったのか理解できない！／それらは形と数、すべての点において適切だ。／漬物液の中できちんと座って／私のほうに、微笑み、微笑み、微笑み、微笑みかける。／それなのに肺がいっぱいになることも心臓が動き出すこともないなんて。）[1]

死産は、詩人が詩に表現を与える(embody)行為の失敗をさす比喩だが、「形と数、すべての点」において「適切」だと語り手が主張するこれらの詩のどこに問題があるのか。それらは「私」が書いたものなのに、「私」の理解を超えた何かが起ってしまったせいで「私について何も語らず」、「ぼうっと私を見つめるばかり」(15)。このように語り手は失敗の原因がわからず途方に暮れているが、作者のプラス自身はこの詩の欠陥に薄々気づいているようだ。各行の韻律は、ルーズではあるがおおよそ弱強五歩格に揃えられており、「形と数」への語り手のこだわりが反映されているが、九行目の「微笑み」の執拗な繰り返しはそのわざとらしさを強調するものである。第二連において詩の外面の完璧さを過剰に強調する詩人は、語り手である母親の、詩の形式や韻律への過度のこだわりをからかっているように思われる。第一連で死産の診断を告げる医者の声のほうが、取り乱していた過去の自分を客観的に眺め、詩の欠点を見つめる現在の詩人の声に近いだろう。すなわちこの詩からは、プラスが自分の過去の詩作態度について内省している様子が窺われると言える。多くの批評家が指摘しているとおり、プラスの初期の詩は技巧にこだわりすぎる面があり、第一詩集『巨像その他の詩集』(一九六〇)のあとそのスタイルは改善している。[2]このように、「死産児」は詩作の過渡期にあった詩人の意識を反映していると思われるが、またそれに加えてこの詩は、詩人が整然とした数・形の中に押し込めることが出来ないものを自らの内に認め、それらを受け入れつつあったことを示しているのではないか。「死産児」の語り手の苦悩は、それらと今一度向き合い、詩にすることの必要性を感じている故の苦悩であっただろう。

二　破壊を通した創造

プラスは死ぬまでに彼女が思う理想の「創造的精神」にどれだけ近づけただろうか——生きた詩を書くことが出来たと感じることが、果たしてあっただろうか。自殺する十日前に書かれた「言葉」（一九六三）という詩を読む限り、彼女は人生の最後の瞬間まで言葉を扱うことの困難を感じ続けていたように思われる。この作品では、詩を書くことの喩えとして樵のアレゴリーが用いられている。

Axes
After whose stroke the wood rings,
And the echoes!
Echoes traveling
Off from the center like horses. (1-5)

（斧／それが打ち付けると森は鳴り響き、／そして木霊！／木霊は馬のように／中心から走り去っていく。）

斧で木を切りつける動作は、「詩人が精神の言語体系 (psychic grammar) もしくは肉体的存在である彼女自身を切りつけること」(Axelrod 72) とするアクセルロッドの解釈のように、詩人が自分の内にあるものを抉り出す、詩作という行為を表す比喩であると捉えたい。アクセルロッドが「精神の言語体系」や「内なる言語体系」と呼ぶところの詩の言葉の源、つまり詩人の内なる魂を、詩人が表現するためには、斧のような言葉をうまく扱わなければならないのだが、ここではむしろその困難が語られる。斧という重く、やや原始的で振り下ろすのに力を必要とする道具の比喩には、言葉の扱いがたさが示されている。第一連で斧とそのあとに続く木霊が生き生きと描写されているが、ここには斧を振り下ろす語り手は登場せず、まるで斧がひとりでに木に打ちつけているかのような印象を与える。また言葉は、一六行目で「乗り手がいない」馬に喩えられており、ここでも言葉の自律性と詩人の不在が強調されている。語り手の支配をものともしない言葉たちが木霊となって四方に散らばったあと、第二連において、残された語り手の目の前では切りつけられた木から樹液が流れるが、これは語り手が言葉で言い表すのに失敗したために適切な表現を与えられないまま失われていく〈内なる言語体系〉であると言えるだろう。

The sap
Wells like tears, like the
Water striving
To re-establish its mirror
Over the rock

That drops and turns,
A white skull,
Eaten by weedy greens. (6-13)
（樹液が／まるで涙のように、まるで／水のように溢れ出る。水は／石の上に／鏡をもう一度作ろうとする。
／／それは落ちて回転する。／緑の苔に覆われた／白い骸骨。）

樹液の水面＝「鏡」は、物と物との確実な対応関係を保証するもので、言葉もそれに似た役割を持つことが期待されるが、ここでは鏡は作られない。流れ出る樹液が一度壊された鏡をもう一度作ろうと奮闘するという表現は、それを見ている語り手の心情を写した転喩的な表現であると捉えたい。「まるで涙のように、まるで／水のように」と樹液を繰り返し形容する語り手は、樹液の適切な喩えを探すものの、それは見つからず、そうしている間に樹液は地面に落ちていく。樹液でできた水溜りの中に落ちた「石」は、実は苔で覆われた「骸骨」であったことがわかる。骸骨はまるで、言葉とものの対応という語り手の幻想をあざ笑っているかのようだ。

　このように「言葉」という詩では、詩作という行為のクリエイティヴな性質ではなく、失敗や破壊が強調される。この詩で語られる詩作の破壊的側面についてアクセルロッドは、「詩人の内なる言語体系、すなわち彼女が書く言葉の源であるものは、（第二連で）『樹液』や『涙』や『水』の形をとって自ら流れ出し、最終的に（第四連の）死の気配が漂う池をつくる。この詩は詩作に伴う苦闘を明らかにするうちに、詩からの離反と、書かれた言葉ないし創造的行為の無益さを示している」(72)と指摘している。斧に切りつけられて、樹液（体液）が流れ出るという感覚は、詩を書く過程でどういうわけか内に抱えるものが適切な表現を与えられずに失われていくという感覚を反映しているのだろう。それは詩人にとっておそらく自分自身が失われていく感覚、損なわれていく感覚に等しく、プラスにおいてこの感覚は、「斧」の暴力的な力が示唆する、強烈な感覚であったことが窺える。

しかし本稿では、そのような破壊の中にあっても、詩人の〈内なる言語体系〉の儚くも確固とした存在が示されている点に敢えて注目したい。「言葉」という作品においては、プラスは実際に詩になった言葉（「木霊」や「乗り手のいない馬」）に対立する形で、詩にならなかった言葉（「樹液」）を描き出し、後者の存在にスポットライトを当てている。言葉の扱いがたさをうたうこの作品からは、加えて、詩人が内に抱える、〈詩の言葉〉にすることが容易でないものの存在に極めて敏感で、それをいかに詩の形で表現するか人一倍苦心していたこともまた読み取ることが出来るのだ。この詩は創造的行為の無益さや詩作が孕む破壊性をもほのめかしてはいるが、プラスは〈詩の言葉〉にならないものの存在を示すために、その存在を抹消してしまわないように、敢えて創造的行為を否定してみせるという手段をとっているように思われる。すなわち、彼女の詩のいくつかにおいては、ある種の〈内なる言語体系〉は、それを無理に言い表そうとするいかなる表現をもすり抜けて、自ら「言葉」という作品に描かれたような樹液の池に流れ落ちていくように思われる。それはアクセルロッドが言う「死の気配が漂う池」というよりは、言葉にしがたい詩人の魂を、むしろ死や忘却から救う場所だと言えるだろう。

三　生まれることのない言葉と胎児

詩作の失敗を語る「死産児」という作品では、〈詩になる前の言葉〉の比喩としての胎児が死産という形で失われる様子が描かれていたが、それはすなわち「言葉」という詩と同様の失敗が、母体のなかで起きていたともいえる。妊娠や出産といった女性に特有の肉体的経験はプラスの詩に繰り返し登場し、その際胎児は、詩人が自らの内に抱えるものとしての性質を持つ。しかし、興味深いことに、それらの胎児は、母親の胎内で育つ過程が描かれることはあっても、めったに正常に生まれてこない。胎児は多くの場合母親の胎内に留まっているか、堕胎されたり生まれた瞬間に命を落としたりと不幸な出産を迎えるかのどちらかで、"body"を与えられない。このことからも、プラスはわざと創造的行為の失敗を描き、ある種の〈内なる言語体系〉を明確な言葉で表す(embody)ことの不可能性を主張しているように思われる。以下、プラスの詩の中で繰り返し描かれる〈生まれない胎児〉の描写に注目してみたい。

プラスの詩の語り手は、自分の内に宿るものをしばしば「影」や「黒いもの」と呼び、それについて恐る恐る語っている。例えば「楡」(一九六二)の語り手は「私の中に、ある叫びが住みついている」(28)と告白し、その叫びの怖ろしげな性質を次のように描写する。

Nightly it flaps out
Looking, with its hooks, for something to love.
I am terrified by this dark thing
That sleeps in me;

All day I feel its soft, feathery turnings, its malignity. (29-33)

（夜毎それは羽ばたき出る／鉤爪を携えて、何か愛すべき対象を探しながら。／／私は私の中で眠っている／この黒いものに脅かされている、／一日中その柔らかい、羽のような回転を、その悪意を感じている。）

昼間は抑制されているが夜になると羽ばたき出る「この黒いもの」は、語り手自身を脅かす。オストライカーが指摘している通り、「黒いもの」は胎児とも癌とも思われるような奇妙な性質を窺わせており (Ostriker 250)、そのひらひらと身をかわす羽のような性質が示すように、何ともつかみどころがないものである。詩の最終三連で語り手は勇敢にもこれに更に眼を凝らす。

Clouds pass and disperse.
Are those the faces of love, those pale irretrievables?
Is it for such I agitate my heart?

I am incapable of more knowledge.
What is this, this face
So murderous in its strangle of branches? ——(34-39)

（靄が散って消えていく。／あれが愛の顔なのか、あの青白く取り返しがつかない顔が？／私はあんなものに心を焦がしていたのか？／／私にはこれ以上わからない。／これは何、この／木の枝で絞め殺すものの残忍な顔は何？——）

「黒いもの」を覆っていた靄が晴れると、その「青白く取り返しがつかない顔」は語り手を驚愕させる。自分はこれ以上の知識を持たないと絶望したように言い放つ語り手は、目にしたおぞましいものにそれ以上の表現を与えることを拒絶している。「この／木の枝で絞め殺すものの残忍な顔」といった表現から、読者は詩人が抱える絶望や狂気、死への衝動といったものを垣間見るが、同時にそれらがここで用いられている言葉では決して捉えきれないものであることを意識させられ、想像力を働かせてこの詩により深く入るよう促される。

このように「楡」の語り手は、自分の内にある不可解なものの気配に一日中脅かされていて、詩の最後ではそれによって死に追いやられるという自分の運命を予期してさえいる。これに対して次に挙げる「サリドマイド」（一九六二）という詩では、語り手は得体の知れないものの恐怖から最終的に解放される。というのもこの詩では、先に引用した「死産児」と同様、母親である語り手が自分の胎児について語っているが、この胎児は体が十全に育っていた「死産児」の赤ん坊とは異なり、いびつな形をしたサリドマイド児で、この奇形児は詩の最後で堕胎されるからである。「お前の黒い／切断」(4-5)、「切られた／／血の羊膜」(15-16) などのように繰り返される切断のイメージや、切断の感覚を印象付ける行や連のやや暴力的な切れ目が、喪失感や欠落感といった満たされない思いをほのめかしているようだが、それはこの詩が、プラスが夫のテッド・ヒューズと別居して一ヶ月ほど経ったころ書かれたという伝記的事実によって裏付けることも可能だろう。三行目で胎児は「仮面で白人のように変装した黒人」(3)

であるとされ、その「切断」が語り手を「ぞっとさせる」(3-4) とあることから、この詩でも胎児は「楡」の詩に描かれる「黒いもの」に似た、詩人のうちに潜む底知れぬネガティヴな感情を具現するものであると考えられる。外科医の手袋でさえ、語り手をその黒々とした「影」(10) から守ることは出来ない。このように内に抱えるものに怯えながらも、語り手は母として、また詩人としての強い使命感を抱いてもおり、やがてこの奇形児が語り手の体外へと「乱暴に押し出てくる」(14) にあたって、奇形児を恐れながらも「自分が与えられたもののための空間」(18) を夜通し作っていると語る。しかしこの努力は「白いつば」(21) にあざ笑われ、無駄に終わる。

The dark fruits revolve and fall.

The glass cracks across,
The image
Flees and aborts like dropped mercury. (23-26)
(黒い果実が回転して落ちる。／／鏡にひびが横切り／その像は／／滴った水銀のように逃げ出して流産する。)

最終行で奇形児は堕胎されてしまう。詩の終わりに登場する「鏡」は、「言葉」という作品においてもそうであったように、ここでも「ひびが横切」るという形で破壊され、そこに映っていた胎児の「像」は逃げ出してしまう。

このように、「死産児」や「言葉」という詩でも既に見られた創造的行為の失敗が再び描かれていているが、失われる胎児、すなわちプラスの詩において度々ほのめかされる、明確な詩の言葉になり得ないある種の〈内なる言語体系〉の本質を、他の二つの作品よりも明らかにしていると言える。それは奇形児の比喩が示すようにいびつで不気味なもので、そこには体の切断が物語る痛みや欠落感、虚無感もつきまとっていることが推察される。また、言葉が生まれかけて失敗するその瞬間が、他の詩にはみられない鮮やかさで描かれている——胎児と母親とをつないでいた羊膜が切れ、胎児が母親の胎内から出てこようとする瞬間、言葉は詩という生きた"body"を手にしかけるが、同時に失われてしまう。

このように、プラスは「楡」と「サリドマイド」において、自らの内に潜む影のような黒々としたある種のネガティヴな感情に、可能な限りの表現を与えているように思われる。またその影と対峙する際、語り手はある意味で命がけである。というのも、それらの詩には「楡」の最後で「それらは孤立した、じわじわ苦しめる欠陥、／殺し、殺し、殺すもの」(41-42) と予期されているように語り手が死ぬか、あるいは「サリドマイド」や「死産児」に示されるように語り手を脅かす影=胎児が抹消されるか、そのいずれかの結末しか用意されていないからだ。奇形児のような、不穏な〈内なる言語体系〉は、詩人がそれを抱いているにもかかわらず詩人と共存することが難しい〈未知なる言葉〉、詩人の生存を絶えず脅かし続けていた〈不定形の言葉〉であると思われる。このような内奥への接近は危険な行為だと言えるが、興味深いことに、それは胎児の堕胎、つまり肉体的創造の失敗によって可能となっている。本来"body"を持つべきでないものに一瞬"body"を与え、すぐに剥奪する。この手法によって言語化不可能なものを表現する詩人は、「創造的肉体」を否定的に描くことで「創造的精神」の達成を成し遂げていると言える。

四　抹消される秘密

プラスの詩の中で胎児はしばしば母親である女性が抱える秘密と重ねられる。それは母親のお腹の中に隠されているのだが、時折その存在がほのめかされる。例えば「重い女たち」（一九六一）という詩は、ボッティチェリの有名な絵画「ヴィーナスの誕生」のヴィーナスを思わせる風貌をした妊婦たちがいる風景を、まるで一枚の絵画を説明するように語る詩だが、ほんの一瞬〈秘密〉にスポットライトが当てられる。「重たい腹の上に顔が／月か雲のように穏やかに浮かんでいる」(6-7) とされる妊婦たちの描写は次のように続く。

Smiling to themselves, they meditate
Devoutly as the Dutch bulb
Forming its twenty petals.
The dark still nurses its secret. (8-11)
（微笑みながら彼女たちは瞑想する／チューリップの球根のように敬虔に／十二枚の花弁を形成しながら。／
闇は依然として秘密を育んでいる。）

この詩の真ん中に効果的に置かれた「闇は依然として秘密を育んでいる」という一行は、古典画風の絵画の中にたたずむ女性たちの中にその表面的な穏やかさにそぐわない不気味な、不可思議なものが潜んでいることを示唆しており、この詩に神秘性を添えている。

またその名もずばり「秘密」（一九六二）という詩があるが、ここでは母親である語り手が宿している私生児が〈秘密〉の比喩として登場し、それに対する語り手の曖昧な思いに焦点が当てられる。「秘密！ 秘密！／なんという優越なの」（1-2）と詩の出だしで秘密＝私生児の「優越」にたじろぐ語り手は、秘密が明るみに出ることを恐れている。

Will it show in the black detector?
Will it come out
Wavery, indelible, true
Through the African giraffe in its Edeny greenery,
The Moroccan hippopotamus? (9-13)

（それは黒い探知機に写るだろうか？／それは／ためらいがちに、消されることなく、正当なものとして、／緑の楽園にいるアフリカのキリンや／／モロッコのカバから生まれてくるだろうか？）

ここでも胎児は外に出ることを望まれない、抑圧されるべきものとして登場しており、「楡」や「サリドマイド」の場合と同様、不穏な気配を帯びた〈内なる言語体系〉としての性質を備えていることが明らかである。しかし、二つの詩における胎児と「秘密」における私生児の違いは、その生命力の描写にある。胎児が潜在的に持つ、生まれてこようとする衝動は、「サリドマイド」においても「乱暴に押し出る」（14）という表現に既に見られたが、「秘密」

では、第三連から第四連にかけて、秘密が暴露される様子が、キリンやカバといった動物の出産という野性味溢れる比喩を用いて、より印象的に描かれている。そのただならぬ生命力に不安を抱く語り手は、私生児をたんすの引き出しに隠しているのだが、引き出し越しに私生児が息をするのが聞こえてくる——「私生児よ——／あの大きな青い頭——／それがたんすの引き出しの中で呼吸する様といったら！」(25-27)。私生児を殺すか引き出しの中に隠したまま生かしておくか決めかねているうちに私生児は這いだすが、その様子は逃げだす動物の群れのイメージによって鮮烈に描かれる。

Horns twirling and jungle gutturals!
An exploded bottle of stout,
Slack foam in the lap.
You stumble out,

Dwarf baby,
The knife in your back.
'I feel weak.'
The secret is out. (41-48)

（振り回される角、縺れ合う鳴き声！／破裂した黒ビールの瓶と、／膝の上にだらりと垂れた泡。／お前はよろめきながら出てくる、／／小さすぎる赤ん坊、／その背中に刺さったナイフ。／「力が入らないよ。」／秘密は外に出た。）

行く手を阻む自動車の列をものともしない野獣の群れの突進や、黒ビール瓶の破裂といった比喩表現によって、私生児すなわち秘密が暴露される様子が印象付けられる。しかしそこはフランス革命中にルイ十六世らが処刑されたパリの「コンコルド広場」(38)であり、その小さい赤ん坊は外に出たとたん母親によって背中にナイフを突き刺され、殺される。ここでも詩の語り手は、自分の内にあるものが外に出ることを決して許さない姿勢を保持している。しかし、この詩ではそれに加えて、秘密にせよ何にせよ、詩人が自らの内に密かに抱えるものが、まるで胎児に潜在的に備わっている「生まれたい」という生理的な欲求に似た、表出されることへの強い衝動を持っていることをも示している。これまでに見てきたように、ある意味では自身を脅かすものが持つ衝動を、ここで詩人が賞賛していることは明らかだが、それは一度与えた“body”を剥奪する「ナイフ」(46)によって可能となっている。このナイフは抑制としての性質が象徴的で、本来生まれて来るはずのない言葉の一瞬間の流出を逆説的に可能にする、プラスの詩作行為そのものである。

これまで見てきたように、プラスの多くの詩には、明確な言葉にすることが容易でないものを何とかして表出したいという欲求と相反するかたちで、そうすることへの拒絶が見られるが、そのような拒絶や抵抗は、生まれることのない言葉たちの存在を効果的に示すための戦略であるように思われる。このように、詩の言葉として書きとめた途端に失われてしまう内面の事物に、彼女は一風変わった形で表現を与えている。冒頭で紹介したように、二種類の創造——肉体的創造と精神的創造——の間で葛藤するも、徐々に両者のかかわりあいの可能性を模索し、創造的肉体をわざと否定してみせるという独自の表現にたどり着いたようだ。これによって彼女は、言語化し得ないもの、すなわち〈生まれない言葉〉のもつ創造性、その圧倒的な存在感を逆説的に表現し得た、と言えるだろう。

注

本稿は、第五十五回日本アメリカ文学会全国大会（二〇一六年十月一日　於ノートルダム清心女子大学）における口頭発表「生まれることのない言葉を抱えて——Sylvia Plath における "embodiment" の困難」を補正・加筆したものである。

(1) 詩の日本語訳は徳永、水田、吉原・皆見を参考にしつつ引用者が行った。

(2) 例えばヴェンドラーは、初期の詩に見られる「押し付けがましい韻やリズム」が、「実際には言葉を引き寄せて束ねるというよりは、その派手さに注意を引きつけることによって、言葉と言葉をばらばらにしている」(Vendler 276-77) ことを指摘しており、「死産児」に見られるプラス自身の内省に重なる部分が大きい。また、アルヴァレスもこのようなスタイルの転換期が詩人の最初の出産の時期に重なっていることに注目している (Alvarez 76-77)。

引用文献

Alvarez, Al. "Sylvia Plath." *The Modern Poet*. Ed. Ian Hamilton. London: Macdonald & Co. Ltd, 1968. 73-82.
Axelrod, S.G. *Sylvia Plath: The Wound and the Cure of Words*. Baltimore: Johns Hopkins UP, 1990.

Ostriker, Alicia. "Body Language: Imagery of the Body in Women's Poetry." *The State of the Language*. Ed. Leonard Michaels and Christopher Ricks. California: U of California P, 1980. 247-63.

Plath, Sylvia. *The Collected Poems*. Ed. Ted Hughes. New York: Harper Collins, 2008.

——. *The Unabridged Journals of Sylvia Plath*. Ed. Karen V. Kukil. New York: Anchor Books, 2000.

Vendler, Helen. *The Music of What Happens—Poems , Poets, Critics*. London: Harvard UP, 1988.

徳永暢三編訳『シルヴィア・プラス詩集』小沢書店、一九九三年。

水田宗子編訳『鏡の中の錯乱』静地社、一九八一年。

吉原幸子、皆見昭編訳『シルヴィア・プラス詩集』思潮社、一九九五年。

「魔法にかかった森へ入れ、汝、勇気ある者よ」
――エリザベス・ボウエン『リトル・ガールズ』におけるノスタルジア再考

松井　かや

一　『リトル・ガールズ』とノスタルジア

「過去は見かけほど埋められていない」(1)――『リトル・ガールズ』(*The Little Girls*)の登場人物ダイナは、かつて共にタイムカプセルを埋めた二人の少女、クレアとシーラの捜索にあたって五種類の広告を用意するが、これはその中の一つに登場する文言である。五十年という時を経て三人は再会し、埋めた金庫を発掘するが、中身は忽然と消えており、ダイナの言うところの過去への「帰還」(208)は失敗に終わる。

衰退するアセンダンシー階級の末裔(2)として、また、何よりも作家として、ボウエンは過去をどのように扱うかという問題に拘り続けた。一九五一年発表のエッセイ「振り返る」("The Bend Back")において、彼女は過去を理想化する風潮に警鐘を鳴らし、「現在」にこそ見出して捉えるべき本質があると主張する(60)。『リトル・ガールズ』についても、総じて批評家たちはボウエンのノスタルジアを慎重に避けようとする姿勢を読み取る傾向にあり、例えばリネットはこの作品を「反ノスタルジア的」と位置づけた上で、過去の中で生きようとしたダイナが、過去が去ったことを受け容れ、現在に戻ってくる物語であると述べる(3)。確かに、空の金庫に衝撃を受けたダイナが、最終場面でクレアに「あなたはマンボじゃない。クレアだわ」(307)と言い、再会以来頑なに呼び続けた子供時代の愛称を否定するという一連の流れは、その解釈を裏付ける。しかし、ダイナがこの発言に続けて「あなた、今までどこにいたの?」とクレアに尋ねること、それがこの物語の最終の一文であること、さらにはクレアが語り手によって「亡命者」(306)と呼ばれることを、見過ごすべきではないだろう。過去に執心するダイナに対し、クレアとシーラはダイナを現在に引き戻す役割を果たしているように見える。しかし、この最終部には別の構図も読み取れるのではないか。

フランスの哲学者ジャンケレヴィッチは、ノスタルジアを「閉ざされた」ものと「開かれた」ものの二つに分類している(376, 389)。出発した地点に空間的に帰ることで満たされるのが「閉ざされたノスタルジア」であるが、時を遡ることが不可能である以上、そこに以前と完全に同一の過去を見出すことはできない。その失望の結果生じる「無限の旅行意欲」を、ジャンケレヴィッチは「開かれたノスタルジア」の徴候であるとする。それは、言わば「未知の」過去へと向かう旅である。

> 過去はけっしてふたたび現在となることのない不在者だ。(中略)過去は、ただたんに探し求められることを要求するだけではなく、さらに補充されることを要求する。しかも、ただたんに無限に補充しなければならないだけではなく、まず、解釈しなければならない。(402-403)

三人の「リトル・ガールズ」もまた、金庫を埋めた場所への「空間上の帰還」を果たし、そこに過去を見出だせなかった失望から新たな「旅」を始める。本論では、この二つの旅のプロセスを眺め、最終的に彼女たちがどのような場所にたどり着くのかを考えてみたい。そこには「反ノスタルジア的」とは少し異なるボウエンの過去への眼差しが見えてくる。

二　第一の旅——過去の再来と喪失

ダイナたちがセント・アガサ女学校の庭に金庫を埋めたのは一九一四年の夏、そこから再会を果たすまでの五十年間には、二度の大戦が大きな存在感で横たわっている。十一歳の彼女たちが最後に会ったのは、第一次大戦の開戦五日前に開催された、同級生の誕生日を祝うピクニックであった。ケーキの上には砂糖で「今日の良き日が何度も訪れますように（Many happy returns of the day）」（153）と書かれているが、「幸せな帰還」が叶うはずもなく、軍人であったクレアの父は一ヶ月後に戦死、彼と密かに心を通い合わせていたダイナの母ミセス・ピゴットも疎開先で亡くなる。戦争で片肺を失ったシーラの元恋人の死は戦争神経症によるものであったことが匂わされ、ダイナの夫もおそらく戦死している。戦争が奪ったものは人に留まらず、セント・アガサの校舎も空襲にやられて跡形もない。

しかし、五十年後の「現在」において「過去」はダイナの前に突如力強く立ち現れる。彼女は後世の人々のために、友人たちから集めた品々を庭の洞窟に保管しているのだが、隣人に「誰がここを封印するんです？」と問われ、直後に庭の木の歪んだブランコを目にしたとき、それは起こる。

「私、今までにないくらいの異常な感覚を覚えたのよ！（中略）だって、あることが一瞬のうちに甦って、あまりにも完璧に甦ったせいで、それが『あの時』ではなくて『今』だと感じるなんて、確かに異常な感覚でしょう?これはただ思い出したってだけじゃないの、全く違うの!あの中に、あの只中に、真っ直ぐに舞い戻っているのよ……」(20)

ダイナの元に到来しているのは、同じ問いかけ――「誰がここを封印するの?」(148)――を聞いた過去、すなわち三人の少女が金庫を埋めたあの時である。五十年前と全く同じその言葉が、過去を召喚する呪文となったのである。ここからダイナは、あらゆる新聞に五種類の広告を順番に載せるという方法でクレアとシーラの捜索を始めるが、それらの中では過去が「今も生きている」ものとして現在形で語られる。「ことの全容が明るみに出てきた模様」、「ダイシーは二人の秘密を守り続けています」等々(28-29)。

これらの言葉によって呼び起こされ、紙上に繰り返し現れることで存在感を増す過去を前に、クレアとシーラは懐かしさよりもむしろ警戒心を抱く。「あなた、そうやってまた、彼女の呪文にかかっているのよ!」(42)というシーラの言葉や、ダイナが待ち合わせ場所に指定した人気のない丘を「マクベス(と魔女たち)の出会いの場みたい」(54)と評するクレアの言葉からは、彼女たちがダイナの呼び起こす過去を、現実から遊離した超自然の世界とみなしていることが窺える。さらに、金庫の発掘を提案するダイナに、シーラはセント・アガサがもはや存在しないことを告げ、それを受けてクレアは「『跡形もなく』、か」(76)と『テンペスト』のプロスペローの台詞を引用する。魔術で現出させた仮面劇を不意に消滅させ、観客を現実に引き戻すこの有名な台詞によって、過去を取り戻そうとするダイナの試みの非現実性はますます強められる。事実、セント・アガサの跡地に「空間上の帰還」を果たした三人が掘り出した金庫は、すでに誰かに発見されており、中は空である。そして、取り乱すダイナを、クレアは「くだらない！」と叱りつける（208）。

しかし、ここで見過ごせないのは、「ここにあるわけがない」（201）と言いながらも、クレアとシーラの二人が発掘に立ち会わずにはいられなかったという事実である。過去を見出だせなかった失望を、三人は心の奥底でおそらく共有している。発掘の後も接触を止めず、自分の元に留まってほしいと望むダイナに、そして、子供の頃おぼろげに気付いていたダイナの母と自身の父の関係についても踏み込んでくるダイナに、クレアは「キルケ」[4]と言い放つ（256）。この言葉から、クレアにとってダイナが、彼女を「過去」に留め置き、「現在」へと戻ることを阻む存在であることが窺えるのだが、同時にこの一言は、彼女がダイナにどうしようもなく魅了されていることも暴露するだろう。過去に囚われたダイナに惹かれながらも強く拒絶するクレアの身ぶりは、まさに「反ノスタルジア的」と呼べるものであるが、この「キルケ」の一件の後に倒れたダイナの元に、クレアも、そしてシーラも再びやってくる。それは、「空間上の帰還」の失敗を経ての、彼女たちの新たな旅の始まりなのだ。

その旅を考えるにあたって、三人が発掘した「空の金庫」にいま一度注目したい。中身が奪われているにもかかわらず、容れ物だけが残っていたことは、一体何を意味するのだろう。そもそも、過去は本当にすべて失われているのだろうか。

三　言葉の力——「未知の言語」と「解読不能の暗号」

金庫を埋める際、三人はそれぞれ「秘密のもの」（148）を中に入れた。ダイナは母の手袋の引出しにあったピストル、クレアはシェリーの詩、そしてシーラは生まれてすぐに切除した「六本目の足指」であるが、彼女たちは自分以外の二人が入れたものを見ていない。また、それらとは別に三人で金庫に入れたものが二つある。大型犬の鎖と、クレア考案の「未知の言語」によって書かれた手紙である。

金庫を埋める直前、クレアは自身の血で書いたその手紙を「未知の音節」で読み上げ、それを二人のために英語に訳すのだが、その中で犬の鎖は「我らの足かせ」であるとされる。さらに、「真にあなたのものなる」という結びの言葉が読まれたとき、以下のような会話がなされる。

「『真にあなたのものなる』か。私たちは本当に彼らのものなの?」
「ばかにして笑ってるだけよ」
(中略)「みんなもっと当惑するわね」と声がした。「もしこれが未知の言語で書かれていなかったら。とにかく、これは誰も理解できないわよ」(147-48)

「足かせ」という表現も、この結びの言葉も、読む人を欺くものとしてそこにある。そして、そもそもこの手紙は「未知の言語」で書かれているがゆえに「誰も理解できない」。この言語が伝えうることは、金庫を埋めた者が独自の言語を持っていたという事実のみであり、言語が本来持つはずの意味内容は、クレアたち三人以外の前では抜け落ちて、永遠に空白である。つまり、この「未知の言語」だけは、誰かに奪われてもなお、奪われていない。「中身が失われた容れ物」であるところの金庫は、まさにこの言語のメタファーとして見ることができよう。

「未知の言語」だけは、彼女たちの手元に残されている。その意味を考える上で鍵となるのは、作中に現れるもう一つの「誰も理解できない」言語——ダイナの使用人のような立場にあるフランシスが考案した「解読不能な暗号」——である。マルタ島出身の孤児で、ダイナに引き取られ、十九歳になってもなおアップルゲイトに留まる彼は、言葉に異様なほどの執着を見せる。

彼は解読不能な暗号を分厚いノートに書き込み、それを持ち歩くとかさばって目立つので、代わりに台所の流しの下の配管の間に押し込んでいた。これがみんなの知る隠し場所となったのは、彼がこれ見よがしにノートをそこに戻すからだった。また、アップルゲイトに来る手紙で彼が読まないものはなかった。（中略）文字に書かれたもので、彼の目を逃れたものは一つもなかった。紙屑籠に彼が遅れを取ることはなかった。（26-27）

解読不能な暗号を公然と隠すことで、彼は自分だけの世界を持つことを宣言している。彼は使用人という立場を頻繁に逸脱し、あるときは「自身の役割をパロディにして演じてみせ」、またあるときは「何日も続けて誰にも注意を払わず、仕事もしない」（25）。独自の言葉で構築した世界の中で、彼は自身を社会的に規定するいかなる体制からも自由である。

さらに、ダイナがクレアたちの捜索のために出した新聞広告の下書きを、彼はすべてかき集めて入念に検討し、そこに彼なりの理解でダイナたち三人の世界を立ち上げる。そして、彼女たちが五十年ぶりの再会を果たした際には、その世界を彼が統治する。

テーブルで給仕に当たることは、フランシスは以前から気付いていたが、完璧な支配の一形式であった。ご婦人方は給仕されながら、彼の意志に仕えているのだ。目を離した隙に、彼女たちは立ち上がり、襲撃してくるだろうか？そんなことは許さない。（中略）この昼食会の心理的な背景について、フランシスはほぼ完璧に要点を掴んでいた。(68)

この直後、彼はダイナに下がるように言われ、「激怒しながら」その場を退く。彼は両親を海難事故で失い、親戚も一人ならず戦死し、ダイナの元に流れ着いた、言わば遭難者のような存在である。外の現実世界において多くを奪われている彼は、アップルゲイトの内部で言葉を集め、さらに自分だけの言語を持つことで、彼の世界を築いている。その世界を壊すダイナの命令に激怒することからも窺えるように、彼にとってこの世界は現実と拮抗する強さを持っている。

「解読不能な暗号を流しの下に保管する」というフランシスの行為は、「未知の言語を金庫に入れて埋める」というダイナたち三人の行為と符合する。言語を創造し、それを埋めることは、誰にも奪われることのない世界を希求する彼女たちの試みであったと考えられよう。ギルダースリーヴは、彼女たちがそれぞれ金庫に入れたものが「家父長制の象徴」であり、埋める行為はその体制に対する彼女たちの拒絶の意思表示であると指摘する。彼女によれば、ダイナが母の引出しにあったピストルを入れることは、彼女と母の間の強い結びつきを脅かす男性性、すなわち、大戦と、母と通じているクレアの父の排除を表し、シーラが埋める「生まれてすぐに切除された」六本目の足指は「広く認められる女性の美の概念に対する挑戦」である。そして、クレアはシェリーの詩を入れることで、男性中心主義的な言語を「見えないところに置く」のだと言う(165)。それらが金庫から奪われていたことは、大戦という男性的かつ強大な力の前に、彼女たち「リトル・ガールズ」が無力であったという現実の表れであるだろう。しかし、彼女たちの「未知の言語」だけは奪われていない。それは、守ろうとした世界が奪われてもなお、別の世界を立ち上げる可能性がそこに残されているということである。

クレアに「キルケ」と言われた後に倒れたダイナは、フランシスと、パートナーであるフランクにベッドに運ばれる際、「みんななくなってしまった、そもそも、あれはあったのかしら? いいえ、なかったんだわ。何もなかった、なかった、なかった、なかった……」(286)と叫び続ける。ここからは、ダイナの元に再び集結するクレアとシーラが、アップルゲイトにどのような世界を立ち上げるのかを見ていこう。それこそが、彼女たちの第二の旅である。そして、その旅ではフランシスもまた重要な役割を果たすこととなる。

四　第二の旅——取り戻される過去

額に傷をつくって倒れているダイナを発見するのはフランシスである。ダイナの二人の息子がそれぞれ娘を連れてアップルゲイトに駆けつけた時には、すでにシーラが看護に当たっており、フランシスは彼らに、ダイナが倒れた日にクレアがここにいたこと、ダイナが家に人を入れないよう命じたこと、そしてクレアがフランクから強引に事情を聞き出し、シーラをここに寄越したことを憤懣やるかたない様子で語るのだが、息子たちには彼の説明がまるで理解できない。

「そこで、私に言わせれば、彼女がこのもう一人の後について飛び出したんですよ、コウモリの群れみたいに。『あなたが行くのよ』と彼女が彼女に言ったんでしょう、『私の評判はあそこでは地に落ちているから。あなたがまず入り込むのよ。すぐに行って、敵地を偵察しなさい』と……」

ウィリアムは不快感をあらわにして言った。「きみは頭がおかしいんじゃないか?」

(中略)

「彼女は二人のために広告を出したんです!」

「もういい!」ローランドの言葉は鋭く、威厳があった。(265)

フランシスの突飛な説明は、例によって彼独自の解釈によるものであるが、彼はダイナの倒れた原因がクレアにあり、さらに事の発端はダイナが出した広告による三人の再会であることを正確に見抜いている。しかし、彼に対して「抑圧的に振る舞う方針を取」(261) り、なぜ誰も医者を呼ばなかったのかと不思議がる息子たちには、それは見えない。フランシスはローランドの「威厳」に全く怯まず、彼らはダイナの庇護下にあるはずの彼のこのような態度に、また、シーラが彼に事情の説明を任せたことに、戸惑いを隠せない。「父たち」(287) でもある彼らの前で、彼らが統御すべき世界は掴みどころがなくなっていく。「アップルゲイトの状況は、ミセス・アートワースの不可解さと、フランシスの蜘蛛の巣のような曖昧さのせいで、むしろ刻一刻と意味をなさなくなりつつあった」(277-78)。

看護を取り仕切るシーラと、彼にしかわからない説明をまくしたてるフランシスを前に、息子たちの持ち込む家父長的な権威主義は、どうにも上手く機能しない。この「不可解かつ曖昧なもの」と父権制の対立という構図を前に思い出すべきは、「家父長制への拒絶の意思表示」であり、「未知の言語」を収めたダイナたちの金庫が、大戦という父権的な力の前に無力であった過去である。つまり、ダイナが倒れたアップルゲイトにおいて――もう一つの「誰も理解できない言語」を奥に沈めるこの空間において――その過去が再現されているのではないか。

シーラとフランシス、そして息子たちの対立がさらに明確に前景化されるのは、ダイナの息子たちとシーラの夕食の席においてである。給仕を務めるフランシスは、全く必要のないフィンガー・ボウルをシーラの前に置く。彼女が指先をその水に浸けた瞬間、兄弟は「陣営を固め」(302)、母親を含む三人が金庫を埋めた経緯やその中身について、シーラを質問攻めにする。ここで彼女たちの世界は再び父的な力に晒されるのだ。根負けしたシーラは、自分が入れたのは「幸運のお守りとして」持ち歩いていた、自身の六本目の足の指だったと明かす。


「『ずっとそこにあるだろう』と思ったの。『ずっとそこにあるだろう』と。(中略)それを隠した状態にしておかないといけなかったのよ。これで解決」

「でも、幸運のお守りは見せて回るものでは?」

「あれは見せて回るものだったの?」

息子たちは、しばし理解できなかった。彼らは顔を見合わせ、そして彼女を見た。

彼女は彼らが目を逸らすまで睨みつけた。「あら」と彼女は叫んだ、「私の奇形なのよ?」(304)


生まれてすぐに排除された「奇形」をこっそり保存し、シーラに返したのは、彼女の母親であった。父権的な世界から一度ならず守られたそれは、最終的に金庫から奪われ、排除を免れなかったわけである。しかしここで、シーラはダイナの息子たちを前に「ずっとそこにあるだろう」という未来形のフレーズを二度繰り返し、過去に願った『奇形』を保持する世界」の可能性を呼び起こす。かつて金庫に隠すことでその可能性を守ろうとし、失敗に終わった彼女は、五十年後の現在においてそれを明るみに出し、「父たち」を前に一歩も引かない姿勢を見せ、高らかにその「奇形」の存在を宣言する。こうして彼女は、過去に埋もれていた「未来の可能性」を取り戻し、それを父権的な世界に屈しない強固な世界として現在の中に立ち上げてみせるのだ。

彼女は知る由もないが、このときアップルゲイトの台所には「解読不能な暗号」とともに「親指のような形のナイフ」(284)が、他ならぬフランシスによって隠されている。これは金庫の発掘前、ダイナが「魔女の台所」(193)と呼ぶクレアのギフトショップで見つけ、交渉の末に入手したバターナイフで、届いたのは金庫の発掘後である。ダイナはクレアに『マクベス』の魔女の言葉を引用して次のように書き送る。「『故郷に帰る途中で難破した舵取りの親指』、これがそれだわ。」(232)舵取りの親指がなくなれば、船は正常な航行ができず、帰るべき場所にたどり着くことができない。アップルゲイトに流れ着いたこの「親指」は、過去への「空間上の帰還」に失敗し「難破」した彼女たちが、異なる形で過去へと帰還することを示唆するだろう。アップルゲイトは今や、かつて彼女たちが埋めた金庫の内部を彷彿させる空間であり、奪われたかに見えた過去と、それが抱え持っていた未来の可能性が、ここに取り戻されている。

五　「魔法にかかった森へ入れ」――過去とともに生きること

アップルゲイトの最奥部であるダイナの寝室に、最後に足を踏み入れるのはクレアである。それは金庫の奥底を、すなわち、彼女が拒絶してきた過去の世界を覗きこむことでもある。寝室に入る前、クレアはシーラに「人はこうやって生きているのね」と言い、メレディスの『ウェスターメインの森』の一節「魔法にかかった森へ入れ、汝、勇気ある者よ」を引き、さらに続けてこの詩の第二連の一部を暗誦する。「憑かれた十字架すべてが震え、／頭巾に隠れたすべての眼／その凝視は汝を包む屍衣なり／魔法にかかった森へ入れ、汝、勇気ある者よ――」(296)。平和な森の情景で始まるこの詩は第四連まであり、この引用にも見られるような恐ろしげで不吉な描写が重ねられる。そして、それでもこの詩は最後まで、この恐ろしくも魅力的な(enchanted)森へ入るようにと命じ続ける。クレアはこの詩の言葉と共に、一度は退けたダイナの空間へと入っていく。

ダイナの母ミセス・ピゴットの陶器のコレクションが保管されているその部屋で、ダイナは死んだように深く眠っている。クレアにとって、この情景は五十年前のある午後の再現でもある。近くでテニスをする父を待つために、ダイナの家であるフェヴェラル・コテージを一人で訪れたクレアの前で、「ソファに斜めに寝ている蝋人形のよう」なミセス・ピゴットは、溢れんばかりの陶器に囲まれて小説に没頭し、言葉の世界に自らを封じ込めていた。「フェヴェラル・コテージ、ソファ、一日の時間は、単にミセス・ピゴットにとって存在しなかったのではなく、そもそも存在しなかった」(94)。クレアは空間も時間も超越した強固な世界が目の前に立ち上がっていることに魅了される。そして五十年後の今、眠るダイナの傍らで、彼女は「勇気を出して、再び陶器の世界を覗きこむ」。五十年前と同様に、網の目にヒビが入り、修繕の跡があちこちに見られるその「誇り高き世界の脆い表現」の中に、軍人の子は、平和な光景も見ていた。（中略）これら細密画の惑星のどれにも、騒々しさは全くなかった。でも、自然は私の恐ろしい自然だ、と亡命者は思った。彼女は憧れのまなざしで、カップとボウルの丸く脆い縁に描かれた、永遠にそこにある海辺、山頂、入江や湖、さらには城をも見つめた。（傍線引用者　306）

クレアはここで、現在と過去の両方に身を置いている。あの日「軍人の子」として見た光景は、陶器の中にかつてのままに保持されている。しかし同時に、ダイナを、そして過去を遠ざけようともがいていた「亡命者」クレアは、静謐そのものに見えるその世界の「恐ろしさ」を強く意識してもいる。

彼女が「憧れ」を持ってノスタルジックに眺める過去は、その静けさの奥に動乱を沈めている。ダイナが金庫にピストルを入れたこと、加えてそれが元々ミセス・ピゴットの引出しにあったことを知った今、クレアはあの午後に酷似したこの空間で、かつて魅了されたダイナの母の強固な世界が常に「男性性」の脅威の下にあったことを、また、ダイナがピストルを金庫に入れることで、母と自身の世界を守ろうとしたことを、思わずにはいられないはずである。それだけではない。クレアにとって、ダイナの母を思うことは、必然的に彼女と心を通わせていた自身の父を思うことにもなろう。金庫から忽然と消えたピストルは、大戦が始まってわずか一ヶ月で戦死し、帰還することのなかった父の姿とも重なるのではないか。

過去を、そしてダイナを遠ざけようとしてきたクレアもまた、「帰還」できずにいた「亡命者」であった。この部屋で彼女が見る世界は、甘美で懐かしい過去であると同時に、現在からのまなざしによって補われ、解釈された、初めて出会う未知の過去でもある。「過去はけっしてふたたび現在となることのない不在者」であり、その探求に「補充と解釈」を要するというジャンケレヴィッチの言葉をここで思い出したい。ダイナの寝室を去る前、クレアは改めて、金庫の発掘の際に目の当たりにした「過去の不在」を思う。「あの空っぽの箱を見下ろしたときは恐ろしかった」(307)。そして、大戦直前のピクニックの日、自分に別れの挨拶をするために走ってきたダイナの姿を思い起こす。あのときクレアは挨拶を返さなかった。

部屋を出ようと振り向いたときに、彼女は最後に防波堤から見た砂浜のことを思った。広い砂浜と、走る人影。「さようなら、ダイシー」彼女は言った――いまと、あのときのために。

眠っている人が少し動いた。ため息をついた。それから肘をついて身を起こして、言った。「そこにいるのは誰?」

「マンボ」

「マンボじゃないわ。クレアね。クレア、あなた今までどこにいたの?」(傍線引用者　307)

現在の中に過去を呼び起こし、ダイナに声をかけたそのとき、彼女はダイナに「発見」される。一度は拒絶したダイナの立ち上げる過去、そのマクベス的な世界を抱え込んだ現在へと、クレアは「帰還」するのである。ダイナはクレアをもはや子ども時代のあだ名では呼ばず、ここに今後の二人の新たな関係が示唆される。

「閉ざされたノスタルジア」から「開かれたノスタルジア」へ――『リトル・ガールズ』において、空間上の過去への帰還の失敗こそが、未知の過去への旅を生む。過去の記憶の甘美さと、それが存在しないことに直面する恐怖が共存する「魔法にかかった森」に足を踏み入れ、空の器を満たすように過去を補充し解釈することで、そこに埋もれた可能性を発掘し、現在の方向性を模索することが可能となるのだ。体制の外側で、言葉によって脆くも強い世界を立ち上げる「リトル・ガールズ」とフランシスの姿が、そのことを雄弁に語っていた。ここに作者ボウエンの姿を重ねることもできよう。過去への眼差しが、すなわちノスタルジアが、現在に多くをもたらすことを、この作品は教えてくれる。

注

本稿は、第一九回神戸市外国語大学英米学会における口頭発表「Elizabeth Bowen の *The Little Girls* におけるノスタルジア再考」（二〇一五年十二月六日、UNITY）を大幅に補正・加筆したものである。

(1) Bowen, *The Little Girls* 28. 日本語訳は主に太田良子訳を用いたが、筆者の考えで大幅に変更したところもある。

(2) イングランドから入植し、地主として支配階級となったアセンダンシーであったが、十九世紀半ば以降、アイルランド独立の気運が高まる中でその立場は急速に衰え、ビッグ・ハウスと呼ばれる彼らの邸宅は多くが焼き討ちに遭った。コーク州のビッグ・ハウス、ボウエンズ・コートの最後の後継者であったボウエンは、現実を直視することを拒むこの階級を『最後の九月』（*The Last September*）で描いている。

(3) Linett 74. その他、Sturrock 95, Kelly 12 なども参照。

(4) ギリシャ神話に登場する、アイアイエ島に住む魔女。故国への帰途にあるオデュッセウスは、妻と祖国を忘れ、彼女と一年間共に暮らしてしまう。

引用文献

Bowen, Elizabeth. "The Bend Back." *The Mulberry Tree: Writings of Elizabeth Bowen*. Ed. Hermione Lee. San Diego: Harcourt Brace Jovanovich, 1986. 54-60.

——. *The Little Girls*. 1963. New York: Anchor Books, 2004.〔『リトル・ガールズ』太田良子訳、国書刊行会、二〇〇八年。〕

Gildersleeve, Jessica. *Elizabeth Bowen and the Writing of Trauma: The Ethics of Survival*. Amsterdam: Rodopi B. V., 2014.

Kelly, Marian. "The Power of the Past: Structural Nostalgia in Elizabeth Bowen's *The House in Paris* and *The Little Girls*." *Style* 36 (2002): 1-18.

Linett, Maren. "Matricide and the End of Nostalgia in Elizabeth Bowen." *Modernism and Nostalgia: Bodies, Locations, Aesthetics*. Ed. Tammy Clewell. London: Palgrave Macmillan, 2013. 71-90.

Sturrock, June. "Mumbo-jumbo: the Haunted World of *The Little Girls*." *Elizabeth Bowen: New Critical Perspectives*. Ed. Susan Osborn. Cork: Cork UP, 2009.

ジャンケレヴィッチ、ヴラジミール『還らぬ時と郷愁』仲澤紀雄訳、国文社、一九九四年。

Ⅳ　言葉にならない言葉

ターナーの風車

要田　圭治

J・M・W・ターナーが彼の『習作集』(*Liber Studiorum*)に収めたなかに、「風車と閘門《こうもん》」“Windmill and Lock”(一八一一年)という小さめの版画がある。画面では、西に沈む太陽が、空一面の雲を透過して放散する光と化していて、その落日を背景に一台の風車がシルエットとなってたたずみ、足下の運河では、水位を調節するための閘門が水中から立ち上がって前景の左半分ほどを覆っている。画の主題は人間が拵えたこの二つの構築物であり、それは文明を推進する人間の力の証しとなっている。だが、人間の姿自体は補助的なものに後退していて、閘門を開こうとしているのか、閉じようとしているのか、このとき、扉から延びた長い柄を押す男たちの姿はこの二つに比べてかなり控えめだ。【図1】

【図1】
J・M・W・ターナー「風車と閘門」1811年。
-Windmill and Lock, engraved by William Say 1811;
Joseph Mallord William Turner 1775-1851; Tate,
Presented by A. Acland Allen through the Art Fund 1925;
Photography: © Tate, London. 2016

一　物とピクチュアレスク

ジョン・ラスキンは、『近代画家論』(*Modern Painters*) の第四巻、第一章「ターナーのピクチュアレスク」(一八五六) でこの版画を取り上げたが、そこで彼が言うことは、物と言葉が対峙する様を、ピクチュアレスクの問題を超えて、私たちに突き付けている。というのは、仮にもピクチュアレスクを考察するなら、物を、物それ自体として存在させることが果たして可能か、という問題に逢着するのは必至だからである。裏返せば、それは物に刻み込まれた人間の痕跡、物を包み込む人間の被膜を取り除くことがいったい可能なのかを問うということでもある。物は、ラスキンの考察の枢要部分にあって、ピクチュアレスクを定義する際にも、「ピクチュアレスクな性格の精髄」は「物の本性 (nature)」に内在しない、物にとって外的な何物かによって引き起こされた崇高」(10) だと述べている。例えば、アルプスの山岳の高みや深淵に潜む危険や、人間精神を超越した何かが引き起こす観念を崇高と呼ぶなら、本性の内にその観念に対応する根源を持たない事物に、外部から恣意的に付加された崇高の観念がピクチュアレスクである。ラスキンが自ら断っているように、ここで彼は、『建築の七灯』(*The Seven Lamps of Architecture*, 1849) でかつて彼が提出した定義を繰り返しているのだが、そこでは、ピクチュアレスクは「寄生的崇高 (Parasitical Sublimity)」として定義されていた。

> 極端に追い求めれば芸術を下落させてしまうと、一般に認められている性格のものは、寄生的崇高である。すなわち、それが属する事物 (objects) の偶発的属性 (accidents) に、あるいは本質的である程度が最も低い性質に依存する崇高のことである。(236)

これを受けてラスキンは、『近代画家論』では、描かれた事物の性質がその本性との間に取る距離を、ピクチュアレスクを評価する尺度として考え、事物の本性に最も接近したところにあるものを、「高貴なピクチュアレスク(the noble picturesque)」と呼んだ。ピクチュアレスクが、性質や偶発的属性といった二次的なものに基礎を置いているというのだが、本質からの距離が遠い性質とは、即ち、人間の恣意性に応じて現れた性質のことである。そのようにして出来した、いわば人間化した表層の瀰漫《びまん》が、ラスキンを事物の内部へと向かわせたのだ。だが、彼は、在るのか無いのかはっきりしないし、在ったとしても正体をつかみがたい本質が、一体どのような姿で在ると言うのだろう。

　ラスキンが、ターナーの版画と較べるために、「低俗なピクチュアレスク(the lower picturesque)」の例に挙げるのは、クラークソン・スタンフィールドの版画「ブリタニーの海岸」である。これも風車小屋を題材にしているのだが、彼が言うには、スタンフィールドの風車小屋は、ターナーのそれよりも目に心地よい。【図2】岩だらけの山頂のような屋根、壁面に造られたシャ

【図2】
クラークソン・スタンフィールド「ブリタニーの海岸」、ターナー「風車と閘門」(部分)
from John Ruskin. *Modern Painters*, IV. The Complete Works of John Ruskin, Vol.VI.

レーが建物に絶妙な膨らみと曲線の変化を与えているし、羽根は、アルプス山中の水流に架かる木橋のように美しい。だが、スタンフィールドの風車は、風車の本質 (essence) を欠くが故に、その美は空虚である。羽根は必要以上に重たげに見え、これが風を受けて回転するとは到底思えない。翻って、ターナーの風車小屋はアルプスの橋のように美しくはないかもしれないが、その羽根はしなやかで、風が吹けばそれを受けて直ちに張りつめる軽快さがある。そこには、用をなし、役に立つという道具の本質がある。ラスキンの発言をまとめれば以上のようになる。

風車の本質は、〔水車などの〕他の全ての臼と区別した場合、向きを変え、くるくると回転する物として、常に風に向かう用意ができているところにある。それゆえ、可能な限り軽く、震える。(*Painters* 4: 17)

ターナーが、「風車の本性」(*Painters* 4: 17) を探るために、すべて木材で作られ、そのために軽やかに、またしなやかになったこの風車を題材として選んだのは的確だった、ラスキンは続けてそう言って、道具としての有用性を、風車の本性として定義する。スタンフィールドの風車は、質量、素材、形状など、物を物とする要件を備えているにも拘わらず、道具の本性を欠くが故に、既に物ですらありえないかのようだ。素材、質量、形状は、ただ、事物から析出されるものに過ぎず、それらをもう一度まとめて組み立て直したとしても、別の何かが加わらなければ物は回復できない。その何かが道具の道具性だった。

ラスキンは、属性と偶有性を帯びてあまりにも人間的になった事物を救い出そうとして本性という概念に頼ったのだが、その概念を人工の事物にまで拡げて適用することは、物とは何かという問いに答えるのを難しくしているかもしれない。人間の目的を実現するために在るのが人工物だからである。それゆえ、画家が人工物を描くときに採るべき途は、それをどこまでも人間に引き寄せて表層に向かうか、さもなくば、人間から自立させて、その内奥に向かうかということになるだろう。ラスキンは、彼の言語に与えられた限界の内側で、木が木であるのと同様に道具は道具だと言ったのだが、それを美的なものに膨らますことなく正確に描くことが必要だというのは、膨張する人間精神に向けた彼の態度でもある。彼が、風車の道具性を、即ち、物の本質をありありと実感させるために、対象から余分なものを極限まで削ぎ落とし、後に残る確実な形態を忠実に描きとるターナーの方法を評価したのはそうした理由による。後にセザンヌは、しばしば、敢えて物に完全な形を与えることはせず空白のままに残した。彼は、自らの意志の行使を、完遂に到る一歩手前のところで止め、そこに物自体が立ち現れてくるのを待った。それが、物と対峙し、それを自立的に存在させようと試みたときに、最後に彼の手元に残った方法だった。それより前にラスキンは、物を存在させる何かを、時代が己に与えた限界の中で、充実した言葉で表現するよう努めた。そのとき彼は、木が木であり、葉が葉であると言うのと同じように、風車が道具であるという以上のことは言えなかったのである。だが、実は、そのために彼は、次に述べるように、ターナーの「風車と閘門」に、巧妙に手を加えなければならなかった。

十九世紀イギリスの産業の活力がこの版画に漲《みなぎ》っていることは、ジリアン・フォレスターの言う通りで、おそらく、そのことがラスキンの選択を促したのである。フォレスターは、この版画の「真の主題」は「ピクチュアレスクな古い風車ではなく、近代性の印であるグランド・ユニオン運河だ」(77)と言う。運河の描かれたあたりは一八〇二年に開通したばかりで、ターナーはそれを描くことによって、イングランドの商業上の企図を称えたというのである。仮に運河が真の主題であるにせよ、画面の中で風車は欠くべからざる役割を担っているのだから、そこから風車を除外して考えるのを批判することは容易だが、問題はそこにはないだろう。ラスキン自身もまた、この版画に漲る力、フォレスターの言う近代性の強い支配力を認めたのだ。対象の個別性を凌駕して、単一の気分の中に塗りこめてしまう、そのような力を、である。だから彼は、その力を排除して物に思考を集中するために、この版画から古い風車だけを切り取って己の議論に取り込まなければならなかった。

ラスキンの目を通してみるターナーの風車はあくまで人間の装いを脱ぎ去らないし、自然の要素までもが、人間の感情を持っている。

微風、人間の魂のいずれが手掛けるにせよ、臼を回す仕事には、私たちは、あまり喜びを感じることができない。ターナーは己の風車に歓喜してなどいない。〔彼は、こう考える。〕その風車を、空を背景に黒々と、だがそれでいて誇り高い姿で丘の上に描こう。己の労働を恥じることなく、背後から照らし出され、上空からは、それに向けて金色の雲が襲い掛かり、後景の遠いところでは、静かな夏の太陽が、己の休息を取るために沈みつつある、そのような姿で。(*Painters* 4: 19)

ラスキンがターナーの風車を論じたのは、進歩のそれも含めて、人間的な観念が瀰漫した時代のことだった。本来の美ならまだしも、事物の外側で無暗に増殖を続ける美の観念は、人間の精神を窒息させてしまう。彼が事物から諸々の美的観念をはぎ取ろうとしたのは、事物のみならず、人間精神も救い出そうとしたからだ。たしかに、彼が規範として押し出す「自然への忠実さ」自体が、人間の時代によって生み出された、これもまた限りなく人間臭い観念だったには違いないが、少なくともそこには、「自然」を信頼して、観念の圧迫の下からそれを救い出そうという切実さがある。ラスキンにとって本質とは、結局、道具としての有用性という、優れて人間的なものでしかなかった。また、彼は、風車という無生物に人間の感情を与えることによって、前に彼が提出した「感情的誤謬《パセティック・ファラシー》」の陥穽に自ら落ち込んでしまったのかも知れない。彼は、ターナーの風車から極力余分なものを削ぎ落として、有用性という最小限の属性に還元することによって、それを自立させた。それが、このときに彼に与えられた唯一可能な方法だった。

物を問うとは、それを見る人間を問うということでもある。次のロラン・バルトは、経済的な繁栄の中で絵画に描かれた事物を見て、有用性は、人間に対する道具の従属を表しているとして、それを退けた。後で私たちは、己を問いながら対象に向かう画家の姿を見ることになる。それは、孤立したターナーの風車に対応するような、一個の個にまで贅肉をそぎ落とした人間の姿である。

二　オランダ絵画

バルトの言葉を借りるなら、物が自立して在ることとは、「自己同一性」(34)、もしくは、「実存」(35)という言葉で言い換えられるだろう。彼は、十七世紀オランダ絵画を論じた「事物としての世界」(一九六四)というエッセイで、事物の「本質」(27)という概念を、何ら説明なしに己の議論に取り込んでいるが、そこで彼は、オランダ絵画では事物が、「有用性」(28, 30)等の属性に還元されて、本質から遠ざけられていると言う。そこで自己同一性と実存を手にしているのは、人間のみであり、専ら彼らはこれら属性だけを相手にして、決して「事物に直面する」(28)ことがないと言うのだ。

近代が始まろうというときに、主人公として世界に躍り出た人間は、それまでは神の下で無媒介に彼と共に在った事物をその手にいきなり委ねられて、持てあましてしまったのだ。事物は、彼が立ち向かうべき客体となった。バルトのエッセイの原題は《Le Monde-Objet》だが、Objetは「事物」であり、「対象」である。十七世紀のオランダで事物を前にした人間の戸惑いは、事物が対象となることによって事物になる宿命を持っていたことに起因した。英語で、objectの語源は、『オックスフォード英語辞典』によると、ラテン語でob+jacereであり、「その方向に、に向かって、に対して」を意味するobと、「投げる、置く」を意味するjacereが合併してできた言葉である。事物は人間の前に置かれたものであり、両者の間には乗り越えがたい距離ができた。共に在ることを止めた事物を目の当たりにして、人間はその所有を表明することで、不安定な関係に一応の折り合いをつけるほかなかった。

オランダで画家たちが活躍しているのと同じ頃、亡命先のパリで思考を重ねて、『リヴァイアサン』（一六五一）を書いたのがイギリス人のトマス・ホッブズで、彼は、本書の冒頭で真っ向から事物を論じた。そこに彼が書いたことが、オランダ絵画における事物の性格を相対的に説明するだろう。彼が語るのは、思考の起源としての事物である。まず彼は、事物（a body）の「性質（quality）」あるいは偶有性（Accident）」の「表象（*Representation*）と外観（*Apparence*）」が、目、耳他の人体諸器官に働きかけて、思考を作ると言う。性質と偶有性の裏側には本質も措定されているはずであるが、それには言及されず、したがって、人間の思考の起源とはされていない。

すべての思考の起源は私たちが感覚（Sense）と呼ぶものである。（というのも、人間の精神の内部で着想されるもので、その始まりにおいて、全面的にしろ、部分的にしろ、感覚器官に生じさせられないものは無いからである。）残りのものは、この起源から由来するのである。（13）

続けて彼は、「感覚の原因は、外部の物、言い換えれば、事物 (the Externall Body, or Object) だ」(13) と述べて、事物から感覚を介して思考に至る経路をたどっている。事物から人間に向かう、働きかけの方向を確認しているのである。事物は、触覚や味覚の場合には、対応する感覚器官を直接に圧迫し、見たり聞いたり、嗅いだりするときには、間接に圧迫することによって感覚を生じさせる。この圧迫は神経や膜などを介して脳と心臓に達する。事物が外部に在ると感じられるのは、この圧迫に対する心臓の抵抗と対抗圧迫が生じて、圧迫を外部の方向に放出するからである。圧迫に対する反作用が、事物の姿を外に投影すると、なじみ深い言葉で言い換えることができるだろうか。

しばしば、ホッブズは唯物論者だと言われる。だが、ここで描写したような物に対する彼の態度を唯物論者のそれだと言ってしまっては、こぼれ落ちてしまう何かがある。彼は可能な限り事物を自律的な、剥き出しの姿で在らしめようとした。人間の感覚受容体に圧力を与える点においてのみ、それを人間との関係性で捉え、そうでない場合は、人間と無関係に在ると考えたのだ。「物がじっとしているときは、何か他のものがそれを動かさなければ、永遠にじっとしたままであることは、誰も疑うことができない真理である」(15) という彼の言葉からは、事物の研ぎ澄まされた孤立性が伝わってくる。

たしかに、ホッブズの言う事物は、風車、木々、葉とは違って名前を持たないので、その分、孤立したものとして取り扱いやすかったとは言えるだろう。同じ時代のオランダ静物画に、バルトは「勝ち誇った名目論」(30) を見ているのだが、そこで事物はいつも大勢のものとして描かれおり、そのことの効果はむしろ、一つ一つの物が、名前による個別性すら曖昧にされて、人間による所有の相に漠然と位置づけられたことに現れていると言うべきである。そのことを端的に指摘しているのは、彼が注目するレモンのある変化で、それは、物が、単なる事物の相から人間の生活の相へと移動する契機を見事に描き出している。

レモンのもともとの形態の何がわたしに必要だというのか？　徹頭徹尾経験主義的なわたしの人間性に必要なのは、食用に供されるように用意されたレモンであって、それはなかば剥かれ、なかば切られ、半分はレモン、半分はさわやかさそのもので、レモンの完璧で無益な楕円形というスキャンダルが、その経済的特質の第一のもの、つまり収斂性と交換されるかけがえのない瞬間に、それはまさに手にとられるのである。(28)

一個のレモンが持っているはずの形態は、それ自体の重量を伴っているし、独自の実質を包み込んでもいる。だがオランダ静物画の中では、レモンはさわやかさという、人間にとって有益な属性としてしか存在しない。画家であるわたしや、絵の所有者であるわたしが、己のためにはレモンの本来の形態は必要でないと言うことは、それと一緒に、レモンに向かう己自身の固有の形態を放棄することであり、己自身の誇るべき孤立性までも放棄することである。また仮に、レモンの表皮にナイフの切れ込みが入っていなかったとしても、表層の機械的正確さは本来の形態ではないし、その色彩と光沢の滑らかさは、視覚がただ表層に留まっていることを教えているに過ぎない。物の存在を手にしようとすることは、この滑らかな表層がはかなくも解体してしまうのを体験することだ。その上で、人は全精神を動員して対象の内部に侵入するのだが、当然、その時に立ち現れてくるのは、表層が見せるのとは別の、固有の重量や実質と等価な形態であるに違いない。

物の本質というものがあるとすれば、それは諸々の属性の向こう側にあって、思索が立ち向かうべき相手である。

バルトも見るように、「実質は何千、何万もの性質の下に埋もれている」(28)からである。他方、マルティン・ハイデガーは、古来の、物の物性を言い当てようとする試みのうち、「さまざまな偶有性〔Akzidens〕をともなった実体〔Substanz〕」(22)という物概念を、それが、物以外の「存在するあらゆるもの」に適用されてしまうとして退けている(24)。ラスキンは、物の偶有性と性質に注目し、それが本質との間に置く距離を、ピクチュアレスクの絵画を評価する基準に考えたのだが、ホッブズは物の「性質、あるいは偶有性」の「表象と外観」と思考との間に経路を見出して、間に感覚を介在させたのだった。だが、ハイデガーは、物から人間が受け取る感覚の総体としての物という概念もまた退ける。となると、彼は、いったい何が物の本質だと言うのか。

三　ゴッホの靴

ハイデガーは、物の本質についてこう言う„Das, was etwas ist, wie es ist, nennen wir sein Wesen"(*Ursprung* 7)これを、その英訳"What something is, as it is, we call its essence"(*Basic Writings* 143)も参考にして、「あるものが在るように在る何かを、私たちはそのあるものの本質と名づける」と翻訳することができるであろう。だが、それにしても、在るように在るとはどういうことなのか。

この問いに対する答えを、ハイデガーは、ファン・ゴッホが描いた農夫靴を語る言葉の中で与えた。【図3】暗がりの中に置かれたこの靴は、「靴という道具のがっしりとして堅牢な重さ」(42)を伝えている。この靴は農夫靴らしい質料と形態を保持しているのであり、それによって、この靴は有用性を身内にする。道具の「道具存在」(42)は、その有用性のうちに在る。だが、その有用性は靴が己の存在を主張することによって分かるのではない。それを履く農婦が労働にさいして靴のことを考え、注視し、感じることが少なければ少ないほど、靴は、「真正に靴が〔本来〕それであるところのものとなる」(40)というのである。ハイデガーの記述の中で、一足の靴を仲立ちにして、農婦と、思想家であり記述者である彼とが結び合わされる。彼の思索は、古来の物概念の内の第三のもの、すなわち物が「質料(Stoff)」と「形相(Form)」からなるという概念を修正するところから発展してきたものだが、この思索において、物は人間存在の内部に位置づけられている。否、むしろ、物は人間存在に向かって開放されているというべきだろうか。次の引用では、そのことがより如実である。

靴という道具の内にたゆたっているのは、大地の寡黙な呼びかけであり、熟した穀物を大地が静かに贈ることであり、冬の畑地の荒れ果てた休閑地における大地の説き明かされざる自己拒絶である。この道具を貫いているのは、泣きごとを言わずにパンの確保を案ずることであり、困難をまたも切り抜けた言葉にならない喜びであり、出産が近づくときのおののきであり、

【図3】
フィンセント・ファン・ゴッホ『靴』1886年。
Vincent Van Gogh, *Shoes*. Van Gogh Museum, Amsterdam (Vincent van Gogh Foundation)

死があたりに差し迫るときの戦慄である。(42-43)

ここでハイデガーが語ることは、芸術作品の真理は、隠すことと、空け開くことの相克にあるという、彼が後述する芸術観の先駆けとなっているので、その相克の相を際立たせるように、こう言い換えてみよう。靴が靴であることは、その表層の裏側に深く隠されていて、彼はそこに切れ込みを入れることによって、ここに記された一切を知る。大地は寡黙であるが、それにも拘わらず大地は呼びかけ、その声を彼の耳ははっきりと捉える。大地の「説き明かされざる自己拒絶」は、それにも拘わらず、己と同類である農婦の寡黙さを己のそばに引き寄せる。農婦が、泣きごとを言わず、喜びも声に出さずに畑地にあるときに靴は有用性それ自体であるが、有用性は、彼女がただそれを履く、その信頼性の中にある。その信頼性こそがこの靴の「本質的な存在」(43)である。ハイデガーはそう言う。無言の靴は内にこうしたことを隠しながら、同時に明らかにする。

顧みて、オランダの静物画は、対象の馴染深さを手にするのと引き換えに、この相克の次元を喪失したのだ。物は抵抗する。精神はそれを捉えようと格闘するのだから、その次元を欠くとは、とりもなおさず、対象の強さのみならず、それに対応する画家の強さを欠くことを意味する。だが、その点から言うと、ハイデガーの詩的な言語もまた、本質に迫るというよりは、靴の周りで際限のない表象の連鎖を続けるに過ぎないという点で、対象の強さに似合わぬ弱さをあからさまにしていると言うべきである。酒井健は、信頼性という概念を導入したが故に、むしろ、ハイデガーが言うことは危険を伴っているし、「近代性批判としては不徹底の誹《そし》りを免れない」と述べている。近代西欧が、「個、存在者、物の専横化した時代」であり、ハイデガーもそれに対する批判精神を持っていたはずなのに、「信頼性という存在様態には、個、存在者、物を解体する契機が希薄」(112) だからだ、と言うのである。だが、私が思うに、オランダ絵画が事物を集団的に扱ったのは専横的であるし、人間が個を放棄して集団化することは、時として、極端な危険を胚胎する。解体は、その向こうに、新たな個、存在、物を希求していなければならない。ここで、十七世紀オランダでレンブラントが描いた自画像を思い出してみる。それが観る者を引き付けて已まないのは、その観る者に対して、未知のものが間断なく訪れているからである。それは、彼の精神を凌駕して最後まで未知のままであり続けるが、それにも拘わらず、画中のレンブラントは、厳然としてそこに在り続けるからである。その時に、観る者は、対象の外に想いを馳せてその想いをすべて言語化するのではなく、画中の姿に目をくぎ付けにし、おそらくそれによって彼は、己自身の姿を見る画家レンブラントの経験を反復する。先に、ハイデガーの記述において彼と農婦が結び合っていることを言ったとき、私は、画家であるゴッホのことはわざと言わずに措いた。己の姿を捉えようとするレンブラントと同じ強さで靴に迫るゴッホのことを、だ。狂気とは並み外れた強さを持った精神の言い換えに過ぎないが、ここには、その爆発を経験する前に、己の精神と等価な力を、靴という対象の中に、その筆遣いによって、また色使いによって、ただ生み出そうとするゴッホの姿がある。己の精神に形態を与えることが、そのまま靴の形態を生み出すと言わんばかりである。それこそが靴の形相であろう。

ラスキンは、彼の時代の、「客観」「主観」概念の流行に触れ、リンドウの花を例にとって、こう語る。主観、客観を言う者は、目がリンドウに向けられているときそれが青で、それ以外の時は青くないと言う。つまり、物に対する人間の知覚、並びに、物に影響された人間の本性、この二つに依存する物の性質を主観的だと言うのだが、それは、「物それ自体 (what things are in themselves) が何であるか」(*Painters 3*: 202) ではなく、人間に対する物の

「現れ（appearance）」や「影響」を問題にしているに過ぎない。そう言って批判するのである。彼は、目がどこを向いていようと、リンドウには青色を呈する力がある、「物が感覚（sensation）を作り出す力を持ち、その力は常に物の中にある」（202）と述べて、主観、客観という区別を超えて、物自体に感覚の根源を求めるのだ。ラスキンは、人間とは無縁の場所に物を自立させる点でホッブズに接近し、物の「性質、偶有性」の「表象と外観（Apparence）」を思考の起源に求めた後者より物自体に迫りながらも、彼と同じように物から受容する感覚を重視する。その感覚を拠り所に、「リンドウが青い」に始まり、「リンドウが――である」という陳述を重ねることは、物が諸特徴の担い手であるという、ハイデガーが物を規定する従来の解釈として挙げる内の第二の解釈を実践することになるだろう。彼は、この解釈が「その見掛けほどには自然ではない」（24）として退けたのだったが、この解釈が無効である理由は別にあると言うべきである。諸特徴の総和が、決して物自体にはならないことに、である。「物が何かである」という陳述をいくら積み重ねても、それだけでは、物自体は現れない。だがそれにも拘わらず、物は、主体と客体を超えたところにありありと在る。物がその内側から、その力を持って作り出す感覚を一身に受け、その上で物の力に対抗する思考の強さで、物が己にとって、と同時に、己に対して何者であるかを問わなければならない。物が、己とそれとの間に、己自身の姿に応じた姿で立ち現れてくるのは、その問いの中においてだからである。

注

英語以外の文献からの引用には、引用文献に挙げた各書の訳文を使わせていただいた。訳者の、吉村和明、関口浩両氏に御礼申し上げる。ハイデガーの英訳は、ハーパーコリンズ版から借用したが、この版では訳者の名前は確認できなかった。

英語文献には拙訳を施した。

引用文献

Forrester, Gillian. *Turner's 'Drawing Book' The Liber Studiorum*. London: Tate Publishing, 1996.

Heidegger, Martin. *Der Ursprung des Kunstwerkes*. Stuttgart: Philipp Reclam jun., 1960.

——. *Basic Writings*. Ed. David Farrell Krell. London: HarperCollins, 2008.

Hobbes, Thomas. *Leviathan*. A Critical Edition by G. A. J. Rogers and Karl Schuhmann. Vol. 2. London: Continuum, 2005.

Ruskin, John. *Modern Painters*, III. The Complete Works of John Ruskin, Library Edition. Vol.V. Ed. E. T. Cook and Alexander Wedderburn. London: George Allen, 1904.

——. *Modern Painters*, IV. The Complete Works of John Ruskin, Vol.VI.

——. *The Seven Lamps of Architecture*. The Complete Works of John Ruskin, Vol. VIII.

The Oxford English Dictionary. London: Oxford UP, 1933.

バルト、ロラン「事物としての世界」『批評をめぐる試み　1964』（ロラン・バルト著作集　5）吉村和明訳、みすず書房、二〇〇五年。

ハイデッガー、マルティン『芸術作品の根源』関口浩訳、平凡社、二〇〇八年。

酒井健『絵画と現代思想』新書館、二〇〇三年。

「簡素な生活」とは何か
――十九〜二十世紀転換期のイギリスにおけるヘンリ・ソルトの認識

光永　雅明

「簡素な生活 (simple life)」という言葉は、現代でも広く使われているが、その意味はけっして一様とはいえない。たとえば、それはときには家事を減らした生活を、またときには自然の中での質素な生活を意味することがあるだろう。アメリカ合衆国における「簡素な生活」の思想史を論じたデイヴィッド・E・シャイが指摘するように、「簡素な生き方」は、「理想的なものに物質的なものを意識的に従属させる」という共通項を持ちつつも、きわめて幅広い「動機や方法」を含んできたし、今なおお含むのである (Shi 3)。

さて、「簡素な生活」という言葉が含みうるこのような多様性や、時代による変化を考えるうえで興味深い人物がいる。十九世紀末から二十世紀初頭を中心にイギリスで活躍した、思想家、文人、社会主義者、そして社会改良家のヘンリ・S・ソルト (一八五一―一九三九) である。ソルトの活動は多岐に及び、現在では、たとえば「動物の権利」の提唱者としての側面もよく知られるが、「簡素な生活」を実践し、論じた人物としても注目に値しよう。まずソルトは、田園地帯で使用人を持たずに妻と二人で自活する生活を営んだ。またソルトは、ヘンリ・デイヴィッド・ソローは「簡素さの福音」を説いたとする伝記研究を著すなどして、「簡素な生活」に関する様々な論考を残している。またソルトの菜食主義に関する著作はイギリス留学中のガンディーによっても読まれており (Hendrick,

Henry Salt 110-11)、そのガンディーの「簡素な生活観」の形成に影響を与えたイギリス人の中に、「自然回帰を説き田園生活の簡素さを賞賛した」ソルトを含める指摘もある(Guha 19-20)。

だが「簡素な生活」に関するソルトの認識は、それ自体、必ずしも単純ではない。たとえば、田園地帯での自活的生活に対するソルトの評価には、微妙な揺れが生じていったようにも思われる。他方、ソルトは同時代のイギリスにおける「簡素な生活」論の動向にも留意しており、その一部への厳しい批判も加えている。したがって「簡素な生活」についてのソルトの認識を検討することは、副次的に、当時のイギリスにおける「簡素な生活」論の複雑な展開に興味深い光を投げかける可能性もある。すなわち「簡素な生活」といういわば単純平明な言葉のなかに様々な陰影がこめられてゆくことが、ソルトの事例を検討することから、具体的に浮かび上がってくるように思われるのである。

そこで本稿では、ソルトの生涯に即して「簡素な生活」に対する彼の認識がどのように変化していったのかを、きわめて限られた角度と資料からであるが、検討することとしたい。とくに焦点を当てるのは、ソルトが田園での自活的生活を開始するに至った一八八〇年代と、社会改革運動の組織である「人道主義連盟」を立ち上げる一方、ソローの伝記研究を刊行してゆく一八九〇年代、そして、シャルル・ワグネルなど他の著述家たちが提唱した「簡素な生活」への批判を明確にした二十世紀初頭の三つの時期である。[1] なお「簡素な生活」についてのソルトや、他の人々の議論は、しばしば、微妙に異なる言葉を代用し、あるいは併用して、進められた。たとえば「生活の簡素化 (simplification of life)」や、生活における「簡素さ (simplicity)」の提唱、といった言葉である。これらの言葉を用いた議論の場合も、本稿では一括して、「簡素な生活」論を構成するものとして扱う。

また従来の最も代表的なソルト研究は、今なおジョージ・ヘンドリックによる評伝と思われ、本稿も、注で示すように、多くを同書に負っている。ただ同書は、田園地帯での自活的生活に対するソルトの評価の微妙な揺れについては必ずしも十分に議論していないと思われ、また二十世紀初頭にソルトが行ったワグネルらへの批判には触れていない。そこで本稿ではこれらの点にも留意しつつ「簡素な生活」についてのソルトの認識を検討してゆきたい。なお本稿は、以前に発表した拙稿と一部内容が重複するところがあり、その点は文献注で示している。邦訳がある文献は末尾の引用文献で示したが、訳文は必ずしも同一ではない。

一　田園地帯への移住と「簡素な生活」の認識

さて、本節では一八八〇年代におけるソルトの「簡素な生活」に対する認識と思われるものを検討しよう。まず、ソルトのそれまでの半生であるが（光永、「都市住民と自然保護」12-13; 光永、「大地への帰還」62-63）、ソルトは一八五一年に、陸軍軍人の父のもとインドで生まれている。だが一歳のときにイングランドに帰国し、その後、イートン校からケンブリッジ大学キングズ・カレッジに進学して、卒業後はイートン校に赴任した。また一八七九年には、イートン校の同僚の妹、キャサリン・リー・ジョインズと結婚した (Hendrick, *Henry Salt* 7-16)。

このソルトの思想には、一八八〇年代の半ばまでに大きな変化が生じる。そのひとつは社会主義思想の影響下に入っていったことである。だがいまひとつは「生活の簡素化」の理想に魅了されていったことであった。ソルトは当時、のちに『イングランドの理想』（一八八七）にまとめられるエドワード・カーペンターのエッセイを読んでいる (Salt, *Seventy Years* 73)。カーペンターはすでに、シェフィールド近郊の田園地帯で半農生活を開始して

おり (Tsuzuki 41-65; Rowbotham 69-77)、その経験に基づく論考「生活の簡素化」(Carpenter) も同書に含まれる。このカーペンターの「簡素な生活」が、ソルトに大きな影響を与えたと言えよう (Hendrick, *Henry Salt* 20-22; Hendrick, "*Henry Salt*" 412-13)

「生活の簡素化」の理想がソルトに与えたインパクトの大きさは、一八八四年にソルトがとった行動に示される。この年の末にソルトは、イートン校を辞し、妻とともにイングランド南部サリー州のティルフォード近郊に移住してしまうのだ。ティルフォードは緑に埋めつくされた田園地帯であり、その近郊のコテージでソルト夫妻は新しい生活を開始する。それは家事使用人もなく、また、野菜を育てる記述からすれば、おそらくは半農的な生活であった (Salt, *Seventy Years* 74)。移住後にソルトはソローの本格的研究にも着手し、カーペンターら社会主義者たちとの直接の親交も深まった (Hendrick, *Henry Salt* 22-28; Hendrick, "Henry Salt" 414; Tsuziki 110-11; Rowbotham 96-98)。

ではこの移住を中心とした段階におけるソルトの「簡素な生活」認識は、どうまとめられるだろうか。まず指摘できるのは、おそらくソルトが田園地帯での生活を「簡素な生活」のひとつの典型的な姿と考えていたと思われることである。田園地帯での半農生活に根ざしたカーペンターの「生活の簡素化」論にソルト自身が強く魅了されていること、そして夫妻が実際に他でもなく田園地帯に移住していることからは、そのように判断して差支えないであろう。またその田園での生活の大きな意義のひとつを、広い意味での「自活」に求めていたことも十分に窺える。たとえば自伝の中でティルフォードでの新しい生活の大きな特色のひとつとしてあげられているのが、家事使用人をもたなかったことであった (Salt, *Seventy Years* 74)。

またこうした田園生活の実践が、イギリスにおける農業生産のありかたの変革というソルトの問題関心とつながっていたと思われることも見逃せない。当時ソルトは、人口が増加するイギリスでいかに食を確保するかという問題に対して、海外への移民というマルサス人口論的な解決策を批判し、むしろ、「あらゆる生命とあらゆる富の源泉」たる土地を、「国民の財産」とすることを提唱している（Salt, *A Plea* 111-15）。その後もソルトにおいて持続する国内の農業生産向上への関心（光永、「大地への帰還」63-67）が、田園生活志向への背後にあったと考えてもよいだろう。

もっとも当時すでに、ソルトの「簡素な生活」認識には、複雑な側面も顔を覗かせている。たとえば、田園生活それ自体というより日常生活の一側面の変革を「生活の簡素化」とする議論がそれである。菜食主義的な食の利点を「食の倹約と簡素さ」と呼ぶのはその一例である（Salt, *A Plea* 114）。また、一八九〇年代になると田園地帯での自活的生活に対するソルトの屈折した評価がソロー伝に滲み出てくると考えられるが（次節参照）、その議論の先駆は一八八〇年代の論文にも見られる（Salt, "Henry D. Thoreau" 372-73）。しかしそれでも、ティルフォード近郊での生活を開始した事実の重みは無視できない。その点に注目すれば、一八八〇年代のソルトの「簡素な生活」認識は、田園地帯での自活的生活への強い関心を特色とすると理解することも許されよう。

二　ソロー伝の執筆と「簡素な生活」認識の変容

このようなソルトによる「簡素な生活」の認識には、しかしながら、一八九〇年代までには、静かにではあるが、無視できない変化が広がってゆくと思われる。

まずそもそも、私たちが認識しなければならないのは、ソルトがティルフォードでの生活を単純に継続したわけではない、ということである。ソルト夫妻は一箇所にとどまることを好まず、転居を繰り返していた。転居先には田園地帯も含まれていたが（カーペンターの近隣に居住したこともあった）、ロンドンにフラットを借りたこともあるという (Hendrick, *Henry Salt* 160; Winsten 123-25)。

ここにも見られるロンドンへの地理的接近は、単に偶然的なものだったとは思われない。実は、ソルト自身は、一八九〇年代初頭までに、ロンドンをベースとした社会改革運動に活動の軸足を移しつつあった。すなわち一八九一年にソルトは、人道主義的改革、とくに動物の「人道的な」取り扱いを目的とした団体「人道主義連盟」をロンドンで設立し、それ以降、その活動を長年にわたり牽引してゆくことになる (Hendrick, *Henry Salt* 56-86; Weinbren; 光永、「大地への帰還」67-70; 光永、「『文明社会』における動物たち」58-61)。連盟の事務所はロンドンにあり、その実務だけのためにも、ソルトは田園地帯に単純に蟄居するわけにはゆかなかった。

以上のように居住地が必ずしも田園地帯ではなくなってきたことに加えて、ソルトは、一八九〇年代までには、都市における一般の人々の生活により大きな関心を払わざるをえなくなっていた。というのも、人道主義連盟が進めていたキャンペーンの少なからずは、都市に住む人々が田園に移住せずとも、関与できる種類のものだったからである。その典型的な例は、イギリスにおける食の改善にあった。ソルト自身は、菜食主義者であり、イギリスがより農業的な社会になるという将来像への見通しも依然として持ち続けていた。しかし人道主義連盟の内部で行われていたキャンペーンは、はるかに現実的なものであった。たとえばそのひとつは、菜食主義ではなく、肉食を前提とした、肉牛の搬送時や解体時における苦痛の最小化を大きな目標としていた。したがってソルトは、田園地帯への期待や憧れを保持しつつも、徐々に、都市住民を大きな対象とする社会改革運動にも深く関与するという、アンビバレントな立場に追い込まれてゆくのである（光永、「大地への帰還」）。

以上のようなソルトをめぐる状況の変化は、彼による「簡素な生活」論にも次第に影を落としていくように思われる。そのことを示すと考えられるのが、ソルトによるソロー伝の記述である。ソルトは一八九〇年代に、ソローの本格的な伝記研究を刊行し（一八九〇年初版、一八九六年改訂版）、そこでソローの思想における「簡素な生活」の意義も論じてゆく (Hendrick, *Henry Salt* 100-108; Hendrick et al xvii-xxiii)。あくまでソローに即した記述ではあるが、そこから、「簡素な生活」それ自体についてのソルトの認識を読み取ることも不可能ではあるまい。本稿では、このうちの一八九六年版に即して、ソルトの議論を確認しておこう（なお一八九六年版をソルトが再改訂したものの未刊で終わった版は、一九九三年に刊行された (Salt, *Life of Thoreau*)。引用文献にあげた邦訳はこの版の訳である）。

同書でソルトは、ソローが諸個人に「簡素さの福音」を説いたと主張する。ソローが主張した「簡素さ」すなわち「生活の簡素化」とは、「様々な人為的な『安楽をもたらすもの』や贅沢品に疑問を持ち、おそらくはそれらを拒否すること、そして食事、家屋、衣服、燃料という実際の必需品のみに依存すること」であった。これが諸個人の性格に「強靭さ、勇気、自己依存」を与え、それに応じて国家にも同様の力を与えて、社会全体が改革されるのである (Salt, *Life and Writings* 161)。

この「簡素さ」の定義はかなり包括的なものと言え、多くの「簡素な生活」の形態がそこに包含されよう。当然ながら、田園地帯での自活的な生活も、この「簡素さ」の条件を満たすと考えてよいだろう。だが注目すべきなのは、上の記述のあとにソルトが、ソローに対する人々の誤解を解くために説明を加えている部分である。そこでソルトは、ソローは「禁欲主義者」でなかっただけではなく、「文明」にも「科学と現代的な機械発明による進歩」にも反対していなかったと主張する。そして以下の文を続ける。「彼〔ソロー〕は、周囲の人々が町や村を捨て去って粗末な小屋で暮らすことを望んではいなかったし、また(中略)人々が密集した都市の住民たちが自由にそこを出て、どこか近隣の森で麗しき隠遁生活を送ることが可能だなどと考えてはいなかった」。ソローが望んだのは人々の「自立的な思考」を刺激することであって、公衆が「彼のように生きること」ではない(161-65)。

それ以上のことをソルトはここでは書いていない。しかし右の記述からは、「簡素な生活」を田園での自活的生活に限定する見方をソルトは採用していないと考えざるをえないであろう。なるほど衣食住と燃料を最低限の必要性ととらえる部分に焦点を当てると、自活的な田園生活のイメージが浮かぶかもしれない。しかし「生活の簡素化」の定義の中心にあるのは、むしろ「人為的な『安楽をもたらすもの』や贅沢品」への懐疑や否定と考えれば、それ自体は都市でも可能なはずである。たとえば肉中心の食生活を変えるのは、都市でも可能であろう。

実際、後年にソルトは、「簡素な生活」の例として「衣服の簡素化」をあげているが、その具体的な内容は、「ファッション的な着こなしをする男女」が、毛皮を使用しないなどの工夫をすることであった(Salt, "Thoreau and the Simple Life" 205)。これは明らかに、都市住民をも想定した事例であり、そのような生活も含みうる「簡素な生活」論が、一八九〇年代にはソルトによって展開されていったと考えられよう。無論、こうした議論も一八九〇年代に突如として生じたのではなく、前述したように、一八八〇年代においてすでにソルトは、たとえば、菜食主義的な改革の利点を食における「簡素さ」とも表現していた。だが一八九〇年代には、ソルトが傾倒するソローの思想的原理をその本格的伝記で検証するという手続きを経たうえで、「簡素な生活」は必ずしもソロー的な田園生活の単純な模倣ではない、ということが示唆されたのである。

このように一八九〇年代の著作からは、ソルトの「簡素な生活」の認識における静かな変化が生じていたことが窺える。すなわち田園地帯での生活への憧れや期待は保ちつつも、ソルトが述べる「簡素な生活」は、次第に、事実上、都市生活にも開かれた面を含むようになっていったと思われるのである。

三　同時代の「簡素な生活」論への批判

「簡素な生活」についてのソルトの認識自体には、その後、とくに大きな変化が生じたとは思われない。だが二十世紀の初頭にソルトは、「簡素な生活」観を再度、明確に述べる必要に迫られてゆく。それは、当時のイギリスで、ソルトの見方とは大きく異なる「簡素な生活」論が関心を呼んでいったためであった。

当時のイギリスで人々の注目を集めていったのは、フランスのプロテスタント系の牧師シャルル・ワグネルによる著作『簡素な生活』などである。同書はフランスで刊行されて反響を呼んだのち、英訳が米国で広く読まれた（Shi 183-84）。その余波がイギリスにも広がり、同書に言及する「簡素な生活」論も書かれ、たとえば『デイリー・グラフィック』誌は「簡素な生活」をめぐる著名人らの誌上意見交換をまとめ、『簡素な生活についての書簡集』として刊行した。A・C・ベンソンによるエッセイも、ワグネルに言及はしないが、当時の「簡素な生活」論の一つに数えられる（Corelli et al; Benson）。

このイギリスにおける「簡素な生活」への新しい関心は、大きく広がったとも思われるだけに、その全体像を本稿で描き出すのは難しい。ただその中でワグネルの著作は、人々の道徳的向上を「簡素な生活」の名で訴えることに主たる力点を置くものと言って差し支えないであろう。すなわちワグネルによれば、現代生活は複雑化したため、「二次的なことと本質的なことの混同」が生じている。前者は「物質的な安楽」などであり、後者は「良心、性格、意思」を持つものとしての人間である。「人間の進歩」はその人間が「道徳的成長」をすることである。このように人間が「自分のあるべき状態」に注意を払うことが中核にあるため、「簡素さとは、精神の状態である」と定義される (Wagner 3-17)。したがってワグネルにおいては、人々が受け入れやすい道徳的価値観の遵守が強調されていると理解しても差し支えないであろう。その意味で彼の「簡素な生活」論は保守的なものと言うことも許されよう。

ソルトはこの新しい「簡素な生活」論の流行に強い衝撃を受けたと思われ、ワグネルらを厳しく批判する論考を残している (Salt, "Thoreau and the Simple Life"; Salt, "Thoreau in Twenty Volumes" 1002-1004)。ワグネルの著作から窺えるように、この新しい「簡素な生活」論は、ソルトとある意味では同様に、人々の日常生活の改革をターゲットにしていたと思われる。だがその改革の中身や意義が、ソルトの考えるものとは大きく異なっていたのである。ソルトは以下のように論じている。たとえばワグネルが提唱する、生活の様々な面における「節度とよき嗜好」自体はことさら批判するに及ばない。しかしそれは「純粋に個人的な」「簡素な生活」にすぎない。だが本来、「簡素な生活」には「社会的、人道主義的な」側面もある。「安楽をもたらすもの」を「生産するための労働を他者に過剰に課さない」という側面である。しかしワグネルらの著作には、この「社会的な側面」への視点が欠けている。たとえば高額な衣服代の若干の削減を「簡素な生活」とする『簡素な生活についての書簡集』の見方、「簡素な性格」などを重視するベンソンの見方は、この欠落を物語る (Salt, "Thoreau and the Simple Life" 203-204)。

ソルトからすれば、ソロー流の「簡素な生活」は、本来、「社会的な側面」を有しているはずだった（光永、「都市住民と自然保護」14-15)。前述したように、ソローは「簡素な生活」の普及により社会変革を展望しているとソルトは解釈していた。ソルト自身の田園生活も、家事使用人の重労働に依拠する社会のありかたを問い直すとともに、国内農業復興への展望とも結びついていた。都市でも実行可能な食の見直しは、動物への苦痛も軽減する、より人道的な社会の構築を目指していた。このように当然視していた「社会的な」次元がワグネルらの議論には欠落していると見えたのである。

以上のエピソードは、当時のイギリスにおける「簡素な生活」理解について、私たちに少なからぬ示唆を与える。その頃の「簡素な生活」として比較的よく知られるのは、ソルトらが実践・提唱したものに代表される、多かれ少なかれソロー流のそれと言ってよいかもしれない。またその一因として考えられるのは、ソルトらの周囲には高名な著述家や社会活動家がいたこともあって、彼らの「簡素な生活」については多くのことが積極的に書かれてきたことであろう。たとえば、ソルトと親交を結んだジョージ・バーナード＝ショウは、ソルト夫妻のティルフォードでの生活や二人の生涯について印象的な記述や回想を残している(Shaw; Hendrick, *Henry Salt* 27-28, 145-58)。

だがワグネルらの流行は、当時の人々が関心を寄せた「簡素な生活」は、もっと幅広い内容も含んでいたことを示している。サンダルを履かず、菜食主義も実行せず、無論、森の中にも住まないような「簡素な生活」である。ソロー流の「簡素な生活」についてのソルトの認識自体、単純ではなかったが、二十世紀初頭のイギリスではむしろ、ソローにはほとんど依拠しないような「簡素な生活」論もまた関心を集めていたのである。(2)

冒頭にも示したように「簡素な生活」という言葉にこめられてきた意味は、歴史的に幅広く、また変遷もしてきた。

そのことをイギリスにおいてよく示してくれるのが、本稿で扱ってきたソルトによる「簡素な生活」の認識である。まずソルトによる「簡素な生活」の認識には、それ自体に、一定の静かな変化を認めることも可能であろう。すなわち一八八〇年代のソルトは、自活的な田園生活を「簡素な生活」のひとつの典型的な姿と理解していたと推測される。しかし一八九〇年代までにソルトの論じる「簡素な生活」は、田園地帯だけではなく都市にも開かれた面を含むようになっていったのである。

また、ソルト自身のではないが、当時のイギリスにおける「簡素な生活」論の興味深い動向も、本稿における検討から浮かび上がってきたと思われる。「簡素な生活」についてのソルトの認識自体、決して平板なものではなかったが、同時代のいわば保守的な「簡素な生活」論の展開からは「簡素な生活」という言葉に、さらに別の意味合いがこめられていたことを窺うことができる。本稿で述べてきたように、まずワグネルの議論には「簡素さ」を「精神の状態」と理解し、その「個人的な」次元を強調する特色があった。さらに、ソルトはとくに指摘しておらず、紙幅の都合からも本稿では立ち入れないが、ワグネルらの議論には、ナショナリズムや、イギリスの帝国としての地位に関心を寄せる様々な主張も実は流れこんできている。[3] ソルトが危機感をもって批判した側面に加え、さらにそのような主張までもが、「簡素な生活」の名のもとに同居していたのである。「簡素な生活」という一見すると単純平明な言葉は、それほど多くの陰影をはらんでいたのである。

注

本稿は、JSPS科研費（21520753）の助成を受けたものである。

(1) 本稿で扱うソルトの思想と活動は限られた範囲のものであり、「簡素な生活」に関しても、たとえばソルトがパーシー・ビッシュ・シェリーに即して論じた内容は扱えていない。また、「簡素な生活」に関するソルトの認識の変化を、ソルトの思想のより大きな展開——とくに「人道主義」思想の発展（Hendrick, *Henry Salt* 56-57）——と関連づけて論じることも、後日の課題とせざるをえない。ソロー解釈の歴史におけるソルトの位置づけも、本稿では扱えていない。また、たとえばJ・マーシュらが検討してきた、社会主義的ないし急進的な「簡素な生活」の幅広い理論や実践とソルトとの関係についても（Marsh 196-201; Gould 15-57; Bevir 235-55）立ち入れなかった。

(2) G・K・チェスタトンによる著名な「簡素な生活」批判（Chesterton 110-14）と、本稿で扱った「簡素な生活」論の動向との関係については、後日の検討課題としたい。

(3) ワグネルは、エルネスト・ルナンを引きつつ、「本質的なこと」以外は忘却する「簡素の精神」が人々をまとめる「社会的な絆」になると論じる（Wagner 191-93）。他方『簡素な生活についての書簡集』には、ベンジャミン・キッド、ジェイムズ・クリヒトン＝ブラウンらが、イギリスの帝国的な地位や国民退化の懸念といった問題と「簡素な生活」との関係についても論考を寄せていた（Corelli et al）。

引用文献

Benson, Arthur Christopher. *From a College Window*. London: T. Nelson & Sons, [1917].

Bevir, Mark. *The Making of British Socialism*. Princeton: Princeton UP, 2011.

Carpenter, Edward. *England's Ideal and Other Papers on Social Subjects*. London: Swan Sonnenschen, 1895.

Chesterton, G. K. *Heretics. The Collected Works of G. K. Chesterton*. Ed. David Dooley. Vol. 1. San Francisco: Ignatius, 1986. 〔『異端者の群れ』別宮貞徳訳、春秋社、一九七五年。〕

Corelli, Marie et al. *Letters on the Simple Life*. London: S. W. Partridge, 1905.

Gould, Peter C. *Early Green Politics: Back to Nature, Back to the Land, and Socialism in Britain, 1880-1900*. Brighton, Sussex: Harvester Press, 1988.

Guha, Ramachandra. *Environmentalism: A Global History*. New York: Longman, 2000.

Hendrick, George. *Henry Salt: Humanitarian Reformer and Man of Letters*. Urbana: U of Illinois P, 1977.

——. "Henry S. Salt, the Late Victorian Socialists, and Thoreau." *New England Quarterly* 50.3 (September 1977): 409-22.

——, Willene Hendrick, and Fritz Oehlschlaeger. "Introduction." Henry S. Salt, *Life of Henry David Thoreau*.

Marsh, Jan. *Back to the Land: The Pastoral Impulse in England, from 1880 to 1914*. London: Quartet Books, 1982.

Rowbotham, Sheila. *Edward Carpenter: A Life of Liberty and Love*. London: Verso, 2009.

Salt, Henry S. *A Plea for Vegetarianism and Other Essays*. Manchester: Vegetarian Society, 1886.

——. "Henry D. Thoreau." *Temple Bar* 78 (November 1886): 369-83.

——. *Life and Writings of Henry David Thoreau*. London: Walter Scott, n.d.

——. *Life of Henry David Thoreau*. Edited by George Hendrick, Willene Hendrick, and Fitz Oehlschlaeger. Urbana: U of Illinois P, 2000. 〔『ヘンリー・ソローの暮らし』山口晃訳、風行社、二〇〇一年。〕

——. *Seventy Years among Savages*. London: George Allen and Unwin, 1921.

――. "Thoreau and the Simple Life." *Humane Review* (January 1907): 202-208.

――. "Thoreau in Twenty Volumes." *Fortnightly Review* 83.498 (June 1908): 994-1004.

Shaw, George Bernard. "Preface." Stephen Winsten. *Salt and His Circle*. 9-14.

Shi, David E. *The Simple Living: Plain Living and High Thinking in American Culture*. New ed. Athens: U of Georgia P, 2007.〔『シンプルライフ：もうひとつのアメリカ精神史』小池和子訳、勁草書房、一九八七年。〕

Tsuzuki, Chushichi. *Edward Carpenter 1844-1929: Prophet of Human Fellowship*. Cambridge: Cambridge UP, 1980.〔『エドワード・カーペンター伝：人類連帯の予言者』都築忠七訳、晶文社、一九八五年。〕

Wagner, Charles. *The Simple Life*. Trans. by Mary Louise Hendee. New York: McClure, Phillips, 1903.〔『簡素な生活：一つの幸福論』大塚幸男訳、祖田修監修、講談社学術文庫、二〇〇一年。〕

Weinbren, Dan. "Against *All* Cruelty: The Humanitarian League, 1891-1919." *History Workshop Journal* 38 (1994): 86-105.

Winsten, Stephen. *Salt and His Circle*. London: Hutchinson, 1951.

光永雅明「都市住民と自然保護――二〇世紀初頭のイギリスにおける生態学者とヘンリ・S・ソルトの議論――」『神戸市外国語大学研究年報』四七号（二〇一一年）一―二〇。

光永雅明「「大地への帰還」――ヘンリ・ソルトにおける農村志向と人道主義――」『神戸外大論叢』六二巻二号（二〇一一年）五七―七六。

光永雅明「「文明社会」における動物たち――ヘンリ・S・ソルトによる動物の擁護――」『神戸市外国語大学外国学研究』八五号（二〇一二年）五五―六九。

よみがえる「物語」——イーディス・ウォートンの『歓楽の家』再読

野末　幸子

『歓楽の家』の冒頭で、主人公リリー・バートは、ローレンス・セルデンのアパートを思いがけず訪れることになる。リリーが招き入れられる書斎の本棚には装丁の美しい古書が並んでいる。セルデンはいわゆる稀少本の蒐集家ではなく、「自分の好きな本の良い版を所有したいだけ」(15) で、時折「ごみの山から何かを拾ってくる」(15)、と自らの古書蒐集について語る。セルデンの言う「ごみの山」とは、古書市などで山積みにされている雑多な書物を指し、彼はそこから掘り出し物を見つけてくるというわけだ。この台詞は原文では、"I pick up something in the rubbish heap" となっているのだが、この場面だけを読めば特に気になるような言葉ではない。ところが、小説の結末近くで、リリーが再び彼の書斎に足を運ぶ時、今度は彼女の口から、「ごみの山 (rubbish heap)」という言葉が出てくる。小説の前半で、華やかな装いに身を包み、金持ちの男性との結婚によって社交界で成功するという野心を抱いていたリリーの境遇は、この二度目の書斎訪問の時点で大きく変化している。ニューヨーク社交界の花として、美しい飾りになるという目的のためだけに育てられたリリーだったが、宿敵バーサ・ドーセットの陰謀により社交界を追放され、ついには労働者階級に転落。見習い女工として働いた帽子工場からも解雇され、社交界以外の場所では自分が無価値な存在だと痛感し、人生に絶望している。リリーは自らの窮境を、次のようにセルデンに語る。

「懸命に努力しました。でも人生は困難で、私は本当に役に立たない人間です。自立した生活をしているなんて言えません。私は人生という大きな機械の一つのねじか歯車にすぎず、そこから外れ落ちたら、他のどの場所でも役に立たないとわかったんです。人がたった一つの穴にしか合わないってわかったらどうしたらいいんでしょう。元の穴に戻るか、ごみの山に捨てられるか――あなたにはごみの山にいるってことがどんなことかわからないでしょう！」（傍線引用者 498）

この場面でリリーが発する「ごみの山」という言葉は、単にセンチメンタルな台詞の一部として看過されそうである。しかし、セルデンの書斎という同じ場所で、同じ言葉が繰り返されるのは偶然ではないと思われる。『歓楽の家』を再読してみると、冒頭のセルデンの台詞にある「ごみの山から何かを拾う」という行為の変奏が、小説の中に何度か現れ、そこに描かれる「ごみの山から拾われたもの」には共通した属性があることに気づく。本稿では、この属性が、セルデンの視点による最終章の語りを読み解く鍵として小説中に繰り返し提示されている可能性を示したい。(1)

一　バーサの手紙

「ごみの山から何かを拾う」行為が二度目に提示されるのは、小説のプロット展開の重要な小道具でもあるバーサ・ドーセットの手紙をリリーが偶然入手する場面においてである。セルデンのアパートの掃除婦ハッフェン夫人は、書類で溢れかえる彼の屑篭、つまり「ごみの山」から、バーサが彼に宛て、彼が文字通り「ごみ」として破棄した十数通の手紙の紙片を拾い集める。生活に困窮した掃除婦の目論みは、書き手の不義を証明する手紙を使って相手を恐喝し、それを金に換えることだった。かつてアパートの階段で偶然見かけたリリーが手紙を書いたと思い込んだハッフェン夫人は、リリーが住むペニストン夫人の館を不意に訪れる。そこでハッフェン夫人は、引き裂かれた紙片を手早く繋ぎ合わせ、一通の手紙を復元してみせる。

　リリーは嫌悪を露にして後ずさりしたが、思いがけない発見をして足が止まった。ペニストン夫人のぎらぎら光るシャンデリアの下で、手紙の筆跡に気づいたのだ。大きな、関節のはずれたような書体で、男らしさを誇示しているものの、くねくねした弱さをほんのわずかしか隠せていなかった。薄い色の便箋の上に濃いインクでなぐり書きされた言葉は、声に出して話されたかのようにリリーの耳に響いた。（中略）目の前にある手紙は短かったが、読んでいると意識する前に頭の中に飛び込んできた数少ない言葉は、長い歴史を語っていた。過去四年間、書き手の友人たちが、単に、ありふれた喜劇に数え切れないほどある「面白い場面」の一つとして、にやにやし、肩をすくめてきた歴史を。（166-67）

目の前に現れた独特の癖のある大きな文字が、リリーの脳裏にバーサの姿を呼び起こし、彼女はバーサの言葉を聞いたかのような感覚に襲われる。そこには、「歴史（history）」と表現される過去の噂話（story）が生々しく現前するのである。リリーは、セルデンが破棄することで無効にしようとした「歴史」、すなわち過去の物語を、復元された手紙から読み取る。この後ハッフェン夫人がテーブル一面に並べた手紙は、「細かく破られたものもあれば、単に半分に引き裂かれたものもあった」(170)が、それらの紙片はすべて繋ぎ合わされ、元の形に修復されていた。リリーは宿敵の秘密を偶然握ったことに動揺するが、最終的には、「手紙が救われる」(169)ことをセルデンは望むだろうという思いが勝り、彼の名誉のためにそれらを買い取る。

手紙を「救った」リリーは、彼女自身が「ごみの山から何かを拾う」という行為をハッフェン夫人から引き継いだと言える。このようにセルデンの知らぬところで手紙がリリーの手に渡ったことで、それは後に彼が読み解く物語(story)に置き換わることになるのだが、このことは後で述べることとする。ここではひとまず、「ごみの山から拾われたもの」である手紙の紙片が繋ぎ合わされたことで、過去の「物語」がよみがえり、リリーがそれを再解釈している点に注目しておきたい。

二　リリーの衣装

バーサの手紙ほど明確ではないが、小説終盤に描かれるリリーの衣装のエピソードも、「ごみの山から何かを拾う」行為の変奏として読むことができる。社交界から締め出され、ついには労働者となったリリーは、「華麗な社交生活の最後の遺物」(512)であるドレスを、解雇した自分のメイドに譲るのだが、これらは「古着(cast-off apparel)」(512)であり、原文の字義通りには、「投げ捨てられた衣服」ということになる。また、衣装の襞が折り重なっている状態は「山(heap)」(270, 513)という語を使って表現されることから、不用のものとなり、他人に譲り渡さざるを得なくなったリリーのドレスは、冒頭のセルデンの台詞にある古書、つまり、元の所有者の手を離れた書物からなる「ごみの山(rubbish heap)」を連想させるものとして描かれていると言える。したがって、その衣装の山からリリーが手元に残した数着は、「ごみの山から拾われたもの」と解釈できるだろう。死の前夜、リリーはずっとトランクにしまっておいたそれらのドレスを、一枚一枚取り出し、ベッドの上に広げる。

残ったドレスは清新さを失ってしまったが、偉大な画家の一筆が描いたような長く正確なライン、その筆勢と豊かさをまだ保っていた。ドレスをベッドの上に広げると、それらを身に纏った場面が鮮やかに彼女の前によみがえった。思い出が一襞一襞に潜んでいた。一つ一つのレース、刺繍の輝きが彼女の過去を記録した文字のようだった。彼女は昔の生活の雰囲気が自分を包んでいるのに気づいてはっとした。（傍線引用者 512）

引用で強調した「文字のよう」という表現は、原文では“like a letter”となっており、「手紙のよう」と読むこともでき、この場面は、バーサの手紙が断片からよみがえり、葬られていた過去が生々しく現前する先のハッフェン夫人とリリーとの面談の場面を想起させる。手紙の紙片が繋ぎ合わされ、文字から言葉、言葉から「長い歴史」がよみがえってきたのと同様、リリーのドレスも、それを構成するパーツであるレースや刺繡が、「過去を記録した文字」となり、一つ一つのドレスの襞から、かつての華やかな社交生活が現前するかのように描かれている。英語の text の原義が「織物」であるように、リリーがトランクから取り出して眺めるドレスは、彼女の過去の物語が織り込まれたテクストであり、ここで彼女は自らの人生の軌跡を記した「書物」を読み直していると言えるだろう。小説の始まりでリリーが「女は本人と同じくらい衣服のために招待される」（17-18）と語っていたように、衣装は過去の社交生活においてリリーを演出してきたものであると同時に、彼女自身でもあった。死の前夜、リリーがその衣装を「かすかな輝き、笑い声の調子、薔薇色の喜びの岸辺から漂う風とともに」(513) 一つ一つトランクに納める行為は、「リリー・バート」というテクストを埋葬する行為とも読めるだろう。

三　ネッティ・ストラザー

リリーはかつてセルデンの従妹ガーティ・ファリッシュが運営する慈善団体に衝動的に寄付したことがあり、その結果、胸を病んでいたネッティ・クレインという娘の命を奇跡的に救うことができた。この偶然の人助けもまた「ごみの山から何かを拾う」という行為の変奏として小説に描かれている。死の前日、セルデンのアパートから帰宅途中に、リリーはネッティ（結婚後の姓はストラザー）と思いがけなく再会し、知り合った当時の彼女を思い出す。

> 彼女はネッティ・クレインを過労と貧血の家系によって希望を挫かれた者たちの一人として認識していた。リリーがつい最近自分の恐怖を表現した、あの社会のごみの山に若くして捨てられる運命にある無用な人生の断片の一つとして。しかし、ネッティ・ストラザーのきゃしゃな体は今や希望と活力で満ちていた。将来どんな運命が待ち構えていようとも、彼女が戦わずにごみの山に捨てられることはないだろう。（傍線引用者 506）

本稿の最初で引用したように、リリーはネッティと再会する直前、「ごみの山」という言葉で自らの苦境をセルデンに説明していたが、かつてのネッティはまさに社会に不要な存在として「ごみの山」に捨てられる状況だった。(2) タイピストとして働いていたネッティは、結婚の約束をしたと思っていたある紳士から捨てられ絶望していただけでなく、重い病にかかり、死をも覚悟していたと言う。このようなネッティに田舎で療養する資金を出してやったリリーは、「ごみの山」から「無用な人生の断片の一つ」だった彼女を救った、つまり「拾った」と言えるだろう。「ごみの山から拾われたもの」として前に見たバーサの手紙やリリーの衣装とは性質の違いはあるものの、このネッティのエピソードもまた断片からよみがえる「物語」として描かれている。先の引用では、ネッティはリリーがセルデンに語ったような「人生という大きな機械」の断片に喩えられていると言えるが、病から立ち直った彼女は、今度は自らの人生という過去の「断片」を拾い集め、再生したかのように表現されている。「ごみの山」から復活し、彼女の過去を知る幼馴染と結婚し、赤ん坊や、小さくても居心地のよい家まで手に入れたネッティのことを、リリーは「人生の断片を集める力に気づき、集めた断片で避難所を築いた」と解釈している(516-17)。さらに彼女は、ネッティの築いた家庭という「避難所」を、「断片」を集めて作られる鳥の巣のイメージで読み直している。「それは崖の縁に作られた鳥の巣のもろくも大胆不敵な永続性を備えていた。一握りの葉や藁にすぎないのだが、それに託された命が深淵の上で安全にかかっていられるように集められている」(517)。

過去のネッティと現在のリリーは、「ごみの山」という言葉で重ねられており、この再会の直前にセルデンの書斎でバーサの手紙を焼却してしまったリリーにとって、ネッティの「ごみの山」からの復活物語は、彼女自身が再生するための一つの可能性を見せている。しかし当然ながら、リリーにはネッティのように新たな物語を築くことはできない。(3) リリーが最後にできることは、衣装のエピソードで触れたように、自らの過去を再読することだけである。

四　よみがえる「物語」

バーサの手紙、リリーの衣装、ネッティ——ここまで見てきた「ごみの山から拾われたもの」は、断片からよみがえる「物語」という共通した属性をもって、小説中に繰り返し提示されていると言える。このことは、小説の結末でセルデンがリリーの亡骸と対面し、彼に語られなかった「物語」を解読しようとする試みにもあてはまる。

最終章で、セルデンはリリーが生前彼に話すことのなかった、ガス・トレナーと彼女の噂の真相に直面する。この小説でリリーが築いた物語の多くは、（彼女の説明では）自分の代わりにトレナーが投資で儲けたと信じていた金によって生み出されたものなのだが、そのようなリリーとトレナーの関係が社交界で囁かれる時、ウォートンはこの噂話（story）に「ごみを拾う」という言葉を使っている。リリーに嫉妬するもう一人の宿敵グレイス・ステプニーが、「トレナーがリリーの請求書の支払いをしている」とペニストン夫人に告げ口すると、夫人は「どこでそんなくだらない話を聞いてきたのか（where you can have picked up such rubbish）」（202）とグレイスを軽蔑するのである。潔癖症の夫人にとって「ごみ」であるその話は、かつてセルデンが拒絶した「物語」でもある。セルデンは、リリーが活人画で表現したような、社交界の慣習に縛られない、森の精のような自由と美しさを持つイメージに「本当のリリー」（217）を見たという幻想を抱き、（おそらく）彼女に求婚しようと面会の約束を取り付ける短信を送るのだが、その約束の日の前夜、彼女とトレナーが二人でいるところを偶然目撃してしまう。彼はリリーに事の真偽を確かめることすらせず、翌日突如南米に出航し、以後、彼女と一定の距離を置き続ける。セルデンは自分の描く理想像以外のリリーを受け入れることができず、「本当のリリー」という「物語」を捨てたと言える。だが、結末で彼は再びそれを「拾う」ことになるのだ。

セルデンの視点で描かれる最終章は、彼がリリーの過去の「断片」を繋ぎ合わせて、彼女の「物語」を読み直す場面を中心に展開する。リリーの遺品を調べる機会を与えられたセルデンは、最初に彼女の机の蓋に置かれた封筒にトレナーの名を見つけて激しく動揺するものの、その後は事務的に机の中の書類を精査し、彼女の残した手紙のほとんどは重要なものではないと判断する。だが、彼にとっては「ごみの山」とも言えるそれらの手紙の中に、活人画の翌日に自らがリリーに宛てた短信を発見する。「いつ会えますか」と書かれたその短信に対するリリーの返事を、トレナーと彼女の姿を見たあの晩、彼は屑篭に捨ててしまった（と思われる）が、リリーは彼の書いた言葉を死ぬまでとっておいたことを知る。まさにその約束をした日、彼女から逃げ出したことを思い出したセルデンは、自らの臆病さを恥じる。そして、リリーの残した「ごみの山」から彼女の「物語」を再び拾い始める。

リリーの小切手帳や請求書の数字や文字は、彼女の社交生活を彩ってきた衣服や装飾品の数々を記録し、彼女の人生を語り直す書物の断片とも言える。社交界におけるリリーの「物語」は借金の歴史でもあるが、セルデンはそれを読み進める中で、彼女がすべての請求書を支払い済みにし、さらに、前日に受け取ったペニストン夫人の遺産のほとんどをトレナー宛の小切手にしていたことを知る。

トレナーに宛てた小切手は謎を解明するのか、それとも深めるのか。最初彼の頭は考えるのを拒んだ。彼はただトレナーのような男とリリー・バートのような娘との間のそのような取引に汚れを感じただけだった。その後次第に、混乱した頭が明晰になり、過去の仄めかしや噂がよみがえり、彼が深く探るのを恐れたまさにその当て擦りから、謎の解明を組み立てた。(531)

この場面もまた、バーサの手紙が目の前で復元されたことによって、リリーの頭の中に「歴史」がよみがえってきた場面を想起させる。セルデンは小切手という紙切れと、以前耳にした噂話の断片を組み合わせ、リリーの「物語」を再構築する。そして苦々しくも、リリーがトレナーから金を受け取っていたという噂が事実だったことを知る。だが同時に、容赦ない貧困に直面しても借金を全額返済したことから、彼女は過去の過ちに耐えられなかったのだ、とリリーに対する解釈を改める。

「彼にわかるのはそれだけだった——彼がその物語から解明を望めるのは」(532) とあるように、この場面においてセルデンは、リリーが語らなかった過去に対する自らの解読行為には限界があることを意識している。ところが、セルデンによるリリーの「物語」解読はここで終わらないようだ。この一文に続く次の引用では、セルデンは突然何かを思いついたかのように前文の思考を翻している。

> 枕の上の物言わぬ唇はこれ以上のことを彼に拒否した——実際その唇が彼の額に残したキスで残りのことを語ったのでないとするならば。そうだ、今あの別れに、彼の心がそこに見出したいと渇望しているすべてのことを読み取ることができるのだ。最高の機会を掴めなかった自分を責めない勇気をそこから引き出すことだってできるのだ。(532)

「残りのこと」をリリーの別れのキスから読み取れるというのはどういうことなのだろうか。リリーが彼の手紙を死ぬまで保管していたこと、トレナーとの噂をめぐる真相の他に、セルデンは何を知り得るのだろうか。この段落の後、小説が閉じるまで残り十数行ほどなのだが、その間に具体的なことは何一つ語られておらず、最後にセルデンはリリーの亡骸の傍らで「罪を悔い改め、和解」(532) し、「二人の間にすべてを明らかにする言葉が交わされた」(533) かのように書かれている。この結末にはなんとなく腑に落ちないところがある。もちろん、この場面のセルデンの思考をまともに受け止めてよいものなのか、という疑問は当然ある。そもそも結末は、リリーの突然の死によって過去が美化され、彼女を救えなかったセルデンにとって都合のよい想像であると解釈するのが妥当なのかもしれない。けれども、最終章では明示されていないリリーが語らなかった「残りのこと」を、セルデンが彼女と別れた場面から実際に読み取ったのだと仮定すると、結末の行間が読めるのではないだろうか。

リリーがセルデンに別れのキスをする直前、彼女は彼に何も知らせることなく書斎の暖炉でバーサの手紙を燃やしてしまうのだが、小説のページを遡ってみると、確かに彼がその場面を後から振り返ることが示されている。

彼女は炉の前の敷物に跪いて、残り火のほうに両手を伸ばした。突然の口調の変化に当惑し、彼は機械的に籠から一掴みの薪を集めて火の中に投げた。そうしたとき、燃え上がる炎の光で、彼女の手がひどく痩せ細っているのに気づいた。また、彼女の緩やかな衣服の下に、体の曲線が縮んで骨張っているのを見た。ずっと後になってから、赤い炎の揺らめきが、彼女の鼻孔のくぼみを際立たせ、頬骨から目にかかる黒い影を強調していたことを彼は思い出した。彼女は少しの間そこに静かに跪いていた。彼はあえてその沈黙を破ろうとしなかった。彼女が立ち上がった時、衣服から何かを取り出して火の中に落とすのを彼は見たような気がした。だがその時は、その身振りにほとんど気づかなかった。(傍線引用者 501-502)

この場面には、明らかにその時点から見れば未来にあたる視点が入りこんでいる。「ずっと後になってから思い出した」、「その時は気づかなかった」という表現をウォートンがわざわざ用いていることから、セルデンがこの時の情景を後になって記憶の中から再現することを予告していることがわかる。彼はこの場面を思い返すことによって、リリーが口にしなかったもう一つの「物語」を組み立てたのだと思われる。そして、この小説で何度か繰り返されてきたように、その「物語」もやはり「ごみの山」からよみがえったのではないだろうか。

ここでもう一度、リリーがセルデンの書斎で語った台詞に戻りたい。「あなたにはごみの山に捨てられるってことがどんなことかわからないでしょう」と彼女は言ったのだが、この言葉の裏には、セルデンが捨てた「ごみ」であるバーサの手紙のことが示唆されていると思われる。この時、バーサの恋文を利用して社交界に戻るという計画を密かに抱いていたリリーは、生きるための苦渋の決断とはいえ、これを実行すればセルデンの信頼を完全に失い、過去の彼女は「捨てられる物語」になることを意識しているのである。結局リリーはその場で手紙を処分し、自らが手紙とともに抱えてきた葛藤の「物語」を無にしてしまうのだが、ウォートンは、書斎で繰り返される「ごみの山」という言葉によって、リリーが捨てた「物語」がそこでよみがえることを仄めかしているのかもしれない。

少々回りくどくなってしまったが、実はセルデンは、暖炉の燃え殻の山、言わば「ごみの山」から、バーサの手紙の断片を拾ったのではないだろうか。もちろん暖炉の炎の勢いはあったのだが、小説にはリリーが「何か(something)」を火の中に落としたとしか書かれておらず、それが完全に焼却しきれなかった可能性が残されている。(4) そして、次のようなことが起こったのではないかと想像できる。リリーの死後、時間が経ってから、セルデンは暖炉の燃え残りの中に、見覚えのある特徴的な文字が書かれた紙片を見つける。彼は、暖炉の傍らに跪いていたリリーの姿を再び思い起こす。その時は気に留めることがなかったリリーの姿の細部、すなわち赤い炎を背景にした彼女の顔の黒い影が、まるで死を予告する骸骨のようなイメージとなって彼の脳裏に浮かび上がってくる。同様に、彼女が衣服から取り出した「何か」が、バーサの手紙であり、彼がその時は注意しなかったリリーの動きが、手紙を火に投げ入れる動作だった、と遅れた認識をする。そこで彼は、リリーが語ろうとしなかったもう一つの「物語」を組み立てたのではないか――リリーは、偶然バーサが自分に宛てた恋文を入手し、彼とバーサの不倫の事実を知っていた。そして、その手紙を自らが生き残る手段として使うこともできたのに、最後には彼の名誉を守るため自らが犠牲になることを選んだ。この「物語」にセルデンは最終的に到達したのではないか。(5)

実は最終章にも、書斎の場面と同様、セルデンがその場面を後から振り返ることを予示する言葉が見られる。以下の引用は、最終章の冒頭で、セルデンがリリーの下宿に到着する場面である。

> 彼は近づいて、三列に並ぶ窓を見上げ、どこが彼女の部屋だろう、と少年のように思い巡らした。九時だったが、労働者が居住しているその宿はもうすでに目覚めた正面を通りに見せていた。彼は、窓の日よけが一つだけ下りているのに気づいたことを後になってから思い出した。彼は窓枠の一つにパンジーの植木鉢があることにも気づき、即座に、その窓が彼女の部屋に違いないと判断した。彼が、薄汚い背景で一つの美と彼女を結びつけるのはもっともなことだった。(傍線引用者 524)

セルデンにリリーの部屋だと思い込ませたものは、窓枠の花の植木鉢で、その時は一つだけ下りていた日よけは気にしなかったということだが、その事実を伝えるだけなら、「後になってから思い出した」という表現は必要ないはずだ。ウォートンは、最終章の始めにもこのような予示表現を埋め込むことで、セルデンがリリーの死後、その場面を苦々しい記憶として振り返ったこと、さらにこの後リリーの部屋で起こったことの描写にも、彼が「後になってから」認識したことが入り込んでいる可能性を示そうとしているのではないだろうか。仮にそうだとすると、リリーの亡骸の傍らで進行中に見える描写には、リリーの犠牲を遅れて認識したセルデンの思考が重なっていることになり、彼が「悔い改め」、彼女と沈黙の「和解」を交わしたという結末はより説得力を持つことになる。

小説冒頭におけるセルデンの古書蒐集を表す言葉は、結末で彼が再び「ごみの山から何かを拾う」こと、つまり、燃え殻の山からリリーが投げ捨てた手紙の断片を拾い、彼女が語らなかったもう一つの「物語」がよみがえることを暗示するものだったのではないか。ただ、セルデンは、トレナーとの一件も含め、実際には「本当のリリー」についてはほとんど知らないのであり、彼が「ごみの山」から拾い、繋ぎ合わせたリリーの「物語」は、結局は「自分の好きな本の良い版」にすぎないのだが。

注

(1) 「ごみの山」という言葉に論及している先行研究としては Waid 36 を参照。本稿のように「ごみの山から何かを拾う」という行為に焦点を当て、結末のセルデンの言動と結びつけた論考は管見の限りないと思われる。

(2) この引用の「ごみの山」には、**“refuse-heap”** という言葉が使われているが、**rubbish** と **refuse** はともに「価値のないもの」という意味を持ち、単語から生み出されるイメージは同じと考えられる。

(3) 手紙の焼却はリリーの物語の終わりを示し、彼女の死を意味する (Waid 36)。

(4) ウォートンの未完の戯曲『ケイト・スペイン』には、主人公が罪の証拠となるエプロンを暖炉で焼却したつもりでいたが、メイドがその布の断片を「奇妙な黒い燃え殻の山 (a queer heap of black ashes)」から拾い、所持していたことが後からわかる場面がある (*Kate Spain* 157)。

(5) この小説のメロドラマ的構造について分析している研究者は、後半の書斎の場面がクライマックスで、ここでセルデンは手紙を火の中に投げようとするリリーに気づき、彼女が犠牲になろうとした事実を知り、その場で二人はめでたく結ばれる、というメロドラマでは当然起こるべき一連の流れが欠落していることを指摘している (Wolff 82)。ウォートンは、リリーが手紙を暖炉に投げ入れる動作をセルデンが見たにもかかわらず、その時点ではそれを意識させず、彼女の犠牲について彼に遅れた認識をさせることによって、結末におけるアイロニーをより一層強めていると考えられる。

引用文献

Waid, Candace. *Edith Wharton's Letters from the Underworld: Fictions of Women and Writing*. Chapel Hill: U of North Carolina P, 1991.

Wharton, Edith. *The House of Mirth*. New York: Scribner's, 1905.

——. *Kate Spain. The Unpublished Writings of Edith Wharton*. Ed. Laura Rattray. Vol.1. London: Pickering, 2009. 137-58.

Wolff, Cynthia Griffin. "Lily Bart and the Drama of Femininity." *American Literary History* 6 (1994): 71-87.

言葉と沈黙――『幕間』における内なる言葉の探求

渡部　佐代子

ヴァージニア・ウルフは、遺作となる『幕間』の構想について、「『私』は捨て去り、代わりに『私たち』とすること」[1]と記している。これまで彼女は限られた人々を対象にして、彼女の身近な故人へのエレジーを書くことで、私的な過去を取り戻そうとしてきた。しかし、『幕間』では「私たち」という共同体の意識をすくい上げ、言葉にしようとする彼女の新たな試みを見ることができる。この試みは、『幕間』と同時期に彼女が執筆していた英国文学史（未完）の一章となるはずであった「アノン」（"Anon"）と響き合う。マーク・ハッシーによると、「アノン」とは自然界の原始の歌であり、ウルフはそこから文学が発展していったと思索していたようだ（Hussey 6）。そうであるならば、ウルフの言う「私たち」とは、自然とともにある名もなき人々の声、つまり、『幕間』ではイングランドの自然に囲まれた田舎で村人たちによって催されるパジェント（野外劇）に集まる人々の声を作品の中に取り入れようとしたと考えられる。さらに、そのパジェントで劇作家ラ・トロウブが演出する英国の誕生から現在まで広範囲に渡る英国史の演目は、新たな過去との向き合い方をも示すことになる。

本稿では舞台となるポインツ・ホール、そしてラ・トロウブが作り上げようとするパジェントに焦点を当て、彼女と村人たちがどのように過去と向き合い、内なる声を言葉にしようとしたのかを考察してみたい。

一　エレジーから社会批判へ

ハッシーは『幕間』のテーマについて、「ある程度『幕間』は消滅しかけているイングランドそして文明へのエレジーである」(Hussey 30) と分析している。舞台となるポインツ・ホールが、ロンドンから汽車で約三時間かかるイギリスの中心部に位置する田舎町に建っており、古き良き時代のイギリスの伝統が今も残っている屋敷であることから考えるならば、ウルフが作品の中にエレジーという側面を持たせたと言えるかもしれない。しかし、小説冒頭にポインツ・ホールの主人であるバーソロミュウ・オリヴァー、彼の妹スウィジン夫人、豪農ルパート・ヘインズとその妻ヘインズ夫人たちが話し合う「汚水溜め」(2) の用地が、この作品に暗く淀んだ雰囲気を漂わせていることを考えれば、ただ伝統的なイングランドの世界を描くことに留まっていないようである。もはや『ダロウェイ夫人』や『灯台へ』の中に見られる印象主義の絵画のような彩り美しい豊かな風景は姿を消してしまい、その代わりに、三か月後に勃発する第二次世界大戦の影が忍び寄っていることは事実である。

ウルフは『幕間』を執筆する二年前にエッセイ「芸術家と政治」("The Artist and Politics") の中で「小説家は作中人物の個人生活から社会的環境や政治的意見へと目を転じている。（中略）芸術家は政治に参加することを余儀なくされた」(The Moment 226-28) と言っている。この言葉からも明白なように、彼女の視線が過去から現在に向いていることは明らかだ。アリス・ウッドによると、当時、政治的小説は流行していたようであるが、ウルフは芸術の中に政治を持ち込むことに懐疑的であったらしい (Wood 113)。にもかかわらず、『幕間』において、イザベラが読む新聞記事は当時イギリス兵の少女強姦事件の事実に基づき(3)、さらにロンドンで株式仲買人として働くイザベラの夫ジャイルズが汽車の中で読む「十六名の銃殺と他の人々が投獄された」(28) という記事などから判断して、ウルフがいかに個々の人間のプライヴェートな生き方にこだわろうとも、時代は彼女に社会全体の抱える雑多な問題に向き合うことを強いたと言えるだろう。

そして、ポインツ・ホールに目を向けてみると、奥に位置する睡蓮池は、「何百年もの間に水は窪地に流れ込み、泥のクッションの上に四、五フィートの深さとなり張りつめた」(26) と描写されているように、時間をかけて水と堆積した泥の層は混沌とした世界を作り上げ、はっきりとした深さが分からない不安定なイメージを与える。それは、進むことも戻ることもできない停滞した現在の状況を具現し、漠然とした死のイメージとともに、イギリスの伝統の退廃をも想起させる。

さらに、人々がパジェントに出かけ、空っぽになった屋敷を包み込む「空虚と沈黙」は、失われた過去のもつ喪失感と関連がありそうだ。屋敷の食堂ホールに二枚の肖像画が掛けられ、一枚はオリヴァー家の先祖の肖像画、もう一枚はバーソロミュウが気に入って買った貴婦人の肖像画である。リチャード・S・ライオンズはこの二枚の肖像画について「先祖の肖像画は事実の世界（彼が飼っていた猟犬についての逸話）を導き、貴婦人の肖像画は我々を事実から遠ざける」(Lyons 229) と分析している。『幕間』において、先祖は名前を持ち、一緒に描かれた馬と描かれなかった猟犬について画家との間で交わされた当時のエピソードを披露できる「事実を持つ話を生む人」(22) である。一方、貴婦人の肖像画は時代も名前も不明であるため事実を持たない「単なる一枚の絵」(21) として存在するのみである。先祖の肖像画は、言葉と歴史を作ってきた男性を表象し、一方、貴婦人の肖像画は女性であるがために言葉も歴史も持つことを許されなかったというフェミニズム的観点から考察することができる。

だが、貴婦人の肖像画は、先祖の肖像画が語る言葉を包み込んでしまい、部屋の雰囲気を一変させてしまう。

黄色のローブをまとい、柱を支えに身をもたせかけ、手には銀色の矢、髪には羽根をといういでたちで、彼女は観る者の目を上へ下へ、ゆるやかなカーブを経て直線へ、緑の中の空地や、銀・茶・バラ色に染まった木陰を通って、沈黙へと導いた。部屋は空っぽだった。

空っぽ、空っぽ、空っぽ。ひっそり、ひっそり、ひっそり。部屋は時が流れ出す前のことを歌う貝がらのようだ。屋敷の中心に置かれた花瓶にも似て、雪のように白く、なめらかで冷たいままに、空虚と沈黙の静かににじみ出たエッセンスをたたえていた。(22)

貴婦人の肖像画がホールを覆い尽くす「空虚と沈黙」は、言葉を持てなかった女性の視点として読み取ることは可能であるが、また、観る者に過去への執着がむなしいことを教えているようにも思われる。無言の貴婦人は部屋を「時が流れ出す前のことを歌う貝がら」、つまり過去を越えた有史以前の世界、時間も言葉もない世界へと変えてしまい、これまで築かれてきた歴史や伝統に執着する先祖の肖像画、さらにそれを称賛の眼差しで見つめる人々を静かに批判し、「空虚と沈黙」の世界へと導く。この空虚は、これまで過去や伝統にこだわり続けてきた人々が心の中に抱え込んでいるものなのかもしれない。それは、現在の社会の大きな変化に戸惑い、何かはっきりとしない喪失感に圧倒される彼らが、これまでのように身近な故人との失われた過去を取り戻すことがもはやむなしい行為だと感じ、過去に憧憬を抱くノスタルジックな言葉を見つけられない虚無感の表象と言えるだろう。

二　不在の存在

ノスタルジアに否定的な考えを示してはいるものの、この作品においても失われた過去を捉えることはテーマの一つになっている。スウィジン夫人は『歴史概説』を愛読しながらマンモスなどの恐竜が生きていた太古の世界を目の前に鮮やかに蘇えらせ、兄バーソロミューは妹と幾度となく会話の中で母との思い出を語り、訪問客ウィリアム・ドッジは屋敷を案内されながらスウィジン夫人が語る子供時代に共感を寄せ、ジャイルズは子供時代を思い出して、石蹴り遊びに興じる。しかし、そうした彼らの過去への想いは、懐かしむ気持ちというよりも、現在の漠然とした喪失感を埋めようとするための手段にすぎない。

そして、イザベラの場合、他の誰よりも過去を重苦しいものとして捉え、次のように表現する。

　これらが大地から引きずり出したものを、私はたっぷり背負い込んでいる——昔の思い出や心にこびりついた思いなど。それは過去が私に与えた重荷、私は砂漠をわたる長い隊商の列の最後の小さなロバ。「ひざまずけ」と過去が言う「かごを木の実でいっぱいに満たせ。立ち上がれ、ロバよ。かかとが火ぶくれ、ひづめが割れるまで、歩みを止めるな。」(96)

詩作を好むイザベラの言葉は少々大げさに聞こえるけれども、彼女が過去を息苦しい思いで見つめていることは確かである。自分自身を「砂漠を渡る長い隊商の列の最後の小さなロバ」にたとえ、彼女は夫との気持ちのすれ違いやオリヴァー家の伝統という重荷を背負っていると表現する。おそらく彼女の場合、そうした家や土地にまつわる歴史や伝統を過剰に意識するあまり、彼女の中で過去は自分の力で支えきれぬほどに大きくなってしまったのではないか。過去に執着する老人たちを冷ややかな視線で見つめてはいるものの、むしろ彼女の方こそ過去にこだわり、過去の重圧に押しつぶされそうになっている。

一方、現在に目を向けてみても、イザベラが世紀と同じ年齢であることは意味深長で、彼女の前には混沌としたうつろな世界が広がり、彼女は現在もそして未来も見通すことができない。彼女は寝室で鏡の中の自分と向き合うとき、夫ジャイルズに対して自分が抱く相矛盾する感情を呼び起こし、「子供たちの父親」(8)として夫に「外から見える愛」(8)を示す一方で、テニス・パーティで紅茶とラケットを渡してくれたヘインズに密かに想いを寄せる「内に秘めた愛」(8)を抱いていた。夫婦関係に不確かさを抱える彼女にとって、少々強引ともいえるヘインズへの想いは、他者との関わりによって不安定な自分の心の空虚さを埋めようとするものと解釈できる。

そんな彼女が現在にも過去にも確たるものを見つけられず、飛行機のプロペラの音を聞きながら創作する詩的な言葉に耳を傾けてみたい。

「我らの知らぬ所へ、我らの行かぬ所へ、知りもせず気にもかけぬ所へ」と彼女は口を結んで言った。「飛翔し、周りできらめく静かな夏を通り抜けて突進す（中略）我らをここに縛るものから逃れるためにそこへ」と彼女はつぶやいた。これらの言葉は、ジャイルズが感づくといけないが、会計簿のように装丁した帳簿に記されるほどの価値はなかった。(8)

ポインツ・ホールに漂う重たい現在と過去から解放されたいという彼女の心情が、飛行機のレトリックで表現されている。彼女は常に詩的な表現を用いて、自分の置かれている状況を見つめ、心にぽっかりと空いた空虚を埋めようとする。しかし、彼女が内なる声を的確に表現しようとはするものの、その言葉は飛行機のように手の届かないはるか彼方へと逃げ去り、彼女は上手く自分を表現できる言葉を捉えることができない。

このように、内に不確かさを抱えたイザベラ、夫ジャイルズ、そしてこの日たまたまオリヴァー家を訪れたウィリアムは、ラ・トロウブが演出する「英国史からの諸場面」の観劇中に空っぽの舞台を見つめながら、それぞれの自分が置かれている状況を省みて次のように思う。

彼〔ジャイルズ〕は言った（言葉なしで）、「僕はひどく不幸だ。」
「僕もです」とドッジがこだまのように返した。
「私もよ」とアイサ〔イザベラ〕は思った。（109）

現在を生きる彼らは、ただ心の中で自分たちの不幸を見つめることしかできず、自分たちを表現する言葉を形にすることなどできない。拠り所ない世界に身を置く彼らにとって言葉を捉えることがもはや不可能であるのかもしれない。窪地に満ちる停滞した空気と規則正しくカチカチと時を刻む蓄音機の音の中で、舞台を見つめなければならない彼らは「捕らわれて監獄に入れられた囚人たち、見せ物を観る囚人たち」（109）となる。このとき、空虚と沈黙の中で何も起こらない舞台を観ることを強いられる状況は、大戦を前にして自分たちの力で何も変えることができない存在の不確かさを彼らに意識させてしまう。「彼らはあれでもなく、これでもなく、ヴィクトリア朝人でもなければ、彼ら自身でさえなかった。彼らは、実体を持てぬまま、地獄の辺土に宙づりにされていた」(110) というように、空虚と沈黙に覆われた現在において、彼らは自分たちの存在を見出せない、つまり確かな手応えを感じることができる人生、自身の人生を生きていると言える実感を持てぬ不在の存在なのである。ウィリアムがイザベラに「突然の死という運命が私たちに差し迫っていて、退却することも前進することもできない」(71) と語る言葉は、彼らがただ世界の不穏な動きを見守ることしかできず、自分たちがどこへ向かって生きていくのか死んでいくのか分からない状況下にあることを意味している。

三　内なる言葉の探求

そしてこの作品の中でもう一人、過去を見つめる人物は、劇作家のラ・トロウブである。彼女は純粋のイギリス人ではなく、チャネル諸島の出身であるとか、ロシア人の血を引いていると噂されている。そして、彼女が演出しようとするパジェントは「英国史からの諸場面」という、言わば様々な古典作品のパロディである。パジェントは、中世からキリスト教の祝祭や行事と結びついて発展してきた宗教劇の形式の一種であったが、二十世紀前半においては、ヴィクトリア女王の誕生日、全英祝日（五月二四日）に行われるという、言わば愛国心を扇動するものへと変化してきた (Wood 126)。だが、今回のパジェントは、アウトサイダーであるラ・トロウブが、英国史をパロディ化することで、イギリスの歴史を距離をおいて見つめ、批判的に捉え直すことを意味する。その演目の中には、当時の趣旨に反して、帝国主義や戦争といった場面が省かれており、メヒュー陸軍大佐が彼女の歴史の選択に当惑し、

「なぜ英国陸軍を抜かすのか? 陸軍なしに何が歴史か?」(98)と考え込むのも当然であろう。だが、ウッドがラ・トロウブの演出について「ウルフは昔から最近までの英国文化の歴史の概観を読者に示し、どのように、そしてなぜ英国社会が現在の状況に発展していったのかを考えさせようとした」(Wood 130)と分析していることから考えて、ウルフが常に戦争と平和について熟慮し、愛国心と戦争を結びつけることに疑問を抱いていたという事実がラ・トロウブの歴史の選択に反映されていると言えるだろう。

そうであるならば、ラ・トロウブのようなアウトサイダーが演出することで、過去にある程度の距離を取ることを可能にし、失われた過去への喪失感から解放されるとともに、現在の停滞した状況から抜け出す術を見出す手がかりが示されることになる。しかし、彼女の意に反して、村人たちは舞台に立つと台詞を忘れ、また風の音や蓄音機から流れる音楽に彼らの声がかき消されてしまい言葉は観客に届かない。

言葉は次第に消えた。ただ数語の大いなる名前――バビロン、ニニヴィ、クライティムネスツラ、アガメムノン、トロイ――だけが広々とした空間を横切り、漂ってきた。それから風が立ち、葉のカサカサと鳴る中で大いなる言葉さえも聞き取れなくなった。そして観客は村人たちを見つめながら座り、村人たちは口を開いていたが、音は一つも届かなかった。
そして舞台は空っぽだった。ラ・トロウブは木に寄りかかりながら茫然とし、力が抜け去り、額から汗が噴き出した。幻想が弱まった。「これは死だ」と彼女はつぶやいた、「死だ」と。(87)

言葉が断片的にもぎ取られ、切れ端となって宙に浮かぶ様子から、言葉の重みは荒廃の一途を辿るイギリスの伝統の中で、もはや消失してしまったかのようである。言葉が奪われ、舞台が「空っぽ」になってしまった空虚と沈黙の空間は、言葉を道具とするラ・トロウブにとってまさに「死」そのものだ。結局、言葉で新たな世界を作り出すこと自体がはかない「幻想」であったのかもしれない。

そもそも劇の最初から空っぽの舞台でカチカチという蓄音機の音が流れるだけであるために観客の中で「劇が始まったが、これが劇だろうか、それとも違うのか?」(47)、そして最後では蓄音機の音が次第に小さくなり、「これが終わりなのか?」(121) という言葉が発せられるように、劇の最初と最後があいまいであることは観客に不安を与えると同時に、ラ・トロウブが観客の心を捉え損ねていることも示唆しよう。観客も彼女のパジェントの趣旨を理解できず、演じられる過去の世界に現実を見てしまうという、劇作家と観客との間に隔たった距離ができる。けれども、彼女が「死」にも近い挫折感を味わったとき、思いがけなく自然がその距離を埋めてくれることになる。

そのとき突然、幻想が次第に消え失せ、牛たちがその荷を引き継いだ。一頭が子牛を見失ったのだ。ちょうど良いときに牛は月のような目をした大きな頭を上げて鳴いた。月のような目をした大きな頭を後ろに傾けた。次から次へと牛が同じような思慕の鳴き声を発し、世界全体が言葉にならない思慕で満たされた。それは現在の瞬間の耳に高らかに響く原始の声であった。(87)

空虚と沈黙で占められていた舞台は、偶然に発せられた牛の声で満たされ、自然が参加することで、舞台と観客の空間に調和が訪れ、ラ・トロウブに勝利感をもたらす。さらに、彼女が演出で流す音楽や自然の音についても観客たちは同じような効果を密かに認識し、「音楽が私たちを目覚めさせ、隠されていたものを見させ、壊されたものを結びつける。（中略）木々が多くを語る」（75）と蓄音機から流れてくる音楽や自然の音と溶け合って身体の内に一体感を感じている。トリナ・トンプソンが「ウルフが空っぽの空間にある聴覚に訴えかける特質に注意を向け、沈黙を自らの経験から音楽の一部として認識している」（Thompson 210）と肯定的に解釈していることから考えると、ここでは沈黙は身体の内に感じ取れる音、さらには内なる言葉をも秘めているようである。

しかし、こうした調和は一瞬にして消え去り、最後の演目「現在。私たち自身」において、全ての役者が鏡を持って舞台に立っているとき、灌木から聞こえてくる「私たち自身のようなくずと破片と断片」（116）という言葉は、現在の私たちが「くずと破片と断片」のような無意味な存在にすぎないということを意味しているが、ただそれだけではなく、第一次世界大戦後に崩壊したイギリスの伝統や文化さえも「くずと破片と断片」になってしまったことを示唆しているようだ。ラ・トロウブが観客たちの意識を彼ら自身に向けさせようとする実験は、過去を捉え直すことだけではなく、同時に自分たちが置かれている現在の状況にきちんと向き合うことを促すことであった。だが、彼女の思惑は外れ、観客はただ不快感を抱くことになり、成功したとは言い難い。偶然の夕立が自然と人間の世界をあいまいな統一へと導きはするものの、ストリートフィールド牧師の講釈と飛行機の音によってパジェントが目指す統一感は解体され、ラ・トロウブが求めた「作り変えられた世界」も失われてしまう。初めから終わりまで、舞台と客席に漂う不協和音は、ラ・トロウブと観客の埋められない距離を浮き彫りにしてしまう。

片付けを終えたラ・トロウブが、次回の劇について「『彼らを一緒にしよう、ここに』とつぶやいた。時は真夜中にしよう、人物は二人としよう、岩に半分隠して。幕が上るであろう。最初の言葉は何としようか？その言葉は彼女から消えてしまった」（130）と構想するように、彼女はパジェントが失敗に終わってしまった挫折感を味わいながらも、もう一度新たな演劇を創作することを決意する。彼女が想像する舞台はスウィジン夫人が『歴史概説』から引き出した太古の世界を想起させるとともに、最終場面のジャイルズとイザベラの夫婦の姿を予感させる。そして、彼女が二人に語らす「意味のない言葉――すばらしい言葉」（131）は、泥の中から上ってくる。ポインツ・ホールの睡蓮池を連想させる泥の層から上ってくる言葉は、イギリスの伝統を継承しつつ、新しく創作される言葉、まだ意味や形を持たない言葉と想像できるが、その言葉は戦争の影響による変質が避けられないことも示唆している。闇に包まれたポインツ・ホールではスウィジン夫人が再び『歴史概説』を読み始めると、居間は太古の世界へと変貌を遂げ、そのなかでジャイルズとイザベラの二人だけが残されて、この日初めてお互いを見つめ合う。

　アイサは縫物を落とした。フード付きの大きな椅子は巨大な大きさになった。そしてジャイルズも、アイサもまた、窓を背景に大きくそびえた。窓一面に色のない空が広がった。家はもはや保護する力を失っていた。そこにあるのは、道路や家ができる以前の夜で、洞窟に住む人々が岩山の小高い所からじっと見守った夜だった。
　そして幕が上がった。彼らは語った。（136）

二人がスウィジン夫人の想像する原始の世界で、沈黙に圧倒されながらも何かを発しようとする様子は、彼らが身体の内に感じ取れる内なる言葉を語ろうとしていることを示しているのだろうか。いや、あらゆるものが退廃してゆく中で、最後まで彼らの声が聞こえてこないことは、喪失感だけが彼らに残されたということを意味しているようである。決してラ・トロウブは、彼らに語らせる言葉を見つけることができない。そして、新たな幕開けが第二次世界大戦の幕開けを示唆していることを考えるならば、彼女が言葉を見つけられるような安易な救済など求められるはずもなく、何かを主張しようとしてもただ沈黙に覆い尽くされたまま、その言葉は彼女から消えてしまったのだと言えよう。

注

(1) Woolf, *The Diary* 135.

(2) Woolf, *Between the Acts* 1. 以下この作品からの引用ページ数は末尾に示す。なお、日本語訳は、外山弥生訳を参考にさせていただき、一部改変した。

(3) 同じような事件が一九三八年六月二十九日のタイムズ紙で報道された。Wood 125.

引用文献

Hussey, Mark. *Virginia Woolf A to Z.* New York: Oxford UP, 1995.

Lyons, Richard S. "The Intellectual Structure of Virginia Woolf's *Between the Acts*." *Virginia Woolf Critical Assessments Volume IV: Critical Responses to the Novels from The Waves, the Years and Between the Acts; Essay; Critical Evaluations; Comparative Studies.* Ed. Eleanor McNees. Mountfield: Helm Information, 1994.

Thompson, Trina. "Sounding the Past: The Music in *Between the Acts.*" *Virginia Woolf and Music*. Ed. Adriana Varga. Bloomington: Indiana UP, 2014. 204-28.

Wood, Alice. *Virginia Woolf's Late Cultural Criticism: The Genesis of 'The Years,' 'Three Guineas' and 'Between the Acts.'* London: Bloomsbury, 2015.

Woolf, Virginia. *Between the Acts*. London: Hogarth Press, 1990.〔『幕間』外山弥生訳、みすず書房、一九七七年。〕

——. *The Diary of Virginia Woolf*. Vol.5. Ed. Anne Olivier Bell. London: Hogarth Press, 1984.

——. *The Moment and Other Essays*. San Diego: Harcourt Brace, 1975.

原爆をめぐる「沈黙」の言葉
――『オバサン』における一九七二年の〈謎〉と北米先住民表象

松永　京子

一　原爆をめぐる「沈黙」の言説

日系カナダ人の「強制収容」の歴史を背景としたジョイ・コガワ(Joy Kogawa)の『オバサン』(*Obasan*, 1981)は、主人公ナオミ・ナカタを中心とする様々な沈黙の形を描いた小説として知られる。特に、ゲイル・K・フジタ(Gayle K. Fujita)、ヘレナ・グライス(Helena Grice)、キンコック・チャン(King-Kok Cheung)といった米文学研究者たちは、沈黙(あるいは非言語)に耳を傾けることの重要性を『オバサン』に見いだし、沈黙の意義を肯定的に捉え直す作業を行ってきた。これらの研究は、「言葉を用いない」という行為を一面的に論じることの危険性や、「沈黙」を文化的・歴史的観点から解釈することの必要性を私たちに示してくれる。だが、これらの「沈黙」研究においては、原爆をめぐる「沈黙」の重層的な言説を読み取る試みや、それらを文化的・歴史的視座から分析する試みは行われてこなかった。

もちろん、主人公の母親の被爆にまつわる沈黙が、物語の中核に置かれていることは多くの研究者も認めている。しかし、『オバサン』における長崎の原爆の「沈黙」が、本作品中では語られることのなかった被爆／被曝にまつわる「言葉」へと連結していることの検証や、「沈黙」化されてきた原爆の言説を文化的差異や歴史的意義を考慮しながら可視化する作業は、まだ十分に行われていない。例えば、本小説は日系カナダ人の「強制収容」に対する謝罪と賠償を求めるリドレス運動の促進力となったことで広く知られているが、同時代に組織化された日系・在米被爆者の社会運動とは結びつけられることなく終わっている。また、本小説に見られる北米先住民表象が、先住民居留地におけるウラン採掘の歴史や、アメリカン・インディアン・ムーヴメント（ＡＩＭ）といった社会運動や先住民の抵抗の歴史との関連で論じられることもなかった。従って本稿では、これまでの『オバサン』研究において見過ごされてきた日系・在米被爆者の社会運動や北米先住民の抵抗運動の歴史に注目し、原爆にまつわる「沈黙」の言説を掘り起こしつつ、「語られなかった」言葉の可能性を掬い取る作業を行っていきたい。

二　エミリーおばさんの沈黙と一九七二年の〈謎〉

『オバサン』に描かれる沈黙のナラティヴは、ナオミの母親の被爆をめぐる沈黙が根底にあるといっても過言ではない。そして、ナオミの母親の「語らない」行為は、ナオミとスティーヴン（ナオミの兄）を幼い時から預かり育ててきた、イサムおじさんとアヤコおばさんの「語らない」行為によっても守られている。物語の巻頭部分には、「一九七二年八月九日午後九時五分」という日付・時刻に続いて、イサムが毎年夏のこの時期にナオミを連れて散策するグラントン付近の峡谷（クーリー）の草原の場面が置かれているのだが、イサムはナオミが「まだ若すぎる」(3)と繰り返すだけで、毎夏この場所にやってくる理由を語ろうとはしない。このイサムの沈黙が、ナオミの母の被爆に連結していることは、イサムの死をきっかけに、物語の最後で祖母の手紙が読み上げられる時に初めて明かされることとなる。二十年以上前に祖母から送られてきた手紙には、長崎の原爆によって重症を負ったナオミの母が、子供たちには「真実」を知られないことを願っていた事実が記されていた。松尾直美が指摘しているように、「八月九日」という日付が長崎に原爆が投下された日であることを認識している読者にとって、巻頭の草原での逍遥が、被爆した「ナオミの母に対する弔いの儀式」であることは明白である（132）。また、この「儀式」が、イサムとアヤコが手紙の内容を初めて知った一九五四年から始まっていることからも分かるように、イサムの沈黙とナオミの母の沈黙は、協働関係にあったといえる。このように十八年間イサムによって引き継がれたナオミの母の沈黙は、アヤコおばさんによっても継承されている。「私の知りたいという気持ちが大きければ大きいほど、彼女の沈黙はいつも深かった」(55)とナオミが述べているように、被爆したナオミの母についてアヤコおばさんが口を開くことはない。

ナオミの母の沈黙が、イサムやアヤコの「保護的な沈黙」(26)に通じるものとして示されていることは疑いない。だが、別稿でも指摘したように、もう一人のおばエミリーもまたナオミの母親の被爆の沈黙を守り続けてきた事実は、これまで議論の俎上に載せられてこなかった（松永85）。沈黙に生きるアヤコとは対照的に、公文書を調べたり政府に手紙を送ったりと積極的にリドレス運動に関わるエミリーは、ナオミにも「発話」を促す「言葉の戦士」として描かれている（コガワ39）。しかし、エミリーは、一九五四年の時点で姉（＝ナオミの母）の被爆の事実をすでに知っていながらも、一九七二年にイサムが他界するまでこのことに触れることは一度もなかった。

エミリーの沈黙は、戦後リドレス運動家として言葉を駆使してきた彼女が原爆については語らなかったという矛盾を露呈しているばかりか、一九七二年に関連する二つの社会運動の可視性の差異をも示唆している。巻頭の「八月九日」という日付が、作品の最後で明かされる〈謎〉として重要な鍵をにぎっていることはこれまでも指摘されてきたが、実は「一九七二年」という年もまた、本作品では〈謎〉として追求されるべき重要な記号である。本小説において一九七二年という年は、イサムが他界する年であると同時に、日系カナダ人が「強制収容」を強いられてから三十年目にあたる年である。一方で、一九七二年は、北米に在住する被爆者にとっても特記されるべき年であった。倉本寛司によると、在米被爆者がロサンゼルスで「原爆の友の会」を開き、初めて会合を開いたのは戦後二十年を経た一九六五年である。一九七一年、「原爆の友の会」は公認団体として組織化し、一九七六年には全米組織「在米原爆被爆者協会」が設立された(100-101)。また、ようやく組織として活動を始めた在米被爆者の存在を、全米で初めて紹介したのが、一九七二年四月一日付の『ニューズウィーク』誌であった(袖井 171-77)。このような歴史的背景を確認するとき、日系カナダ人であるナオミの母の被爆が一九七二年に設定されていることは、偶然にせよ、示唆に富む。日系カナダ人の戦後補償については積極的に語ってきたエミリーが、同時代の在米被爆者についてはは沈黙を守ったままでいる事実は、在米被爆者の「声」がコガワによってさえも十分に聴き取られていなかったことの証左ともいえるのではないか。

本小説における在米被爆者の不在は、長い間日本国外に住む被爆者が「被爆者援護法」から排除されてきた歴史を反映したものでもある。二十一世紀初頭現在、韓国に約三千人、北米に約千人の被爆者がいると言われているが(竹田、和氣 13)、カナダのブリティッシュコロンビア州に在住する被爆者が治療を受けるための来日費用援助を受けられるようになったのは、二〇〇二年八月になってからのことである(“*Canadian First to Qualify*”)。また、「被爆者援護法」の医療費全額が在外被爆者に適応されるという判決を最高裁が下したのは、戦後七十年目にあたる二〇一五年九月八日であった。

一九七二年の〈謎〉を追求することで見えてくるのは、「相手を思いやることから生まれる沈黙(attentive

silence)」でさえも、「他者」の言葉を不可視化する可能性を持つということである。ナオミが本小説の二箇所で述べているように、祖母の手紙には生き残った祖母がどのような傷を負っていたのかは書かれていない。また、ナオミの母と白血病にかかった姪が、その後どのような運命をたどったのかについても語られていない（松永85）。ここに「相手を思いやる」祖母の心情を読み取ることはできるだろう。しかし、一方で、祖母が語らなかった、そしてコガワでさえ聴き取ることのできなかった原爆を生き延びた人々のその後の「言葉」は、読者の想像力、あるいは読者の「沈黙」を聴き取ろうとする意思に委ねられてしまった。

三　「語らない」北米先住民の「声」

『オバサン』には、少なくとも次の四つの場面で、北米先住民（あるいは北米先住民に関連した文化的事象）が言及されている。冒頭の峡谷の草原で、イサムがラコタ族のシッティング・ブルに重ねて描写される場面、ナオミが教える小学校に通うカナダ先住民学生への言及、ラフ・ロック・ビルの話に登場するスローカンの森に居住していた先住民、そしてメタフォーとして用いられる平原先住民部族の伝統的儀式サンダンスである。ここでは、これらの北米先住民像に注目し、「語らない」イメージが北米先住民のリアルな「声」を聞こえにくくしてしまう可能性を検証する。

まずは『オバサン』の先住民表象について、サラ・フィリップス・カスティール (Sarah Phillips Casteel) や中村理香らが、すでに重要な研究を残していることを確認しておきたい。カスティールは、コガワが歴史的に搾取されてきたカナダ先住民や自然を前景化し、植民地主義を批判しながらも、先住民を自然や景色と同一化することで、主流社会の植民地主義的言説を踏襲していることを指摘した(94)。カスティールによる先住民表象批判に応答する形で、コガワの「先住民へのまなざし」を分析したのが中村理香の論考である。中村は、『オバサン』が「日系人強制収容」「長崎への原爆投下」「カナダ先住民に対する植民地主義的人種暴力」を「三角形に結」んでいることに注目し、本作品が「日系カナダ人が『補償是正《リドレス》』をとおして行ったカナダ国民権と国家の希求を描く一方で、その国家が先住民への植民地主義的暴力の上に成立しているという矛盾や亀裂も浮かび上がらせ、その共約不能性を顕わに」(69)していることを示した。中村の論はまた、コガワの共感的な「先住民へまなざし」を評価した重要な批評である。だが、中村自身も指摘しているように、「日系カナダ人がみずからの人種的周縁性を投射する対象」として、また「国家の矛盾や亀裂を可視化するための他者的存在」(79)として先住民が導入されることで、植民地主義に対する北米先住民の抵抗の歴史や、現代を生きる北米先住民の「声」が本作品から「こぼれ落ち」てしまっていることは否定できない。

本作品で最初に北米先住民が言及されるのは、一九七二年八月九日、峡谷の草原にやってきたイサムおじさんがシッティング・ブルに喩えられる箇所である。

私たちの目の前にある全てが原生地だ。大昔から、ここに広がった草原の草は一度も刈り取られていない。東に一マイルほど行くと、かつてインディアンのバッファロー・ジャンプ地だった場所がある。この高い絶壁で、大量のバッファローが追いやられ、転落して死んでいった。まだ骨は全部残っていて、幾つかは新しく崩れた崖面から突き出ている。

おじさんは、まるでしゃがんだシッティング・ブル首長のようだ。同じように草原焼けした肌をしていて、頬には干からびた河床のように深い茶色の皺が刻まれている。あとは羽の頭飾りさえあれば、絵葉書にぴったりの日本製、アルバータ土産――「カナダの草原出身のインディアン首長」――となるだろう。(2-3)

イサムは常に大草原を指して「海のよう」(2)と表現しているが、船造りを営む家系に育ったイサムが、もともとバッファローを主食としていた平原狩猟部族であるラコタ族のシッティング・ブルと比べられるこの場面は、コガワの先住民観を読み取ることのできる貴重な場面である。カスティールは、コガワはここで「草原焼けした肌」や「干からびた河床のように深い茶色の皺」といった言葉によって、イサムおじさんとシッティング・ブルの外見的類似点を強調すると同時に、日系カナダ人と北米先住民が土地を追われたという共通の歴史的経験を持つことを喚起していると指摘している(95-96)。確かに、第二次世界大戦中、もともと居住していたバンクーバーからの移住を強いられたイサムと、一八七七年、アメリカ政府の追跡を逃れて部族民を引き連れてカナダに移ったシッティング・ブルは、国家による抑圧を受けた人種的マイノリティとして類似点を持つ。また、「かつてのインディアンのバッファロー・ジャンプ地」という表現に、この草原に居住していたカナダ先住民の「不在」を読み取るならば、この場所が日系カナダ人とカナダ先住民による移住の歴史を重ねて経験していることも容易に見て取ることができるだろう。

しかし、ここで目を向けたいのは、イサムと同一視されるシッティング・ブルが、土産用の絵葉書のように「沈黙」しているという事実である。中村はこの場面を、「『強制移住』に関してカナダ政府への批判を一切口にしないアンクルが、先住民への無言の共感をとおしてみずからの思いを吐露」(72)していると分析し、イサムの「沈黙」に「公には言い表せない怒りや批判」(73)を読み取っている。もちろん、シッティング・ブルの「沈黙」が、イサムの「思いを吐露」するためだけの手段として描かれていたとしたならば、シッティング・ブル自身の「沈黙」は不問に終わってしまう。だが、イサムと同様、シッティング・ブルの「みずからの思い」や「声」に耳を傾けたとき、ともすれば「寡黙なインディアン」というステレオタイプの刷り込みとしても解釈可能なこの場面の持つ意味が、転化する可能性はある。

シッティング・ブルに関する歴史的軌跡を辿ると見えてくるのは、彼が決して「寡黙なインディアン」ではなかったという事実である。一八六八年のフォート・ララミー条約によって守られていたブラックヒルズがゴールドラッシュによって侵略されると、シャーマンとして知られていたシッティング・ブルは、ラコタ・スー族のリーダーとして、ジョージ・アームトロング・カスター率いる米国騎兵隊と戦い(「リトルビッグホーンの戦い」)、勝利する(Nies 282-87)。その後、騎兵隊の報復から逃れるためにカナダに逃れたシッティング・ブルは、カナダ政府に保護を拒否されながらも、カナダのサスカチュワン州ウッドマウンテンで四年間を過ごした(Macewan)。シッティング・ブルの抵抗は、カナダ政府の圧力によってアメリカに戻った後も続くこととなるのだが、ここで一つ、シッティング・ブルの「雄弁さ」を描いた興味深いエピソードを紹介したい。アメリカに戻ったシッティング・ブルが、「西部」を再現するショー・ビジネス「ワイルド・ウェスト・ショー」に参加していた時期のことである。ノーザン・パシフィック鉄道開通式の挨拶において、シッティング・ブルはラコタ・スー族の言葉を用いて、次のように述べた。「白人は全員嫌いだ。あなた方は盗人で嘘つきだ。我々の土地を取り上げ、我々を追放した」。戸惑った通訳は彼の言葉をそのまま訳さず、「私はここにいることを幸せに思っている。白人とインディアンの平和と繁栄を願う」と伝え、それを聞いた観客は、立ち上がって拍手喝采したという(Nies 291-92)。単純化を恐れずに言えば、「順従」なインディアンというシッティング・ブルのイメージは、彼を見る植民者側の人間によって構築されたにすぎないことをこの逸話は教えてくれる。このエピソードはまた、絵葉書や写真のなかの「寡黙な」シッティング・ブルのイメージが、彼の抵抗精神をカモフラージュした植民者向けの「ポーズ」だった可能性をも示唆してはいなかっただろうか。

「沈黙」した先住民のイメージは、ナオミのクラスの先住民学生にも与えられている。教室の後ろで何も言わない先住民学生のローリや、「日本人と間違われてもおかしくない」(*Obasan* 3) 先住民の子供たちは、「内気」であるという点において、スローカンの収容所の子供たちと共通点を持つとナオミは観察する。小説中でナオミが、「何年も教えた経験から、文句をいう子供たちよりも、何も言わない子供たちのほうが、もっと問題を抱えている」(41) と述べているように、「何も言わない」子供たちにこそ、注意深く耳を澄まさなければならないことをナオミは誰よりも十分に意識している。だが一方で、ナオミが「静かな子供」だったというエミリーの言葉に、「もちろん、何度かは泣いたわ」(68) と言い返しているように、「何も言わない」子供という前提に、ナオミ自らが反論していることも指摘しておかねばならない。シャーマン・アレクシー(Sherman Alexie) が自身のエッセイのなかで、非先住民である教師たちの前では「無口」な居留地の子供たちが、多くのパウワウの歌い方を熟知し、夕食のときには「複雑な物語やジョーク」を語ることができる姿に言及しているように、『オバサン』に描かれる「語らない」先住民学生たちもまた、教師の見えない場所で「語って」いた可能性は大いにある (15)。

中村が指摘しているように、コガワが「共感」をもって先住民をまなざしていることは間違いない。例えばそれは、ナオミが強制移住していたスローカンの森に住むラフ・ロック・ビルのまなざしにも重なる。ラフ・ロック・ビルは、

「なんだってあんなに肌の色で騒ぎ立てるのか、理解できないよな?」(*Obasan* 172)と述べ、危機に陥っていた部族の人々をこの場所に連れてくることで救った「勇敢なインディアン」の話をナオミに聞かせる。また、質問に答えないナオミに対して、この場所にかつて住んでいた部族の老人たちも無口であったと告げた後、「賢い人たちは多くを語らない。レッドスキン(=北米先住民)はそれを分かっている」(174)と述べ、「語らない」という行為を尊重する姿勢を示してもいる。ラフ・ロックは明らかに、日系カナダ人やカナダ先住民に対する共感的理解を示す人物として描かれているし、ここでは、「沈黙」が必ずしも否定的に捉えられるべきではないというコガワ自身の考え方が反映されていることは言うまでもない。だが、「賢明なインディアン」は「話さない」というラフ・ロックの先住民観は、語らないことの美徳を強調することで、この場所にかつて住んでいた先住民部族の「言葉」さえをも奪ってしまう。実は、このラフ・ロックの場面では、「鉱山(金鉱)」という言葉が複数回登場する。シッティング・ブルの戦いと抵抗がカスターによる金鉱の発見によって引き起こされたものであったことを考慮するならば、スローカンの金鉱によって先住民が追われた可能性を読み取ったり、先住民の抵抗の言葉を聴きとろうとしたりする行為はさほど的外れではない。だが、ラフ・ロックの言葉は、「語らない」先住民を強調することで、このような可能性さえも見えにくくしてしまった。

ラフ・ロックの「共感のまなざし」それ自体は評価されるものであろう。しかし、その「まなざし」の限界はやはり、コガワの北米先住民観の限界でもあったといえる。例えば、ナオミの母が「メイポール(五月柱)」となり、その周りをナオミが踊る夢が描写されているが、この祝祭的描写に重ねて言及されるサンダンスの有効性には疑問が残る。胸部に切り込みを入れ、革ひもで木に繋がった木串を刺し、体を後ろに反らすことで革ひもから自らを解き放つサンダンスは、ラコタ語の「ウィワンヤグワチピ（太陽を目に踊る）」からきたもので、「神聖な共同祈念の場」でもある（阿部 41-43）。コガワは、「肉体を極限状態まで追いつめるサンダンスの苛酷さ」（阿部 42）を用いて、五月祭の陽気さの背後に隠れて見えないナオミの悲しみや、長崎で被爆したナオミの母の苦しみを表現しているのだが、部族の神聖な儀式と長崎の被爆体験をこのような形で結びつけてしまうことは、両者の歴史的・文化的差異を覆い隠してしまう危険性を持つ。サンダンスは、非部族的文脈のなかで用いられ、本来の意味が置き換えられることによって、エキゾチックな「他者」として「まなざされる」のだ。

四　ラコタ族、ＡＩＭ、ウラン鉱山

コガワが北米先住民を「他者」として「まなざし」、「語らないインディアン」のイメージを踏襲していた可能性は否めない。しかしながら、コガワがあえてシッティング・ブルやサンダンスといったラコタ族の歴史と馴染みの深い人物や文化にフォーカスを置いていた事実は、あながち不当とはいえない。というのも、コガワが本作品を執筆していた一九七〇年代は、公民権運動に連動して先住民の権利を求めるアメリカン・インディアン・ムーヴメント（ＡＩＭ）が活発化した時代であり、ラコタ族の名前や文化がしばしばメディアに登場していた時期でもあるからだ。

政府に対する土地権利獲得運動の一環として、一九六九年から一九七一年まで「アルカトラズ島占拠」を行ったＡＩＭは、一九七三年、彼らをサポートするオグララ・ラコタ族とともに、パインリッジ居留地のウンデット・ニーを「占拠」し、脚光を浴びた。ウンデット・ニーは、一八九〇年、一四六人以上のラコタ・スー族が虐殺された場所としても知られている (Nies 298-300)。「ウンデット・ニー占拠」の二年後、一九七五年には、パインリッジ居留地で銃撃戦が起こり、二人のＦＢＩとＡＩＭのメンバー一人が銃弾に倒れる。この「オグララ事件」では、ＡＩＭメンバーであり、アニシナベ族とラコタ族の血を引くレナード・ペルティエが逮捕され、終身刑二回の判決が下された。逮捕される直前、カナダに逃亡し、カナダ先住民によって保護されていたペルティエは、最終的にはカナダ政府によって米政府に引き渡された（Free Leonard.org）。シッティング・ブルがカナダに逃亡してから約百年後、カナダ政府は再び、ラコタ族やアメリカ先住民の抵抗運動と深い関係を持つこととなったのである。

このラコタ族の土地におけるＦＢＩとＡＩＭの抗争のなかで「隠蔽」されてきたのが、ウラン鉱山の存在である。「オグララ事件」を綿密に調査した作家ピーター・マシーセン（Peter Matthiessen）は、ペルティエが不当に逮捕された事実を立証すると同時に、ブラックヒルズで「発見」されたウランがこの事件に深く関連している事実を『クレイジー・ホースの魂に』（*In the Spirit of Crazy Horse*, 1983/1992）のなかで明らかにした。マシーセンは、歴史的にラコタ族の土地が先住民と米国政府の抗争の場となってきたのは、金、石油、ガス、ウランといった自然資源がこの土地で「発見」されたことに大きな要因があるとし、政府がＡＩＭを「コミュニストによって先導されたテロリスト集団」（105）として扱ったのも、ウランの鉱業権をめぐる抗争から人々の注意を逸らすためであったことを暴露している。「オグララ事件」によって拘束されたペルティエの存在や、ブラックヒルズのウラン鉱業権をめぐる抗争について、コガワが知っていた可能性は高くない。だが、コガワが『オバサン』を執筆していた一九七〇年代、北米先住民やＡＩＭの抵抗の声は決して「寡黙な」ものではなかった事実は強調しておかねばならない。なぜなら、コガワの「語らない」先住民のイメージの背後に、金鉱やウラン鉱山をめぐる利権問題やラコタ族の抵抗の歴史があったことを再確認することは、一九四〇年代から続く、カナダ先住民の土地におけるウラン鉱山をめぐる「沈黙」とも無関係ではないからだ。

カナダは世界でも有数のウラン採掘地域として知られる。一九四二年、カナダ北西のグレートベア湖畔で開かれたポート・ラジウムから採掘されたウランは、カナダからアメリカが購入し、日本に投下された原爆の原料となった。このウラン鉱山の採掘に深く関わったのが、サーツ・デネ族（Sahtu Dene）の人々である。ピーター・C・ファン・ヴィック（Peter C. Van Wyck）の『アトムのハイウェイ』（*Highway of Atom*, 2010）によると、ポート・ラジウムが開かれていた一九四一年から一九六〇年の間、鉱山関係の仕事に携わったり、付近で生活をしたりしていたデネ族の多くが被曝した。だが、アメリカとカナダ政府は、ウラン鉱山の危険性を知りながらも、そのことを鉱夫やデネ族に知らせなかった。被曝被害に関するデネ族の声が「正式」に人々に聞かれるようになるのは、一九八〇年代後半になってからのことである（39-40）。その後、ドキュメンタリー映画『寡婦の村』（*Village of Widows*, 1998）や戯曲『燃えゆく未来像』（*Burning Vision*, 2003）といった作品のなかで、被曝をめぐるデネ族の物語は次々と語られるようになった。[1]『オバサン』から二十年以上を経て、ようやく、カナダ先住民の被曝をめぐる「声」が広く聞かれるようになったのである。

一九七二年からはじまる『オバサン』の物語には、在米被爆者や現在の北米先住民の姿は描かれていない。しかし、これまで指摘されてきたように、本作品が「沈黙」を聴くことの大切さを教えてくれる物語であるならば、『オバサン』に描かれなかった在米被爆者の「声」や、「語らない」存在として描かれてきた北米先住民の「声」に耳を傾ける作業は、コガワの目指すところと一致する。語られなかったナオミの母の言葉に、より一層注意深く耳を澄ませることは、その他数多の「沈黙」の言葉へと、私たちを導いてくれることだろう。

注

本稿は、JSPS 科研費（課題番号 : 16K02499）助成を受けた研究成果の一部である。

(1) 中村は『寡婦たちの村』に言及し、サーツ・デネの人々が広島を訪れ謝罪する場面の重要性を指摘している (68)。

引用文献

Alexie, Sherman. “The Joy of Reading and Writing: Superman and Me.” *The Writer's Presence*. 6th ed. Ed. Donald McQuade and Robert Atwan. Boston: Bedford/St. Martin's, 2009. 13-16.

“Canadian First to Qualify for New Hibakusha Aid.” *The Japan Times*. 8 Aug. 2002. Web. 1 Jan. 2016.

Casteel, Sarah Phillips. *Second Arrivals: Landscape and Belonging in Contemporary Writing of the Americas*. Charlottesville: U of Virginia P, 2007.

Cheung, King-Kok. *Articulate Silence: Hisaye Yamamoto, Maxine Hong Kingston, Joy Kogawa*. New York: Cornell UP, 1993.

Free Leonard.org. “Case of Leonard Peltier.” 16 Mar. 2005. Web. 1 April. 2016.

Fujita, Gayle K. “‘To Attend the Sound of Stone’: The Sensibility of Silence in *Obasan*.” *MELUS* 2.3 (1985): 33-42.

Grice, Helena. “Reading the Nonverbal: The Indices of Space, Time, Tactility and Taciturnity in Joy Kogawa's *Obasan*.” *MELUS* 24.4 (1999): 93-105.

Kogawa, Joy. *Obasan*. 1981. New York: Anchor books, 1994.〔『失われた祖国』長岡沙里訳、中央文庫、一九九八年〕

Macewan, Grant. “Sitting Bull.” *Canadian Encyclopedia.* Historica Canada. 5 Dec. 2007. Web. 5 May. 2016.

Matthiethen, Peter. *In the Spirit of Crazy Horse.* 1983. London: The Harvill P, 1992.

Nies, Judith. *Native American History.* New York: Ballantine Books, 1996.

Wyck, Peter C. Van. *The Highway of the Atom.* Montreal: McGill-Queen's UP, 2010.

阿部珠理「先住民文化再生への視座——自立と尊厳の回復に向かって」『ネイティヴ・アメリカンの文学』西村頼男・喜納育江編、二〇〇二年、三九–五九。

倉本寛司『在米五十年　私とアメリカの被爆者』近代文芸社、一九九九年。

中村理香「ジョイ・コガワ『おばさん』における先住民へのまなざしと「入植者市民権」という両義性」『多民族研究』第八号（二〇一五）六八–八二。

松尾直美「日系カナダ人作家ジョイ・コガワ『オバサン』における「原爆」」『原爆文学研究』第十一号（二〇一二）一三一—一三六。

松永京子「「再生」される身体——文学における日系被爆者表象」『エコクリティシズム・レヴュー』第九号（二〇一六）八四—九四。

カズオ・イシグロ作品にみる言葉とその余白

長柄　裕美

カズオ・イシグロの作品においては、表層のテクストの裏に語られざるテクストの存在が指摘される。いわゆる「信頼できない語り手」の典型とされる所以である。[1]この小論では、語りの反復と省略を巧みに駆使しつつ、隠されたもう一つのテクストを浮かび上がらせようとした作家の戦略を確認するとともに、言葉の表層と深層のズレに着目し、言葉が生み出す余白の効果について論じる。

一　語りの反復と省略

多くのイシグロ作品において、語り手にとって最も重要な記憶の核心部分は、表層のテクストから欠落している、あるいは巧妙に迂回されている。シンシア・ワンが指摘するように（Wong, *Kazuo* 16-17）、テクストの「空白」を埋めようと働きかける読者の関与こそが、不完全で信頼できない語りから、背景に隠された真実を透かし読むことを可能にしているのである。[2]

読者の関与を促す工夫として、語りのなかに意図的に仕組まれた欠落に加えて、あるイメージや状況の反復があると考えられる。例えば、『遠い山並みの光』（以下『山並み』）にみられる最も明白な反復として、「ロープ」のイメジャリーの連鎖がある。まず自死した娘ケイコの首に巻かれていたであろうものとして、そして町を恐怖に陥れた連続子殺し事件の道具として、さらにサチコの娘マリコの後を追うエツコの足首に絡まるものとして二度表現される。そして、マリコのトラウマとなっている東京での女性の子殺しと、サチコによる子猫殺しの場面は、もう一つの明白な反復と言えるし、さらに、マリコの（『山並み』26, 27, 28, 172）、そしてときにサチコの（73, 74）、自分の「手」を見つめる行為も同様であろう。マリコは「川の向こうに住む女性」の妄想を繰り返し、ときにエツコをその女性と混同して恐怖の対象とみなす。『山並み』の焦点は、こうした要素を手掛かりに、友人母子に関する回想テクストに隠された、語り手エツコの心理的コンテクストを読み取ることにある。

バリー・ルイスが指摘するように（34）、物語の結末近く、渡米を嫌がるマリコに対して、エツコは「約束するわ。もし行ってみて嫌だったら、私たちすぐ帰って来ましょう。でもまずは行ってみて、好きかどうか試してみなくちゃ。私たちきっと気に入るわ」（傍線引用者 173）と、奇妙にも一人称複数の人称代名詞を使って説得する。この瞬間、読者はそれまでのエツコの回想全体が一気に裏返る思いに駆られる。つまり、表層のサチコとマリコの物語が、深層のエツコとケイコのそれのすり替えに過ぎないことをはっきりと確認するのである。エツコの表層の語り全体が一種のカモフラージュであり、長崎での一夏以後渡英に至るまでの、最も後悔に満ちた時期の記憶の代替物なのである。

明確な反復例である「ロープ」を巡る二つの場面を比較してみよう。まず第六章、サチコの留守中にマリコを預かったエツコが、クモを食べようとする異常行動の後で家を飛び出したマリコを追いかけた際の描写である。歩くたびに「草の間を蛇が這うかのような音」がするのに気づいたエツコは、足首に絡まった「濡れて泥だらけの」「古いロープ」を外し、それを手に持ったままマリコに声を掛ける。挨拶に応えることなく「それは何？」と繰り返し尋ねるマリコに、エツコは「ただの古いロープ」だと答えるが、執拗にロープの意味を尋ねるマリコは、接近するエツコに対し怯えた表情で走り去ってしまう(83-84)。この段階のエツコは、子どもを蔑ろにするサチコの身勝手さに対して批判的な立場にあり、エツコを恐れるマリコの反応は謂れなきものに映る。ところが物語の結末近く(第十章)、このシーンは極めて意図的に反復される。前述の人称代名詞「私たち」によって、物語の仕掛けが暴かれた直後の場面である。


少女は私をじっと見ていた。「なんでそれ持ってるの?」と彼女は訊いた。

「これ?サンダルにひっかかっただけよ。」

「どうしてそれを持ってるの?」

「だから言ったでしょ。足にからまったの。どうしたの?」私は短く笑った。「なぜそんな風に私を見るの?私は何もしないわよ。」(傍線引用者 173)

子猫殺しの場面でサチコに寄り添うエツコの描写に明らかなように(166-68)、物語の進行に沿って徐々に距離を縮めていくエツコとサチコは、人称代名詞「私たち」によって完全に一体化する。この「少女」はすでにマリコではなくケイコなのである。そして、敢えて「ロープ」の明言が避けられるばかりか、「それ」が「ロープ」である必然性はなく、枯れ枝や枯葉でも構わないにもかかわらず、読者は既視感に導かれ、自動的にロープを想起してしまう。すなわち、エツコへの罪の言い渡しに参画させられるのである。作中に散りばめられた不吉な暗示を束ねるように、彼女こそ「ロープ」のイメージにふさわしい人物であることを、読者が主体的に認識する瞬間ともいえる。

そして、前述の類似場面との対比によって、批判から同調そして一体化へと、サチコに対する態度を転換させていったエツコの変節を、皮肉を込めて実感するのである。類似の表現が反復されるからこそ、逆にその差異が際立ち、浮き上がってくる。(3) エツコの足に絡まるロープは、彼女の人生の歩みを引き留める重い足かせのメタファーであり、物語の余韻のなかで、ケイコを殺したに等しいと考えるエツコの深い後悔こそが、この回想全体の心理的コンテクストだと再確認されるのである。

『浮世の画家』(以下『浮世』)においても、同様な反復と省略が見られる。主人公オノの画家としての段階的ステップアップを描くこの物語の構造自体が、すでに積木を積むような同一パタンの反復から成っている。画家としてのスタートを切ったタケダ工房から「現代の浮世絵師」モリヤマ・セイジの画塾へ、そしてオカダ・シンゲン協会での戦時プロパガンダ画家を経て、独立画塾の師匠へと、オノは自らの向上心と野心に忠実に活動の場を選択していく。このなかで反復される最も印象的なイメジャリーは、「焼却臭」である (Shaffer 50-51)。物語は、廊下に漂う「焼却臭」から、書き溜めてきた大切な絵が、画家になることに反対する父によって処分されたことを察するオノ少年のエピソードに始まる (『浮世』47) が、画家が現在の師匠の教えに背いて一段上の段階へ登ろうとする場面で、大切な作品の紛失とそれを捜し求める画家の描写が繰り返される。

オノは、モリヤマ画塾の一番弟子ササキが、塾生たちの師匠への忠実度を判断する絶対的権限を持っていたことに触れ、その基準に外れる者は「例外なく直ちに全面降伏してその絵を放棄」し、「生ごみと一緒に焼くことさえあった」(傍線引用者 140) と述べる。ここで師匠への「背信」と「焼却」がさり気なくリンクされることによって、オノ少年の嗅ぎとった「焼却臭」が想起されるとともに、続くササキ自身の画塾離脱場面へとイメージが連鎖していく。皆が寝静まった深夜、行方不明の作品を必死に探し回るササキの姿が回想される(142-43)だけで、読者は、ササキの背信と作品の焼却処分を自動的に連想する。そしてさらに、庭園のあずまやでの次の一番弟子オノへの破門宣告場面(176-80)において、類似の表現が繰り返される。オノは作品の紛失を師匠に告げ、その手元にあると聞いて安堵するが、「私の手元にある絵の他に最近完成したものが一、二あると聞いたが」(178)というモリヤマの言葉は、少年時代に父に言われた「まだ持ってきていない絵が一、二あるんじゃないか」(43)の明らかな反復であり、それらが焼却される暗示は決定的となる。ササキの離脱場面と同様に、焼却への言及が敢えて避けられるにも関わらず、既視感が読者の嗅覚を刺激し、臭いを想起するよう仕組まれているのである。そしてこの一連の嗅覚に対する誘導は、最も重要なもう一つの焼却場面への助走であった。

オノは、しばしばモリヤマの言葉と自分の言葉を混同して想起するが、前述の破門場面でもこの混乱が起こっている。自身の教えに背くオノの作品についてモリヤマが述べた「奇妙な道を探っているようだ」という表現を巡って、オノは「ずっと後に同じあずまやでクロダに告げた私自身の言葉を想起しているのかもしれない」(177)と語る。つまり、モリヤマからオノへ、オノからクロダへの二度の破門宣告が、一度の描写のなかに重ね合わせるように表現されるのである。宣告を受ける側から与える側への立場の違い(Lewis 63)は決定的であるにもかかわらず、オノは後者への言及を敢えて回避する。そして、自らを破門する師匠の言葉をあたかも自分の言葉のように弁明した後で、オノは突然、クロダの作品が煙を上げて焼却される場面へと記憶を転換する。

それにもかかわらず、どれほど著名な人物であろうと、師匠の側のそういった傲慢さや支配欲は、やはり

残念なことだ。私は今でも時折、あの寒い冬の朝のこと、次第に強く鼻を突いてくるあの焼却臭のことを思い出す。(181)

引用中の二つの文の間には、表層的には何の脈絡もなく唐突な飛躍があるように見えるが、深層のオノの意識のなかでは必然的なつながりがあったことを、読者はすでに了解している。オノはこの後、クロダがオノ自身の告発によって売国奴として逮捕され、家宅捜索を受けるに至った経緯を言い訳がましく告白する。このクロダ家に関する回想の場面で、これまで禁欲的に避けてきた「焼却」と「臭い」に関連する言葉が堰を切ったように現れる(181-84)。エッコにとっての「ロープ」同様、オノにとって「焼却臭」は彼の後悔の核心を表すメタファーであり、微かな臭いの反復的刷り込みによって、最も触れたくない瞬間を迂回しつつ、最後の焚火へと読者を導くことに成功しているのである。

以上のように、初期二作品においては、象徴的なイメージの反復とそこに含まれる差異、そして記憶の核心部分の省略という技法の組み合わせによって、語りの深層にある語り手の心理的コンテクストを読み取らせる仕掛けが機能している。読者はその読み取り作業に関与すべく誘導されるのである。

二　同一テクストの異なる解釈

『日の名残り』(以下『名残り』)において、語り手の意識はどう伝えられるのだろう。ルイスが指摘するように、師イエスを三度「知らない」と言うペトロの裏切りの逸話(4)になぞらえ、スティーヴンスはダーリントン卿に対して三度の裏切りを犯す (Lewis 87)。思わず口にしてしまうこの嘘の反復によって、尊敬する主人に対して自分が抱いている深層の疑念を自覚し、それにすべてを捧げてきた己の人生の空虚さを振り返りつつ、やがてそれを受容することが、スティーヴンスの旅の意味である。これらの嘘は、自身の仕事や主人に関するスティーヴンスの独善的主張との矛盾を鮮やかに浮き上がらせ、遺漏なく制御された表層の言葉に隠された、彼の深層の意識を暴き出す効果を持っている。

この嘘の反復と強い関連性を持つもう一つの反復として、スティーヴンスによるミス・ケントンの手紙の検証がある。六日間の旅の途中、スティーヴンスは繰り返し一通の手紙を読み返し、その意味を問い直している。(5) 語りの表層に現れるのは彼が引用する表現や文の一部のみで、ヘンリー・ジェイムズの『アスパンの恋文』同様、長い手紙の全容が明かされることはない。読者にとって手紙は一種の「空白」であり、スティーヴンスの解釈の是非を判断することは難しいが、彼がいかに客観性を装うとも、同一テクストが読み手の心理状態によっていかようにも解釈されてしまう恣意性が暴露される。(6) 私的感情を語るべき言葉を与えられないスティーヴンスの心情の変化は、このように手紙という空白の鏡を媒体に、間接的に映し出されるのである。ここにも、反復と空白を伴う表層のテクストから、深層のテクストを読み取らせる仕掛けがある。

まず物語冒頭、出発前のスティーヴンスは、旅の誘因ともなったミス・ケントンの手紙について、その控えめな表現のなかに「ダーリントン・ホールへの紛れもない郷愁と、戻りたいという願望の確かなニュアンス」が込められており、何度読んでも「私の空想の産物だとは思えない」(『名残り』10) と語る。

そして旅の二日目の朝、ソルズベリーの宿で最初の読み直しが行われる。ベンとの「結婚が破綻しかかっている」

とも読める表現に着目し、離婚して再び「ミス・ケントン」に戻ってくれることへの期待が滲み出る。そして「中年になった今、深い孤独と侘しさを噛みしめながら、その原因となった遠い昔の決断を、後悔とともに思い返しているに違いありません」と語り、「もどりたい」との明確な表現はないものの、「文章全体のニュアンスから伝わるメッセージは読み間違いようがない」と述べる(50)。しかし、晩年の侘しさも、過去の決断への後悔も、そしてその結果としての復帰願望も、実はすべてスティーヴンスの感情を反映した主観的な解釈であることは否定できない。

三日目の朝の語りで、前日（二日目）の夜、手紙が再度読み直されたことが明かされる。二日目の午後、スティーヴンスは旅行中最初の嘘をつき、ダーリントン卿を「知らない」と言うが、その罪悪感から同じような嘘をついた過去の経験を想起している。この心理的コンテクストのなかで読み直される手紙は、まったく異なるニュアンスに解釈される。「ミス・ケントンの手紙のどこにも、（中略）昔の地位に戻りたいとはっきり書かれた箇所がないことは、記憶しておかねばなりません。事実、職業上の希望から、私が彼女の復帰願望の証拠を誇張して捉えていた可能性があることは認めざるをえません」(149)と述べ、しかも文中にその証拠の箇所を捜すのも容易ではない、と明かす。ミス・ケントンの復帰願望への確信が、大きく揺らいでいるのがわかる。

そして再会前日、三日目の夕方にモスクムの村の宿屋で読み直した際には、「どうやら、私はいくつかの箇所で、実際に書いてある以上の意味を読み込んでしまっていたようです」(189)と明言する。これは、スティーヴンスが村人を相手に自分の立場を偽る嘘をつき、それをカーライル医師に見抜かれた後のことであり、はっきりと手紙の独断的な深読みがあったことを認めるに至る。

果たして再会の結果、ミス・ケントンには老後の虚無感も職業復帰の意思もなく、「夫を愛している」(251)との言葉を聞く。スティーヴンスへの当てつけに結婚したに等しく当初は不幸だったが、時間を経て今の安定と幸福を手に入れたのだという。「落とした宝石」(52) を拾うにはすでに遅すぎたことは明らかであり、スティーヴンスの希望の光はすべて消え去った。翌五日目の手記はなく、スティーヴンスがこの日の出来事を語るには、再会のまる二日後、六日目の夕方まで待たねばならない。スティーヴンスの語りが深層の私的感情を表現する機能を欠いていることを考えれば、彼の失望と動揺の激しさを語るのに、これほど雄弁な沈黙／空白はないだろう。この沈黙のなかに、読者は、彼が吐露するありとあらゆる悲嘆の言葉を、無限に読み込むことが可能なのである。

スティーヴンスは旅の終わりに「嘘で織られた重い外套」(Shaffer 64) を脱ぎ捨て、聖書の逸話をなぞるように「激しく泣いて」(7) 人生を悔やむ。しかし、ペトロが過ちを神に許され、優れた伝道者として名誉回復するのに対し、スティーヴンスには過ちを修正し人生をやり直す時間は与えられないのである。

続いて、現実認識のタイムラグという観点から、『わたしを離さないで』(以後『わたし』) について考えてみよう。特殊な使命を担わされた子どもたちの物語を巡って誰もが抱く自然な疑問は、なぜ彼らは抗うことなく与えられた運命を受け入れるのか、という点だろう。物語が持つ大きな課題である「運命の受容」について、子どもたちの現実認識のプロセスに着目しつつ分析する。

ヘイルシャムの子どもたちは、大人の保護のもと、段階的に知識を与えられながら、計画的かつ人工的に育てられている。子どもに対するこのような大人の配慮を、イシグロは「泡」(大野 131; Wong, "Like" 183) と呼んでいるが、幾層にも準備されたヘイルシャムの「泡」は、それぞれ割るタイミング (保護を解き現実に晒すタイミング) が厳密に決められている。後にトミーは、十五歳のときにミス・ルーシーに言われた「教えられているが伝わっていない（told and not told）」という表現を振り返りつつ、次のように分析する。

トミーによれば、ヘイルシャムで過ごした年月、保護官に教わったすべてのことは、私たちが新しい情報をちゃんと理解できるようになる少し前のタイミングを捉えて、注意深く慎重に教えられていた可能性が高いというのです。それでもある程度は頭に残るから、しばらくすると私たちの頭は、よく考えたことのない情報で一杯になっていたんじゃないか、と。（『わたし』81）

トミーが考えるような絶妙の「タイミング」で個々の知識が注ぎ込まれたのだとすれば、言葉としては「教えられている」がその真の意味が心の深層に届くようには「伝わっていない」という子供たちの意識管理の仕掛けを暴き、「泡」を割るタイミングを早める発言をしたミス・ルーシーの解雇は、避けられないものだったと言えるだろう。トミーの「理論」については、ヘイルシャムの教育内容に関するキャシーの回想からもその説得性が確認できる。子どもたちの穏やかな運命受容を促すべく準備されたヘイルシャムの管理システムを検証するために、子どもたちの現実認識のプロセスを段階的に抽出してみよう。

子どもたちは、七歳の頃に、「森」に象徴されるヘイルシャムの「外部」の世界の危険性を刷り込まれる（49-50）。八歳のときには、マダムが自分たちをどう見ているかを試す実験を敢行し、その結果突きつけられた自らの存在の異質性に衝撃を受ける。子供たちに接触するのを忌避して思わず身体を硬直させたマダムの姿を見て、キャシーは、そういう瞬間が来ることを「自分のどこかで待ち受けていた」と言い、後知恵で考えれば、実は五、六歳の頃にはもう何となくその日が来ることを知っていたような気がすると語る (36)。事前に何らかの疑いがなければ、この実験の着想自体生まれることはなかっただろう。

そして九歳か十歳の頃、彼らにとって、「喫煙」は絶対に避けるべき行為であり、特に「体の内部を健康に保つこと」が最重要だと教えられる (67-68)。この自分たちの「特殊性」について、キャシーは「深い意味の理解ではないとしても、自分たちが保護官とも外の普通の人たちとも違うということを、確かにわかっていました」と述べて、それが漠然と既知の情報となっていたことを明かしている。さらにこの頃、もしかしたら意識のどこかで「いずれ提供というものが待っていることさえ、すでに知っていたかもしれません」(69) と語る。その後キャシーは、さらに遡って六、七歳の頃に、すでに「提供」についてぼんやりと知っていたような気がすると述べ、無自覚に蓄積された情報を背景に、新しい知識が易々と受け入れられていった印象を語る。「成長して、保護官からこうした話をいろいろ教わったとき、一つとして初耳らしい純粋な驚きを感じたことがなかったのは不思議です。何もかも、以前どこかで聞いたことのあるような話ばかりでした」(81)。

そして十一歳のときに、キャシーは「わたしを離さないで」のカセットテープを入手し、その歌詞の「ベイビー」に反応して、子ども
を産めないとされた母と奇跡的に生まれた子の物語を想像する。彼らに妊孕力がないことは、十三歳で始まった性教育の一環として伝えられるが、キャシーはその情報がその二年前、テープを聞いた十一歳の自分の意識に何らかの形で潜んでいた可能性を指摘する。「自分がもっと幼い頃に何かの拍子に耳にした話が、よくわからないまま頭の隅に残っていたのかもしれません」(72) と述べ、そう考えれば、自分があの曲を聞いて無意識に母子の話を想定したのも説明がつくと語る。

十三歳で始まった性教育の授業では、妊孕性と併せて「提供」の問題が公式に教えられるようになる。ここで、性の話と提供の話が、故意に混在するように教えられた印象があるとキャシーは述べている。性の話に興味を引き付けられている間に「それ以外のことは背景に追いやられて」しまう。つまり、性の問題の陰で、彼らの「将来に関する多くの基本情報がこっそり吹き込まれた可能性」があるという(81)。これは、理解力の不足に加え、関心の焦点が逸れるために「教えられているが伝わっていない」事例と言えるだろう。

以上のようなキャシーの語りからは、知らぬ間に刷り込まれた情報をもとに、一つひとつ後追いで確認しつつ、言葉だけの知識として定着させていった子供たちの成長の過程を読み取ることができる。知識として正式に教わる時期が訪れたとき、記憶の溜りに埋もれた半端な情報を拾い上げ、子どもたちは「それはもう知っていた」(81)と考える。そして敢えて細切れにされた知識が、五月雨式に畳みかけるように提供された結果、断片的だった情報は連結し合い、いつの間にか自らの「運命」を一体として受容させられるのである。見方を変えれば、これは人間誰もが経験する現実認識のプロセスといえないだろうか。

十三歳で言葉の上での知識をほぼ得てしまうと、彼らの子どもとしての「黄金の時代」は一転、終焉へと向かい始める。以後、「昼から夜に移り変わるようにすべてが急速に暗転」した(76)という。子どもたちにとって「提供」は徐々に現実味を帯びたものとなり、冗談めかして語るか、あるいは回避されるべき話題となる(86)。そして、ヘイルシャムで浸透した意識管理は、十六歳でヘイルシャムを卒業し、監視の目のないコテージ生活へ移行して後も、なお子どもたちの心を支配し続ける(Currie 102)。短期間の「心地良い棚上げ状態」(140)を経て、運命は刻々と身に迫る現実と化す。介護人から提供者へと、各自の孤独な体験のなかで、その意味はようやく彼らの意識の深層まで到達するのである。

「教えられているが伝わっていない」と表現されるヘイルシャムの意識管理システムは、こうして計算通り実践される。すべては運命への軟着陸を導くために必要なステップであり、彼らに幸せな「子ども時代」(263)を確保するための手立てとみなされた。情報が意識の表層から深層に到達するスピードは遅ければ遅いほど望ましいのであり、彼らをその「間」に留め置き、断片的情報の既知感を定着させることが重要となる。一方、子どもたちにとっても、この「間＝遅延」は一種の「希望＝現実直視の猶予」を意味し、無意識にそこに留まろうとする力が働く。あらゆる情報を「もう知っていた」と捉えて衝撃を緩和する仕掛けは、こうして保護官と子どもたちが相互に支える暗黙知となるのである。行きつ戻りつ、一見とりとめもないキャシーの回想は、表層と深層の間をスローモーションで漂う子どもたちの意識の日常をみごとに表現している。いわば、表層の言葉と深層の認識の乖離が、子どもたちの「運命の受容」という課題のために利用されているのである。

同時に、イシグロは、読者にもその「間」の浮遊を経験させようとしている。そのために、この「大人の読者さえも、社会のルールが何なのか、皆目見当もつかないほど、変わった社会」を準備したのであり、そこで事態が「徐々に分かっていく過程」を追体験し、「子供が大人になっていく」感覚を「再度味わってほしかった」のだという（大野 132-33）。まさしく、物語の冒頭、すべてを承知の上で静かに語り始めるキャシーに対して、初めて読む読者は、子どもたちと同様、一歩一歩手探りで状況を把握していかざるをえない (Mullan 104-13)。これに対して、再読者の読み方はまったく異なるものとなるだろう。キャシーと知識を共有しつつ、子どもたちの認識の遅れを、ときに望ましくときに痛ましく読むゆとりができる。さらに、まもなく介護者を経て提供者の段階へ進もうとするキャシーの意外なほどに落ち着いた語り口が、運命受容の結果というより、むしろ子どもたちと同様に、「すべてを了解している」というポーズによって、不安な自分を支える孤独な身振りであることを察するようにもなるのである。

以上、『名残り』の手紙の再読にみる主人公の意識変化と、『わたし』の子どもたちが辿る現実認識の過程の分析を通して、特定の言葉や情報が、それを受け取る人物の意識状態によって恣意的に解釈され理解されること、そしてそのズレそのものが、物語のメッセージを伝える作家の戦略であることを論じた。

イシグロ作品における「言葉」の役割とその機能を明らかにするために、言葉の表層の意味と深層に含まれるメッセージの関係に着目しつつ、いくつかの作品を分析してきた。

初期作品においては、表層に語られない「空白」が存在するにもかかわらず、クモの糸を辿るようなイメージの連鎖により、深層の豊かなメッセージへと到達することが可能だった。ヘイルシャム風に言えば、「語られていないが伝わっている(not told and told)」のである。その根底には、言葉の表層と深層との幸せな信頼関係があったと言えるだろう。しかし近年の作品になるほど、言葉が生み出す世界は複雑化し、ある意味でさらに洗練されたものとなっている。そこでは表層と深層が相互に鏡のように映し合い、ときに皮肉に反射し合う。そして、初期作品に見られた楽観的な信頼関係は徐々に失われ、たとえ表層で語られようとも容易には深層に届かない(「語られているが伝わっていない」)、より曖昧で捉えがたいものへと変化していることが明らかになった。その原因としては、情報を伝える唯一の「主体」である語り手が、同時に外部から伝えられる言葉の謎のなかに取り込まれ、不可解さに戸惑う「客体」でもあるという、二重の役割を担う存在にシフトしたことが挙げられるだろう。読者もまた、そ

の語り手の視点に導かれつつ、言葉の複雑な迷路を追体験することになるのである。(8)

イシグロ文学の魅力の一つは、言葉による伝達の不確かさを、言葉で紡ぐフィクションを介して伝達しようとする、ある種の自家撞着にあると言えるだろう。言葉の不確かさとは、一方で、言葉が内包する奥行きと豊かな余白の表れであり、イシグロの作品に複雑な光を投げかけ、多彩に反射する解釈を引き出す力であることは間違いないだろう。

注

本稿は、日本英文学会中国四国支部第六十八回大会における口頭発表「カズオ・イシグロ作品にみる言葉とその余白」（二〇一五年十月二十四日、広島修道大学）をもとに、補正・加筆したものである。

(1) Booth 158-59;「信用できない語り手を用いることの意味は、外見と現実のズレを興味深い形で明かすこと、そして人間がいかに現実を歪め、隠すかを示すことにある」(Lodge 155)。

(2)「一見取るに足らぬ場面での欠落、会話の途中に起こる飛躍、これらが読者を刺激し、観念の投射によってその空白を埋めるよう働きかける。読者はその出来事に引き込まれ、語りの空白から意味を引き出し満たそうとする。（中略）想像力によって、語られないことに命が吹き込まれると、語られた言葉は想定以上に大きな意味を帯びて「膨張」する。（中略）これこそ、テクストと読者の間の相互作用から生まれる産物なのである」(Iser 168)。

(3) ミラーは『小説と反復』のなかで、「相違するもののみが類似する」「類似するもののみが相違する」というジル・ドゥルーズによって提示された「二つの定式化」をもとに自身の「反復」の概念を論じている (Miller 5-6)。反復が持つ類似性とそこに必然的に含まれる差異に注目したい。

(4) Matthew 26:69-75.

(5) ナイダホフは、この反復をフロイトの「反復強迫」の事例とみなし、挫折した人生の満たされない欲望の過剰によるものだとしている (172)。

(6) ズーターは、手紙を読み解く立場に立つスティーヴンスが、「彼の霞んだ記憶のフィルターの向こうに『真実』を見出そうと格闘する」読者の立場と同様であるとし、このことがスティーヴンスに対する読者の共感を生み出していると指摘する (245-46)。

(7) Matthew 27:75.

(8) 夢と現実のあわいを思わせる物語空間のなかで、次々と身に降りかかる錯綜した情報に翻弄される主人公を描いたイシグロ第四作目の長編『充たされざる者』は、その典型と言えよう。

引用文献

Booth, Wayne C. *The Rhetoric of Fiction*. 2nd ed. Chicago: U of Chicago P, 1983.

Currie, Mark. “Controlling Time: *Never Let Me Go*.” Matthews and Groes. 91-103.

Iser, Wolfgang. *The Act of Reading: A Theory of Aesthetic Response*. Baltimore: Johns Hopkins UP, 1978.

Ishiguro, Kazuo. *A Pale View of Hills*. London: Faber, 1982.

——. *An Artist of the Floating World*. London: Faber, 1986.

——. *The Remains of the Day*. London: Faber, 1989

——. *Never Let Me Go*. London: Faber, 2005.
Lewis, Barry. *Kazuo Ishiguro*. Manchester: Manchester UP, 2000.
Lodge, David. *The Art of Fiction*. London: Penguin, 1992.
Matthews, Sean, and Sebastian Groes. eds. *Kazuo Ishiguro: Contemporary Critical Perspectives*. London: Continuum, 2009.
Miller, J. Hillis. *Fiction and Repetition: Seven English Novels*. Cambridge: Harvard UP, 1982.
Mullan, John. "On First Reading *Never Let Me Go*." Matthews and Groes 104-13.
Neiderhoff, Burnkhard. "Unlived Lives in Kazuo Ishiguro's *The Remains of the Day* and Tom Stoppard's *The Invention of Love*." Connotations 20.2-3 (2010/2011): 164-88.
Shaffer, Brian W. *Understanding Kazuo Ishiguro*. Columbia: U of South Carolina P, 1998.
Suter, Rebecca. "'We're like butlers': Interculturality, Memory and Responsibility in Kazuo Ishiguro's *The Remains of the Day*." Q/W/E/R/T/Y 9 (1999): 241-50.
Wong, Cynthia F. *Kazuo Ishiguro*. Tavistock: Northcote, 2000.
——. "Like Idealism Is to the Intellect: An Interview with Kazuo Ishiguro." *Conversation with Kazuo Ishiguro*. Ed. Brian W. Shaffer and Cynthia F. Wong. Jackson: UP of Mississippi P, 2008. 174-88.
大野和基「インタビュー　カズオ・イシグロ：『わたしを離さないで』そして村上春樹のこと」『文學界』六〇巻　八号（二〇〇六年八月）、一三〇―四六。

V

言葉をこえる言葉

四つ折本『リア王』における歌唱

喜多野　裕子

悲しみに友があり　試練に耐える連れがあれば
心は大きな苦悩も飛び越える(1)

一　嵐の荒野に集う

本稿の目的は、四つ折本（以下Qと略記）『リア王』（一六〇五―一六〇六）における特に嵐の荒野の歌唱場面に焦点をあて、その劇的機能を明らかにすることである。

「吹け、風よ、お前の頬を吹き破れ！荒れ狂え、吹け」(1433; 3.2.1) というリアの叫びとともに嵐の荒野の場面は幕を開ける。さらにリアは、豪雨、稲妻、雷に「大自然の鋳型を打ち壊し／恩知らずな人間の種という種を砕いてしまえ」(1439-41; 3.2.8-9) と咆哮し二人の娘に裏切られた苦悩を噴出させる。加藤行夫は、この場面には悲痛さだけではなく「奇妙なやすらぎ」(202) や「すべてを融和させた自若たる安逸」(203) があるという。またそれらを生み出しているのは「大自然の混沌」であり、そのなかにあって「世界は始源に回帰し、ありとあらゆる二項対立は攪拌され無化される」と指摘する (203)。しかしこの場面に「奇妙なやすらぎ」があるとすれば、それをもたらしているのはリアに付き添う者たちではないだろうか。

リアは、作品全体を通してハムレットのような孤立した独白は行わない。激烈な怒号や呪詛、狂乱の叫声であってもそれを聴く者がいる。嵐の荒野においてリアが大自然に向かって叫ぶとき、道化が傍らにいる。そこに忠臣ケントが加わる。場面が変わりベドラムのトムに扮したエドガー、そして最後にその父親グロスターが加わることになる。リアのお供たちは各々それぞれの立場から、惨めな浮浪者となり狂気に向かうリアの声を痛ましい思いで聴く。リア同様帰属する場所を失い放浪するものたちが荒野に集う。しかしその中にも社会的区分がある。異色なのは「なんと、こんな者だけですか、陛下のお供は?」(1649; 3.4.113)と、グロスターを驚愕させるベドラムのトムに扮したエドガーである。

エドガーはグロスター伯爵領を我が物にと狙う庶子エドマンドの奸計に陥り、父の命を狙う反逆者とみなされる。さらに粗暴で無秩序なリアの百人の騎士の仲間に仕立てあげられ追っ手がかけられる。切羽詰った彼はベドラムのトムになり生き延びることを選択する。「ベドラムのトム」或いは「哀れなトム」(Poor Tom)とは、ロンドンのベツレヘム精神病院を逃亡或いは退院した精神異常の物乞いたちを指した。さらに初期近代においては、ベドラムの入院患者を装って物乞いをしながら放浪する詐欺師をも意味した(Carroll 431-34)。エドガーの台詞にはベドラムのトムたちの「最も卑しく哀れ極まりない」(1069; 2.3.7)姿が描写されている。

顔には泥、腰にはぼろ布、髪はもつれ放題、
裸をさらして、厳しい風雨に立ち向かう
この国にはそのためのお手本がある

ベドラムの乞食だ。あいつらはうめき声をあげ
無感覚になったむき出しの腕に
ピン、木の串、釘、ローズマリーの小枝を突き刺し
その恐ろしい姿で、質素な農家
貧しい村々、羊小屋、水車小屋を訪れて時には狂気の呪いや祈りで
施しを強要する。哀れなターリゴッド、哀れなトム　(1071-82; 2.3.9-20)

そして「それならまだなんとかなる。エドガーならおしまいだ (Edgar I nothing am)」(1083; 2.3.21) とベドラムのトムとの自己同一化をはかり、狂態を演じつつ放浪する中で、リアたちと出会うことになる。

シェイクスピア作品において舞台上で歌唱するのは、そのほとんどがベドラムのトムのような周縁化されたものたちである (Heetderks 63-66)。例えば魔女、妖精、道化、バラッド売り、或いは権力や社会的地位を剥奪され追放されたもの、そして佯狂を含めた狂的状態に陥ったものたちである。(2) 嵐の荒野においては、この時点では伯爵であるグロスターは無論のこと、たとえ浮浪者に身を落としていてもリアやケントは歌わない。歌うのは職業道化とベドラムのトムである。

二　嵐の中の歌

まず『リア王』において歌は何曲登場するのか確認しておこう。F・W・スターンフェルドによると劇中におい

て歌唱か朗誦された可能性のある歌詞は、Qと二つ折本（Fと略記）を合わせて十八種類あり、それらは全て道化とトムに扮したエドガーに割り当てられている。そしてQのみに焦点を当てた場合、道化は十種類、エドガーは五種類、二人で共有するのが一種類で計十六種類の歌詞が登場する (Sternfeld 174-75)。Qに登場する十六種の歌詞のうち、荒野の場面に登場する歌をスターンフェルドは八種類としている。そのうち道化が二種類、エドガーが六種類受け持つ。キャサリン・ヘンツはそのうちの三種類が舞台上で実際に歌唱されたとしている (442)。すなわち道化が一曲、エドガーが一曲、そして道化とエドガーの二人で共有するのが一曲であり、そのうち二曲はリアによる模擬裁判場面に登場する。まずはエドガーがリアたちに出会う前の、道化による歌唱をみてみよう。

リアを探し当てたケントは、雷鳴轟く風雨から身を守るためすぐそばの小屋でやすむようにリアに勧める。そして自分は再びリアの娘たちを訪ね、礼儀を改めてもらうつもりだと言う (1488-93; 3.2.58-64)。それを聞いたリアは「頭がおかしくなりそうだ」(1494; 3.2.64) と混乱しながらも、寒さに震える道化を憐れむ。

どうした、小僧、寒いのか?
わたしも寒い。その藁床というのはどこだ
貧乏には不思議な魔力が備わっている
卑しいものを尊いものに変えてしまう。さあ、その小屋へ——
阿呆よ、わたしは心のどこかで

お前を哀れに思うぞ。（1495-1500; 3.2.65-70）

リアからの言葉に道化は、得意の鋭い揶揄ではなく歌唱で応える。

道化　頭に知恵のない人は
ヘイ、ホウ、風と雨
運に満足しなくちゃね
雨は毎日降るものだ（1501-03; 3.2.71-74）

この歌は『十二夜』（一六〇一―一六〇二）の道化フェステによる歌に類似する。劇が大団円を迎えたあと一人舞台に残ったフェステは「ほんの小さな小僧のころは／ヘイ、ホウ　風と雨／悪ふざけしても大目にみてくれた／雨は毎日降るものだ」(5.1.385-88) と、二十行の歌を歌唱する。リアの道化の歌のメロディーは、この歌を再利用したと考えられている (Sternfeld 171)。フェステの歌に関しては不明な点が多く、昔からある歌なのかシェイクスピアの手によるものなのか確定していない (Elam 388)。またフェステとリアの道化を演じたのは一五九九年頃宮内大臣一座に参加した俳優兼作家のロバート・アーミンであるとする説が一般的 (Henze 419) なため、作詞も伝統的な歌の改訂も得意としたアーミンの作品である可能性も指摘されている (Elam 388)。しかしここで重要なのは、歌の出自ではなく、リアが見せた憐憫に対して、道化は言葉ではなく歌唱で応えていることである。

ブルース・スミスは歌唱にたけたアーミン参加後の劇中歌パフォーマンスについて、特に「過去性 (pastness)」と「情念 (passion)」[3] を引き出す性質があるとしている (196)。さらに観客も役者も既知の歌を舞台上で披露すると、過去の記憶から、歌とそれにつらなる情念が湧き起こり、舞台と客席の垣根を越えて役者と観客を統一し、共通の文化感覚を築くのを助けると指摘する (200)。道化がリアの憐憫に対して、すでに劇場で披露済みの歌で応じることは、道化と、道化同様に哀れなリアとの親和性を強化する装置となる。道化の歌を聴いたリアは「そうだな、小僧。さあ、その小屋へ案内してくれ」(1504; 3.2.75) とこたえる。この言葉で場が終了するため、道化の歌は、嵐を回避する小屋へと共に向かう道化とリアの姿をいっそう際立たせる。

次に模擬裁判における二曲を考察する。リアは幻想の中で非情なゴネリルとリーガンを現存させ裁こうとする。リアの幻想において、エドガーは判事、道化は賢者である。「女狐たち」(1731; 3.6.17) が召喚され、エドガーと道化は歌いだす。

エドガー　おいでよベッシー、川越えて[4]
道化　あのこの船は水漏れする
口にはできない
お前のもとに行けない理由は　(1733-35; 3.6.20-23)

「おいでよ、ベッシー」は十六世紀前半よりラブソングや宗教歌等、いくつかのヴァージョンが現存していることから、長く人気のあった歌と考えられている。いずれも遠くにいるベッシーを説得してこちらに招きいれようとする内容にほとんど差はない (Sternfeld 167-70)。中でも一五五八年のエリザベス一世即位の頃に、ウィリアム・バーチによって作成されたブロードサイド・バラッド (Duffin 107) は、イングランドとエリザベス一世（ベッシー）によるダイアローグ・バラッドである。

「女王陛下とイングランドの間にかわされる歌」

E（イングランド）　おいでよベッシー、川越えて
おいでよベッシー、川越えて
（中略）
B（エリザベス）　こちらにおいでよと
そんなに熱心にわたしを呼ぶあなたは誰
E　わたしはあなたを愛し
後継者に選んだもの
名前は陽気なイングランドです　(Woudhuysen 92)

ダイアローグ・バラッドは、基本的に二人の人物が同量の詩行を分担する会話形式で構成されている。[5]重要なのは、トムに扮したエドガーと道化が一つのダイアローグ・バラッドを分け合い、歌唱することである。

シェイクスピア劇作品中、貴族や宮廷人が誰かと歌を共有する例は幾つか見られるが、その相手は身分や立場が同等のものがほとんどであり、歌が仲間としての結束を固める役割を果たす。[6]一方、身分を超えて歌を共有する行為はほとんど見られない。貴族や王族に属しながら佯狂、或いは狂的状態で歌う者には、エドガーの他にハムレットとオフィーリアがいる。しかし両者とも狂的状態にあっても臣下と一つの歌を共有することはない。また、『オセロー』においてデズデモーナの侍女エミリアは、主がオセローに殺害される直前の寝室で歌ったバラッド「柳、柳、柳」を口ずさんで息絶える (5.2.254-55) が、デズデモーナと舞台上でこの曲を共に歌うことはない。

ヘンツが作成した歌唱リストに拠ると、身分を越えて歌を共有するのは、エドガーを除いては『十二夜』に登場するサー・トービーとサー・アンドルーのみである (440-42)。彼らはエドガー同様、自分の従者ではない道化と歌を共有する。オリヴィアの屋敷で真夜中に浮かれ騒ぐ中、三人は「黙れ、このばか」(2.3.63) という歌を輪唱する。その歌声は執事マルヴォーリオによって、居酒屋に似つかわしい「靴屋風情の追いかけ歌」(87) とみなされ、時と場所、そして身分をわきまえぬ歌唱行為は、秩序を乱す行為として厳しく非難される (83-89)。[7]しかしトービーは耳を貸さず、フェステと「さらば、君よ」を分割して歌う (98-108)。そのためマルヴォーリオはこの不行跡をオリヴィアに報告すると言って立ち去る (117-20)。この時の遺恨がマルヴォーリオいじめに発展し、結局トービーは、悪戯のもとになる手紙を書いたマライアと結婚したことが終幕で明かされる (5.1.361)。マライアにとって女主人の叔父との結婚は地位の上昇を意味するがトービーの地位に変化はなく、二人の結婚による階級侵犯が主筋に影響をもたらすことはない。

対照的に、嵐の荒野で道化と歌を共有したエドガーは、結末において未来の為政者になる可能性があることが示される。(8) エドガーにとってベドラムのトムのアイデンティティは自由に着脱できる。本来の姿に戻りエドマンドを討伐したエドガーと忠臣ケントに対し、オールバニーは「心より信頼する友よ、あなた方二人には／この国を治め、その傷を癒してもらいたい」(2979-80; 5.3.315-16) と申し出る。だがケントが即座に辞退するため (2981-82; 5. 3. 317-18)、エドガーが最終的に王となる可能性が発生する。

丸谷才一はシェイクスピア作品中のキャラクターが歌唱すると「甘美な呪文、異次元からの不安な贈り物の媒体となり、そのことによって社会の安定、共同体の秩序のしるしとなる資格を失った」(253) と指摘しているが、エドガーは歌唱してもなおその資格を保有する。すなわち『リア王』においては、未来の為政者になりうる者と道化が社会的区分を越境し、同じ歌を分割し歌唱するという逸脱が披露されている。そして大自然の混沌と人間の狂気が二人の歌を許容する。嵐の荒野は、秩序の攪乱を歌唱の共有を通して観客に提示する場である。

二曲目は、エドガーの独唱である。リアに裁判官の役目を担わされたエドガーは、「公正な審理を行おう」(1744; 3.6.34) と述べ、次のように歌う。

寝てるの、起きてるの、羊飼い
羊が麦畑を荒らしてる

お前の笛のひと吹きで
羊は無事にもどってくる　(1744-46; 3.6.35-38)

「寝ているのか、起きているのか (sleepest or wakest thou) というフレーズは、ジョン・ラステルの道徳劇『自然の四元素のインタールード』(一五二〇年頃)や、バラッド「アーサー王とコーンウォール王」にも見られる。また、トマス・レイヴンズクロフトによる曲のアンソロジー『パメリア』(一六〇九)にも収録されており、よく見られる歌のフレーズの一つである (Greer 224)。しかし『リア王』の劇世界にこの歌を置いてみるとき、「寝ているのか、起きているのか」という問いは、リアのものであることを想起せねばならない。王国移譲後、ゴネリルの屋敷に逗留していたリアは、百人の家来たちの乱暴狼藉は国家の治安に関わる問題だと激しく責めたてられ、自己認識の揺らぎをみせる。

わたしを知っている者はいないのか?ここにいるのはリアではない。
リアがこんな歩き方を、こんな喋り方をするか?リアの目はどこだ、
知能が弱まったか、分別が眠りこけたのか、
寝ているのか、起きているのか　(656-59; 1.4.193-96)

さらに彷徨の果てのコーディリアとの再会の場面では、まどろみと覚醒の間にあるリアは「わたしはどこにいた、

今はどこにいる　日の光か」（2530; 4.7.52）と答え、まだ完全な自己認識には至っていないことがわかる。しかも羊の管理に失敗する羊飼いの姿は、娘たちの統御に失敗したリアの姿に重なる。すなわちこの歌は、リアの自己認識の不安定さという作品テーマの一つを照射する。エドガーが歌唱によって審理しているのはゴネリルとリーガンではなく、リアなのだ。

このように嵐の場面における歌唱には、秩序の撹乱と同時に共有感覚をうみだす機能、及び劇世界を照射する機能が認められた。だが二人の歌い手は、この場のあと共に劇世界から姿を消す。エドガーの独唱までは、リアの愚かさを歌で照射するのは道化の役割であった。しかしエドガーの歌の終了後、その役目を終えたかのように道化は劇世界から去る。エドガーもリアから離れ、視覚を奪われた父グロスターと邂逅し連れ立ってドーヴァーを目指す。その途中でトムであることを放棄し、農民の変装を経て本来のアイデンティティを取り戻す。グロスターとエドマンドが亡くなった時点で爵位を手に入れ、前述のように未来の為政者になる可能性を保持するエドガーが歌唱することは二度とない。

三　不在の歌声

周縁化された存在であった二人の歌い手が劇世界から去ったあと、もう一人の歌い手が登場する。それはリアその人である。

ブリテン軍と戦うフランス軍に伴い故郷に戻ってきたコーディリアに、父の様子が報告される。

ああ、きっとお父様だわ、たった今
お見かけしたものがいます。荒海のように猛り狂い
大声で歌を歌い、頭には伸び放題のカラクサケマンや雑草　(2151-53; 4.4.1-3)

治世者であったリアの歌声が舞台上で披露されることはない。しかし観客はコーディリアの語りによって、ドーヴァー近くを放浪するリアの叫びのような歌声を想像する。その歌声は荒れ狂う海の音と同化し、まだ彼は怒涛の憤怒や苦悩の中にいることがわかる。

やがてリアの放浪の旅も、コーディリアの従者たちに保護されることで終わりをつげる。愛娘との再会の場は、音楽で満たされている("louder the musicke there" [2502; 4.7.25])。そして勝利したブリテン軍の捕虜となるリアが最後に目指したのは、娘と過ごす牢獄であった。

さあ、牢獄へ行こう
二人きりで籠の鳥のように歌って暮らそう
おまえが祝福を求めれば、私は跪き
おまえに許しを乞う、そのようにして生きていこう
祈りを唱え、歌を歌い、昔話をしたりして　(2665-69; 5.3.8-12)

このようにリアは娘と歌を共有することを望む。コーディリアもリアと共に牢獄で過ごすことを厭わず、彼の願いを静かに受け入れる。リアに付き添う歌い手の役割は、道化とトムから彼女が引き継ぐことになる。しかしリアが望んだ穏やかな日々はコーディリアが殺害されることで無残にも砕かれる。またリアも、彼女の亡骸を抱いたまま“O, o, o, o.” (2970; 5.3.306) と、言葉にならない音声を身体から搾り出してこと切れる。死によって二人の歌唱は永遠に実現されないままとなり、観客は父と娘の歌声を再び想像することしかできなくなる。

エリン・ミネアは『十二夜』におけるヴァイオラについて、彼女は歌唱しないキャラクターであるものの、例えば一幕五場におけるオリヴィアへの求愛の台詞は十分に音楽的であると指摘する (131)。

門の前に悲しみの柳の枝で小屋をつくり
屋敷のなかのわたしの魂によびかけます
蔑まれた誠実な恋の歌を書き
真夜中でも大きな声で歌います
こだま響く丘に向かってあなたの名前を大きな声で呼び
おしゃべりな大気に叫ばせます
「オリヴィア！」と　(257-63)

ミネアは、「想像上の声は真実の恋する者の声である」(132) と述べ、台詞の中にのみ登場する歌声の音楽性の高さを認めている。宮廷から嵐の荒野、そしてドーヴァーへの苛酷な道行きを経験した観客は、劇場に響くことは永遠にないリアとその娘の不在の歌声を聴く。

冒頭の愛情テストにおいて「私の愛は私の言葉より重みがある」(70; 1.1.65-66) と、愛情を言語に変換することを拒否したコーディリアは、“Nothing, my lord”(78; 1.1.74) と返答した。観客が、リアと彼の傍らで声を合わせるコーディリアの不在の歌声を聴くとき、“Nothing” という言葉には確かに誠実な愛情が存在することを認識するのかもしれない。

注

(1) TLN, 1797-98; 3.6.95-96.『リア王』の日本語訳は松岡和子訳を参照した。本稿は一六〇八年刊行の『リア王とその三人の娘の生と死の実録年代記。また陰鬱な、ベドラムのトムの気質を帯しグロスター伯爵嫡男にして継承者エドガーの不運な生』(Q1) を扱う。本文の引用は *The Parallel King Lear* に拠り、Quarto Through Line Numbers(TLN) を表記する。幕、場、行数は Halio 編、*The First Quarto of King Lear* に拠る。なお F1 すなわち『リア王の悲劇』(一六二三) と、Q1をめぐるテクスト上の論争について詳細は Taylor and Warren 及び太田参照。オックスフォード版『シェイクスピア全集』(一九八六) においてQとFを底本とする二種類のテクストが併載されて以降、両テクストを異種の劇であるとする正当性は広く認められている。『リア王』以外のシェイクスピア劇からの引用はこの版に拠る。

(2) 例外は『オセロー』のデズデモーナなど。当時身分の高い者は公の場で歌唱や演奏は行わなかった。Gillespie 参照。

(3) 初期近代における情念について遠藤は、単に「感情」と等しいわけではなく「身体作用であると同時に心に生起する記号、あるいはある変容可能性をもった記号（キャラクター）として、身体作用が心のなかに刻印されている」(28, 31) と述べている。

(4) ジャネット・アデルマンは、フランスへ渡った不在のコーディリアへ寄せるリアの思慕をエドガーと道化の声が代弁する切実な歌の断片であるとしている (123)。

(5) ダイアローグ・バラッドには夫婦間の諍いや恋人たちの求愛、あるいは救世主と罪びとの宗教的なやりとりを扱ったもの等がある。詳細は Würzbach 187-94 参照。

(6) 例えば『お気に召すまま』の元宮廷人たちによる「緑なす森の木の下で」(2.5.1-8, 35-42) の歌唱など。また、王族に属する者たちの歌の共有としては、『シンベリン』における、二人の王子による追悼歌「もうおそれるな、夏の暑さを」(4.2.259-82) が挙げられるかもしれない。しかし直前に「おれは歌えそうもない。泣きながら歌詞を唱えよう／(中略) では一緒に朗読しよう」(241, 243) という台詞があるため歌唱が行われない可能性が高い。

(7) 社会的空間を侵犯する私的娯楽としての歌唱の制御と、世帯主の権威の関係については Austern 参照。

(8) Carroll 426; Heffernan 134. ただしQにおいては統治者になるのはオールバニーで、エドガーはそのサポート役を務めるのではないかという解釈もある。Foakes 49 参照。いずれにせよエドガーが今後政治の中核に関わることは示唆されている。

引用文献

Adelman, Janet. *Suffocating Mothers*. New York: Routledge, 1992.

Austern, Linda Phyllis. "Domestic Song and the Circulation of Masculine Social Energy in Early Modern England." *Gender and Song in Early Modern England*. Ed. Leslie C. Dunn and Katherine R. Larson. Farnham; Ashgate, 2014.

Carroll, William C. "'The Base Shall Top Th'Legitimate': The Bedlam Beggar and the Role of Edgar in *King Lear*." *Shakepeare Quarterly*. 38.4(1987): 426-41.

Duffin, Ross W. *Shakespeare's Song Book*. New York: Norton, 2004.

Gillespie, Stuart. "Shakespeare and Popular Song." *Shakespeare and Elizabethan Popular Culture*. Ed. Stuart Gillespie and Neil Rhodes. Padstow: Cengage, 2006.

Greer, David. "Sleepest or Wakest thou Jolly Shepherd." *Shakespeare Quarterly*. 43.2(Summer, 1992): 224-26.

Heetderks, Angela. "'Better a Witty Fool Than a Foolish Wit'; Song, Fooling and Intellectual Disability in Shakespearean Drama". *Gender and Song in Early Modern England*. Ed. Leslie C. Dunn and Katherine R. Larson. Farnham: Ashgate, 2014.

Heffernan, Julián Jiménez. "'The Naked Fellow': Performing Feral Reversion in King Lear." *Comparative Drama*. 49.2(Summer 2015): 133-62.

Henze, Catherine A. "'Wise Enough to Play the Fool': Robert Armin and Shakespeare's Sung Songs of Scripted Improvisation." *Comparative Drama*. 47.4 (Winter 2013): 419-598.

Minear, Erin. *Reverberating Song in Shakespeare and Milton*. Farnham: Ashgate, 2011.

Shakespeare, William. *William Shakespeare: The Complete Works*. Ed. Stanley Wells and Gary Taylor. New York: Oxford

UP, 1994.

——. *King Lear*. Ed. R. A. Foakes. The Arden Shakespeare. 3rd ed. Walton-on-Thames: Thomas Nelson and Sons, 1997.

——. *The First Quarto of King Lear*. Ed. Jay L. Halio. Cambridge: Cambridge UP, 1994.

——. *Twelfth Night*. Ed. Keir Elam. The Arden Shakespeare. 3rd ed. London: Cengage Learning, 2008.

Smith, Bruce. "Shakespeare's Residuals: The Circulation of Ballads in Cultural Memory." *Shakespeare and Elizabethan Popular Culture*. Ed. Stuart Gillespie and Neil Rhodes. Padstow: Cengage, 2006.

Sternfeld, F. W. *Music in Shakespearean Tragedy*. London: Routledge, 1963.

Taylor, Gary and Michael Warren, eds. *The Division of the Kingdoms*. New York: Oxford UP, 1983.

Warren, Michael, ed. T*he Parallel King Lear; 1608-1623*. Berkley: U of California P, 1989.〔『リア王』松岡和子訳、筑摩書房、一九九七年。〕

Woudhuysen, Henry, ed. *The Penguin Book of Renaissance Verse*. London: Penguin Books, 1992.

Würzbach, Natascha. *The Rise of the English Street Ballad 1550-1650*. Cambridge: Cambridge UP, 1990.

遠藤知巳「情念と身体；17世紀西欧の記号空間」『関西学院大学社会学部紀要』八四号（二〇〇〇年）、二七―三七。

太田一昭「『リア王』と二つのテクスト」『言語科学』四四号（二〇〇九年）、四五―六四。

加藤行夫『悲劇とは何か』研究社、二〇〇二年。

丸谷才一「ハムレットの小唄」『ルネサンスの文学と思想』筑摩書房、一九七七年。

ジャスパー、恐ろしい男
――『エドウィン・ドルードの謎』における「恐ろしさ」について

渡部　智也

チャールズ・ディケンズ最後の小説『エドウィン・ドルードの謎』は、いみじくもその作品名が示しているように、〈謎〉に満ちた作品である。エドウィンは殺されたのか、探偵とおぼしきダチェリーなる人物は何者なのか、クリスパークルとヘレナは結婚するのか、などなど、興味深い疑問は尽きない。このように無数の謎が存在する一方で、いくつか確かなこともある。なかでも重要なのは、エドウィンの叔父にあたる聖歌隊隊長のジョン・ジャスパーが殺人犯であるらしいということだ。ディケンズの親友ジョン・フォースターはディケンズの死後、この作品に言及し、生前の彼の話として、これが叔父による甥殺しの物語であり、特に本作が独創的である点は、物語の最後で犯人が自分自身の犯行を、あたかも自分が犯したのではない出来事のように語ることだと述べている(452)。この言葉を信じるならば、ディケンズが本作品でもっとも描きたかったのは、殺人犯ジャスパーその人であったと言えるだろう。ディケンズ作品はその魅力の大きな部分を豊かな登場人物に負っているが、その多くは善人ではなく悪人である。原英一氏が述べているように、読者が惹きつけられるのは、オリヴァーやローズ・メイリーのような深みや魅力に欠けた善人ではなく、フェイギンやクィルプといった生命力と個性溢れる悪人たちなのである(2)。こういった点を考えると、ディケンズが亡くなったとき、彼の最後にして最大の悪人がまさに誕生しようとしていたと言えるだろう。本論ではこのジャスパーという悪人を「恐ろしい（terrible）」というキーワードを手がかりに解読し、その描写に込められたものを明らかにしたい。

一　「恐ろしい」ジャスパー

ディケンズはジャスパーをどのような悪人として描いていたのか？まずは彼の周囲の人々の反応を元に読み解いていきたい。ジャスパーはクロイスタラムの聖歌隊隊長という地位にあり、「彼は深く良い声をしていて、また顔つき、体つきも良い」（10）とされ、外見からも、またその社会的な地位からも、立派な人物という印象を与える。彼の大家夫人にあたるトープ夫人はとりわけ彼を崇拝し、首席司祭も彼を評して、「彼の頭と声は我々にとってきわめて貴重である」（119）と述べるなど、彼に対する世間の評価の高さが窺える。

しかし、これはあくまで彼の一面に過ぎない。本小説は冒頭、アヘンに耽溺する男性の夢の描写で幕を開けるのだが、その場面でアヘンを吸って酩酊状態にあるのがジャスパーであることを読者はすぐに知ることとなる。登場人物の中で、このジャスパーの持つ異常な側面に最初に気づくのはローザ・バッドである。エドウィンの許嫁でありながら、その叔父ジャスパーの邪恋の対象となる彼女は、常に彼を脅威に感じ、ランドレス兄妹の歓迎会で取り乱した姿を見せる。そして新たに友人となったヘレナ・ランドレスに、「彼は私を怯えさせるの（He terrifies me）」（63）と述べ、次のようにその理由を告げる。

「彼はそのまなざしで私を奴隷にしてしまったの。彼は無理矢理、自分のことを理解させたの。一言も言葉を発さずに、よ。それから、無理矢理私に黙っていさせたの。一言も脅迫の言葉を発さずに、よ。私が演奏しているると、彼は決して私の手から目を離さないの。私が歌っているときは、私の唇から決して目を離さないの。私の間違いを正して、音を出したり、和音を鳴らしたり、あるいは一節を演奏したりするときは、彼自身が音のなかにいて、お前を恋人として追いかけているぞとささやいて、黙っていろよと命じるの。私は彼の視線をそらしたわ。でも、彼は無理矢理見させるの。見ることなしに、よ。彼の目にかすみがかかって（だって、時々そうなるんですもの）、彼が一種の恐ろしい夢に浸っているように思えるときでさえ、彼はそのことをわからせるの。そして、彼がそばに座っているということをわからせるの。いつもより、ずっと恐ろしいのよ。」(64)

ここではジャスパーの視線が強調されていることがわかる。まなざしによって人を支配する、というこの描写から、ディケンズ自身が強い関心を寄せていたメスメリズムをジャスパーが用いているのではないか、との議論がたびたびなされてきた。しかしながら、この場面で注目したいのはその点ではなく、最後にローザがジャスパーとのやりとりを、「恐ろしい (terrible)」と表現していることである。何の変哲もない言葉のように見えて、実はこれは重要な意味合いを帯びている。というのも、同様の描写がこの後も登場するためである。

エドウィンの失踪後、折を見てジャスパーはローザに対して思いを告げる。彼女を常に監視している、という脅し文句とともに、彼女に思いを寄せる無実の青年ネヴィル・ランドレスを殺人犯として処刑台に送ることが出来る、と述べる彼に対して恐怖を抱いた彼女は、彼と別れた後、気を失って部屋に運ばれる。そして意識を取り戻した彼女が最初に考えたことは、「この恐ろしい男 (terrible man) から逃げなくてはいけない」(206) ということであった。

彼女は熟考を続け、最終的に自らの後見人であるグルージャス氏の元に身を隠すことを決めるのだが、その過程で語り手はローザの思考に寄り添う形で、「彼はあまりに恐ろしい男だ」「彼は恐ろしい男だ」（207）といった表現を繰り返し、「恐ろしい男」というジャスパーの側面を強調する。つまり、最初のヘレナに対するローザの台詞と併せて、ジャスパーに関して「恐ろしい」という言葉が多用され、そこに何らかの意味が込められているように感じられるのだ。

確かにこれはローザの思考の単純さが語り手の言葉に反映されている、と考えることも可能である。ローザはエドウィンに「子猫ちゃん」という愛称で呼ばれることを甘受するなど、その言葉や振る舞いからも、子供じみた印象を受ける人物である。従って、彼女の単純さを映す言葉として、「恐ろしい」という単純な言葉が多用されていると解釈することは出来る。しかし二つの理由から、この言葉の使用にはより深い意味があると考えられる。一つは、これまでに挙げた例も含めて、本作で「恐ろしい」という言葉が用いられる場合、それがすべてジャスパーに関連しているということだ。特に人間を直接的に「恐ろしい」と表現するケースはジャスパーにしか見られず、彼と「恐ろしい」という言葉との間には一種の親和性のようなものが存在するように感じられる。

二つめの理由は、ジャスパーに対して用いられる「恐ろしい男」という表現の特異性である。一見ありふれているようで、実はこのような表現は他に類を見ない。この「恐ろしい男」という表現はディケンズの他作品には見られないのである。さらにディケンズのみならず、他のヴィクトリア朝時代の作品においても見いだすことが出来ない。[1] つまり、本作では単純に見えて珍しい表現が複数回、それも強調するような形で使用されているのである。このジャスパー＝「恐ろしい男」という構図は何を意味しているのだろうか。

二 「恐ろしさ」とは何か？

前章で考察したように、ジャスパーには「恐ろしい」という言葉が強調的に用いられている。では、彼はどう恐ろしいのであろうか？まずはローザの証言を見てみたい。ローザはヘレナに対してジャスパーの恐ろしさを説明する際、「彼はまるで怖い幽霊みたいに、私の思考に取り憑くの。決して彼から安全なことはないと感じるの。彼のことを話していると、彼がまるで壁を通り抜けて入ってこられるように感じるの」(63)と述べている。壁を通り抜ける幽霊にたとえるこの描写からは、ジャスパーという人物の〈とらえ難さ〉が読み取れよう。このイメージは第二十章で再び、「あの男から安全ではいられない。古い尼僧院のしっかりした壁でも、彼が幽霊のようにつきまとうのを防ぐことが出来ない」(207)と言及され、読者に強く印象づけられる。彼はとらえ難く、その本性を人に見抜かせない。その最大の要因は、彼自身が人にいかに見られているか、そしていかに自身を見せるか、ということに非常に注意を払っているためである。たとえばネヴィルとエドウィンがローザを巡って口論した後、彼はクリスパークルに対してネヴィルの危険性を訴える。その際、単に言葉で訴えることに飽き足らず、彼は自分がその日に書いたという日記を見せ、「今起こった出来事を見てしまったので、私の愛しい甥におぞましいことが起こるのではないかという病的なまでの恐怖を感じてしまう」(102)という文言を読ませる。同様に、川からエドウィンの金時計とネクタイピンが見つかった際には一言も発することなく日記を差し出し、「私の愛しい甥は殺されてしまったのだ（中略）私は私の愛しい甥の殺人という罪を、殺人者にしっかりと結びつける。そして私は殺人者を破滅させることに専心する」(174)という文章をクリスパークルに見せつける。これらの場面では、発せられた言葉という聴覚的なものだけではなく、視覚的にとらえることの出来る文字を利用して、ネヴィルが危険な存在だということ、そして自分が犯人を追い詰める側の人間である（つまり犯人ではない）、ということを印象づけようとしている。〈視覚〉を巧みに利用し、自らの邪悪な側面を隠そうとする犯罪者ジャスパーの姿が浮かび上がってくるだろう。このように、自分をどう見せるか、他人にどう見られているかに注意を払うジャスパーの姿勢が最もよく表れているのが、ローザに告白する場面である。「愛しいローザ」と呼びかけてローザを怯えさせた直後、逃げようとする彼女を引き留めた彼は次のように述べる。

「私はいかにたくさんの窓が我々を見下ろしているか、忘れていないよ」彼はそちらの方に目をやりながら言った。「ふたたび君に触れたりはしないよ。今以上に君の方に近づくこともしない。座りたまえ。そうすれば、君の音楽教師がゆったりと台座にもたれかかって君と話をしていても、誰も驚きはしないだろう。これまでに起こったあらゆること、そして、我々がそのことにいかに関係しているか、ということを思い出してね」

(200-201)

彼は感情の赴くままにローザに告白しているのではない。自分が衆人環視下にあるということをしっかりと認識している。そしてどのように振る舞えば自然で疑われずにすむか、ということを把握した上で、自らに従うようにと彼女に命じているのである。そのため、この会談の後でローザが気を失ったのを見ても、召使いたちは「暑くて、息が詰まるような空気のせいだわ」(205) と思うだけで、ジャスパーが彼女を怖がらせたのだと疑うことはない。このように、彼は自分がいかに見られているか、どう見せれば良いか、ということを熟知し、それを巧みに利用して自らの正体を隠し、目的を達しようとしていることが感じられる。最初の引用に見られたように、彼は幽霊にたとえられているが、彼の本性のとらえ難さは、自らをいかに見せれば良いか、ということへの理解の上に成り立っているのである。実際、言葉を操り、表面を取り繕う彼の正体に多くの人は気付かない。暴力的に接されたために彼を敵視するデピュティ、ローザに対する愛情ゆえに彼を不審の目で見るグルージャスを例外として、作品に登場する多くの登場人物はジャスパーの邪悪さを見抜くことが出来ない。唯一彼の正体に気づくのは、ローザとヘレナという二人の若い女性だけであり、しかも彼女たちがそれを見抜くことが出来たのは、直感、あるいは「男性の性質を見抜く、生来かつ本能的に思われるような奇妙な力」(89)というきわめてあやふやなもののおかげなのである。

確かに前期、中期のディケンズ作品にも、たとえばペックスニフやユライヤ・ヒープなど、表面を取り繕って周囲の人間をだます悪人が登場する。だが、彼らはともに主人公がほどなくその正体に気づくように、徹底して本性を隠すことは出来ない。そして最終的には笑いを誘う滑稽な形でその悪が白日の下にさらされ、罰せられることとなる。しかしジャスパーはそうはならない。本稿冒頭で言及したフォースターの言葉に従えば、ジャスパーは物語の最後で、自らの罪をまるで他人事のように告白する。これはつまり、彼の罪を明らかにすることが出来るのは彼自身だけであり、それほどまで完全に自らの悪の側面を隠していたという点で、彼はディケンズの生み出した悪人の中でも出色の存在だということである。彼の恐ろしさの源はその〈とらえ難さ〉にある、と言っても良いだろう。

このとらえ難さという性質を反映していると思われるのが、彼に対してたびたび用いられる、「恐ろしい(terrible)」という言葉なのである。『オックスフォード英語辞典』によれば、この言葉は「恐怖(terror)をかきたてるような」と定義づけられ、「怖がらせる」を意味するラテン語の単語(*terrēre*)に由来する("terrible" adj.)。これだけではどう恐ろしいのかわからないが、対となる類語の「おぞましい (horrible)」を合わせて考えると、見えてくるものがある。この言葉は同辞書で「恐怖 (horror) をかきたてるような」と定義づけられている ("horrible" adj.)。一見同じような意味に思えるが、かき立てる恐怖がテラーかホラーか、という違いを見逃してはならない。恐怖にはテラーとホラーの二種類があるということは、十八世紀以降、特にゴシックの隆盛と併せて様々に論じられてきた。なかでもとりわけ重要なのは、その違いを具体的に論じたゴシック小説家のアン・ラドクリフである。彼女はテラーを、「人の魂を拡大し、その能力を生命のより高尚な段階へと高める」と評価する一方、ホラーについては、「人の魂を縮小し、能力を凍り付かせ、ほとんど滅ぼしてしまう」(150) と論じている。さらにその違いについて、「両者の大きな違いはただ、その恐ろしい邪悪なものに関する不確かさ、不明瞭さのなかにあり、テラーにはそれがある」(150) とも述べている。ゴシック批評家のデヴェンドラ・ヴァーマはこれをより具体化し、「両者の違いは死の香りと、死体に足を取られることの違い」であり、テラーは「つかみどころのない、超自然的な恐怖の雰囲気を創り出すもの」(傍線引用者　130) と定義している。つまり、テラーはその恐ろしさの対象となるものを不確かな形、はっきりとは見せないことで感じられるものなのに対し、ホラーは逆にその恐ろしさの対象をはっきりと見せすぎることで感じられる恐怖、と言える。ジャスパーは自らの邪悪な正体を見せず、幽霊のようにとらえ難い悪人である。だからこそ、彼の恐ろしさを表現する際に、テラーと関わる「恐ろしい」という言葉が多用されているのではないか。

これはあくまでラドクリフによるテラーとホラーの定義に基づく違いであるが、語源的な観点からも両者に同様の違いがあることが読み取れる。前述したように、「恐ろしい」という言葉は、「怖がらせる」を意味するラテン語の単語に由来するが、どう怖がらせるのか、今ひとつはっきりしない。一方、「おぞましい」の語源は「身の毛もよだつ、震える」を意味するラテン語の単語 (*horrēre*) とされ、この言葉からはこれが嫌悪感を伴う恐怖であることが示唆されている。つまり語源的にも、前者には曖昧性が、後者には具体性、明確性が伴い、登場人物の生み出すとらえ難い恐怖に言及する際に前者を利用する、というのは大いに頷けるところがある。

「恐ろしい」ではなく「おぞましい」が本作で誰に対して用いられているかを考えることで、この仮説はより説得力を増す。本作で「おぞましい」という言葉はネヴィルに関して用いられるケースが目立つ。たとえばネヴィルがエドウィンと口論し、ジャスパーの家でグラスをたたき割った次の日の朝、クリスパークルの元を訪れたジャスパーはその夜の出来事について説明し、「私はあの二人が、誰も割って入るもののいない状況で同席する危険性があるときには、決して心の平穏を得られないでしょう。おぞましいことでした」(74) と述べ、「おぞましい」という言葉を用いて手のつけられないネヴィルの暴力性を印象づけようとする。またすでに引用したように、クリスパークルに見せる日記には、「今起こった出来事を見てしまったので、私の愛しい甥におぞましいことが起こるのではないかという病的なまでの恐怖を感じてしまう」(102) との一文がある。さらにそのクリスパークル自身、ネヴィルが自分の義理の父を「殺してしまっていたかもしれない」(55) と述べたことにショックを受け、いかに愛しい妹が虐待されていたとしても、そのような「おぞましい表現 (horrible expressions)」(56) を使うことは許されない、と諭す。このように、ネヴィルの暴力性に関連して「おぞましい」という言葉が繰り返し用いられている。見逃せないことは、ネヴィルがジャスパーと反対に、その暴力性を隠すことが出来ない人間だということだ。エドウィンと一悶着を起こした後、帰宅したネヴィルはその姿を見せるなり「なんてていたらくなんだ」(72) とクリスパークルに叱責される。そしてエドウィンが自分を侮辱したという弁明を行う際に、その時の怒りを思い出して思わず右拳を握りしめてしまい、「私と話すときは、右拳を握って話すのはやめなさい」(73) と二度にわたり注意される。さらに後にエドウィンに謝罪をするようにと促された際も同様の動作を繰り返して再び叱責を受け、「無意識のうちにしてしまうのです」(96) と弁解している。このように、ネヴィルは内に秘めた暴力性を隠すことが出来ず、目に見える形でそれを表面にあらわしてしまう人物なのである。見え方を意識し、正体をひた隠しにする「恐ろしい」ジャスパーと、あからさまなまでにその暴力性をさらけ出してしまう「おぞましい」ネヴィルという対照性が読み取れるのではないだろうか。

もう一つ、〈とらえ難さ〉と〈恐ろしさ〉の関連性を考える上で、他作品に興味深い事例が見られる。すでに述べたように、「恐ろしい男」という、「恐ろしい」と「男」を直接的に結びつけ、その人物の恐ろしさを強調して伝えるような表現は他のディケンズ作品には見られないのだが、例外的に、『大いなる遺産』に「恐ろしい若い男 (**terrible young man**)」(19) という表現が登場する。[2] これはマグウィッチがピップに対して告げる、架空の若者（ピップはそのことを知らないが）を指した表現である。マグウィッチは密かにピップの命を狙っているというこの若者の存在をでっち上げ、次のように説明する。

「その若い奴はな、独自の秘密のやり方で男の子を捕まえて、心臓と肝臓を取り出すんだ。この若い奴から隠れようとしたって無駄だ。鍵をかけて、暖かいベッドに入って、布団をかけて、頭まですっぽり布にくるまって、これで快適、安心だと思ったってだめだ。この若い奴はこっそりこっそり部屋に忍び込んで、お前を引

き裂いてしまうからな」(3-4)

この男の存在を信じ込んだピップは恐怖心からマグウィッチの言うことに従うのだが、ピップが気づかぬうちに部屋に侵入しておそってくる、というこの男の描写からは、壁をすり抜けて入ってくる幽霊のような存在と評されるジャスパーの描写と類似したものを見いだすことが出来るのではないか。実際、ピップはマグウィッチの言うとおりにした後、罪の意識にさいなまれ、ジョーらとともに教会に行った際に、「もし自分が罪の告白をしたら、あの恐ろしい若い男の復讐から自分を守るだけの力がその教会にはあるだろうか?」(19)と考え込む。人間ではなく、教会が守ってくれるかと考えるピップの思考からは、ピップがこの男に対して超自然と言っても良いようなとらえ難い力の存在を感じていることがわかるだろう。このように、悪人の持つとらえようのない力によって被害者が恐怖を感じるとき、ディケンズはその恐怖を生み出す対象を「恐ろしい」と表現しているように思われるのである。

三　「恐ろしい」ものから「おぞましい」ものへ

本稿ではこれまで、ジャスパーに頻繁に見られる「恐ろしい」という表現が、彼の持つ〈とらえ難さ〉を反映する言葉として使用されていると論じてきた。彼の外観を取り繕う様を、その内面の〈とらえ難さ〉と直接的に結びつける主張には疑問を感じる向きもあるかもしれない。だが、犯罪者の外観とその本質というテーマは、常々ディケンズが注意を払ってきた問題であることを見逃してはならない。とりわけ彼が『ハウスホールド・ワーズ』に寄稿した「殺人者の態度」と題するエッセイは注目に値する。彼はこの中で著名な毒殺犯が裁判の席で非常に自信に満ち落ち着いている様を、多くの報道が驚きと肯定を持ってとらえていることを批判し、「造物主が書いたものは、人間の表情に読み取ることが出来るように、もしそれを読む訓練を受けていれば、常に読み取り得るものなのである」(505)と述べて、実際は見た通りではないと主張している。「常に読み取り得る」という表現からは、専門家以上に犯罪心理に精通していると考えるディケンズの自信が読み取れるだろう。そしてこの解説と関連する場面が、『エドウィン・ドルードの謎』にも登場する。ローザがジャスパーに脅されたあと、彼女が彼の動機に思いを巡らす場面である。どれほど考えても彼の行動を理解することが出来ないローザについて、語り手は次のように述べる。

端的に言えば、このかわいそうな少女は（というのも、彼女がいったい犯罪者の知能について、何を知っているというのか？この問題については、専門家と称する人々も、絶えず間違いを犯しているというのに。なぜなら彼らは犯罪者の知能を一般的な人間の知能にあわせて考えようとしており、全く別のおぞましい驚異(horrible wonder apart)とみなしていないからだ）彼は恐ろしい男で、彼から逃げなければならない、という以外の結論に達することが出来なかった。（傍線引用者　207）

ジョン・ハーファムが述べているように、ヨーロッパやアメリカでは犯罪者に対する考え方が十九世紀に変わった。つまり、一般人が足を踏み外して犯罪者になる、というそれまでの考え方から、犯罪者には元々犯罪者になる素養があった、という考え方に変わったのである(129)。その決定打は、一八七六年に発表された、犯罪学の父とされるロンブローゾによる『犯罪人論』であろうが、右記引用に見られるディケンズの表現は、犯罪者を一般人と別の存在としてとらえるという点で、この考え方と一致する。注意すべきは、ここでディケンズが、「全く別の恐ろしい驚異」ではなく「全く別のおぞましい驚異」と表現している点であろう。前述のエッセイに見られた、「犯罪者の心理は常に読み取り得る」という主張をあわせて考えると、犯罪者の内面は外に現れるもので、それは必ず読み取れるという意味合いが、この「おぞましい」という言葉には込められていると考えられるのではないだろうか？

犯罪者の本質は必ず読み取れる。そしてそれは、ジャスパーも例外ではない。前章で述べたように、本作のジャスパーはこれまでにディケンズが生み出したどの悪人よりも、その悪の性質を巧みに隠す人物である。そのため、唯一彼の本質を見抜くことが出来るのは、直感に従う二人の女性登場人物のみで、特に論理を象徴すべき男性登場人物は彼の正体に気づくことが出来なかった。しかしローザが、本作の中でとりわけ論理力を持つグルージャスに自らの苦境を伝えることで、事態は急変する。加藤匠氏も予想しているように、この後の物語は、女性登場人物の直感が、グルージャスやターター、クリスパークルといった男性登場人物の論理によって下支えされ、ジャスパーの正体を暴き出す、という展開になるのではないだろうか (253)。こう考えていくと、クロイスタラムを脱出したローザが最初にグルージャスに述べる言葉はきわめて示唆的であるように思われる。

「彼の叔父が私に愛の告白をしたのです。私は耐えられません」とローザは言い、大粒の涙を流すと同時に、小さな足をどんと踏み下ろした。「私は彼のおぞましさ (horror) で震えてしまいます。だからあなたに私とみんなをあの男から守ってもらうために、あなたのところに来たのです。守っていただけますか？」(210)

これまでジャスパーを「恐ろしい男」としか表現出来なかったローザが、この場面で初めて彼の恐ろしさを「おぞましさ」と自らの口で表現している。これは、これまでとらえ難かったジャスパーの本質が、これからローザとグルージャスらが協力することで、とらえられるようになることを示唆したものではないだろうか?この場面での「おぞましさ」という表現は、今後に起こる殺人者ジャスパーの転落を示唆するものに思われるのである。

本作でディケンズはたびたびジャスパーを「恐ろしい男」と表現している。そしてその背景には、犯罪者としての彼の持つ悪の本質の〈とらえ難さ〉を強調するという意味合いが感じられる。だが、〈直感〉によって彼の性質を見抜いたローザが、〈論理力〉を持つグルージャスの庇護を求めたことで、ジャスパーの本質が徐々に白日の下へとさらされるようになる。そして永遠に見ることのない結末において、彼は自らの罪を告白することとなるのだ。本作における「恐ろしい」、「おぞましい」という言葉は、ディケンズが最後に生み出した犯罪者ジャスパーのとらえ難い恐ろしさを表現するとともに、彼の破滅、さらにはディケンズ自身の「犯罪者の内面は常に読み取り得る」という強い信念を鮮やかに描き出しているのである。

注

(1)　本研究ではデータの収集にバーミンガム大学所管の CLiC コンコーダンスを使用しており、ここで言及した「他のヴィクトリア朝時代の作品」とは、同コンコーダンスに収められたブロンテやコリンズ、エリオットらの代表作を含む二十九作品を指す。

(2)　ディケンズ作品にはもう一人、「恐ろしい女 (terrible woman)」と表現される人物も存在する。『二都物語』に登場するマダム・ドファルジュである。表向きは単に夫の経営する酒場で編み物をしているだけに見えて、そこに織り込まれているのは復讐対象者リストであり、実際に革命が起こってからは復讐の鬼と化す。まさに「恐ろしい女」という呼称にふさわしい人物と言えよう。

引用文献

The CLiC Dickens Project. *CLiC Concordance*. <http://clic.bham.ac.uk/concordances/>.

Dickens, Charles. "The Demeanour of Murderers." *Household Words* 14 June 1856: 505-507.

——. *Great Expectations*. Ed. Robin Gilmour. London: J.M. Dent, 1994.

——. *The Mystery of Edwin Drood*. Ed. Steven Connor. London: J.M. Dent, 1996.

Forster, John. *The Life of Charles Dickens*. Vol. 2. New York: Charles Scribner's Sons, 1905.

Harpham, John S. "Detective Fiction and the Aesthetic of Crime." *Raritan: A Quarterly Review* 34.1 (2014): 121-41.

Radcliffe, Anne. "On the Supernatural in Poetry." *New Monthly Magazine* 16 (1826): 145-52.

Varma, Devendra P. *The Gothic Flame: Being a History of the Gothic Novel in England: Its Origins, Efflorescence, Disintegration, and Residuary Influences*. Metuchen: Scarecrow, 1987.

加藤匠「クロイスタラムに潜む闇の暴力」『ディケンズ文学における暴力とその変奏』大阪教育図書、二〇一二年、二四六―六〇。

原英一「善の弱さ、アクの強さ」『英語青年』一五三巻三号（二〇〇七年）、二―三。

複声で語る、アメリカの風景――ヘンリー・ジェイムズ「幽霊貸家」の一人称語り

難波江　仁美

ヘンリー・ジェイムズの「幽霊貸屋」[1]は、一八七六年の『月刊スクリブナー』（九月号）に掲載された短編で、生前に再版されることはなかったが、一九七〇年にレオン・エデル編『超自然物語集』に収められ幽霊談として知られるようになった。物語は、語り手が三十年前（一八四七年頃）の若き日を振り返る一人称語りであり、「幽霊屋敷」と呼ばれる植民地時代の家に現れる幽霊の正体を探るという筋書きである。この作品がジェイムズのヨーロッパへの移住直後のアメリカ建国百年を祝う年に出版されたことは留意しておきたい。作家として大きな節目を迎えたこの年、祖国を後にしたジェイムズが自らのアイデンティティを再確認しながらこの作品を書いたとしても不思議はないからである。語り手は過去のある時点を振り返り、その過去の時点を起点として、その前と後の両方にヤヌス的まなざしをむける。つまり、南北戦争を境としてそれ以前の自信に満ちた時代と以後の傷を負った時代という相矛盾するアメリカの時代精神を一つの物語に投影しようとするのである。本論では、ジェイムズが自らの出発点として見いだすそのアメリカ人としての自意識の二重性を「幽霊貸屋」の語り手を介して具体的に検証する。その過程で、ジェイムズが後に工夫を重ねていく一人称語りの複声的特徴を探ってみる。

一　「複雑な運命《コンプレックス・フェイト》」

一八七六年、ジェイムズはパリにいて『トリビューン紙』に海外思潮や評論を書いていたが、確かな収入を得ようと小説『アメリカ人』を構想し、それをアメリカの雑誌『ギャラクシー』に売り込んだ。巨万の富を築いた若きアメリカの実業家クリストファー・ニューマンがフランス貴族の女性と結婚しようと奮闘する「国際状況」小説である。残念にも出版社からの返答はなく、ジェイムズはスクリブナー社に「クロフォードの貞節」と「幽霊貸屋」を送った。いずれもアメリカを舞台とした一人称の短編である。エデルが言うように、「『ロドリック・ハドソン』以前の古いネタ」(468)で執筆料を確保しようとしたのだろう。しかし、ジェイムズが取り組まなければならなかった問題は実はこの「古いネタ」、つまり「国際状況」ではなく祖国アメリカという題材そのものにあったのではなかったか。

渡欧前、友人宛の手紙でジェイムズが自分の人生を「複雑な運命《コンプレックス・フェイト》」と喩え、異質な文化圏の狭間に身を置くという「居心地の悪さ」に敢えて挑む決意を表明したことはよく知られている(*Letters* 1: 274)。十九世紀後半、交通網も発達し、人も物資も国境を越えて移動し、人々の体験の質も大きく変わった。「国際状況」小説も流行した。しかしコルム・トイビンが指摘するように、ジェイムズのような「複雑さに興味を持つ小説家」が問題にするのは、ヨーロッパとアメリカという空間的対立ではなく、「伝統を欠く荒れ地アメリカ」と「輝ける約束の地アメリカ」という祖国の歴史に内在する矛盾を背負うという「運命」ではなかったか(Tóibín 55)。彼は空間的にも時間的にも落ち着く場を見いだすことができなかったのだ。そこにジェイムズの「居心地の悪さ」がある。パリを諦めてイギリスに渡ったジェイムズは日記に、「わたしは永遠のアウトサイダーであるべきなのだと悟りました」と記した(*Letters* 1: 286)。「幽霊貸屋」執筆後『アメリカ人』の連載が始まる。ニューマンという名前を持つ若き実業家といえば明るく無邪気な典型的アメリカ男性を想像させるが、小説の冒頭の第二章で読者は彼が友人トリストラムに心の闇について語る場面に遭遇する。三人称語りの小説だが、ここはニューマンに昔語りをさせる一人称の台詞として、彼がウォール街のライバルに復讐を果たす絶好のチャンスを突如棒に振ってしまったことが語られる。その経験はまるで「自分の意思とは別」に、「劇場で座って見ている」かのようだった、という。そして、「僕の中でその何かがずっと蠢いているのを感じるのさ。間違いなく僕らにはまったく理解しがたいことがずっと僕らの中で起こっているのだと思うよ」と呟くのである(31)。ニューマンの心の中の闇については小説では以後説明されることはない。しかし重要なのは、パリ到着直後のニューマンがすでに物思いにふける人物であることだ。彼は心の中に「自分の意思とは別」の存在を感じ取り、それを客観視し、語ることができる。無垢なアメリカから経験のヨーロッパへという単純な「国際状況」の構図はすでにここで否定されている。

ジェイムズの小説では中期・後期になるにつれ一人称の語り手は姿を消していくのだが、初期短編ではほとんどが一人称の語りである。一八六九年から一八七七年までに書かれた作品では一編を除く十七編がすべて一人称である（市川　17）。全知の語りと同様一人称語りは一つの視点から物語る方法だが、視野に制限があり信憑性に欠く危険もある。しかし、ジェイムズは、そうした語りの制約の中で「現実感 (air of reality)」(*Literary Criticism* 53)を創出する工夫を重ねた。ニューヨーク版『使者たち』の「序文」に記しているように、一人称語りの醍醐味は「登場人物であり、語り手である」という二重の「一人称の特権」にある(320)(2)。特に自分の過去を語る一人称語りでは、語る主体である「わたし」の今の時間と、語られる客体であるかつての「わたし」の時間とが二重写しとなって、二つの歴史時間が一つの語りに重なる。ニューマンの台詞は、見知らぬ「わたし」を客観視して語る「わたし」

の二重語りの例である。

「わたし」の二重性は、『アメリカ人』執筆が頓挫してとりあえず執筆した「幽霊貸屋」には分裂し外在化した形で現れる。同じ時期に構想された二作品だが、まずその決定的な違いは時代設定にある。「幽霊貸屋」は一八四七年、『アメリカ人』は一八六八年である。前者の語り手が語る若き日の「わたし」にとって戦争は輝かしい独立戦争の神話化した記憶だが、ニューマンにとっては南北戦争である。彼が昔語りをはじめるのも、戦友トリストラムとの対話が引き金となって彼の意識が過去へと向けられたからであり、その結果、自らの心の中に闇、つまり理解不可能な他者の存在を見いだすのである。一方、「幽霊貸屋」の名前のない一人称の語り手は、思い込みの激しい詮索好きな人物で、妄想的ではあっても内省的ではない。冒頭で彼は足の悪い友人に言及するが、ニューマンのようにこの友人と語り合うこともない。それどころか以後この友人は物語には一切登場しないのだ。ジェイムズがこの登場人物を途中で忘れてしまったとは考えにくい。むしろ語り手とは関心を全く共有しない無関係な人物に意味があると考えたのではないか。「特別な友情」(157)を結んでいたと紹介されるこの友人は、語り手の抑圧された分身、彼が無意識に排除する内なる他者として物語の構図にひっそりと配されていたのではないか。そうだと仮定して、ではその他者とは何か、そして「幽霊貸屋」において戦争を知らない無邪気な若い語り手にとってアメリカの風景はどのように見えていたのか。

二　荒野の薔薇園

ハーバードで神学を学んでいた二十二歳の語り手は当時霊的体験を探し求めていた。読者は彼の強引な幽霊探しに振り回され、物語がなぜ三十年前の昔語りなのかを問うことはないかもしれない。例えばフォックス姉妹の霊的体験（壁をコツコツ叩く音で死者の霊と交信した）が話題となったのがちょうどこの頃の一八四八年、当時を背景に読者に好まれそうな幽霊談をジェイムズが書いてみたともいえる。

　しかし、降霊会があるわけでもなく、語り手はあてもなく郊外を散策する。噂の「幽霊屋敷」の前に立ちながらも彼は、「何の使命《エランド》があってここに来たのかほとんどわかっていなかった」（161）と告白もする。「使命《エランド》」という言葉を使うニュー・イングランドの神学生であれば、サミュエル・ダンフォースの「ニュー・イングランドにおける荒野への使命《エランド》」（一六七〇）という説教を知らないはずはないだろう。清教徒たちは神意に叶う理想の国作りをアメリカで実現するという明白な「使命《エランド》」があって荒野に向かった。だが、十九世紀の神学の徒に伝わるその語彙には十七世紀における神聖な意味は失われている。冒頭でエマソンやチャニングといった十九世紀ロマン主義時代の牧師に言及するも語り手の関心は自分の感性である。例えば散歩途中の景色を「まさに冬らしく西の空を覆っていたおぼろげな冷たい色彩——透明な琥珀色と色あせた薔薇色をまぜたような色」と色彩描写したかと思えば、それを「美しい女性の口元にうかぶ人を疑うような微笑みを連想させる」（158）と言う。自然に女性のイメージを投影するのは珍しくはないとしても、「人を疑うような」女性を連想してしまうところに彼の懐疑的な偏向（女性蔑視さえ）が露呈される。しかも彼がポケットに忍ばせているのはエマソンではなくパスカルの『パンセ』である。

　おそらく彼は、エマソンのように自らが透明な眼球となって自分（主体）と自然（客体）が一体となるような至福の神秘体験にではなく、フランスの哲学者で自然科学者の「考える葦」としての人間観に親近感を覚えていたのだろう。つまり、主体としての自分の観察と分析が客体としての現実を認識する手段になると自負した訳である。

従って、彼の眼球はカメラのレンズのように外界を観察し、「わたし」のよき相棒となる。語り手は、「わたしの目とわたしは素晴らしくいい関係にあった。私の目は路傍のすべての出来事の根気強い観察者であり、目が悦んでくれている限り、わたしは満足であった。まったく、その目が執拗なほど詮索好きであったためにわたしはこの驚くべき物語を知ることになったのである」(158)と語る。「わたしの目」は「詮索好き」で、それが悦ぶものに「わたし」は関心を向ける。「わたし」と好みを共有する「わたしの目」は共に心地よさを追い求める。思えば彼が神学に興味を持ったのも、厳しいカルヴァン主義を否定して「かぐわしい香り」のする「トゲのない薔薇のような信仰」を唱えたウィリアム・チャニングに憧れたからであった(157)。ここで興味深いのは、足の悪い友人の代りに「わたしの目」をお供にしたと「わたし」がわざわざ説明することである。屋内に籠もる友人は戸外の心地よさとは正反対の不快なものを代弁するに違いない。例えば、若くして火傷を負い片足切断を余儀なくされたジェイムズの父シニアの面影がこの友人に投影されているとしたらどうだろう。シニアには霊的体験があったが、それは悪意ある塊が部屋の隅に蹲っているという恐ろしいものであった(Edel 29-31)。そう考えれば、「かぐわしい香り」のする心地よい霊的体験を欲する語り手が、無意識に親しい友人を排除し、戸外へ出たのも説明がつく。

　とはいうものの、語り手は「幽霊屋敷」と呼ばれる植民地風の古民家に興味を抱き、怖々ながらもその室内を覗き込む。壁に映る「背が高くグロテスク」な「大きな影」は彼の空想を膨らませた。そして彼はあたかも「花」と「じゃれ合う《コケット》」かのように、「花弁を一枚一枚むしりとるように」して、その「影」の「奇妙な香り」を楽しむ(164)。暗い「幽霊屋敷」は語り手の夢想の中で「かぐわしい香り」のする「薔薇」園に変容し、彼はその秘密を暴きたいと欲望する。

町の噂に精通するデボラ夫人によると、男と会っていた娘を父ダイアモンド大佐が勘当したために娘は死に、そして幽霊となって家に現れ父を追い出したが、父を哀れんだ娘はその家（ダイアモンド夫人の持ち家）の賃料を払い続けている。しかし、この荒唐無稽な幽霊話は、語り手がダイアモンドと知り合うことで現実味を増す。大佐は「わたしは老兵――怖いものはない！」（168）と豪語し、「ジョナサン・エドワーズやホプキンス博士」は「霊魂」について「屁理屈をこねる」が、「わたしはこの目で見た」（175）と十八世紀の神学者たちを否定し、自分の目が捉えたものが真実だと主張して語り手の共感を招く。マーティンとウォレンは、ダイアモンドがここでカルヴィニストたちを批判しているが、彼もまた同じニュー・イングランドの宗教風土の産物であり、それゆえカルヴィニスト的罪悪感から娘の幽霊を信じる、そしてそれが娘にも伝播すると論じている（4）。最後に語り手は幽霊のヴェールをはぎとり、幽霊が生身の女性であることを暴くが、その直後に彼女は父の幽霊を見て狼狽する。彼女は確かに、「わたしの長い間の愚行への罰だわ！」と父への罪悪感に目覚める。また娘の言葉に呼応するかのように語り手も「わたしの無思慮への罰です――わたしの暴力行為への！」（188）と「花びら」をむしるように彼女のヴェールをはがした自分の暴力行為を思わず謝罪する。では「幽霊屋敷」は、彼らの意識に取り憑いたカルヴィニスト的罪悪感を露呈する装置だったのだろうか。

「幽霊貸屋」で語り手が最も感心を抱くダイアモンド大佐は、語り手に「幽霊屋敷」の賃貸条件について詳しく伝えている。幽霊は一三三ドルの賃料を年四回、二十年間にわたって払い続けている。大佐は支払い期日を遵守し、最後に病に倒れても語り手に家賃の回収を頼むほどである。経験主義者のダイアモンドにとって、何より現実の証しであったのは金貨銀貨のずっしりした手応えではなかったか。教義や罪悪感という観念ではなく確かな手の触感、そして罪の救いではなく金銭による救いにこそ文無しの彼には意味があっただろう。そのダイアモンドに語り手が第七代大統領アンドリュー・ジャクソンの相貌を見るのは意義深い。その顔つきは「ギザギザに刈られた髪」、「髭を剃ったつるりとした顔」、「黒い眉」、「ギラギラした目つき」(162) と実際のジャクソンの肖像画を思わせる。ジャクソンはアイルランド移民の子として生まれたフロンティア育ちの田舎者、独立戦争に参加した国民の英雄である。彼は特権階級に有利に働く腐敗した第二合衆国銀行を解体して自由銀行の基礎を築き、信用ならない銀行券でなく土地の代金を金または銀の正貨で払う条例を発令した。(3) こうした歴史的背景を考えると、ダイアモンドへの賃貸支払いが古い金貨銀貨であったのもジャクソンの正貨主義を踏まえてだろうし、正貨であるからこそたとえ幽霊であっても賃借人は信用できることになる。

一八七八年版の『ウェブスター辞典』によれば「賃料《レント》」は「承認という意味合いにおける、償い、あるいは報酬」と定義される (Martin & Ober 6 に引用)。賃貸関係はお互いの存在を認める証しとなるわけである。では「幽霊貸屋」で父と娘の賃貸関係が消滅した後、最後に語り手が回収した賃料はどうなるのだろうか。ダイアモンドが亡くなり、その家には召使いの「黒い《セーブル》ベリンダ」が残される。そして賃料もその受取人を失う。奴隷所有農場主であったジャクソンの最期を忠実な黒人の召使いたちが見守ったように (Remini 523)、ダイアモンドの最期をベリンダが看取ったのは偶然ではあるまい。最後に中に浮いたように残される賃料と黒人召使いは、ジャクソニアン・デモクラシーの時代が、経済危機から南北戦争へと揺れ動いていくことを予感させるからである。

三「知恵の木の実」

ヨーロッパの「幽霊屋敷」であれば、古城、甲冑、肖像画などの小道具が描き込まれるのであろうが、語り手が興味津々で覗き込むアメリカの「幽霊屋敷」にはそれらは不在である。この作品の直後に出版された『ホーソーン』でジェイムズは、アメリカには小説を書くための文化的「道具立て」がないと指摘し、ヨーロッパにあってアメリカにないものを列挙したことは有名である。(*Hawthorne* 351-52)。アメリカには「いずれにしても人生の総体が残されている」とやんわりと書評で擁護した友人ウィリアム・ディーン・ハウエルズにそれでもジェイムズは、「成熟し、洗練された風習、慣習、習性、習慣、形式によって小説家は生きています。それらが作品を作っているのです」と繰り返した。そして自分自身がその問題に直面していることも告白する。「とてもアメリカ的な作品〔『ワシントン広場』〕に取りかかっていますが、純粋にアメリカ的小説を書くにあたってわたしには『道具立て』がないと痛感しています」(Anesko 147-48)。確かに「幽霊貸屋」の語り手が冒頭で言及するエマソンやチャニングは、ヨーロッパ的な「道具立て」を否定した。エマソンは「我々の時代は懐古的である（中略）なぜ過去の無味乾燥な遺骨を模索しなければならないのか」(Emerson 1) と問い、カルヴィニスト的原罪不在の「トゲのない薔薇」の宗教を唱えたチャニングは、「荒野を晴れやかな田園と裕福な町」に変えたアメリカ人には「この新しい土地に芽吹く新しい果実」(6) のように独自の文学を産み出すであろうと予言した。「幽霊貸屋」の「幽霊屋敷」には確かに旧世界の「遺骨」は隠されてはいないが、ジェイムズが苦労した「アメリカ的」小説『ワシントン広場』と共通する家族の構図がそこに見いだせる。すなわち、娘の自由意志（結婚）に干渉する父、財産のある他界した母、独身の娘という核家族像である。父と決別する『ワシントン広場』のキャサリンとは違い、「幽霊貸屋」の娘は父の安否を心配するが、彼女も最後まで父を欺いた。何よりジェイムズがアメリカ的と考えたのは、これら二作品にみられるように、親子関係が金銭関係で成り立っていることであろう。

「幽霊貸屋」執筆から三十年後、四半世紀ぶりに再訪した祖国の印象をジェイムズは『アメリカの風景』に記録する。彼はケンブリッジに到着すると「あの特徴的なアメリカの土の臭い」を思い出し、そこに「巨大なラパチーニの庭の金銭への情熱というあらゆる毒草の臭気がたちこめている」(*The American Scene* 56, 57)と記す。「ラパチーニ」はホーソーンの中編に登場する植物学者、知識探求のために一人娘を犠牲にする父親である。「幽霊貸屋」の語り手が探索した「幽霊屋敷」は、はたしてアメリカの「金融屋敷」になって蘇り、彼が夢想した「かぐわしい薔薇」の香りは「金銭への情熱」という「毒草の臭気」を漂わせるようになったのである。そうであれば、最後にダイアモンドの娘が見るシャツ姿の幽霊は、父への彼女の罪悪感の投影である「白い男」(187)として現れはするが、むしろそれは彼女の自由を奪った父権と拝金主義の幽霊だともいえよう。さらに、ダイアモンドの召使いベリンダには奴隷《スレイヴ》という言葉は使われないが、黒い《セーブル》という形容詞がつきまとう。ジャクソンがそうであったように大佐もまた奴隷制賛成論者であることを窺わせる。そしてその「白い男」の幽霊が表彰するのは、ジャクソニアン・デモクラシー時代の父権、拝金、奴隷賛成が三つ巴となったアメリカの欲望に他ならない。語り手がこのダイアモンドの風貌に「普通でない、奇怪な」(162)ものを感じたのは、彼が罪悪感に苦しむ父親ではなく、賃料を払う娘の幽霊の前で最敬礼する金の亡者となっていたからであり、最初に語り手が「幽霊屋敷」に「よく知った懐かしい《ファミリアー》意味」(159)を感じ取ったのは、そこに自身のアイデンティティの秘密があると直感したからである。フロイトの「不気味なもの」を連想させる表現だが、ここに見いだすのは懐古的「遺骨」ではなく、未来のアメリカを投影する「白い男」の幽霊である。「ダイアモンド」のごとく白く輝くその幽霊は、拝金主義国家アメリカを予見する。「幽霊貸屋」最後の場面は焼け跡である。「幽霊屋敷は焼け焦げた梁やくすぶった灰の塊となっていた。井戸の覆いは水を汲むためにはぎ取られ（中略）ぐらぐらになった石は並べ方が変えられえられ、そして大地は踏みにじられて水たまりになっていた」(189-90)、と大地が地殻変動したかのように描かれる。「ぐらぐら」になった井戸の石は、ライフラインの危うさを暗示するだろう。そして語り手には、この火事の焼け跡がその後の南北戦争の焼け野原に重なって想像されたに違いない。別の時空で起こった事件が一つの出来事のように記憶されることがあるからである。例えばジェイムズは自伝『ある青年の覚書』で、ハーバード大学入学と南北戦争の勃発とが同年であったことを記し、そこに別の火事の記憶が「奇妙な融合《フージョン》あるいは混合《コンフュージョン》」をおこしたことを記している。

二つのまったく違うものをひとつの巨大な災禍の来襲にしたのだった。（中略）不当にも損傷をこうむってしまった身体から来ているのか、まわりを取り囲む社会体制《ソーシャル・ボディ》――千もの傷によって引き裂かれ、一種の悲劇における仲間という栄誉を与えてくれる体制――から来ているのか、ほとんど区別できないような時もあったのだ。ともかく一つの関係を、次の四年間だけでなくその後の長い年月の間私のまわりで起こったすべてのこととの関係を、確立するのには二〇分で十分だった。(4) (414-15)

個人的な出来事とは、ケンブリッジに来る直前のニュー・ポートでジェイムズが消火栓の作業二十分の間に「はっきりしない傷」を被ったという事件である(Edel 144-48)。それが南北戦争勃発と戦争終結までの四年間のすべての記憶と混じり合い一つになる。個人的な傷は彼の身体に跡を残し、公の傷は祖国の大地に傷を残す。そして物理的《ボディ》な傷は心の傷を誘発する。ジェイムズには心的後遺症を残し、戦後のアメリカ人の意識には自意識という亀裂を生じさせた。『ホーソーン』には次のような記述がある。

〔南北戦争は〕国民の意識に、世界がそれ以前よりも複雑になり、危険で、成功も難しいというある種の平衡感覚と関係性を持ち込んだ。（中略）良きアメリカ人は、自己満足で自信に満ちた祖父たちよりもずっと批判的になるだろう。知恵の木の実を食べてしまったのだ。懐疑主義者にはならないと思うし、皮肉屋にもならないだろうが、アメリカ人特有の行動力という利点を残した観察者となるだろう。（427-28）

南北戦争はアメリカの歴史の分岐点となったのである。「幽霊貸屋」に描かれる戦前のアメリカはチャニングが信じたように「荒野を田園」に変容しうる「自己満足で自信に満ちた」時代であったが、南北戦争後のアメリカ人は（少なくともジェイムズは）「批判的」な「観察者」にならざるを得なかった。『アメリカ人』のニューマンは南北戦争という「知恵の木の実」を知った「良きアメリカ人」として、「観察者」として、描かれた。「幽霊貸屋」の語り手は、南北戦争後の視点から「約束の地」アメリカと「荒れ地」アメリカとを同じ物語空間に捉え、「幽霊屋敷」に拝金主義者という未来のアメリカの幽霊を出現させた。

「幽霊貸屋」の冒頭で言及された足の悪い友人が、南北戦争という「知恵の木の実」を知らない無邪気な語り手の分身だとすれば、この無関心な人物を物語空間に存在にさせることで、語り手の目が捉えた世界が一部にしかすぎないことが証されるだろう。ジェイムズはこのとき一人称語りの限界を意識したに違いない。しかし「幽霊貸屋」から三十年後、彼は一人称の語りを自由に操るようになる。『アメリカの風景』ではそれは三人称の「彼」になり、「落ち着きのない批評家」、「帰還した不在者」、「冷血批評家」、「甘い観察者」、「熱心な探検家」になり、その語る主体は自由に姿を変えて様々な視点からアメリカを語りはじめる。さらに興味深いことに、語り手は「無関係な散策者」(212)という他者でもある。ここに至ってジェイムズの一人称語りは、限界ある一つの視点に縛られることなく、自在に、多在に、時空に木霊するあらゆる声と響きあう。

「幽霊貸屋」は祖国建国百年、そしてジェイムズ自身のヨーロッパ移住という記念すべき年に書かれ、このときジェイムズは南北戦争を挟む十九世紀のアメリカを展望し、自身の「複雑な運命」を再確認した。そしてそれは、南北戦争後の分裂したアメリカ人の意識に反響する複声を一人称ですくい取るというヤヌス的視点をもつ語りへの挑戦の記念すべき始まりでもあった。

注

(1) 原題 "Ghostly Rental" の日本語訳は南條竹則訳「幽霊貸屋」を使用した。本文の引用は *Complete Stories 1874–1884* からの頁数を括弧内に示す。

(2) 一人称の語りについては市川美香子参照。ジェイムズの「登場人物であり、語り手である」という「一人称の特権」を、市川は「主体と客体の両方であるという二重の特権」(18)と表現している。

(3) Remini 参照。ジャクソンの次の大統領ビューレンの息子がジェイムズの叔母と結婚したことが『伝記』に記されている（*Autobiography* 9-10, Martin and Ober 2）。

(4)　『自伝』の引用訳は市川・水野・舟阪訳による。

引用文献

Anesko, Michael. *Letters, Fictions, Lives: Henry James and William Dean Howells*. New York: Oxford UP, 1997.

Channing, W. E. *The Importance and Means of a National Literature*. London: Edward Rainford, 1830.

Danforth, Samuel. "A Brief Recognition of New-Englands Errand into the Wilderness. An Online Electronic Text Edition." Transcribed and Edited by Paul Royster. Faculty Publications, UNL Libraries. Paper 35. Accessed 6 June, 2016.

Edel, Leon. *The Life of Henry James*. Vol. 1. Harmondsworth: Penguin, 1977.

Emerson, Ralph Waldo, and Joel Porte. "Nature" (1836). *Emerson Essays and Lectures*. New York: Literary Classics of the U. S. 1983. 1-50.

James, Henry, and Leon Edel. "Art of Fiction." *Literary Criticism Essays on Literature American Writers English Writers*. New York: Literary Classics of the U. S., 1984. 44-65.

——. *The Art of the Novel: Critical Prefaces*. Intro. Richard P. Blackmur. New York: Scribner, 1950.〔『ヘンリー・ジェイムズ「ニューヨーク版」序文集』多田俊男訳、関西大学出版社、一九九〇年。〕

——, and R. W. Dupee. *Henry James: Autobiograpy*. Princeton, NJ: Princeton UP, 1983.〔『ある青年の覚書・道半ば——ヘンリー・ジェイムズ自伝第二巻、第三巻』市川美香子・水野尚之・舟阪洋子訳、大阪教育図書、二〇〇九年。〕

——, and Leon Edel. *Letters: Vol. 1*. Cambridge, MA: Belknap, 1974.

——. "Ghostly Rental" (1876). *Complete Stories 1874-1884*. New York: Literary Classics of the U. S. , 1999. 157-90.〔「幽霊貸屋」『ねじの回転　心霊小説傑作選』南條竹則・坂本あおい訳、創元推理文庫、二〇〇五年。〕

——. *Hawthorne* (1879). *Essays on Literature*. 317-457.

Martin, W. R. and Ober, Warren U. "Captain Diamond and Old Hickory: Realities and Ambivalence in Henry James's 'The Ghostly Rental.'" *Studies in Short Fiction* 26. 1 (1989): 1-9.

Remini, Robert V. *Andrew Jackson and the Course of American Democracy, 1833-1845*. New York: Harper & Row, 1984.

Tóibín, Colm, and Susan M. Griffin. *All a Novelist Needs: Colm Tóibín on Henry James*. Baltimore: Johns Hopkins UP, 2010.

市川美香子『ヘンリー・ジェイムズの語り——一人称の語りを中心に』大阪教育図書、二〇〇三年。

ハーンとブロンテ――《怪談・奇談》と『嵐が丘』における言葉の接点

廣野　由美子

一　ハーン文学の底流にあるもの

ラフカディオ・ハーン（小泉八雲）の《怪談・奇談》は、日本の民話や説話などからインスピレーションを得て再創造された物語で、いわば日本のゴシック小説とも言える。しかし、たんなる血なまぐさい〈恐怖小説〉よりも、その底にしめやかで不思議な美しさを湛えた話のほうが、むしろ多いように思える。死んだあとも気がかりなことがあって、幽霊が現世に戻ってくるという話（「葬られた秘密」）、自然の精が人間の女の姿となって、思いを寄せる男性と結婚する話（「雪おんな」「青柳のはなし」）、夢のなかでの不思議な体験談（「安芸之助の夢」）等々、人間の魂を超自然的なものとして捉えるというテーマが、ハーンの文学には通底しているように考えられるのである。

いささか飛躍はあるものの、筆者はそこに、何かブロンテ文学と共通する雰囲気が漂っているように思う。『ジェイン・エア』における「赤い部屋」での女主人公の幻視体験や、屋根裏に潜む「魔性」の存在への恐怖、夢のなかでのお告げ、『ヴィレット』における尼の幽霊など、ことにシャーロットの小説世界は、超自然的題材で満ち溢れている。大部分は、合理的説明がつく出来事だが、遠くに離れたジェインとロチェスターがインスピレーションによって「交信」するというような珍事も、時としては起こる。これなどは、人と人をつなぐ絆や人間の思いの強さが物理的な限界を突破するという、ハーン文学的要素に属する出来事として捉えることができるかもしれない。

しかし、物語の底流で互いに最も深くつながっているのは、エミリの『嵐が丘』と、ハーンの「おていの話」("The Story of O-Tei")および「おかめの話」("The Story of O-Kamé")であるように思える。これら二つのハーン作品では、『嵐が丘』と共通したテーマが見られ、ことにヒースクリフとキャサリンの関係の核心につながるような言葉がちりばめられているからである。テキストに用いられた言葉の接点に重点を置きながら、ハーンとエミリ・ブロンテの作品の接点を探りたい。

二　「おていの話」と『嵐が丘』

まず、「おていの話」の概略を述べよう。新潟の町に住む医師の息子長尾長生は、子供のころから、父の友人の娘おていと婚約していた。家業を継ぐための修行が済み次第、長尾は結婚することになっていたのだが、おていは十五歳のとき、不治の病にかかる。自分が死ぬとわかったとき、おていは別れを告げるために、長尾を枕元に呼び、きっとこの世で再会すると言って死ぬ。長尾はおていの位牌を仏壇に置いて供え物を奉げ続けるが、まもなく家族の希望に従って妻を迎える。歳月が過ぎて、両親と妻、そして子供が死んだあと、ひとりぼっちになった長尾は、旅に出る。旅先の宿でおていにそっくりな使用人の若い娘に出会った長尾が、名を尋ねると、彼女は、自分はおていという名で、十七年前に新潟で死んだと答えて、気を失う。長尾は娘と結婚して幸福に暮らすが、彼女はそれ以来、自分が何と答えたかも、自分の前世についても思い出すことはなかった。

ハーンがこの物語を作るさいに原拠としたのは、石川鴻斎著『夜窗鬼談』上巻（一八九三）に収められた「怨魂借体」である。原話では、長尾長生は「杏生」、おていは「阿貞」と名づけられている。阿貞は鬱病（「悒鬱ノ病」）

を患う妓女で、医者の杏生に病を治してもらったことに恩を感じ、彼と深い仲になる。しかし、息子の放蕩に怒った父は、杏生を阿貞から引き離して、医術の修行をさせる。再び病に倒れた阿貞は、左目を失明して死ぬ。杏生は妻を娶って東京で開業するが、四十歳のとき、左耳が聞こえなくなる。あらゆる手を尽くしても耳が治らず悩み果てた杏生が、術者に事情を話すと、阿貞の怨念のたたりであると言われる。杏生は阿貞に対して詫び、できれば生き返ってほしいという旨の書簡をしたためて祭壇に供える。すると耳は治り、杏生は故郷への旅の道中立ち寄った宿で、阿貞とそっくりな若い女性に出会う。女性は貞という名で、阿貞の魂が乗り移っていた。杏生は彼女を妾にする。杏生の妻の死後、その遺言どおり、貞は彼の正妻となる。(1)

細部の相違点はもとより、ハーンの再話では、おていと長生がもともと深い縁で結ばれた許婚同士であったというように、二人の関係が純化されていること、男に見捨てられた女の怨念によって、彼の耳が聞こえなくなるという怪奇的要素が消え去っていることなど、原話と大きく異なる点が目立つ。一方、死んだおていが歳月を経たのち、別の若い女性の身体に乗り移って長生と再会し結ばれるという部分は、原話から再話へと引き継がれている。しかし、まさにその部分がどのように表現されているかという点において、ハーンは原話にはない独自性を発揮しているのである。原話では、年をとった長尾が、阿貞にたたられたゆえに彼女の霊に詫びるという形で、彼女の「再生」を願うという筋書きになっているが、再話では、これから死んでゆくおてい自身が、長尾に向かって、二人の再会を予言し、次のように二人が交わす会話が挿入されているのである。

「私の許婚の長尾様、私たちは子供のころから、互いに約束を交わした仲でした。そして、今年の末には、結婚することになっていました。しかし、私はいまから死んでゆくのです。—（中略）—私は死ぬものと諦めていいます。ですから、あなたには悲しんだりしないと約束していただきたいのです……それに、私たちはきっとまたお会いするということを、申し上げておきたいのです」

「もちろん、また会うだろう」と長尾は真面目に答えた。「浄土では、別れの辛さを味わうこともあるまい」

「いえ、いえ！」と彼女は静かに答えた。「私は浄土のことを申しているのではありません。私たちは、この世でもう一度お会いする運命にあると信じています——たとえ私が明日埋葬されようとも」

　長尾が彼女を不思議そうに見ると、彼女はその様子を見て微笑んだ。彼女は穏やかな夢見るような声で、こう続けた——

「そうです、この世で——長尾様、あなたがいらっしゃるこの世でです……もしあなたがそれを望んでくださるのなら。ただ、そうなるのには、私はもう一度女の子に生まれて、大人の女にならなければなりません。ですから、あなたには待っていただかなければなりません。十五年か——十六年。長い年月ですわ……でも、あなたは、まだたった十九歳ですものね」

　死に際の彼女を慰めたくて、彼は優しく答えた——「わが許婚よ、あなたを待つことは、義務というよりは喜びだ。私たちは七生を誓い合った仲なのだから」

「でも、あなたは疑っていらっしゃるの？」と、彼の顔を見守りながら、彼女は尋ねた。

「それは」と彼は答えた。「別の身体で、別の名前になっていたら、あなたであるということが、わかるかどうか——何か合図か目印でも教えてもらわなければ」

「それは私にもできません」と彼女は言った。「どこでどうやって出会うかは、神仏だけがご存じです。でも、あなたがお嫌でなければ、きっと――必ず、本当に必ず――私はあなたのところへ戻って来ます。……どうか私のこの言葉を覚えていてください」(Hearn, *Kwaidan* 19-20)

では、『嵐が丘』で、ヒースクリフとエドガーの争いのあと部屋にこもって三日間断食したキャサリンが、ネリーに向かってうわ言を述べている場面を挙げて、比較してみよう。キャサリンは窓を開け、風の吹きすさぶ夜の闇のなかに嵐が丘の幻影を見て、次のように語る。

「見て！　あれが私の部屋よ。ろうそくが灯って、木がその前で揺れている……もうひとつはジョウゼフの屋根裏部屋のろうそく……ジョウゼフは遅くまで起きているのね。私が帰るまで、門の錠をおろすのを待っているのね。でも、まだしばらく待つことになるわ。辛い旅だし、行くのは悲しい。それに、この旅をするには、ギマトン教会のそばを通って行かなければならない！　私たち、よくいっしょに肝試しに行って、墓場のなかに立って幽霊出て来いって言えるか競争したわね……でもヒースクリフ、いま私がやってみてと言ったら、あなたはやる勇気があるかしら？　あなたがやるなら、私も見ているわ。私はあそこでひとりで眠りはしない。たとえ十二フィートもの深い墓穴に埋められ、その上に教会を載せられても、私はあなたといっしょになるまでは安眠しないわ、絶対に！」

キャサリンは少し間を置いてから、奇妙な微笑を浮かべて続けた。「ヒースクリフは思っている……私のほうから彼の所へ来ればよいと！　じゃあ、道を見つけてよ！　あの教会墓地を通らずに……あなたは遅いのね！　それでいいのよ、あなたはいつだって私のあとからついて来たわ！」(Brontë 126)

ここでキャサリンが、自分の部屋に辿り着くまでに、「悲しい」思いをし、「ギマトン教会のそばを通って行かなければならない」と言っているのは、自分が死を経なければ目的地に到達しないことを意味している。その目的地とは、彼女の幼いころの「部屋」に象徴される幸福な世界であり、そこで「あなた〔ヒースクリフ〕といっしょになる」という(2)。つまり、キャサリンは、死んで埋葬されたあとも決して「安眠」せず、ヒースクリフと再会することを予言しているのである。その再会の場は、天国でない。というのも、キャサリンは、その場にいないヒースクリフに向かって、いまも肝試しをする勇気があるかと問いかけているが、ここには、やがて埋葬される自分を呼び出すことができるか、という含みがあるからだ。キャサリンの死の直後にヒースクリフは、彼女のこの問いかけに対して返答するかのように、「キャサリン・アーンショーよ、ぼくが生きているかぎり、安らかに眠るな！　きみはぼくに殺されたと言った——じゃあ、化けて出ろ！」(Brontë 169) と叫ぶ。つまり、彼らはともに、天国ではなく現世で再会することに執念をかけているのである。

このように、死を前にした女性が、この世で結ばれなかった男性と死後に現世で再会することを予言するというモチーフにおいて、『嵐が丘』と「おていの話」とは、つながっている。「微笑」を浮かべつつ、確信に満ちた口調で語る女性のほうが、あとに残される男性よりもはるか先を見越しているという点でも、両場面に漂う雰囲気は似通っている。

キャサリンが口にする「まだしばらく待つ」「辛い旅」「あなたは遅い」などの表現は、彼女が目的地に到達するまでに長い時間を要することを暗示している。実際には、ヒースクリフが死んで二人の霊が出会うのは十八年後のことである。これは、おていが予言する「十五年か十六年」と近似した長い年月である。また、死に別れたとき、おていは十五歳で長尾は十九歳、キャサリンは十八歳でヒースクリフは十九歳。女性同士の年齢は近く、男性同士の年齢は奇しくも一致する。(3)

再会の仕方自体は、両物語で異なる。「おていの話」は原話を引き継いで、死んだ女性が別の女性の身体に乗り移るという話になっているのに対して、『嵐が丘』では、男性の死によって二人の霊が出会うという形をとっているからである。しかし、ヒースクリフは死が近づいたとき、キャサリンの娘キャシーがだんだん母親に似てきて、ヘアトンが叔母キャサリンの生き写しのようになってきたため、彼らを見ると「気が狂いそうな感じ」に襲われるばかりか、すべての物体や自然、人間の顔、ついには自分の顔までがキャサリンの似姿に見えるようになった、という自らの心理状態を、ネリーに打ち明けている(Brontë 323-34)。ここには、死んだ女性が別の身体に乗り移るというモチーフが垣間見られる。このようにテキストで用いられている〈言葉〉を辿ってゆくと、二つの物語が、霊魂の不滅や、死別した男女の現世での再会といったテーマにおいて、底流でつながっていることがわかった。

三　「おかめの話」と『嵐が丘』

次に、「おかめの話」の概略を述べる。土佐の長者の娘おかめは、夫の八右衛門と深く愛し合っていたが、病気にかかる。自分がもう助からないと悟ったとき、おかめは夫を呼んで、彼と別れることがいかに辛いかを打ち明け、決して再婚しないという夫の約束を聞いて、死ぬ。その後、八右衛門は病み衰えてゆく。心配した母親が訳を尋ねると、八右衛門は、葬式の日から毎晩、眠ろうとするとおかめが戻って来て自分の傍らにいる、と打ち明ける。そこで、母親から相談を受けた僧侶が、おかめの墓を暴いてみると、棺のなかに、おかめが生前のままの美しい姿を留めていた。僧侶が供養を行ったのち、おかめは二度と夫のもとを訪れず、八右衛門は健康を回復する。

ハーンが再話を執筆するさいに原拠としたのは、『新撰百物語』（編者、刊行年不明）巻二に収められた「嫉妬にまさる梵字《ぼんじ》の効力《くりき》」である（『新撰百物語』441-47）。筋立てはほぼ同じであるが、ハーンは物語の雰囲気をかなり変えている。原話では、「お亀」は、夫がちょっと出かけても何も手につかなくなったり、死に際に夫に向かって再婚しないでほしいと言うとき、恐ろしい形相になったりするなど、彼女の嫉妬深さが強調されている。和尚がお亀の墓を暴き、その死体に梵字を書きつけると、死体から火の玉が出て飛び交ったことや、死体が眼を開けて笑い、しゃべったのちに冷たくなっていったことなど、原話に挿入されていたグロテスクな怪奇現象は、再話にはなく、ハーンは一貫して、おかめを生き生きとした美しい女性として描いている。最後に、再び弔ったあとおかめが成仏し、八右衛門の健康は回復したと告げたあと、原話では「過去の縁とハいひながら恐ろしかりし執着なり」と締め括られているのに対して、再話では、「しかし、八右衛門が妻との約束をずっと守り続けたかどうかについては、日本の作者は述べていない」と、開かれた結末になっている。

このようにハーンは、人間の執着の恐ろしさというテーマを、人間の魂と肉体が生死を超えて生き続けるという美化されたテーマへと変容させている。死んだのちもなお、いかに妻が自分とともにあるかを、八右衛門が母親に語っている箇所を、次に挙げてみよう。

「母上」と八右衛門は言った。「母上にでも誰にでも、これはとても申しづらいことなのです。おそらく、すべてお話ししても、信じていただけないでしょう。しかし実は、おかめはあの世で成仏できないのです。何度法要を行っても、無駄でした。たぶん私が長い黄泉路をいっしょについて行ってやらないかぎり、休まらないのでしょう。というのも、おかめは毎晩戻って来て、私の傍らで寝るのです。葬式の日以来、あれは毎晩戻って来るのです。時には、あれが本当に死んだのかと、疑わしくなることもあります。姿も振る舞いも、生きているときとそっくり同じなのですから――ただ違うのは、話すときいつも囁き声だというくらいです。そして、自分が来ていることを、誰にも言わないでほしいと頼むのです。おかめは私にも死んでほしいのかもしれません。私も、自分のためだけなら、もう生きていたくありません。しかし、たしかに母上もおっしゃるとおり、わが身は両親のものですので、親孝行することが、私の第一のつとめです。ですから母上、私はいっさいを打ち明けたのです……ええ、毎晩、私が寝ようとすると、おかめはやって来て、明け方までずっといっしょにいます。そしてお寺の鐘が聞こえると、すぐに去って行くのです」(Hearn, *Kotto* 50-51)

『嵐が丘』にも、キャサリンが死んだ十八年後に、ヒースクリフが彼女の墓を暴いてみると、棺の中の彼女が生前の姿のままであったという挿話がある。ただしそれは、「近くに沼があり、そこの泥炭質の湿気の効果で、ここに葬られた遺体のなかにはミイラになるものもある」(Brontë 23)と語り手ロックウッドが予め断っているとおり、物理的に可能な現象であって、「おかめの話」のような超自然的出来事ではない。重要な共通点は、墓暴きというエピソードよりも、むしろ女性の幻影につきまとわれ続ける男の苦悩の言葉にこそある。キャサリンの墓暴きをしたあと、ヒースクリフが、彼女の埋葬の日以来十八年間、彼女の幻影に苦しめられ続けてきたことを、ネリーに次のように打ち明ける箇所を挙げて、比較してみよう。

「ヘアトンといっしょに居間にすわっていると、外へ出ればキャサリンに会えるような気がした。荒野を歩いていると、家に入れば彼女に会えそうに思える。出かけたかと思うと、大急ぎで帰って来る。彼女が屋敷のどこかにきっといるにちがいないと思ってね。彼女の部屋で寝ていると——たたき出されてしまう——そこで寝ていられなくなるんだ。目を閉じた瞬間、彼女が窓の外にいたり、引き戸を開けたり、部屋に入って来たり、子どものときのようにぼくと同じ枕にかわいい頭を載せていたりする。それを見たくて、ぼくはどうしても目を開ける。そんなふうに、一晩のうちに百回も目を開けたり閉じたりして——そのたびにがっかりしていた！拷問だったよ！ぼくがしょっちゅう大声で唸るので、ジョウゼフの奴は、ぼくの良心が心のなかで鬼と争っていると思ったにちがいないよ。だが、彼女の姿を見たいま、心が少し鎮まった。一寸刻みどころか、髪の毛一筋の幅で切り刻むような奇妙な殺し方だよ。十八年かけて、希望の幻でぼくをたぶらかすとは」(Brontë 290-91)

八右衛門が毎晩おかめの亡霊と出会っていたのに対して、ヒースクリフは、キャサリンの幻影に会えそうなのに追いつかず失望をつねに繰り返してきたというように、両者の話の内容は異なる。しかし、彼らがともに、愛する女性が弔われた日以来、長年にわたって、つねに彼女の訪れに苛まれ続け、衰弱していったという点で、基調は一致している。何よりも、生きた心地がしなくなるほど、女性の霊になぶられ続けてきたというこれまでの苦悩を、第三者に向かって告白する男の言葉は、同種の色合いで染まっていると言える。そして、墓暴きがきっかけで、男の苦悩が終焉へと近づくという成り行きも、一致している。

四　ブロンテとの接点――ハーンの文学講義より

以上見てきたとおり、ハーンの二つの物語は、愛する男性と死別する運命を拒んだ女性が、この世での再会という悲願を貫く――あるいは霊となって追い続ける――というモチーフや、墓暴きによって生前のままの姿を現すという題材など、キャサリンとヒースクリフの生死を超えた関係を彷彿させる特性を含んでいた。しかし、それらがモチーフや題材にもまして『嵐が丘』に接近しているのは、登場人物の台詞に現れた表現や言葉においてである。具体的な〈言葉〉に着目してみたとき、それらが織り成す色調やそこに貫かれている精神が、見事なまでに一致していることがわかる。物語の主要人物である男女の関係に焦点を置いてみるかぎり、ハーンの物語は、少なくともその拠り所とする原話よりも、はるかに『嵐が丘』の中心部分に接近しているのである。それゆえ、この類似は、偶然の一致ではないのではないか、という疑問さえ生じてくるのだ。

一八五〇年生まれのハーンにとって、ヴィクトリア朝作家たちは「現代作家」であり、彼は評判になっていた同時代作品を熱心に読んでいたようだ。ハーンが東京帝国大学の英文科講師在職中（一八九六―一九〇三）に行った『英文学史』の講義録(4)を見ると、彼がヴィクトリア朝時代の小説家として取り上げているのは、ディケンズ、サッカレー、ブロンテ、ジョージ・エリオット、キングズリー、トロロープ、チャールズ・リード、ウィルキー・コリンズ、スティーヴンソン、ジョージ・デュ・モーリエイ、キップリング等である。ブロンテについての項目 (**Hearn,**

HEL 641-45) では、三姉妹とも才能があったが、そのなかではシャーロットが最も重要な作家であったとして、彼女のために大部分の紙数を割いている。教師になるための教育を受けたシャーロットが、自らの経験をもとに実人生を写し取っているという点、そして、従来のように美しい優れた人物ではなく、力強い性格を具えた平凡な人間を主人公として生き生きと描いている点を、新しい小説の特色として指摘したうえで、『ヴィレット』を筆頭とし、彼女の小説は四作品とも良いと評価している。

それに対し、ほかの二人の妹たちについては、「エミリのほうがアンより才能がある」と述べ、前者については、『嵐が丘』を書いたエミリには、とりわけ不気味な想像力があって、最近、批評家たちの注目を集めているから、ゆくゆくは新たな人気を獲得する可能性もある」とひと言述べるに留めている。しかし、実人生を写し取るという点でも、「力強い性格」を描くという点でも、ハーンは自作品の創作においては、シャーロットからの影響をあまり受けなかったようだ。他方、エミリの「とりわけ不気味な想像力 (particularly weird imagination)」には、彼の文学の奥深くでつながっていたように思える。ハーンのひと言からも、彼が『嵐が丘』を読んでいたことは確かである。[5] とすると、ハーンが日本の《怪談・奇談》を再話するさいに、『嵐が丘』の一部を意識的に注入した可能性が浮かび上がってくる。たしかに、それを裏付けるハーン自身の覚え書き等の資料が遺されていないため、「意識的」であったと立証することはできない。しかし、少なくとも、ハーンがすでに読んで吸収していたこの小説を、無意識のうちに混入させた可能性ならば、かなり高いと言ってよいだろう。いずれにせよ、ハーンとエミリ・ブロンテの文学に親近性があることは、たしかである。

では、なぜハーンが、自らさほど多くを語らなかったエミリの文学に接近する結果になったのかについてさらに考察を発展させ、最後に付け加えておくこととしたい。ハーンは、帝国大学で行った「虚構における超自然的なものの価値」("The Value of the Supernatural in Fiction") と題する講義で、「ゴーストリー (ghostly)」という言葉を取り上げて、古代アングロ・サクソン人にとって、この古代英語は、「霊的な (spiritual)」「超自然的な (supernatural)」という意味、さらには「神の (divine)」「神聖な (holy)」「奇跡的な (miraculous)」といった宗教的な意味をも含んだ言葉であったと説明している。「あらゆる偉大な芸術には、何かゴーストリーなるものが含まれている」(Hearn & Erskine 29) とハーンは主張する。したがって、彼が自らの文学で描こうとしたのは、たんなる狭義の「ゴースト・ストーリー」ではなく、広義の「ゴーストリー」なるもの、すなわち人間の魂とあらゆる存在物の内に宿る霊的なものとが交信するさまであったと考えられるのである。

ハーンがこのような理念を抱くようになった理由としては、彼がアイルランドの父とギリシャ人の母の間に生まれ、幼くして両親と生き別れ、(6) アイルランドの大叔母のもとで育てられたのち、イギリスの厳格なカトリック神学校に入学して、カトリックに対する反感を抱きつつ、孤独のなかで育ったという生い立ちの影響も深く関わっているように思われる。彼のこうした経歴のなかには、ブロンテと共通する要素がいくつか含まれる。エミリもまた、アイルランド人の父の血をとおして、ケルト文化の影響を受けていたこと。彼女もまた、三歳のときに母を失い、寂しさと孤独を想像力の世界によって慰めていたこと。牧師の娘に生まれながらも、キリスト教の枠組みには収まりきらないような独自の宗教観をもっていたことなどである。(7) ともに魂の不滅や自然の霊的な力に関する独自の観念を物語化したとき、このような共通点がその機縁の一部となって、英文学における二人の異端児の文学は、意外な接点を示す結果になったのだとも言えるだろう。

注

本稿は、日本ブロンテ協会関西支部ニューズレター第一五号（二〇一六年一月）に掲載された巻頭エッセイを発展させたものである。

(1) 富山大学附属図書館の「ヘルン文庫」に架蔵されているラフカディオ・ハーン旧蔵の諸本から転載された「原拠」の原文（石川　367-70）を参照。

(2) キャサリンの少女時代の部屋は、たんなる象徴であるのみならず、結末で実際にヒースクリフが死ぬ場所でもあることが、ここですでに予言されていると言える（廣野 119）。

(3) 『嵐が丘』における登場人物の年齢については、廣野『謎解き「嵐が丘」』の第四章「時間の秘密——年代記を解読する」(107-28) および付録「『嵐が丘』年代記とその推定方法」(318-36) を参照。

(4) ハーンは、一八九六年九月から一九〇三年三月までの東京大学での在職期間中に、三年間にわたる英文学史講義を二回行っている。ハーンは原稿を準備せず、手帳に書いたわずかなメモをもとに講義したという。ここでは、第二回目シリーズ（一九〇〇年九月—一九〇三年三月）の講義に出席した学生のノートを編集した文献 Hearn, *A History* を参照する。

(5) 注(4)のとおり、ハーンの英文学史講義の第二回目シリーズが一九〇〇年九月から一九〇三年三月まで行われたとすると、ヴィクトリア朝時代を扱った最終部分は、一九〇二年—一九〇三年ごろに話されたものと推定される。したがって、「おていの話」を収録した『怪談』が出版された一九〇四年、「おかめの話」を収録した『骨董』が発表された一九〇二年には、ハーンがすでに『嵐が丘』を読んでいた可能性が高い。

(6) ハーンはギリシャのレフカス島に生まれるが、軍医だった父チャールズが西インド諸島に赴任したため、母ローザとともにアイルランドのダブリンに移り住む。ハーンが三歳のとき、チャールズは帰還するが、アイルランドでの生活に慣れなかったうえに夫の愛を失ったローザは、神経を病んで、四歳のハーンをダブリンに残したまま故郷ギリシャに帰る。チャールズは恋人と再婚し、ハーンをダブリンに残してインドに赴任したのち、病死する。

(7) エミリの独自の宗教観については、廣野『謎解き「嵐が丘」』の第二章「〈許されざる者〉とは誰か――『嵐が丘』の神学的解釈」(51-74)、ケルト文化と作品の関係については、第十章「『嵐が丘』のトポス――〈荒野〉物語についての比較文化的考察」(275-91)を参照。

引用文献

Brontë, Emily. *Wuthering Heights*. 1847. Ed. Pauline Nestor. London: Penguin, 2003.

Hearn, Lafcadio. *Kotto: Being Japanese Curious, with Sundry Cobwebs*. 1904. New York: Cosimo, 2007.

——. *Kwaidan: Ghost Stories and Strange Tales of Old Japan*. 1904. Intro. Oscar Lewis. New York: Dover Publications, 2006.

——. *A History of English Literature*. 1927. Ed. R. Tanabe, T. Ochiai and I. Nishizaki. Hokuseido Press, 1951.

——. & John Erskine. *Interpretations of Literature*. Vol. 2. 1915. Memphis: General Books, 2012.

石川鴻斎「怨魂借体」『夜窗鬼談』(一八九三年)、「原拠」『怪談・奇談』平川祐弘編、講談社学術文庫、一九九〇年 所収。

小泉八雲『怪談・奇談』平川祐弘編、講談社学術文庫、一九九〇年。

——『さまよえる魂のうた』池田雅之編訳、筑摩書房、二〇〇四年。

「嫉妬にまさる梵字の功力」『新撰百物語』（編者、刊行年不明）巻二、「原拠」『怪談・奇談』平川祐弘編、講談社学術文庫、一九九〇年　所収。

廣野由美子『謎解き「嵐が丘」』松籟社、二〇一五年。

無邪気な言葉の悪魔的な力――エリザベス・ボウエン『心の死』について

丹治　美那子

『心の死』は、孤児となった十六歳の少女ポーシャが、異母兄トーマスとその妻アンナが暮らす、イギリス中産階級の裕福な家（ウィンザー・テラス）に引き取られることで生じる家庭内の摩擦を軸に展開する。ポーシャは不倫の恋愛の末に結ばれた両親と共に、世間の目を逃れるようにしてヨーロッパの安宿を転々としながら育ったため、生まれながらにして両親の罪を背負う一方で、社会的には無垢と見なされる立場を抱えた人物である。罪と無垢という、相反する二つの性質を併せ持つポーシャの存在はウィンザー・テラスをめぐる人間関係を大きくかき乱す。ポーシャは他者と深く関わろうと試みることで皮肉にも、幾度となく激しい衝突を引き起こすのである。そしてポーシャがもたらす大小様々の混乱には、言葉との奇妙ながらも深遠な連関が感じられる。本稿では、ポーシャの言葉が持つ異様な力について考察する。

一　沈黙の家の封じられた言葉

ウィンザー・テラスにおいてポーシャの言葉は基本的に無力である。ポーシャの言葉に留まらず、住む者の言葉は家に充満する沈黙に飲み込まれる。トーマスとアンナ夫妻は互いにあまり口をきかない。アンナがくつろぐ応接間とトーマスの書斎をつなぐ電話で必要最小限の会話をする。「何の語らいもなく過ぎ去っていく」(314) 日々の暮らしの中で交わされるのは、表面的な感じの良さを伴った空虚な言葉である。言葉に見受けられる空しさは家の内部の描写にも表れている。

この風通しのよい明るい家では、全ての鏡は磨き上げられ、影が留まる場所もなければ、感情がわだかまる所もなかった。部屋は上辺だけの和やかな会話のため、あるいは疲れた者が一人で閉じこもるためにあった。

(50)

描写からは家の外面的な清潔さや快適さが感じられる一方で、そこに住む人間の息遣いや活気などの暮らしの実感が認められない。「影が留まる場所」も「感情がわだかまる所」もなく、家の明るい雰囲気を損ない得る陰の要素の不在が殊更に強調されるが、そのために却って無機的で寒々しい印象を受ける。続く「上辺だけの」「一人で閉じこもる」といった孤独と結びつけられる言葉は、明るいこだわりのなさを突き詰めた先の人間関係の希薄さを連想させる。明朗で平穏な上辺が語られるほどに、むしろ内実の乏しさが浮き彫りになる描写である。ここで語られるウィンザー・テラスの朗らかながらもどこか虚無感が漂う様子には、住人の好ましさを装った言葉に伴う空疎さが反映されているようである。ウィンザー・テラスにおいては、本音の語り合いはなされない。表面的な穏やかさを周到に保つための冷淡な沈黙と、時折交わされる白々しい言葉に満ちているのだ。

ウィンザー・テラスを支配する沈黙は家の過去の隠蔽と密接に結びついている。トーマスは父クエイン氏の不倫の恋の末に異母妹ポーシャが生まれた過去にとらわれ続けている。当時大学生であったトーマスは、家庭生活の継続を強く望む父を母クエイン夫人が穏やかながらも容赦なく愛人アイリーンの元へと送り出す衝撃的な光景を目の当たりにしただけでなく、その後母の半ば強引な勧めで父の新しい家族との面会に度々出かけさせられた。その時に父と自身に対して感じていた「漠然とした恥辱」(47)を現在もぬぐい切れずにいる。アンナも家にまつわる不名誉を共有しており、夫妻は過去から目を背けるかのように赤裸な本心や激しい感情をひたすらに押し隠す。一見淡白なトーマスが「言葉で表現することが許されない情熱」(45)をアンナに密かに抱き、夫妻が「言葉で語られないことに対して不安を感じ」(101)自分たちの口には出さぬ言葉に潜在的に深い意味を見出さずにはいられないのは、彼らの熱情や本意を表すはずの言葉が、恥辱の過去を遠ざけ平穏な現在を何とか維持するための強固な沈黙にことごとく飲み込まれることを示唆している。

ポーシャの言葉も幾分奇妙な形であるが沈黙に迎えられる。ポーシャの発する他愛のない言葉はどういうわけか時折トーマスやアンナに円滑に受けとめられない。トーマスはポーシャと話をする際、露骨に居心地の悪そうな様子を見せ、話し声が急に小さくなり途中で不自然な途切れ方をすることが多々ある。この傾向はアンナに関しても当てはまる。以下のように進んで話しかけるポーシャに対しアンナは上の空である。

「今日は歩いて家に帰ってきたのよ、アンナ。」

アンナは何も答えなかった。話に耳を傾けるのを忘れていたのだった。(30)

一見非常に間の抜けた場面であるが、ここでも投げかけられた言葉が不自然な形で沈黙へと葬り去られるのを見逃してはならない。このような、ポーシャに接する際のトーマスとアンナの対話の唐突な挫折や不能は、ポーシャの存在に対するきわめて強い当惑の表れと受けとれる。ポーシャは不義の子という家の恥辱の象徴であるのと同時に、扶養の義務を必要とする被保護者でもある。ポーシャは夫妻にとって、身内や家の倫理的逸脱を突きつけながらも、かつ、身寄りのない孤児の保護という倫理的な正しさを要求する、この上ない矛盾を抱えた存在である。ポーシャは親しい召使いマチェットに亡きクエイン夫人について「もしトーマスのお母さんが生きていたとしたら、私は何て呼べばいいのかしら」(91)と無邪気に問いかけるが、この言葉が本人の意図とは無関係に強烈な含蓄を漂わせるように、ポーシャという人物の中には責任不在ながらも重たい罪と、それゆえの残忍なほどの無垢が、互いにせめぎ合いながら共存している。ハーマイオニー・リーは、トーマスとアンナのポーシャに対する姿勢に「低俗さや感情的な混乱から自身を守り、一族から異分子を排斥しようとする中産階級的な願望」(Lee 105)を見る。夫妻がそうした願望を持つのはおそらく確かだが、同時に夫妻はその「中産階級的」な道徳のために保護の義務がある孤児ポーシャを家族として受け入れる使命感からも自由になれない。複雑な形で倫理的な矛盾を抱えるポーシャの存在は、夫妻が頼りとする中産階級の道徳による判断基準に収まりきらないどころか、むしろ撹乱を持ち込む。ポーシャの言葉に対してトーマスとアンナが出し抜けに陥る奇妙な沈黙は、中産階級的な道徳でとらえきれない存在を前にして覚える無力感であると言える。

以上のように、家の沈黙に住む者の言葉は封じられる。しかし一方で封じられたそれぞれの人物の言葉は、限られた場においてのみ密かに解放されもする。トーマスは書斎にいる場面で彼自身の独白や語り手の声によって本音が語られる。生来寡黙なトーマスの心情は特に語り手によって饒舌に説明されるが、その心の声は、相当身勝手かつ辛辣である。例えば、家を訪れた元軍人の客を自らが経営する会社に仮に雇うなら絶対に適さないだろうと勝手に想像をめぐらし、更に彼を時代遅れの型の自動車にたとえ「廃棄されたほうが幸せだった」(113)と心の中で冷酷に毒づく。日頃トーマスが目の前の話し相手に向けて投げかける、控えめながらも親切な言葉とはかけ離れたむき出しの言葉が彼の書斎には満ちているのだ。アンナは友人であり小説家のセント・クウェンティンと話をする時にのみ、本心から言葉を発する。夫同様普段は控えめな態度をとるアンナは、召使いに対しても「女主人として感じがよく、甘すぎるくらい」(26)だが、友人との語らいの場面では相当明け透けな語り方を見せ、ポーシャの生い立ちが話題に上った際にはアイリーンを「みすぼらしい未亡人」(17)と形容し手厳しく批判する。アンナは友人との語らいという限られた場面に限って自由に言葉を繰り出すのである。ポーシャの封じられた言葉は日記に託されるが、それについては次章で改めて論じる。このように、家の沈黙によって封じられた言葉はそれぞれ限定的な場において解き放たれる。封じられた言葉は密室的な場に凝縮されたまま、出口を見出せずにいるのである。

二　言葉が乱す秘めた過去

家の沈黙に封じられたポーシャの言葉は日記の中で独特の世界を築き上げる。しかし、その言葉の世界は日記の中だけに留まらない。日記をアンナが偶然見つけて読んだことに端を発して、日記の言葉はウィンザー・テラスの人間関係を不穏にかき乱す。そして、ポーシャの言葉はアンナを異様な力でもって脅かすのである。

日記において、ポーシャ本人の感情や思いが吐露されることはほとんどなく、日常の出来事や人間模様が第三者的に突き放した視線で語られる。記録のように淡白な調子で、日々の出来事が簡潔に述べられる。しかしそうした語り方の中に、時折意表を突くような鮮烈さが入り混じる。例としてウィンザー・テラスにおける一場面を描いた日記の文章の一部を挙げる。

その時、私たちは応接間にいた、二人〔アンナとトーマス〕は私がその場にいなければいいのにと思っていた。(中略) 私がお茶をしにマチェットの所へ降りていくと、彼女が、まあ、あなたまるで幽霊みたいよと言った。でも本当に幽霊みたいなのはこの家のほうだ。(145)

ここにおいてポーシャの主観が色濃くうかがえるが、その主観は事実を正確とは言わないまでも、絶妙に言い当てている。ポーシャはトーマスとアンナの自分に対する複雑な思い、ウィンザー・テラスに満ちている、正に幽霊のように実体に乏しい心地の良さを鋭く見抜いているのだ。このようにポーシャの言葉は妙に洞察力に富んだ率直さから成っている。

また、日記の言葉は、ポーシャが身の回りの出来事や人間関係を凝視する視線の気配が濃厚に感じられる。ポーシャは周囲を入念に観察し、独自の言葉で自分のおかれた状態の把握を試みる。フィリス・ラスナーによると、日記を書くことは「自身と他者との沈黙と境界を埋める」(Lassner 113) 試みであるのだが、ポーシャにとって、アンナやトーマスの言動を自らの言葉で日記に記すことが、精神的な隔たりを感じる彼らを理解しようと努めるための密やかな手段とも言えるだろう。ポーシャはウィンザー・テラスの本心を穏やかな上辺で取り繕う人間関係の「次に何が起こるか分からない」(249)「張りつめた」(99) 状態に困惑混じりの不満を覚える。だが他方でアンナとトーマスを疑似的な両親とみなし、相応の愛情を期待する。ポーシャの日記の言葉には、アンナたちへの押し殺された反発と屈折した形で示される愛情が複雑に入り混じっていると言える。ポーシャの日記の言葉が彼女の視線と密接なつながりを持つのは、日記を読んで以来、アンナがポーシャの視線にひどく怯えるようになることからもうかがえる。

アンナはポーシャの包み込むような視線によって、恐怖と秘密に縛りつけられるような気がした。彼女はミイラにされたような心持ちがした。(58)

ポーシャは沈黙したまま視線を投げかけるだけで、アンナの心を大きく揺さぶっている。アンナは見透かすような視線に包み込まれ、潜在的に語りかけてくるかのようなポーシャの言葉にがんじがらめにされる。実際、アンナが視線を感じている間、一時的に言葉を器用に操ることができなくなるという場面が作中に何度か登場する。ポーシャの視線が投げかける聞こえない言葉によって、アンナは自らの言葉さえ脅かされると言える。

更にここで注目すべきなのは、アンナが恐怖を覚えるのが、日記の書き言葉に留まらず、聞こえないけれども視線から読み取れる言葉だということである。実際日記におけるポーシャの言葉は、時折際立った鋭さを垣間見せる一方で、語られる具体的な中身は乏しい。アンナが読む箇所、また読者に開示される内容は日記の中の限られたごく一部に過ぎず、その中でもポーシャの主観が表れる文章はきわめて数少ない。トーマスやアンナとは異なり、ポーシャは家の沈黙に封じられた言葉を、自らが築く世界であるはずの日記の中でさえ、十全に解き放つことはない。

ポーシャの言葉は、家の中と同様、日記においても少なからず沈黙状態にあるのだ。そしてアンナが日記に関して本当に恐れているのは、実は記された言葉ではなく、言葉で表されない沈黙の部分ではないか。アンナはポーシャの潜在的な、いわば沈黙の言葉に恐怖を感じるがために、ポーシャの視線を恐れるのである。そしてアンナが抱える、ポーシャの沈黙の言葉への過剰なほどの恐れは、作中で幾度となくほのめかされるアンナとポーシャの奇妙な類似性と無関係ではない。ポーシャの引き取られた孤児という身上は、アンナが父子家庭において父親不在同然の環境で淡白な家庭教師に育てられた境遇と微妙に重なる。またアンナの友人でウィンザー・テラスに頻繁に出入りする二十代の青年エディに、ポーシャが恋い焦がれるがゆえに翻弄される様子に関して、アンナがかつて経験した苦い恋愛との酷似が繰り返し暗示される。更に終盤アンナがポーシャの気持ちを推測しながら吐き出すように一気に述べる様は「日記の言葉と君の推測による言葉の境目が分からないくらい」(409-10) とトーマスに言わしめる程に真に迫っている。「周囲の人間に対する軽蔑（中略）全ての物事を止めたい願望」(409) という現状の否定に満ちた言葉は、ポーシャの沈黙の向こう側をうかがわせるのと同時にアンナ自身の過去までが顔をのぞかせると言える。アンナは自身の過去を彷彿とさせる存在であるポーシャの沈黙に、過去に自分が周囲の人々に対して抱えていた批判的な言葉を、ポーシャ本人の意図とは必ずしも関わりなく、読み取らずにはいられない。アンナはポーシャの潜在的な言葉を意識することで、過去の自身の言葉と向き合うよう自己を追い込むのだ。

こうしてポーシャの言葉は、不可思議だが圧倒的な力でアンナを過去へと向き合わせるよう作用する。更にポーシャは、トーマスとアンナの疑似的な娘でもあり、その家族内における立場はアンナが数年前に二度の流産で亡くした子どもの記憶を呼び起こす。アンナにとってポーシャはいわば、一度は切実に望みながらも終に諦めざるをえなかった潜在的な子どもが、皮肉な、かつ、いびつな形で具現化した存在だとも言える。その上ポーシャの言葉によって、アンナは綿密に築き上げた現在の穏やかな生活の空虚さを不意に暴き出され、トーマスと出会う前の更なる過去にまで導かれる。アンナにはかつてピジョンという名の恋人がおり、当時周囲の人々は二人の結婚を確信していた。だが、実際には二人の恋愛はアンナの一方的な情熱のみで成り立っており、やがて悲惨な形で破綻を迎える。以来アンナは成就しなかった恋の記憶を呼び起こす過去から頑なに目を背けようとする。けれどその反面、過去に断ち切りがたい執着も抱える。心地よい暮らしを緻密に作り上げることで過去の封印を試みながらも、過去に深くとらわれ現在を受けとめきれずにいる。ポーシャの言葉は、アンナの日常の虚偽を暴くことを通して、アンナが潜在的に抱く現在への不満を、意図せずして鋭く言い当てる。そうすることで、アンナが自己に封じることを命じた過去への固執を浮き彫りにする。アンナはポーシャの言葉に触れることで、封じ込めたはずの過去に思いがけない形で対峙することになるのだ。

アンナの現在の平穏の裏には、時間的にも立場的にも様々の秘めた過去のしこりが存在する。クエイン家の妻として一族の恥辱の過去をひた隠し、トーマスの妻として母親になることができなかった過去から目を背け、個人としては叶わなかったかつての恋の情熱を押し殺す。アンナの過去の秘密は多層的に入り組んでいる。こうした過去の秘密を、ポーシャの存在と言葉は、意図せずして、ことごとくかき乱すのである。

三　無邪気な言葉の皮肉な魔力

ポーシャの言葉は、発話者の意図を超えた意味合いを帯び、アンナに果てしない脅威を与える。この魔力とも呼べるポーシャの言葉の力は、彼女が本来的に持ち、また、他者から押し付けられる、無垢な性質と無関係ではない。ポーシャは十六歳という決して幼くはない年齢であるにもかかわらず、その風貌は純真な子どもらしさをたたえている。出会う人々から「かわいい幼い子」(218) と幾度となく形容され、時には語り手に「鳥」(377)「うさぎ」(381) などの可憐な動物に度々喩えられ外見の無邪気さが強調される。加えて、生まれたときから父母とヨーロッパで他人とほとんど接することのない、浮世離れした生活を送ってきたため、社交の経験に乏しいという意味においても無垢である。その一方で観察眼においては、日記の文章からもうかがえるように非常に早熟な鋭さを持つ。ポーシャは、子どものように無垢な部分と、無垢と相容れない大人顔負けの鋭い眼力を兼ね備える。この独特の性質が、アンナがポーシャに対して抱く複雑な感情を限りない恐怖にまで発展させ、ポーシャが他者との衝突を起こす元となるのである。ポーシャが持つ独特のゆがんだ無垢は、日記の言葉に留まらず話し言葉にも表れ、相手に脅威を与え、人間関係の破綻までもたらす。

アンナの友人エディはポーシャの日記と話し言葉の両方の脅威にふれる唯一の人物である。ポーシャはエディと親しくなり、いつしか彼に恋心を抱くようになる。けれどもポーシャが投げかける恋の情熱に満ちた言葉は、エディを恐怖させる。「日記は私自身」(360) だと考えるポーシャは、自分のことを知ってもらいたい願いから、エディに自ら進んで日記を見せる。エディは日記に関心を示しながらも「僕は書かれたものが嫌いだ（中略）そこには必ず何かほかのものがあるから」(136) と意味深長な理由をつけ、自分のことを日記に書かないようポーシャに固く約束させる。また、日記を読んだ後ポーシャに感想を求められるが頑なに拒む。日記の文章には数日にわたって「エディが日記についてまだ何も言ってくれない」(138-39) という同じ言葉が、エディに関して書かないという約束を密かに破って、繰り返し記される。ここでエディがポーシャの日記の言葉に関して恐れるのは、書き言葉に必ず付随する「ほかのもの」であり、言葉自体というよりはむしろ、言葉でとらえきれない部分だという点で、アンナが抱く懸念と一致していると言える。更にしばらくして、恋心を募らせたポーシャが情熱を言葉にこめてエディに数度にわたってぶつけると「君は自分で何を望んでいるのか分かっていない」(369)「君が愛と呼ぶものの意味を君は分かっていない」(370)と冷ややかに突き放す。ここでポーシャの情熱的な言葉は、受け手であるエディに実質的な奥行きを伴わないものとして解釈される。エディはポーシャを幼い無垢な友人と見なし純粋な友情を抱く。エディはポーシャの愛という言葉の意味に対する理解の及ばなさを指摘し、ポーシャに期待する無垢を保証しながら、無垢に収まりきらない予想外の恋心を恐れる。ここでもポーシャが実際に投げかける言葉の向こうにある潜在的な言葉の気配をエディは恐れるのだと言えよう。最終的にはポーシャのいびつな無邪気さへの恐怖に耐えきれなくなり彼女を拒絶することで、二人の友人関係は破綻を迎える。

アンナの元恋人ピジョンの友人で、夫妻に敬遠されながらもウィンザー・テラスを時折訪れるブラット大佐も、ポーシャの言葉の脅威にさらされる。終盤、家に居場所を見出せなくなったポーシャは衝動的に家を出てブラット大佐が滞在するホテルへと駆け込む。そして日頃からポーシャに親切に接する大佐に、歪んだ同胞意識がこもった言葉を投げかける。

「あなたはアンナがあざ笑っているもう一人の人なのよ。(中略)アンナはいつもあなたのことを笑っているわ。あなたのことをとても哀れだと言うの。(中略)あなたと私は同じなのよ。」(378-79)

この言葉が放つ強烈な辛辣さを、ポーシャ本人は全く意識も意図もしていない。その直後に彼女は大佐に唐突に結婚を申し込み、理想の家庭を築く夢を一方的に長々と語る。だがポーシャが愛情を託したはずの言葉は、大佐の心には届かない。延々と続くポーシャの話の合間に「ブラット大佐は何も言わなかった」(388)「この会話は永遠に閉ざされた」(389) など、大佐側の対話の拒絶を示す語りが何度も挿入される。この場面におけるポーシャの言葉には、大佐への純粋な愛着と、その愛着を安易に結婚という固い結びつきに飛躍させる無邪気さに混じって、自分たちに対する冷徹なほどの観察力がうかがえる。また、愛情をいささか軽率な形でぶつける点では無垢と言えるが、言葉のきわめて辛辣な内容は無垢からは大きく逸脱する。この場面の言葉には、ポーシャのいびつな無垢が生み出す残酷な脅威が色濃く表れている。言葉は大佐がそれまで持っていたポーシャという「愛らしい幼い子ども」(108) への純粋な愛着を失わせるだけではない。軍隊を退役し帰国して以来うらぶれた通りの安宿で孤独な暮らしをする大佐が、ウィンザー・テラスの家庭生活に対して抱く「夢のような場所」(108) という淡い幻想までをも無残に打ち砕くのである。「[ブラット大佐は] もはやウィンザー・テラスに思いを馳せることも、訪れることもないだろう」(391) という語りによって大佐とウィンザー・テラスの間の交流が完全に終わったことが示唆される。

以上のように、エディやブラット大佐はポーシャの独特の無垢を漂わせる言葉によって恐怖や人間関係の破綻に追い込まれる。しかし、ポーシャの言葉の脅威の最大の犠牲者はポーシャとの密接な関係から逃れられないという点でまちがいなくアンナである。

家出をしたポーシャはブラット大佐にウィンザー・テラスに電話をかけさせ、大佐の声を介して「正しいこと」(398) をするよう夫妻に求める。応接間に集まったアンナ、トーマス、セント・クエンティンは対処の仕方を話し合う。

その結果、ポーシャをウィンザー・テラスに連れ戻すことを決めるが、アンナは次のように正直な気持ちをもらす。

「私はこれからもポーシャを軽蔑すると思うし、彼女はこれからもずっと私を思い悩ませるでしょうね。」(410)

この言葉には、アンナが半永久的にポーシャの存在に脅かされながら暮らしていく未来への絶望感が漂う。アンナはポーシャの保護者の立場にあるがゆえに、道義的にポーシャを見捨てることはできない。ポーシャに関して、エディのように拒絶することもできなければ、ブラット大佐のように関係を断つことも不可能である。平穏な生活を絶えず揺さぶるポーシャの存在と言葉に恐怖を感じながら暮らし続けなければならないのである。

ポーシャはアンナを始め周囲の人々を言葉によって脅かす。しかしポーシャもまた、皮肉にも自身の言葉の犠牲者である。ポーシャの言葉は周囲の人同士を不思議と結びつける方向へも作用し、それによって発話者である自身を孤立させる。

ポーシャの日記は、本人とは離れた所で人同士を結びつける。前述のように日記は家の沈黙に封じられたポーシャの言葉が部分的に託される密室的な場であるが、いつしかその言葉は日記の世界だけに収まりきらなくなる。日記は偶然見つけたアンナに読まれ、アンナから友人セント・クウェンティンにその存在が語られ、またポーシャ本人がエディに進んで読ませもする。日記の中にのみ息づいているはずの言葉は、直接的、間接的に外の世界に曝され、他者に共有される。そしてセント・クエンティンによってその事実の一部がポーシャに伝えられる。日記を読んだのはエディしかいないと考えるポーシャは彼がアンナに日記の存在を暴露し、二人が自分を嘲笑していることを疑う。その直後アンナとエディが談笑している場へ偶然出くわしたポーシャが、一瞬二人の様子に意味ありげな「当惑したような間」(333)を感じとることで、疑いは確信へと変わる。実際、二人が日記の話題を共有しているかどうかは定かではない。けれども、後に家出をするまでに精神的に追い詰められるほど、このことでポーシャは疎外感を味わう。少なくともポーシャにとって日記はアンナとエディの結びつきを強め、自身を孤立させるよう働く。

以上のように、ポーシャの言葉の脅威を周囲の人間が共有することで、ポーシャ自身は孤立を深めてゆく。そもそもポーシャの言葉には、基本的に愛されることへの願望がこめられる。日記を書くという行為は、アンナとトーマスへの家族としての関心と愛情が屈折した形で表れたものである。エディやブラット大佐に無鉄砲に投げかけられる言葉には愛されることに対する死にもの狂いの願望が透けて見える。けれども、その愛情が受け入れられることはない。愛されたいという切実な願いに反して、ポーシャは言葉を使うほどに一層深い孤独に陥る。言葉は発話者ポーシャのこめた意図にさえ背く皮肉な魔力を持つのである。

ポーシャの言葉は、意図的に悪意がこめられないという意味においては、本来的に無邪気であると言える。しかしポーシャ自身が持つ、生まれながらに背負う両親の罪と個人としての潔白という複雑な矛盾、外見的な無垢と内面的な鋭さという容易に調和しない性質のために、その言葉には奇妙な含蓄が加わる。ポーシャの言葉にはしばしば沈黙に包まれた潜在的な言葉が伴うのである。それゆえ彼女の言葉は他者にふれることで思いがけない形に歪められ、発話者の意図を超えた意味合いが不気味に膨れ上がる。

こうしてポーシャの言葉に強い恐怖を覚える登場人物たちには、本作品のタイトルである『心の死』を反映するかのように、死のイメージが付与される。アンナはポーシャの視線に込められた潜在的な言葉に曝されることで「ミイラにされる」(58)という、強制的に死に追いやられるような比喩が付与されたり、また「顔が(中略)室内の暗闇によって白く浮かび上がり」(321)幽霊のように見えたりする。エディが二度にわたってポーシャの愛の言葉に脅かされる場面では、「幽霊」(281,368)にまつわる言葉、墓地や埋葬のイメージが多用され、死の気配を意識させる。ブラット大佐がポーシャに残酷な言葉をぶつけられた後にクエイン家に電話をかける場面では、彼が入っていく電話ボックスが「棺」(391)と記される。そしてポーシャ本人も、自身の言葉の激しい跳ね返りを受けたかのように疎外感に苛まれ、家出直前の精神的に疲弊した様子は「溺死の苦悶を終えた少女のように死んだ状態で水に浮いていた」(352)と描写される。

以上の場面において登場人物が出会うのは、全てポーシャの、あるいはポーシャを起点として本人に跳ね返った、意図とは無関係な言葉に伴う強烈な含蓄である。言葉に付随する、作中で「空白」(330)と呼ばれるこの独特の含蓄に、彼らは独自の意味を無限に見出すことで、自己を見失うほどの混乱に襲われる。「心の死」とは、明示された言葉自体ではなく、言葉に付随する含蓄、つまり潜在的な沈黙の言葉に直面した者が心ならずも自ら生み出し、自らを責め続けるに至るような抗いがたく果てしない苦悩を意味するのではないだろうか。ポーシャの言葉は、それと重なるようにして存在する沈黙の言葉でもって、他者や自己を苦しめる魔力を持つのだ。

以上のように、悪意のないはずの人物の取るに足りない言葉がいつの間にか異様な力を持ち始め、周囲に脅威を与え、当の発話者までをも苦悩に陥れるのである。『心の死』は無邪気なはずの言葉が、むしろ無邪気だからこそ持ちうる悪魔的な力を描いた作品であると言える。

引用文献

Bowen, Elizabeth. *The Death of the Heart*. New York: Anchor Books, 2000.

Lee, Hermione. *Elizabeth Bowen*. Revised edition. London: Vintage, 1999.

Lassner, Phyllis. *Elizabeth Bowen*. Basingstoke: Macmillan, 1990.

反転し続ける意味——『幕間』の「窪地」をめぐって

石川　玲子

一　「空っぽ」と戦争の不安

『幕間』のテキストにおいて顕著なのは、「空っぽ(empty)」という言葉が繰り返し用いられていることである。野外劇の舞台は一つの場面が終わる度に「空っぽ」になる。早朝のポインツ・ホールにおける書斎と食堂も「空っぽ」で「静か」であることが強調される。[1] またルーシーがウィリアム・ドッジを連れて屋敷内を案内する時にも、彼女が生まれた部屋が、そして子供部屋のベッドが、「空っぽ」であることがわざわざ語られ(43-44)、風格ある納屋も「空っぽ」であることが三度言及される(62-63)。

舞台が「空っぽ」であることは、ラ・トローブにとっては劇の中断を意味し、それは比喩的な意味での「死」に他ならない。なぜなら、彼女の劇の目的は、観客に何かを「見せる(make them see)」(61)ことであり、そのためには「情緒を持続すること」(87)が肝心だからである。舞台の空白によって、「観客が輪なわをすり抜けて」(76, 111)「断片と断片に分裂してしまう」(76)事態をラ・トローブは恐れるのだ。このように、ラ・トローブの野外劇において、「空っぽ」という言葉は連続性や統一性を否定するものとなっている。

また「空っぽ」という言葉は、作品を覆う戦争の不穏な影と相まって、得体の知れない不安感を呼び起こす。小説の舞台は第二次世界大戦前の一九三九年六月に設定されているが、ヨーロッパの緊迫した情勢と差し迫る戦争の恐怖は、主に若い世代の意識を通して間接的に表現される。ジャイルズは新聞の記事から伝わるヨーロッパの緊迫した情勢と戦争の脅威、またその状況への年配者たちの無関心に、不安と苛立ちを募らせている。庭の向こうに広がる英国的な田舎の風景の永続性と人間のはかなさをしみじみ語るルーシーの隣で、彼は「銃がこの土地を掃射」(33)し目の前の風景を破壊する様を想像する。またアイサの意識につきまとう、ホワイトホールの兵舎における少女のレイプ事件は、彼女を縛る父権社会の桎梏や、父権制と結びついた戦争と暴力への無意識の不安を暗示する。アイサが「恋をしている」(8)と言う豪農へインズは、名前を持たず顔もない「灰色の服の男」(50)という表象にすり替わり、彼女の内から溢れ出る詩の断片と共に、彼女の欲求不満と現実逃避を露呈する。さらにその「恋」は、彼女の中でプロペラの加速する回転と遠くへ飛び立つ飛行機のイメージにつながり、自由と解放への願望を表す。そのプロペラ機が二度の大戦で重要な役割を果たしたクロイドン空港と結びつけられることは、ウルフが『三ギニー』で論じた父権社会と戦争の共犯関係を示唆するだろう。このような若い世代の閉塞感、不安感は、ドッジが温室でアイサに言った言葉にも表れている。「突然の死という運命が我々の上に覆いかぶさっていて」「退くことも、進むこともできません」(71)。

このように見た時、若い世代の不安感が戦争の不在性によって、むしろ高められていることに気づく。その不在性が「空っぽ」という言葉と共鳴し、作品全体に遍在する不安感を生んでいる。ウルフは大戦直前の一九三九年八月二十八日の日記に「全体に広がる静かで冷たい陰鬱さがある。そして緊張。医者の診断を待っているかのようだ」(*Diary* 231)と書き、また、一九四一年三月一日のエセル・スマイズへの手紙には、戦況の悪化に対する不安を表明した後で「実際に何も起こらない時、私が感じるのは宙ぶらりんの不安感です」(*Letters* 475)と記した。これらの記述からもわかるように、ウルフにとって戦争は「空白」の持つ緊張感、不安感と分かちがたく結びついていたのである。

二　つなぐ者と「池」の深み

このように「空っぽ」という言葉によって、連続性が絶ち切られることへの恐れや緊張、空虚さに伴う不安感が生みだされる一方で、「池」の表象は、連続性や統一性を表すものとして用いられている。まずは、作品の中に描き出される共同体の中に埋めがたい階級間の距離／差異があり、それをつなぐ者として二人の登場人物、マンレーサ夫人とラ・トローブが提示されていること、そして彼女たちが「池」のイメージと結びつけて語られることを指摘したい。

ポインツ・ホールの庭の芝生で行われる野外劇は、村人が演じる村の年中行事であり、村中からあらゆる世代の人々が観客として集まってくる。いかにも村の共同体の連続性とつながりを感じさせるような設定であるが、その共同体内部の階級間の距離が様々な形で示されている。集まった観客たちは「紳士淑女」と「村人たち」(46)とに分けて言及され、舞台でお決まりの「紳士、庶民の皆様(Gentles and simples)」(47)というフレーズも両者の隔たりを暗示している。演じるのは村人たちであり、演じる役柄と日常の顔のギャップが観客の笑いや驚きを誘うが、饒舌な台詞から彼らの生の声は聞こえない。観客の多くは紳士階級であり、劇の合間に交わされる会話も紳士階級のものであることが内容から伺える。また、紳士階級に属するオリヴァ家の家族と、キャンディッシュやサンズ夫人たち使用人との差異も明白であり、ポインツ・ホールには二階に続く表階段とは別に「裏には召使用のただの梯子」(3)がある。これに対して納屋は一見、紳士階級と庶民が混ざりあう場所である。そこでは、村の若者たちが野外劇の準備のために立ち働き、幕間には紳士階級と村人にお茶とお菓子が振る舞われる。その意味で納屋は両者のつながりを表象する場となっているが、劇の準備の場面で読者に届くのは、若者の一人がルーシーを茶化して言った「ひ弱ばあ様、大張り切り」(16)という一言だけであり、休憩時間には村人は紳士階級に遠慮して「しりごみし」(63-64)、コックのサンズ夫人は紳士階級の「優位」(64)を認めて優先的にマンレーサ夫人の茶碗にお茶を注ぐ。

このような階級間の距離に注目する時、突然の訪問者マンレーサ夫人と、野外劇の作者・演出家であるラ・トローブを、両者の「間」に位置し、両者をつなぐ者として読むことができる。[2] マンレーサ夫人は、その日に野外劇があることを知らずにポインツ・ホールを訪れた、予期せぬ客として登場する。彼女は、うわさが正しければタスマニア出身、そうでなければ素性の定かならぬ、村の共同体、そしてイギリス社会のアウトサイダーである。彼女は「下品で」「性的過ぎ」また「着飾り過ぎ」(24)ではあるが、慣習にとらわれない「自然の野生児」(25)である。彼女のおかげで周囲の者は「行儀作法違反を吹き込んだ新鮮な空気を利用して、砕氷船の航跡を追って飛び跳ねるイルカのように後に続くことができる」(24-25)。そんな彼女は、紳士階級の男たちに対するのと同じく、ポインツ・ホールの使用人であるキャンディッシュにも流し目を送る。「まるで彼が藁人形でなく本物の男であるかのように」(24)という表現は、語り手の否定的評価にもかかわらず、階級差に捉われないマンレーサ夫人の型破りの行為を強調する。彼女自身、スイレン池の幽霊の話題において、自分が召使たちと「同じレベル」(27)であることを主張している。また、庭でお茶を飲む紳士階級の中で劇の準備をする村人たちの笑い声を聞き取るのも(34)、真っ先に「メロディの流れに乗り」(49)、たとえ「下品だとしても」村人の演じる劇の進行に「大いなる助け」(53)を提供するのも、彼女である。

一方ラ・トローブも、マンレーサ夫人と同様に素性のわからないアウトサイダーである。名前から「恐らく純粋なイギリス人ではない」とされ、「ロシア人の血」「ダッタン人」(35) といったエキゾチックなイメージが付与されている。喫茶店の経営者、女優という経歴は、彼女が紳士階級より村人の側に近いことを示唆し、かつて女優と同居し、けんか別れしたという話は、彼女が性的少数者であることを暗示する。(3) 彼女は野外劇の間中、紳士階級の前に姿を現さず、常に役者たちの側にいるが、彼らと個人的には交わらず、紳士階級を中心とする観客に向けて劇を演出するという点で、村人と紳士階級をつなぐ役割を担っていると言えるだろう。

このようにアウトサイダーでありつつ「間」に立つ者、つなげる者であるマンレーサ夫人とラ・トローブに共通するのは、彼らの内面が「スイレン池 (the lily pool)」につながるイメージで語られる点である。まず、ポインツ・ホールのスイレン池の描写を見てみよう。

> そこには昔からいつもスイレンがあった、風で落ちた種子から自生して、緑の皿のような葉の上に赤く白く浮かんで。何百年もの間に水が窪地に流れ込み、黒い泥のクッションの上に四、五フィートの深さとなってそこにあった。ぶ厚い皿のような緑の水の下には、自己中心の世界で光沢を放って、魚たちが泳いでいた――金色、白のまだら模様、黒や銀の縞の入った魚たちが。(26)

窪地に泥のクッションと水を湛えたスイレン池は「伝説の創造の源泉」(Olk 101) である。「その深い中心、その黒い真ん中に」(26) 入水自殺した貴婦人の悲恋物語は、召使たちの心に今も生きている。後に発見されたのが羊の大腿骨だったとしても、彼らにとって、そこは貴婦人の幽霊の出る場所なのである。自分にとっても幽霊は出るに違いないと公言するマンレーサ夫人と、羊の骨を羊の骨としか見ない他の紳士階級との差異は、スイレン池の底の「泥」のイメージに重ねて語られる。マンレーサ夫人の心の中には「感情の泉が彼女の泥を通してフツフツと沸き立って」いるのに対し、バートたち紳士階級は「彼らの泥の上に大理石片を敷いてしまっていた」(27)。このようなマンレーサ夫人は、自由奔放さと性的魅力によって男たちの心を捕らえ、バートの心に若さを呼び戻し、ジャイルズの心の「淀んだ池」(74) の水さえ揺り動かす。このようにスイレン池は、想像／創造力の源泉、自由奔放で豊かな感情の泉をイメージさせるものとなっている。

ラ・トローブにまつわる池のイメージは、ルーシーとの対比によって提示される。ルーシーは池に浮かぶスイレンの葉に世界地図を見、魚の姿に「私たち自身の美と力と栄光」(127) を見るが、ラ・トローブの「泥の中の戦い」(126) には思い及ばない。ラ・トローブが求めるのは「泥の中の暗闇」、そして「パブで飲む一杯のソーダ割りウイスキー、蛆のように水の中を下りてくる乱暴な言葉」(126) である。クローディア・オルクがいみじくも指摘するように、「池の変化する表面と計り知れない深みは、神秘的な残余物、秘密の存在を表」し、また「過去の世界であると同時に底に流れ共有される思考の世界でもあるもう一つの世界への窓」(Olk 100) となっている。[4] ブレンダ・R・シルヴァは、ラ・トローブを、ウルフの最後のエッセイ「アノン」における、社会的に孤立しているが故に何にも縛られず、共有される感情を表現できる無名の詩人アノンになぞらえているが、この「池の深み」はまさにアノンの歌う「人間の霊魂に埋め込まれ、コミュニティ全体に共有される様々な感情」(Silver 380) につながっていると解釈することができるだろう。[5]

三　「窪地」と「空っぽ」の部屋

つなぐ者としてのマンレーサ夫人やラ・トローブの内面に結びつき、豊かな精神世界を想起させるスイレン池は、「窪地（hollow）」という言葉によって、ポインツ・ホールと野外劇の楽屋にも結びつけられる。その言葉は「空洞の／うつろな」という語義を孕みつつも、共通の感情や意識の広がりを暗示するものとなっている。ポインツ・ホールが窪地に立つことは、冒頭近く、朝日に輝く屋敷が描き出される場面で、三度言及される。

そして冬が湿気を窓ガラスに滴らせ、樋を枯葉で詰まらせる時、彼女〔ルーシー〕は言った、「バート、なぜこの家を窪地に北向きに建てたのでしょうね？」「明らかに自然から避難するためだね。ぬかるみの中を大型馬車を引くには馬四頭が要ったのではないかな？」と兄は言った。それから彼は十八世紀の厳冬の有名な話を彼女に語った。その時、この家は丸一月雪に閉じ込められたのだった。（傍点引用者　4）

ポインツ・ホール屋敷を建てた人が窪地に家を据えたのは残念なことであった、花畑と野菜畑の向こうに一続きの高い土地があるのに。自然は家に敷地を用意していた。人は窪地に家を建ててしまった。（傍点引用者　5）

ここでの「窪地」は明らかに否定的なニュアンスを持ってはいるが、何度も言及されることで象徴性を帯びている。引用中のバートの言葉は、屋敷の建つ「窪地」が冬になると湿気と雪で「ぬかるみ（mud）」になり得ることを示唆し、「窪地」の底に「泥」が溜まったスイレン池への連想を呼び起こす。ポインツ・ホールが窪地にあることは小説の終盤にも二度言及され、二度目の言及において、宵闇が迫る広間の読書用ランプの光の中で、各々何かを読む家族が、アイサの目を通して「日に焼けた野原の窪地」(134) に集まる虫にたとえられる点も象徴的である。バッタ、アリ、甲虫とオリヴァ家の家族とのあまりにかけ離れた比喩は、遠い過去から現在まで、野原の虫が延々と生の営みを続けてきたように、宗教改革前から存在するポインツ・ホールでも人々の生活が絶えることなく続けられてきたことを示唆する一方、人間一人一人の生は昆虫の一生ほどの取るに足りないものであり、むしろ澱のように堆積した過去の記憶や感情こそが、屋敷の主であることを語るかのようだ。

野外劇の楽屋となっている場所も「窪地」(61) である。潅木が茂るその窪地には、銀紙製の剣の上を蝶が舞い、木陰に広げられた布巾が「黄色の水たまり (pools)」(61) を作る。「窪地」と「水たまり」がスイレン池を想起させるこの場所は、素人役者たちが出入りし、生活用品を利用した衣装を脱ぎ着して、過去の異なる人格を纏っては脱ぎ捨てる場所となっている。その意味でこの窪地は、村人たちが日常世界と劇中の過去の世界を行き来する「窓」(Olk 100) の役割を果たしていると言えよう。

一方、「窪地」という語が「空洞の」という意味を持つことを考えた時、ポインツ・ホールの「中心」に位置する二つの部屋が「空っぽ」であることが強調されるのも、偶然ではないと思えてくる。冒頭近く、ポインツ・ホールの書斎は「家の心臓」であり、本は「魂を映す鏡」(9) であると語られる。それは額面通りに読めば、多くの本が並ぶ書斎は豊かな精神の宝庫であり、屋敷の中で最も大切な場所であることを意味するだろう。しかし、それが「愚かで口達者な貴婦人」(9) の発言としてシニカルな調子で語られることで、言葉は重みを失い、むしろ書斎と父権制の結びつきを読み取ることを誘う。(6) さらに週末客が残した低俗な小説が映す「さびて、しみのついた魂」「退屈した魂」への言及により、「貴婦人」の言葉に伴う深遠なイメージはすっかりパロディ化される。続いて「空っぽ」の部屋で緋縅蝶が「バタ、バタ、バタ」と窓ガラスにぶつかり、「もし人が決して、決して、決して来ないなら、本は黴び、火は消え、緋縅蝶は窓ガラスで死ぬであろうと繰り返す」(9-10)時、語の反復と喚起される負のイメージが、茫漠としたうつろさを醸し出す。

ポインツ・ホールの「中心」にあるもう一つの部屋は、食堂である。食堂にかかる二枚の絵のうち、一枚は見る者の視線を「沈黙」(22)へと導く貴婦人の絵である。貴婦人の絵の「沈黙」は「空っぽ」の空間に溶け入り、部屋の空虚感と共鳴し合う。

黄色いローブを着て(中略)彼女は見る人の目を(中略)沈黙へと導いた。部屋は空っぽであった。

空っぽ、空っぽ、空っぽ。静か、静か、静か。その部屋は貝殻、時間の存在する前に存在したものの歌を歌って。その部屋は花瓶、家の真ん中に置かれた、雪花石膏製のなめらかな冷たい花瓶、空虚さと沈黙の静かな蒸留されたエッセンスを入れて。(22)

「沈黙」「空っぽ」「静か」という語が相互に意味を増幅し、空虚感を印象づける。しかもその部屋が、中が空洞の「貝殻」と「花瓶」にたとえられることで、空虚感は一層強調される。一方、エッセイ「ウォルター・シッカート――ある会話」の中で、話者の一人がシッカートの絵の人物に「深く沈んでいて言葉に言い表すことのできない何か」を見、「あらゆる芸術の中心には沈黙の領域があるのかもしれない」(*Essays* 39)と語ることを思い出すならば、貴婦人の絵が導く「沈黙」にも深遠な「何か」が蓄えられていると考えることができよう。先述した「貝殻」の比喩は、水底を想起させて想像／創造力の源泉であるスイレン池に結びつく。また「時間の存在する前に存在したものの歌を歌う」という表現はある種の空虚感を示しつつ太古の世界と永遠性を想起させ、このポインツ・ホールの中心に位置する食堂が、時間と空間を超えた深みと広がりを内包することを暗示するのである。

四　「庇護」するものと太古の自然

ポインツ・ホールの建つ場所と役者の楽屋となる場所が、どちらもスイレン池と同じく「窪地 (hollow)」と表現されていることを先に見たが、実は幕間の休憩所となる「納屋」もまた hollow という言葉によって説明されている。その内部は「がらんとした空間 (a hollow hall)」(15) で、扉が閉じていると暗いが、開け放つと光がいっぱいに差し込む。干し草を積んだ大きな荷車が海を進む船のように畑を押し進み、納屋に入ってくる様が印象的に描かれ、大地の恵みによって生かされてきた人間の生活を暗示する。この納屋もひととき「空っぽ」(62-63) となるが、ネズミやツバメ、犬、種々の虫といった生き物は命をつなぐための営みを続けており、それらが立てるかすかな音が沈黙を破っている。このように、小説の中で「自然」が人間の生活に介入し、関わっていることも見落としてはならないだろう。ラ・トローブの劇が、牛の鳴き声と突然の雨という突発的な自然の出来事により危機的な断絶を免れることもその一例である。

しかし納屋や野外劇の舞台とは異なり、ポインツ・ホールは自然に対して閉じた空間として提示されている。先に見た通り、ポインツ・ホールは「窪地に北向きに」建てられているが、その理由は、バートの考えでは「自然を避けるため」(4) である。このことをルーシーは、ウィリアム・ドッジに次のように説明している。「この家は日光を求めて南向きにではなくて、庇護を求めて (for shelter) 北向きに建てられたのです」(42)。このようにして、自然から人の生活を守るというポインツ・ホール屋敷の役割が強調される。つまり、ポインツ・ホールは四百年以上もの間、住人たちの日々の生活とそれにまつわる感情や記憶を「自然」から「庇護する」役割を果たしてきたということになるだろう。

　ところが小説の最後に至って、ポインツ・ホールは「庇護する力 (its shelter) を失ってしまった」と語られる。

> アイサは縫物を下ろした。大きな背高椅子がどれも途方もなく大きくなってしまっていた。そしてジャイルズも。そして窓を背にしたアイサも。窓は全体が色の無い空であった。家は庇護する力を失ってしまった。それは道が、家が、作られる以前の夜であった。洞穴に住む人たちが岩の間のどこか小高い場所からじっと見守った夜であった。
>
> 　そして幕が上がった。彼らは語った。(傍点引用者　136)

ポインツ・ホールの「庇護する力」が失われ、自然のままの太古の世界が現出することを、どのように理解すべきであろうか。太古の世界はこの場面以外にも、歴史書を読むルーシーの意識を通して描き出されていた。彼女が読んでいるのはH・G・ウェルズの『歴史概説』である (Hussey 164) が、上の引用の数段落前、深い森で歌う鳥の描写がG・M・トレヴェリアンの『イングランドの歴史』から取られたものであることを、シルヴァが指摘して

いる (Silver 358)。ウルフはこの鳥への言及を、すでに書き終えていた『幕間』の原稿に、「アノン」を書き始める直前に書き加えた。しかも、エッセイ「アノン」の冒頭にもトレヴェリアンの本から先史時代の森の描写を引き、夥しい数の鳥のさえずりが人の歌うことへの欲求を呼び覚まし、文学が生まれたことを語っている (Silver 358)。このような経緯は、『幕間』における先史時代への言及が、次のエッセイ「アノン」の内容と、ウルフの中で密接につながっていたことを示すであろう。このような文脈において考える時、「アノン」の中の次の一節が、『幕間』の最後の場面とつながって見えてくる。「アノンは時に男であり、時に女である。彼はドアの外で歌う共有される声である。彼は家を持たない。彼は放浪の生活を送り、野原を横切り、丘に上り、サンザシの下に横たわってナイチンゲールの声を聞く」(“Anon” 382)。このように「家を持たず」自然と交わって、「共有される声」として歌うアノンの姿が、ウルフにとって文学の始まりの姿であり、本来の文学のあり方であるとするならば、人間の生活を自然から庇護してきたポインツ・ホールが消滅し、太古の自然の中アイサとジャイルズの姿が大きく浮かび上がる『幕間』のエンディングは、文学の始まりへの回帰の夢を描いていると読めなくもない。

しかしさらに考えを進めるならば、この最後の場面は、文学の始まりへの遡行のように見えながら、むしろ新しい可能性への一歩を示していると読むこともできる。ルーシーの見る、イグアノドンやマンモスがのし歩く太古のロンドンは、「過去や未来の中に飛び込むことによって瞬間の範囲を広げることに夢中になる」(5) 彼女が、想像力によって再現した過去の幻影である。それは、バートが夢の中で取り戻した若き日の自分とインドの幻影と同じく、次の瞬間には消滅する幻に過ぎない。それに対して、最後の場面では「幕が上がった」という言葉が、明らかに新しい劇の始まりを示唆している。アイサが毎年耳にする、野外劇と天気に関するバートとルーシーのやり取りのように、「同じ鐘の音が、同じ鐘の後に続く」(13)ように、この小説の終わりには「連続性」が示唆されているようである。思えば、テキスト中の「空っぽ」「静か」という言葉が示す「空白」は、常に次の場面、次の幕、または次の活動につなげられていた。野外劇では、一つの場／幕が終わった後の舞台の空白（間）は、次の場／幕によって引き継がれた。[7] 誰もいない部屋と納屋も、再び賑やかな人々の活動の場となっていた。[8] 野外劇が終わった後の「教会の鐘はいつも人に『次の調べはないのかしら?』と問わせて止まる。アイサは（中略）耳を傾けた。…ディン、ドン、ディン……次の調べはありそうもなかった」(128)という一節さえ、鳴り止んだ鐘に重ねて劇の終了を示唆しながらも、次の鐘が鳴ることへのかすかな期待を宿してはいないだろうか。あたかもそれを受けるかのようにラ・トローブの意識の底から湧き上がった新しい劇のイメージと最後の場面が響き合い、今始まろうとする劇が昼間の野外劇を継ぐものであることを示唆しているようにも見える。

五　一つの解釈と「古いブーツ」

しかしながら、御輿が指摘するように、小説最後の一文「"They spoke" に続くはずの言葉は、あくまで『うつろなままであ』り、そこに「あるぬぐい去りがたい両義性、曖昧さ」(御輿 224)が残されるのも確かである。アイサとジャイルズはこの後何を語るのか。たとえ、そこに仄かな希望が見出されようとも、ウルフが立ち戻るべき原点とするアノンの歌を今の時代に再現することは可能なのだろうか。

そもそも、野外劇について「まとめの言葉」(117)を述べようとするストレッフィールド牧師が痛烈なアイロニーを込めて描かれ、彼の解釈があたかも野外劇と作品自体の読みを先取りするかのように提示されることを思い起せば、一つの解釈で作品を「単純化」(117)することへのウルフの拒絶を、読者は認識させられる。「海水が引いて、放浪者の古いブーツの片方が残されているのが見えるように」観客の視界に現れ、劇を要約しようとする牧師の姿は、「醜悪このうえもなかった」(117)として一刀両断に切り捨てられる。数行後の「私たちが思い出すのに言葉の必要があるだろうか?私がトマスで、あなたがジェインでなければならないだろうか?」(117)という問いは、無名の詩人アノンと観客の関係を想起させる。アノンの観客はコーラスにより「アノンの歌の情緒を共有し、物語を補った」("Anon" 382)とウルフは書いている。ならば今、観客あるいは読者に求められているのは、言葉による解釈よりも、むしろ自我を没し「情緒を共有」することなのではなかろうか。

古いブーツの表象は、ルーシーとアイサが牧師の解釈について言葉を交わす場面にも現れる。

「あなたは感じましたか?」とルーシーは尋ねた。「彼が言ったように?私たちは、異なる役を演じているけれど、同じだということを?」

「はい」とアイサは答えた。「いいえ」と彼女は付け加えた。それは、はい、いいえ、であった。はい、はい、はい、と潮は抱擁するように押し寄せた。いいえ、いいえ、いいえ、とそれは引いていった。古いブーツが砂利の上に現れた。(133)

ここで今一度、語り手が、劇に一つの解釈を与えようとする牧師を古いブーツにたとえ、続けて「全く彼は、なんと、単純化された不合理への我慢のならない圧縮、収縮、縮小であろうか!」と語ったことを思い出してみよう。この時ストレッツフィールド牧師は、こわばって醜い古いブーツのような、柔軟性のない一つの解釈そのものと化している。とすれば、「はい」であり「いいえ」であるという曖昧で両義性を孕んだアイサの答えの後に現れた「古いブーツ」は、まさにストレッツフィールド牧師の化身であり、硬く凝り固まった見方、しなやかさを欠いた偏狭な解釈の表象であるだろう。潮が引いた後に取り残され、砂利の上に醜く晒された、そのくたびれた古い靴は、一つの意味を求めることの無益さを示しているかのようである。すでに見たように、作品中で「空っぽ」という言葉は全く相反する「断絶」と「連続」、「空虚」と「豊かさ」の両方を表象するものとなっていた。意味は絶えず反転し続け、定まることはない。作品の終わりも、希望の提示のように見えながら、読者を宙ぶらりんの状態で放置する。とすれば、波間に揺れる小舟のように、ウルフの言葉の両義性・曖昧性にそっと身を任せることが、この作品を真に味わう方法なのかもしれない。

注

(1) Woolf, *Between the Acts* (9, 22). 以下、本書からの引用はページ数のみを記す。日本語訳は主に外山弥生訳に依り、部分的に変更を加えた。

(2) フィリス・ローズはマンレーサ夫人について、『幕間』において、奇妙にずらした形でラムゼイ夫人の役割を果たしているのは、彼女である」(233) と述べている。

(3) Ronchetti 13-14, Hill-Miller 262 参照。

(4) 議論の中で、オルクはウルフの短編「池の魅力」("The Fascination of the Pool") に言及しているが、他の作品、たとえば『灯台へ』や『オーランドー』においても、「水の深み」や「暗闇」はしばしば個を超えて広がる精神世界を表象するものとなっている。

(5) 「アノン」は、『幕間』に続いて構想された文学の歴史を辿る長編エッセイの序章として書かれた。ウルフはその中で、文学の始まりにおいて、無名であるが故に「コミュニティ全体に共有される様々な感情」(Silver 380) を自由に歌うことのできた芸術家を、アノンと呼んで讃えている。

(6) ポインツ・ホールの書斎と父権制の関わりについては Kikuchi 22-29 参照。

(7) このように見ると、小説の原題 *Between the Acts* は作品における「断絶」と「連続性」の間の揺れを示唆していると解釈できる。

(8) クリストファ・エイミスは、モダニズム小説のパーティを論じる中で、『幕間』において「中断による沈黙または静止」が「社交の衝動による再生によって引き継がれる」(117) 点に注目している。

引用文献

Ames, Christopher. *The Life of the Party: Festive Vision in Modern Fiction*. Athens: U of Georgia, 2010.

Hill-Miller, Katherine. *From the Lighthouse to Monk's House: A Guide to Virginia Woolf's Literary Landscapes*. London: Duckworth, 2001.

Hussey, Mark. "Explanatory Notes." *Between the Acts*. By Virginia Woolf. Cambridge: Cambridge UP, 2011. 159-264.

Kikuchi, Kaori. "Pointz Hall at the Threshold of Illusionary Stability: Private Doors into the Past in *Between the Acts*."

Virginia Woolf Review 32 (2015): 17-32.

Olk, Claudia. *Virginia Woolf and the Aesthetics of Vision.* Berlin: De Gruyter, 2014.

Ronchetti, Ann. *The Artist, Society and Sexuality in Virginia Woolf's Novels.* New York: Routledge, 2004.

Rose, Phyllis. *Woman of Letters: A Life of Virginia Woolf.* London: Routledge & Kegan Paul, 1978.

Silver, Brenda R., ed. "'Anon' and 'The Reader': Virginia Woolf's Last Essays." *Twentieth Century Literature* 25. 3/4 (1979): 356-441.

Woolf, Virginia. "Anon." Silver 382-98.

——. *Between the Acts.* London: Hogarth Press, 1990.〔『幕間』外山弥生訳、みすず書房、一九八四年。〕

——. *The Diary of Virginia Woolf.* Vol.5. Ed. Anne Oliver Bell and Andrew McNeillie. London: Penguin, 1985.

——. *The Essays of Virginia Woolf.* Vol.6. Ed. Stuart N. Clarke. London: Hogarth Press, 2011.

——. *The Letters of Virginia Woolf.* Vol. 6. Ed. Nigel Nicolson and Joanne Trautmann. London: Chatto & Windus, 1983.

御輿哲也『自己の遠さ――コンラッド・ジョイス・ウルフ――』近代文芸社、一九九七年。

VI　言葉の謎に魅入られて

反復する「ストローク」――『灯台へ』でリリーが得たもの

御輿　哲也

一　ラムジー夫人にとっての「ストローク」

ヴァージニア・ウルフ円熟期の作品とも言うべき『灯台へ』（*To the Lighthouse*）の中で、ラムジー夫人やリリーに関わって重要な意味を担う「ストローク（stroke）」という語は、きわめて特徴的な現われ方をしています。たとえば第一部でやや疲れた様子は見せながらも、まだ十分健康と言えるラムジー夫人が、夕暮れの薄闇のなか、規則正しいリズムであたり一帯に投げかけられる灯台の光のストロークを見守るうちに、静かな興奮と確かな安堵感を覚えるに至る場面は、いやでも読者の印象に残るものです。

> Losing personality, one lost the fret, the hurry, the stir; and there rose to her lips always some exclamation of triumph over life when things came together in this peace, this rest, this eternity; and pausing there she looked out to meet that stroke of the Lighthouse, the long steady stroke, the last of the three, which was her stroke, for watching them in this mood always at this hour one could not help attaching oneself to one thing especially of the things one saw; and this thing, the long steady stroke, was her stroke.（傍線引用者　70）

（日頃の自分を脱ぎ捨ててこそ、苛立ち、焦り、動揺が消えていく。そしてこの平穏さ、この休息、この永遠のただ中で、さまざまの事が重なり合う時、人生に対する勝利を謳う声が浮かんでくる。それから気持を落ち着かせ、灯台の光、三番目の長くしっかりした光を迎えるべく、静かに目を上げた。あれは私の光だ。こんな時間にこんな気分で周囲を見ていると、何かに自分が溶けこむような気がして、今はあの長くしっかりした光こそ、私の光なのだと感じた。）

夫人を包みこむような溢れんばかりの光の豊かさを描くため、ということを考慮しても、この一節での「ストローク」の反復ぶりには、少なからず大仰な気配を感じます。夫人の抱く興奮の意味自体、十分明らかとは言えないのですが、単調に繰り返されるフレーズは、そんな夫人の心理を、かえって読者から遠ざけていくようにすら思えます。その理由のひとつとしては、林利孝氏が述べる以下のような事情も関わっているのかもしれません。

この「静穏、安息、永遠性」の三つの語は〈波の世界〉を説明しているようで、しかし実は、それぞれ、すぐ上の「苦悶、焦燥、混乱」の正確な反意語であり、そこから導き出された実体のないことばにすぎないことにわれわれは気がつく。ウルフはここでも現実を「苦悶、焦燥、混乱」と捉えて、それから目を離し、そして、いわば虚空の方を向いて正反対のものを渇望しているのである。（林　68）

たしかに“rest”や“eternity”という語は、夫人のせりふの中にかなり頻繁に姿を見せるものでありながら、その実体は不透明で、読者は絶えず期待をそそられては、やがてはぐらかされる印象をもつことになります。ただ、「休息」や「永遠」といった言葉の連なりが、「虚空」の中の存在として、どこかでひそかに「死」を連想させるとすれば、そこへと頻りに誘うかのような「ストローク」の群れは、微妙にあやうい意味合いを帯びざるをえないようにも思えます。この作品全体の中で、「ストローク」という小さな語がはらむ意味の振幅の大きさについて、いろいろな角度から考えてみたいと思います。

二　生と死の間で

先ほどの『灯台へ』の引用文で注意しておくべきなのは、語り手の言葉に巧みに織り込まれたラムジー夫人の意識が、"fret"や"hurry"という日常的な心理には定冠詞を付すだけなのに対して、"peace""rest""eternity"には"this"という一定の親しさや身近さを示す一語を添えている点でしょう。実体をもたないはずの言葉の群れに意図的にすり寄ろうとするかのような夫人の姿勢を見ていると、彼女はもともと「死」という不可知の存在に奇妙な親近感を覚えているようにも思えてきます。とは言っても、無論夫人に自殺衝動などがあったというのではありません。むしろ「生」を満喫する術を知る夫人は「死」の意味にも通じていた、というか、来たるべき「死」への冷静な自覚があればこそ、「生」をいとおしむ気持ちを、一層募らせていたと言うべきなのかもしれません。

あわただしく十年の歳月の流れを語る第二部で、その死が告げられる登場人物のうち、長男のアンドリュー、長女のプルーにはそれぞれ明確な死因が語られているのに対して、ラムジー夫人の死については、その原因に触れられることもなく、読者が拍子抜けするぐらい、あっさり告げられるのみです。

ラムジー氏はある暗い朝、両腕を前に差し延べながら、廊下をよろめくように歩いていた。しかしラムジー夫人は、前の晩にいささか急に亡くなったので、その腕はただ差し延べられるばかりで、いつまでも空っぽのままだった。（140）

夫人の死因についての説明など蛇足にすぎぬもの、「死」を常に身近に感じていた夫人が、そのまま静かに「死」の世界に迎え入れられることに何の不思議があろうか、とでも言わんばかりの語り口です。さらに言えば、ここでは夫人の死が直接描かれるのではなく、夫人の死直後のラムジー氏のやり場のない虚脱感という、いわば氏の主観的な意識のヴェールを通して、間接的に語られるのみです。妻の唐突な死のわずか一日後ということを考えれば、ラムジー氏のひどい動揺ぶりも理解できないではありませんが、それにしても、このたった数行の描写文は、夫婦それぞれにとって、「死」という出来事がもつ意味の根本的な違いを、残酷なほど明瞭に浮き彫りにしているように思われます。

ラムジー氏が普段から恐れているのは、肉体的な死というより一種の「精神的な死」とでも呼ぶべきもので、つまりは自分の哲学の業績が顧みられず、評価されなくなる日の来ることに他なりません。だからこそ「わしの名前は一体どのくらい後世に残るのだろう？」（65）といった弱気なせりふが、ほとんど滑稽なほど頻繁に彼の口をついて出ることにもなります。研究者としての業績の達成度をアルファベットで表わし、「自分はQまでは何とかたどり着いたが（中略）、Rにはついに手が届かないかもしれない」（63）と述べて、自らの仕事のはかどらなさに一定の自覚を示しもする氏なのですが、何人かの批評家が指摘するように、Rが他ならぬラムジーの頭文字であることを思えば、「あと少しのところで、自分を知ることができずにいる」といった、氏の不甲斐なさへの小さな皮肉がこめられているのは間違いないでしょう。氏が本当に恐れるべきだったのは、未来の他人による評価などではなく、自己への透徹した理解を妨げるような、現在の自分がかかえた、頑固なまでに硬直した精神だったに違いありません。

それに対してラムジー夫人の方には、精神的であれ肉体的であれ、死への懸念や恐怖があからさまに語られることはほとんどありません。先に挙げた「永遠」という語に関連づけるならば、ディナー・パーティーの雰囲気が盛り上がり、皆の気持ちが滅多にないほど溶け合った時に「こうした瞬間からこそ、永遠に残るものが生まれるはずだ」(114)と夫人がひとりごつのは確かですが、その思いに「死の恐怖の超克」というラムジー氏的なテーマをからめて読みこむのは、少なからず無理なことに思われます。また普段は穏やかな波の音が、時として激しく胸の奥にまで響きわたるような瞬間があるにしても、いつもの波の音がもたらす「平穏さ」や「休息」が、夫人の脳裏を去ることは決してありません。つまり波の音が奏でるリズムであれ、お気に入りのソネット集のリズムであれ、灯台の光のリズムであれ、夫人は絶えず身の回りにある何らかのリズムに身を委ねながら、どこまでも生きることを楽しもうとしているかのようです。「死」を恐れないと言えば嘘になるにしても、少なくとも過ぎゆく時の流れを、単に惜しんだり嘆いたりせずにすます術を夫人が心得ていたらしいことは、リズムに包まれる一方で、自らリズムを編み出しもするような[1]夫人の生活ぶりの中に十分うかがい知ることができます。ただし作品全体に目を遣ると、夫人のリズムとは相当に異質なものもまぎれこんでいるようで、『灯台へ』の中の多様なリズムの働きを見届けるためには、もうしばらくテキストの細部の検討を続ける必要がありそうです。

られます。

三　リズムのはらむ明暗

リズムと言えば、作者のウルフ自身が持続的に強い関心を寄せていたらしいことは、彼女の日記やエッセイなどの記述に明らかです。たとえば、ウルフがコーンウォールの海沿いにあった一家の別荘で過ごした幼少期の思い出を、懐かしそうに語ってみせたエッセイ「過去のスケッチ」の冒頭に近い部分には、次のような興味深い一節が見られます。

> もし人生というものに土台があり、そこに絶えず満たされつづける器があるとしたら——、私の器は疑いなく次のような思い出の上に立っている。それはセント・アイヴズの子供部屋のベッドで半ばまどろみ、半ば目覚めて横たわっていた時のことだ。一、二、一、二、と波が砕け、浜辺に水しぶきの音がすると、やがてまた黄色いブラインドの後ろから一、二、一、二、と波が砕ける。（中略）それは私にとって想像できる限り純粋な恍惚境に浸った思い出なのだ。（*Moments of Being*, 64）

とりたてて意味深い記憶とも思えないのですが、「純粋な恍惚境」といった言い回しを見ると、灯台の光に陶然とせずにいられなかったラムジー夫人と同様に、ウルフが規則正しいリズムがもたらす貴重な安堵感に、はじめて目覚めた瞬間だった、ということなのかもしれません。

しかし『灯台へ』の中に現われるリズムの多くは、こうした純粋で幸福な記憶に収斂していくものではありません。それどころか、ある種のぎこちない不調和や微妙な意識のズレを強調するためにこそ導入されているように思われるものも散見されます。

たとえば、クリケットに興じる子供たちの「どうだい、どうだい？(How's that, How's that)」というかけ声が響くなか、テニソンの「軽騎兵進撃」の一節を、のめりこむように「リズミカルな大声で」朗誦しながらあたりを闊歩するラムジー氏の声は、「唸り声とも歌声ともつかぬ」(21)ものと、からかい気味に描写されます。また、自らの詩が披露されることは一度もないまま、ディナーの席で詩人のカーマイケル氏が、嬉しそうに何度も口ずさんでみせる「ルリアナ・ルリリー」のリフレインには、いわく言いがたい哀愁が漂うようです。さらに言えば、無事にミンタへのプロポーズを終えたポールが、ラムジー家のまぶしい灯りに目を細めながら、「灯り、灯り、灯り(Lights, lights, lights)」(86)と、はしゃぐようにつぶやく場面の子供っぽさが目をひく一方で、何かにつけてリリーに難癖をつけたがる哲学青年タンズリーが、女には「書けやしないよ、描けやしないさ(Can't write, Can't paint)」と、たびたび投げつけてくる言葉も、リリーの耳には重苦しいリズムとなって、淀み続けることになります。

けれども、こうした多様なリズムが群がる中にあって、とりわけ異彩を放つのは、先に触れたラムジー夫人の死が語られる第二部第三節の冒頭部で、語り手の語り口自体が帯びることになる、一種独特のリズムです。そこでは、第一次大戦の足音を背後に感じさせながら、徐々に黒々とした陰影を深めていく晩秋の夜の風景が、次のような形で描写されています。

But what after all is one night? A short space, especially when the darkness dims so soon, and so soon a bird sings, a cock crows, or a faint green quickens, like a turning leaf, in the hollow of the wave. Night, however, succeeds to night. [. . .] Some of them hold aloft clear planets, plates of brightness. The autumn trees, ravaged as they are, take on the flash of tattered flags kindling in the gloom of cool cathedral caves where gold letters on marble pages describe death in battle and how bones bleach and burn far away in Indian sands.（傍線引用者　139)

（一晩とは結局何なのか？わずかな空隙にすぎない。とりわけ暗闇がすぐに薄れ、ほどなく鳥が歌い、雄鶏が鳴きだし、風にひるがえる木の葉のように、波のくぼみの淡い緑色が、みるみる生気を帯び始めるような時には。しかし、やがて夜が夜に続くようになる。（中略）まるで銀色の皿のような澄んだ星を空にちりばめる夜もある。秋の木々は荒涼としていても、時にぼろぼろの軍旗のような輝きを帯びる。その輝きは、冷たい大聖堂の薄暗い片隅に宿り、そこでは大理石板に刻まれた金文字が、戦死者を語り、インドの地で遺骨が白くさらされ焼け焦げるさままでをも語るのだ。）

第二部の文体が第一、三部と異なる、密度の高い詩的文体で綴られていることは、しばしば指摘されるところですが、[2] この引用の中でも、特に傍線を施したような頭韻の過剰なまでの多用は、強引に読者の目を惹こうとするかのようです。この後に訪れる戦争の広汎な影響を物語るように、s音やc音の軽い響きの頭韻に始まって、やがてd音やb音の不吉な重苦しい響きの連続へと移行する流れの中に、何らかの作者の意図が潜んでいるのは、まず間違いありません。

しかしながら同時に、こうしたいささか乱用気味で錯綜した印象さえ与える頭韻の羅列を、果たして「リズム」

と呼んでいいのだろうか、という素朴な疑問も頭をもたげます。いくつかの同一の音の連なりは、その都度一定のリズムを成立させそうに見えながら、またたく間に異質な音にさえぎられ、安定した音の流れをつくり出すことは決してありません。そこには、ラムジー夫人が愛し、信頼し、好んで耳を傾けようとした穏やかで心地よいリズムは見出しようもなく、"bones bleach and burn" といった破裂音の連続がもたらす理不尽な暴力の気配が濃厚に感じられるばかりです。

波の音であれ風の音であれ、自然が奏でるありのままのリズムによって自らを支えていたのがラムジー夫人だとすれば、残忍な戦争、ないしは戦争に代表される人間の傲りが引き起こすけたたましい響きによって自然のリズムが遠ざけられた時、彼女が自己の拠り所を見失うに至るのは見やすい道理です。ほどなく訪れた夫人の死を語る一節の直前に、自然と人間の深かったはずの絆が杜絶するさまを描く文章が忽然と現われるのも、不思議なことではありません。

The nights now are full of wind and destruction; the trees plunge and bend and their leaves fly helter skelter until the lawn is plastered with them and they lie packed in gutters and choke rain pipes and scatter damp path. Also the sea tosses itself and breaks itself, and should any sleeper fancying that he might find on the beach an answer to his doubts, a sharer of his solitude, throw off his bedclothes and go down by himself to walk on the sand, no image with semblance of serving and divine promptitude comes readily to hand[. . .].(140)

（今や夜は風と破壊に満ちている。木々はしなっては撓み、木の葉はわれ先に飛び散って、芝生に散り敷くばかりか、溝にたまり、雨どいを詰まらせ、濡れた小路に乱れ散る。海もまた荒れ騒いでは高く波立つ。こんな時に誰か眠れない人が、自分の疑問への答えなり、孤独を分かち合える者なりに浜辺で出会うことを夢見て、寝具をはねのけ、一人で砂浜に降りたとしても、神のような素早さですぐにも役立ちそうな何らかのイメージが、すんなり手に入ることなどありえない。)

この場面で、嵐は何かを破壊したり死滅させたりするというよりは、"plastered" "packed" "choke" といった言葉が示唆するように、知らぬ間に人々を、身動きとれないがんじがらめの状況に追い込むもののようです。自然によって支えられたり励まされたりすることはおろか、何かの問いを発することも自分なりのリズムを見つけることもできない状況とは、出口のない袋小路以外の何ものでもないでしょう。

けれども、これほどの絶望的な状況におかれても、いや、こんな状態だからなおのこと、亡くなったラムジー夫人から何かを譲りわたされたような、何かを引き継がねばならないような思いをかかえて、ずっとキャンバスに向かい続けている人物こそリリー・ブリスコウに他なりません。彼女は夫人から、いったい何を受け継いだのでしょうか。

四　リリーにとっての「ストローク」

ラムジー夫人が、灯台の光の「ストローク」に包みこまれながら「精妙な幸福感 (exquisite happiness)」に浸っていたことはすでに触れたとおりですが、一方のリリーは作中で何度も絵筆をにぎっているのに、筆を振り下ろそうとする仕草が「ストローク」という言葉で形容されるのは、たった一つの場面のみです。それは、すでに夫人が亡くなり第一次大戦も終息した後の第三部で、もはや誰もいなくなったテラスの上り段を見つめながら、リリーが何とかもう一度夫人のイメージを取り戻そうとして、必死の思いでキャンバスに向き合った時のことです。

With a curious physical sensation, as if she were urged forward and at the same time must hold herself back, she made her first quick decisive stroke. The brush descended. It flickered brown over the white canvas; it left a running mark. A second time she did it — a third time. And so pausing and so flickering, she attained a dancing rhythmical movement, as if the pauses were one part of the rhythm and the strokes another, and all were related; [. . .]. (傍線引用者　172)

（前に進むよう急きたてられる一方で、自分を引きとめたくもなるような奇妙な感覚とともに、リリーは最初の素早く決定的な一筆を揮った。絵筆は振り下ろされ、白いキャンバスに茶色をひらめかせ、流れるような線を残した。もう一度振り下ろす——更にもう一度。こうして間をおきつつ絵筆を揮い続けることで、彼女は踊るようなリズミカルな動きを手にする。まるで間合いも筆の運びもリズムの一部をなして、深く関わり合っているかのようだった。）

この描写の中で、“stroke”と“rhythm”という、ラムジー夫人にとっては最後まで心の拠り所であり続けたはずの二つの言葉が、ほぼ同時に姿を現していることには大きな意味がありそうです。どちらの言葉も、夫人の死後はいわば鳴りをひそめていたので、より一層目立つことになります。無論そうは言っても、リリーの絵筆の「ストローク」と夫人を包む光の「ストローク」は全く性質が違うものでしょうし、せっかくリリーが掴みかけた心地よい「リズム」も、ほどなく見失われる脆いもののようです。リリーの幸福感は決して長続きするものではありません。けれどもたとえしばらくの間でも、「踊るようなリズミカルな動き」に身を委ね、「間合いも筆の運びもリズムの一部」と感じられたリリーの心は、たぶん本人が理解し自覚する以上に、亡き夫人の心の間近にまでたどり着けていたようにも思えます。一見何でもなさそうな、"stroke"や"rhythm"といった言葉を、どこまでも周到かつ慎重に配置しようとする語り手の姿勢が、そうした解釈をする上での確かな支えになっています。

　ここにも垣間見られた、登場人物の意識と、それを見守る語り手なり読者なりの認識の間に生まれる微妙なズレは、一般にドラマティック・アイロニーと呼ばれるものの一種だと言えそうです。しかしながら、『灯台へ』において、登場人物と語り手（ないしは作者）をへだてる距離の問題がもう少し複雑な要素をもつことは、アウエルバッハがラムジー夫人について分析したところ(3)からも十分明らかなはずです。そしてリリーと語り手の間にも、同様に屈折した距離がありうるという点について、作品の最後にリリーが口にするせりふを取り上げて考えてみたいと思います。

　最終章の中で、ラムジー親子が無事に灯台の島にたどり着いたと自分なりに確信をもった時、リリーはまだ絵筆を手にしたまま、やや興奮気味に次のように考えます。

"He must have reached it," said Lily Briscoe aloud, feeling suddenly completely tired out. For the Lighthouse had become almost invisible, had melted away into a blue haze, and the effort of looking at it and the effort of thinking of him landing there, which both seemed to be one and the same effort, had stretched her body and mind to the utmost. Ah, but she was relieved. Whatever she had wanted to give him, when he left her that morning, she had given him at last.

“He has landed,” she said aloud. “It is finished.” (225)

(「もう灯台に着かれたに違いない」とリリー・ブリスコウは、突然疲れきったように感じながら、声に出して言った。今は灯台の姿がほとんど見えなくなり、薄青い靄の中に溶け去ったかのようだったので、灯台を見つめようとする努力と、ラムジー氏の到着を思い浮かべようとする努力が一つに重なって、彼女の心身を極端に緊張させ続けてきたのだ。でも、これでほっとしたわ。今朝ラムジーさんが出発する時に差し出しそびれたものを、すっかり渡してしまった気がするから。

「上陸されたわ」リリーは声を上げた。「とうとう終わったんだわ」)

ここでの語りの調子にいくつものアイロニーが見てとれることに関しては、以前にも論じたことがあるのですが、[4]繁を厭わず要点を繰り返せば、なぜ靄で灯台が見えないのに、「上陸されたわ」とリリーは確信がもてるのか、またラムジー氏をしきりに気遣っていたのは事実としても、「差し出しそびれたもの」を渡し終えたとまで言えるのか、さらにこの後、つい先ほどまでは庭でうたた寝をしていたカーマイケル氏が「もう着いた頃でしょうな」とつぶやいただけで、なぜリリーは「自分は間違ってはいなかったんだ」と思いこむことができるのか、などといった疑問は、簡単には打ち消せそうにありません。

しかし、何より問題にすべきなのは、“It is finished”（「とうとう終わったわ」）というリリーの言葉の解釈をめぐる疑問でしょう。この言葉は、時制は変わってもほぼそのまま、リリー自身の絵の完成の際にも繰り返されています。一見当たり前のフレーズなのですが、スーザン・ディックが指摘するように、これはヨハネによる福音書において、十字架にかけられたキリストが発する最後の言葉と正確に一致します。(5) しかも本作品執筆の少し前の母の命日の日記の中で、母の葬儀にあたった牧師が、苦労の多かった故人を偲んで、“It is finished”とつぶやいているようだった、とウルフ自身が回想していることなどを考え合わせると、単なる偶然の一致とは考えにくいように思われます。

だとすれば、キリストの言葉とリリーの言葉をあえて重ね合わせてみせた作者の意図とは何だったのでしょうか。すでに触れたように様々なアイロニーをはらんだ一節に、このフレーズが現れることを思えば、ここにも何らかの皮肉や批判がこめられていると見なしたくなるのは、当然のことでしょう。事実、「なすべきことは、すべて果たし終えた」という達成感をにじませるキリストの思いと、自分の目標は何なのか、「何をすればいいのか？何故こんな所にすわっているのだろう？」（160）という茫漠とした問いを最後まで問い続け、それに対する確乎たる答えを得たとは言いがたいリリーの思いの間には、まぎれもなく雲泥の差があります。これほど異なる二人の思いを重ね合わせようとすること自体、現実離れした冒瀆的な営みとさえ言えそうです。

にもかかわらず、リリーが無力ながらも一人で奮闘した事実は残ります。不器用ながらも、今できることのみに気持ちを集中させた事実は残ります。大戦後の手がかりの見つからぬ混乱した社会の中で、自分なりの目標を見つけようとして、どこまでも悪戦苦闘を続けた粘り強さも、きっと残るはずです。成果があろうがなかろうが、創作という形で同様の挑戦を続けていた作者ウルフとしては、基本的にアイロニカルな姿勢を維持しつつも、どこかでひそかに、本当にひそかに、最後の場面のリリーの姿に対して祝福と喝采を送っているように思えてなりません。

注

本稿は、日本英文学会関西支部第十回大会での口頭発表「反復する“stroke”」に加筆したものである。

(1)　具体例としては、何度か言及される編みものをする夫人の姿や、童話「漁師とその妻」をジェイムズに読み聞かせる際のリズムなどが思い浮かぶ。

(2)　たとえば Cole, Phillips などを参照。

(3)　Auerbach 525-53 を参照。

(4)　拙論「『灯台へ』再訪」にて言及。

(5)　シェイクスピア・ヘッド・プレス版の注釈に、詳細な説明がある。

引用文献

Auerbach, Erich. *Mimesis*. Trans. by Willard R. Trask. Princeton: Princeton U P, 1953.

Cole, Sarah. *At the Violet Hour*. Oxford: Oxford U P, 2012.

Dick, Susan. “Notes” in *To the Lighthouse*. Oxford: Shakespeare Head, 1992.

Phillips, Kathy J. *Virginia Woolf against Empire*. Knoxville: U of Tennessee P, 1994.

Woolf, Virginia. *Moments of Being*. Ed. Jeanne Schulkind. London: Chatto & Windus, 1976.

——. *To the Lighthouse*. Ed. Stella McNichol. Harmondsworth:Penguin, 1992.

林利孝『ヴァージニア・ウルフの小説——作者のパースペクティヴ』あぽろん社、二〇〇二年。

御輿哲也「『灯台へ』再訪」『英国小説研究』第一七冊、英潮社、一九九五年。

あとがき

御輿哲也先生のご定年をお祝いする論文集の刊行を望む声が神戸市外国語大学英米学科の複数の教員からあがったのは、四年ほど前のことです。シャイで、少し頑固なところもある御輿先生のこと。はたして私たちの希望をすんなり受け入れていただけるか不安でもありました。困惑され、躊躇されながらも、先生が論文集刊行の申し出を承諾してくださったのは、長年に亘る先生の教育研究上のご功績に、敬意と感謝の意を示したいという私たちの願い――外大では記念論文集の刊行という先例がない中で、義理や慣例とはまったく関わりなく、自然に湧きおこった同僚たちの思い――を多としてくださったからでしょう。そこにはまた、大学教育における文学離れが急速に進む中、神戸市外国語大学の文学文化系の同僚や教え子の研究成果を少しでも学内外に知らしめたい、という先生の強い思いもあったように思われます。

御輿先生の教え子でご友人でもいらっしゃる廣野由美子先生、石川玲子先生、松井かや先生にも発起人をお引き受けいただき、最初に御輿先生に論集のご提案をした吉川朗子先生と私とが世話人となって、論文集刊行の計画はスタートを切りました。どのような形が先生の記念論文集にふさわしいか。議論を重ねた結果、先生のご研究に深く関わる〈言葉〉の問題をテーマに、先生にも編者に加わっていただいて、研究書としてのまとまりと記念論文集としての意義を兼ね備えた本を目指すことになりました。刊行については大阪教育図書の横山哲彌社長から全面的なご協力を約束していただきました。執筆をお願いしたのは、まえがきにも記されているとおり、神戸市外大にゆかりのある方々を中心に、御輿先生と特に親交の深い先生方です。幸い全員の賛同を得て、期日までにほとんどの方が原稿をお寄せ下さいました。

取り上げられた作品は、モダニズム作家を中心に、シェイクスピアから二十世紀の英米詩、さらには日系カナダ人作家やカズオ・イシグロまで。文学のみならず、歴史や思想、絵画にも及ぶ広範な視野から、充実した議論が展開されていることは、目次を一瞥するだけでご理解いただけると思います。御輿先生や吉川先生とご一緒に、次々と送られて来る多彩な論文に目を通して全体の構成を考える作業は、本当に楽しく、編集に慣れない私たちが無理をお願いしたにもかかわらず、快く応じて下さった諸先生に心より感謝しております。

本論文集が編めたのは、御輿先生の温厚で寛容なお人柄と、文学に対する深い思い入れが、多くのご友人や同僚、学生を惹きつけてやまないからでしょう。外大を去られた後も、先生にはずっとお元気で、文学に対する思いを、私たちに熱く、熱く、語り続けていただきたいと思っております。

出版に至るまでの期間、発起人の先生方、執筆の先生方、さらに世話人及び編者として書式の統一をはじめ、様々な仕事をてきぱきとこなしていただいた吉川朗子先生には本当に御世話になりました。また、装丁に心を砕いて下さった辻村紀子氏、表紙絵の使用を許して下さった辻村章宏氏、出版を快く引き受けて便宜をはかってくださった大阪教育図書社長の横山哲彌氏、原稿に犀利な目を通して下さった編集部の皆様にも、心から感謝いたします。この論文集が御輿哲也先生のお心に適い、多くの方に受け入れられ、それぞれの研究の発展につながるものとなりますことを願ってやみません。

二〇一七年二月

新野　緑

執筆者紹介（論文掲載順）

高橋　和久（たかはし　かずひさ）
東京大学名誉教授
主要業績:『エトリックの羊飼い、或いは、羊飼いのレトリック』（研究社 2004), トニー・タナー『姦通の文学』（共訳、朝日出版社 1986), E・M・フォースター『果てしなき旅（上・下）』（訳書、岩波文庫 1995）

西出　良郎（にしで　よしお）
奈良女子大学准教授
主要業績:『イギリスの詩を読む』（共著、かもがわ出版 2016),「ローマ史劇の方法——『ジュリアス・シーザー』と『セジェイナス』」*Albion* 59 (2013): 24-34,「魚釣りと舟遊び——『アントニーとクレオパトラ』の主人公の死に方について——」『外国文学研究』29(2010): 1-25

西川　健誠（にしかわ　けんせい）
神戸市外国語大学教授
主要業績:『〈移動〉の風景——英米文学・文化のエスキス』（共著、世界思想社 2007),『十七世紀英文学研究 15』（共著、金星堂 2010), "God and the Poet Transposed: the *Thou-I* Chiasmus in *George Herbert's Poetry.*" *George Herbert Journal* 35 (2014): 55-71

新野　緑
（編者紹介参照）

吉川　朗子
（編者紹介参照）

森田　由利子（もりた　ゆりこ）
関西学院大学教授
主要業績: *'Invisible Presences': Virginia Woolf and Life-Writing*（英宝社 2003),「ウィリアム・モリスの理想の書物——後期散文ロマンスにおける書物の表象」『サピエンチア』第 43 号 (2009): 179-94,『〈平和〉を探る言葉たち——20 世紀イギリス小説にみる戦争の表象——』（共著、鷹書房弓プレス 2014）

中土井　智（なかどい　とも）
神戸市外国語大学大学院博士課程在学中
主要業績 : "Unexpected connection as a process: on Virginia Woolf's *Mrs. Dalloway*"（神戸市外国語大学修士論文 2013),『点描——欧米の文学 VII——』（共著、大阪教育図書 2016）

エグリントン　みか（えぐりんとん　みか）
神戸市外国語大学准教授
主要業績: *A History of Japanese Theatre*（共著、Cambridge UP, 2016), "Performing Constraint through *Yojohan*: Yamanote jijosha's *Titus Andronicus*." *Shakespeare Studies* 49 (2012): 12-28, "Metamorphoses of 'Shakespeare's Lost Play': A Contemporary Japanese Adaptation of *Cardenio*." *Shakespeare* 7. 3(2011): 335-43

長堂　まどか（ながどう　まどか）
ハワイ大学大学院博士課程在学中
主要業績 : リア・シゲムラ「ディアスポラの沖縄人アイデンティティの現在——ジェンダー、社会運動、そしてレズビアンであることについて」『沖縄ジェンダー学 3——交差するアイデンティティ』喜納育江編（翻訳、大月書店 2016),"'Blind me Again, My Eyes are No Use of Me': The Sense of Place and Blindness in *Poor Miss Finch*." *BSA Auto/biography Yearbook 2015*：26-37, "Untold Story in a Collage: Hemingway's *In Our Time* and 'The Snows of Kilimanjaro.'" *Gnosis: An International Journal of English Language and Literature* 1.3 (April 2015). Web.

奥村　沙矢香（おくむら　さやか）
神戸大学人文学研究科准教授
主 要 業 績 : “Virginia Woolf's Distancing Devices in ‘The Searchlight.’” *Virginia Woolf Review* 22 (2005): 19-36, “Women Knitting: Domestic Activity, Writing, and Distance in Virginia Woolf's Fiction.” *English Studies* 89 (2008): 166-81, “Rhoda Reads Shelley in *The Waves*: Echoes of ‘The Question.’ ” *Virginia Woolf Bulletin* 40 (2012): 8-14

榎　千恵（えのき　ちえ）
神戸市外国語大学非常勤講師
主要業績 :「*Between the Acts* の対話表現 ――“Words without meaning――wonderful words”――」『神戸英米論叢』第 15 号 (2001): 123-37,「沈黙の怖さ――Agatha Christie, *Absent in the Spring* における語りの方法――」『神戸英米論叢』第 17 号 (2003): 17-31,「小説の語りと映画の語り――James Joyce, “The Dead” にみるアイロニーの表現――」『神戸英米論叢』第 20 号 (2006): 13-29

井上　詩歩子（いのうえ　しほこ）
神戸市外国語大学博士課程在学中
主要業績 : “Breaking Bondage: Sylvia Plath's Struggle with the ‘Blood Sisterhood’”（神戸市外国語大学修士論文　2015）

松井　かや（まつい　かや）
ノートルダム清心女子大学専任講師
主要業績 :『エリザベス・ボウエンを読む』（共著、音羽書房鶴見書店 2016),『亡霊のイギリス文学――豊饒なる空間』（共著、国文社 2012),「Elizabeth Bowen の描く家と女性―― “The New House” と *The Last September* を読む」『長野県看護大学紀要第 12 巻』(2010): 9-19

要田　圭治（かなめだ　けいじ）
広島大学大学院総合科学研究科教授
主要業績：『ヴィクトリア朝小説と犯罪』（共著、音羽書房鶴見書店 2002),『ヴィクトリア朝の生権力と都市』（音羽書房鶴見書店 2009),『ヴィクトリア朝の都市化と放浪者たち』（共編著、音羽書房鶴見書店 2013）

光永　雅明（みつなが　まさあき）
神戸市外国語大学教授
主要業績：『世紀転換期イギリスの人びと』（共著、人文書院　2000),『近代イギリスの歴史』（共著、ミネルヴァ書房 2011),『英国福祉ボランタリズムの起源』（共著、ミネルヴァ書房 2012）

野末　幸子（のずえ　さちこ）
京都大学研修員
主要業績："A Reading of the 'Anachronistic' Museum in *The Age of Innocence*."『英文学研究　支部統合号』第 5 巻 (2013): 171-79,「*The House of Mirth* における演劇的ヴィジョン」*Albion* 60 (2014): 49-59, "Archaeological Metaphors in *The Age of Innocence*." *Zephyr* 23 (2010): 38-51

渡部　佐代子（わたべ　さよこ）
神戸市外国語大学非常勤講師
主要業績：『エリザベス・ボウエンを読む』（共著、音羽書房鶴見書店 2016),「Virginia Woolf における "elegy" の変遷——死者との交流の可能性と限界——」（博士論文　神戸市外国語大学 2012),「心の交流を求めて——『ダロウェイ夫人』におけるコミュニケーションの意味——」『関西英文学研究』第 4 号 (2010):

松永　京子（まつなが　きょうこ）

神戸市外国語大学准教授

主要業績 :『カウンターナラティヴから語るアメリカ文学』（共編著、音羽書房鶴見書店 2012),『オルタナティヴ・ヴォイスを聴く――エスニシティとジェンダーで読む現代英語環境文学 103 選』（共編著、音羽書房鶴見書店 2011), *Critical Insights: American Multicultural Identity*（共著、Salem P, 2014）

長柄　裕美（ながら　ひろみ）

鳥取大学准教授

主要業績 :「カズオ・イシグロ作品にみる粘着性の意味――連鎖への欲望と *Never Let Me Go*」『フランシス・キング研究』第九号 (2009): 15-32,「ヴァージニア・ウルフと尾崎翠――日英二人の女性モダニストにみる「海」と表現を めぐって」『ヴァージニア・ウルフ研究』第 28 号 (2011): 21-37,「カズオ・イシグロ作品における子どもの役割」『神戸英米論叢』第 27 号 (2014): 1-18

喜多野　裕子（きたの　ゆうこ）

神戸市外国語大学非常勤講師

主要業績 :「"Let her come in"――『ハムレット』におけるオフィーリアのバラッド歌唱と政治的危機」『人間・環境学』第 23 巻 (2014)：159-71,「"May the winds blow till they have wakened death"――*Othello* におけるバラッド歌唱場面の劇的機能」『英文学研究 支部統合号』第 6 巻 (2014): 271-76,『越境する文化』（共著、英光社 2011）

渡部　智也（わたなべ　ともや）

福岡大学講師

主要業績 : "Dreams in *Little Dorrit.*" *Albion* 60 (2014): 1-15, *Dickens in Japan: Bicentenary Essays*（共著、Osaka-kyoikutosho 2013),『ディケンズ文学における暴力とその変奏――生誕二百年記念』（共著、大阪教育図書 2012）

難波江　仁美（なばえ　ひとみ）
神戸市外国語大学教授
主要業績：『アメリカン・ルネッサンスの現在形』（共著、松柏社 2007），"Translation as Criticism: a Century of James Appreciation in Japan." *The Henry James Review* 25. 1 (2003): 250-57,『心ひろき友人たちへ――四人の女性に宛てたヘンリー・ジェイムズの手紙』（共訳、大阪教育図書 2014）

廣野　由美子（ひろの　ゆみこ）
京都大学教授、文部科学省科学官
主要業績：『批評理論入門――「フランケンシュタイン」解剖講義』（中公新書 2005），『ミステリーの人間学――英国古典探偵小説を読む』（岩波新書 2009），『謎解き「嵐が丘」』（松籟社 2015）

丹治　美那子（たんじ　みなこ）
神戸市外国語大学非常勤講師
主要業績："Desperate "Make-believe" in Elizabeth Bowen's *Eva Trout or Changing Scenes*"（神戸市外国語大学修士論文 2011），「絆としての孤独――*The House in Paris* を読む」『神戸外大論叢』第 64 巻 第 1 号 (2014): 161-76

石川　玲子（いしかわ　れいこ）
相愛大学准教授
主要業績：『〈異界〉を創造する――英米文学におけるジャンルの変奏――』阪大英文学会叢書 3　（共著、英宝社 2006），『英米文学の可能性――玉井暲教授退職記念論文集――』（共著、英宝社 2010），「『灯台へ』のパーティ――社交・芸術・女性のつながり」『ヴァージニア・ウルフ研究』第 28 号 (2011): 1-20

御輿　哲也
（編者紹介参照）

編者紹介

御輿　哲也（おごし　てつや）
神戸市外国語大学教授
京都大学大学院文学研究科博士後期課程満期退学
主要業績 :『「自己」の遠さ――コンラッド・ジョイス・ウルフ』（近代文芸社 1997),『〈移動〉の風景――英米文学・文化のエスキス』（編著、世界思想社 2007), ヴァージニア・ウルフ『灯台へ』（訳書、岩波文庫 2004）

新野　緑（にいの　みどり）
神戸市外国語大学教授
大阪大学大学院文学研究科博士後期課程中退
博士（文学）（大阪大学）
主要業績 :『小説の迷宮――ディケンズ後期小説を読む』（研究社 2002),『〈私〉語りの文学――イギリス十九世紀小説と自己』（英宝社 2012), *Dickens in Japan: Bicentenary Essays*（共編著、大阪教育図書 2013）

吉川　朗子（よしかわ　さえこ）
神戸市外国語大学教授
東京大学大学院人文社会系研究科博士後期課程満期退学
博士 (文学)(神戸市外国語大学)
主要業績 :『エドワード・トマス訳詩集』（春風社 2015), *William Wordsworth and the Invention of Tourism, 1820-1900* (Ashgate, 2014), *English Romantic Writers and the West Country* (共著、Palgrave, 2010)

言葉という謎――英米文学・文化のアポリア

平成二九年三月一日　初版一刷発行

編著者　御輿 哲也・新野 緑・吉川 朗子
発行者　横山 哲彌
印刷所　岩岡株式会社
発行所　大阪教育図書株式会社
〒五三〇-〇〇五五　大阪市北区野崎町一-二五　新大和ビル三階
電話〇六-六三六一-五九三六
FAX〇六-六三六一-五八一九
郵便振替〇〇九四〇-一-一一五五〇〇
E-mail / daikyopb@osk4.3web.ne.jp
HP/ http://www2.osk.3web.ne.jp/ ~daikyopb

本書のコピー、スキャン、デジタル化等の無断複製は著作権法上での例外を除き禁じられています。本書を代行業者等の第三者に依頼してデジタル化することは、たとえ個人や家庭内での利用であっても著作権法上認められておりません。

ISBN978-4-271-21048-1 C3098

乱丁・落丁本は小社にてお取り替えいたします。